T0670176

Gwen Bristow

Morgen ist die Ewigkeit

Roman

Bei Schneekluth

Für Bruce

ISBN 3-7951-0245-6
Aus dem Amerikanischen übertragen von Utta Danella
Titel des amerikanischen Originals: TOMORROW IS FOREVER
Verlag: William Heinemann, London – Toronto

© 1972 für die deutsche Ausgabe by
Franz Schneekluth Verlag KG München
Druck: Pera Druck Gräfelfing
Printed in Germany 1974a

I

Elizabeth blickte über die Kaffeetasse hinweg ihren Mann liebevoll an. »Fühlst du dich besser, Spratt?«
Er lachte. »Ja. Wenn ich mit dir gesprochen habe, ist mir immer wohler. Es war lieb von dir, alles stehen- und liegenzulassen und den ganzen Weg hierherzufahren, nur um mir zuzuhören.«
»Du weißt, ich tue es gern«, sagte Elizabeth. »Es ist mir geradezu ein Vergnügen, ein Papierkorb zu sein, in den du alle deine Sorgen hineinwerfen kannst.«
»Wenn du es so nennen willst«, sagte Spratt. »Aber wie du es auch nennst, auf jeden Fall bist du da, wenn ich dich brauche.«
Sie lächelten sich zärtlich an. Sie hatten das schon hundertmal erlebt in den vergangenen zwanzig Jahren, auch schon in der Zeit, ehe Spratt leitender Produzent in den Vertex-Studios geworden war. Es war immer das gleiche mit nur geringfügigen Variationen – ein Film, der einfach nicht werden wollte; Schauspieler, die mit dem Kameramann Krach bekamen; Drehbuchautoren, die nicht schreiben konnten; Regisseure, die das ganze Team durcheinanderbrachten; unerwartete Ausgaben, die das Budget zu sprengen drohten; überschrittene Termine, die alle Pläne über den Haufen warfen, und dann folgte eines Tages Spratts verzweifelter Griff zum Telefon. »Elizabeth, wenn ich nicht sofort aus diesem Irrenhaus herauskomme und mit einem vernünftigen Menschen rede, werde ich verrückt. Kannst du nicht zum Lunch hereinkommen, damit ich mit dir sprechen kann?«
Sie kam immer. Seit das Benzin rationiert war, hatte sie

sich angewöhnt, stets ein paar Coupons in Reserve zu haben und lieber ihre Einkäufe mit dem Fahrrad zu besorgen, damit sie zum Studio fahren konnte, wenn Spratt sie rief. Sie konnte ihn selten ernsthaft beraten, denn natürlich verstand er sein Geschäft besser als sie, aber es genügte, daß sie ihm zuhörte, verständnisvoll, anteilnehmend, und ihn vielleicht einmal auf die humorvolle Seite der Sache hinwies. Außerdem konnte er sicher sein, daß sie über alles schwieg, was er ihr berichtete.

Sie brachte alles mit, was er brauchte, um sich zu entspannen und die Dinge in einem freundlicheren Licht zu sehen.

Spratt meinte: »Nachdem ich jetzt alles vom Herzen habe, sieht die Welt schon wieder anders aus. Übrigens, dieser neue deutsche Autor scheint mir eine große Hilfe zu werden. Das ist ein kluger Mann.«

»Kann er denn englische Dialoge schreiben?«

»O doch. Manchmal hat er ein wenig komische Ausdrücke, aber das können die anderen dann verbessern. Er ist seit zwei oder drei Jahren im Lande. Erst im New Yorker Büro und jetzt hier. Ich habe ihm das Skript zu lesen gegeben, und er kommt heute nachmittag, damit wir darüber sprechen. Eine harte Story. Es sind ein paar Szenen über Mutterschaft darin, also die können sehr gut werden, wenn man's richtig macht, oder aber auch schauderhaft, wenn man den Ton nicht trifft.«

Elizabeth nahm einen Schluck Kaffee und sagte dann mit amüsiertem Lächeln: »Erwarte bloß von mir auf diesem Gebiet keine Anregungen, mein Lieber. Wenn du romantische Töne über Mutterschaft brauchst, dann frage am besten einen Mann, der niemals Windeln waschen mußte.«

»Von Romantik ist keine Rede«, antwortete Spratt, »ganz im Gegenteil. Aber du könntest...«

»Ich kann gar nichts. Mir fehlt jedwede Phantasie, und die Wirklichkeit könnt ihr in euren Filmen doch nicht brauchen.«

Spratt lachte ein wenig. »Es stimmt, du hast nie gelernt, worauf es beim Filmemachen wirklich ankommt. Aber wenigstens kannst du mich gelegentlich davon ablenken, das ist auch schon allerhand wert.«

»Hoffen wir also auf den deutschen Autor. – Oh, guten Tag, Mrs. Farnsworth.« Elizabeth zauberte ein strahlendes Lächeln auf ihr Gesicht, als sie Spratts verzweifelte Miene sah. O Gott, womit habe ich das verdient, besagte sein Ausdruck ungefähr, als die voluminöse Gestalt der Lady auf sie zugesegelt kam. Widerstrebend erhob er sich und versuchte, seinen Ärger über die Unterbrechung nicht merken zu lassen.

Mrs. Farnsworth deckte sie gleich mit einem Redeschwall zu und meinte, sie müßten unbedingt zu ihrer Party kommen, die sie zum Wohle der griechischen Kriegshilfe geben würde. »Aber setzen Sie sich doch wieder, Mr. Herlong. Ich werde mich einen Moment zu Ihnen setzen, um Ihnen alles zu erzählen«, rief sie und breitete sich über einen leeren Stuhl aus, der unglücklicherweise am Tisch stand. Spratt ließ sich also wieder nieder und erklärte sogleich, daß er leider, leider am Abend der Party würde arbeiten müssen.

»Oh! Wollen Sie denn *nichts* tun für den Krieg? Wollen Sie denn *gar nichts* tun?« rief Mrs. Farnsworth emphatisch und übersah geflissentlich, daß beide, Elizabeth und Spratt, die silbernen Knöpfe trugen, die auswiesen, daß sie bereits dreimal Blut gespendet hatten.

»Es tut mir leid, Mrs. Farnsworth«, antwortete Spratt.

7

»Ich sehe ein, die griechische Kriegshilfe verdient jede Beachtung. Nebenbei gesagt, ich habe auch bereits dafür einen Betrag gezeichnet. Es ist also nicht nötig, daß ich eine Party mitmache, um meine Hilfsbereitschaft zu beweisen.«

»Darum geht es ja nicht«, beharrte die Dame, »es handelt sich darum, daß Ihre *Gegenwart* der Sache nützen würde. Wir brauchen prominente Persönlichkeiten, verstehen Sie? Und es wird eine großartige Party, ich habe einen erstklassigen Bartender, bekannte Künstler werden für Unterhaltung sorgen...« Sie machte eine erwartungsvolle Pause.

»Warum geben Sie nicht einfach der Kriegshilfe all das Geld, das dies kosten wird, die Getränke, meine ich, und die Gagen der Künstler und so?« fragte Elizabeth. Sie wußte, es war eine überflüssige Frage. Aber sie brachte es nicht fertig, immer so höflich wie Spratt zu sein gegenüber solchen Quälgeistern.

Leicht verärgert rief Mrs. Farnsworth: »Aber, Sie verstehen nicht!« Und Elizabeth dachte: Das stimmt. Sie hatte kein Verständnis für Leute, die sich zum Wohle der hungernden Griechen betrinken mußten.

Ehe sie antworten konnte, sagte Spratt verbindlich: »Wirklich, Mrs. Farnsworth, so leid es mir tut, ich kann wirklich nicht kommen. Wir stehen kurz vor dem Beginn neuer Dreharbeiten, und ich muß zur Zeit oft bis spätabends im Studio bleiben. Aber es wäre mir eine Freude, wenn ich...«, er zog seine Brieftasche heraus, »nun, sagen wir zwanzig Dollar der Sammlung beifügen könnte.«

»Oh, danke, vielen Dank. Mr. Herlong, wie reizend von Ihnen«, rief sie und nahm rasch die Banknote entgegen, »ich wußte ja, daß Sie die Notwendigkeit unserer Hilfe einsehen. Und sollte es sich einrichten lassen, daß Sie an dem Abend früher fertig werden, dann erwarte ich Sie beide bestimmt. Und könnten Sie nicht auch Ihren Sohn mitbringen? So ein reizender Junge. Wir brauchen unbedingt ein paar junge Männer als Tänzer. Es ist so schwierig heutzutage mit den jungen Männern. Und wenn sie erst mal eingezogen sind, ist es nie sicher, ob sie auch kommen können. Außerdem«, sie senkte die Stimme, »es ist so eine Sache mit den jungen Soldaten, nicht wahr? Wenn man sie in den Organisationen trifft, dann geht das schon in Ordnung. Aber man überlegt sich doch, wen man zu sich nach Hause einlädt, nicht wahr? Könnten Sie Ihren Jungen nicht mitbringen?«

»Ich fürchte, Dick ist noch ein bißchen jung für solch eine Party«, wehrte Elizabeth ab. »Er ist erst siebzehn. Und er muß früh aufstehen, weil er ja in die Vorlesung muß.«

»Erst siebzehn? Wirklich? Er sieht älter aus. Vermutlich weil er so groß ist. Ich hab' mich schon gewundert, wieso er noch nicht eingezogen ist. Lernt er denn noch? Kommt einem ganz sinnlos vor, nachdem er ja doch bald Soldat werden muß. Wo studiert er denn?«

Geduldig berichtete Elizabeth, daß Dick sich in diesem Herbst an der Universität von Kalifornien in Los Angeles eingeschrieben hatte.

»Oh! Dort?« sagte die Dicke schleppend. »Gefällt es ihm denn da?«

»Ja. Warum nicht? Er geht gern hin. Warum sollte es ihm nicht gefallen?«

»Na ja, ich weiß nicht. Sicher, es ist eine gute Schule, kein Zweifel, aber«, Mrs. Farnsworth zögerte, »ich weiß nicht ... was heutzutage dort so alles studiert ... sicher, es sind nette Jungen und Mädchen dabei, aber doch auch viel ... halten Sie es für richtig, daß er mit all diesen Leuten zusammenkommt?«

»Was für Leute denn?« fragte Elizabeth. »In jeder Gemeinschaft gibt es schließlich nette und weniger nette Menschen.«

»Schon, aber die Uni von Los Angeles, nein, wissen Sie, all diese Neger dort, und dann«, jetzt flüsterte die Gute fast, »ich hab' mir sagen lassen, es wimmelt dort geradezu von Juden. Und was die Farbigen betrifft, ich habe gehört, sie verlangen von den weißen Studenten, daß man sie, nun ja, ganz gleichberechtigt behandelt. Sie bestehen auf demokratischen Grundsätzen und ... na ja.« Der Satz blieb unvollendet in der Luft hängen.

Damit war sie glücklich an einem Punkt angekommen, an dem es Spratt geraten schien, das Gespräch abzubrechen. Er konnte nicht dafür garantieren, ob es ihm möglich sein würde, weiterhin die Formen gesellschaftlicher Höflichkeit zu wahren. »Um ehrlich zu sein, Mrs. Farnsworth«, sagte er betont, »ich würde es nicht gern sehen, wenn mein Sohn sich schämen würde, mit Leuten umzugehen, die Gott sich nicht geschämt hat zu erschaffen. – Es tut mir leid, wir müssen jetzt gehen. Ich muß zu meiner Arbeit zurück.« Er stand auf.

»Wenn es unbedingt sein muß«, lächelte die Dicke. »Es war soo nett, Sie zu treffen. Und vergessen Sie die Party nicht. Auf Wiedersehen, Mrs. Herlong. Ist es nicht schön, daß unsere Männer jetzt im gleichen Studio arbeiten? Ich hoffe, wir werden in Zukunft recht oft zusammenkommen.«

Beinahe hätte Elizabeth geantwortet: »Nicht, wenn ich es verhindern kann«, aber sie lächelte und sagte, ja, das hoffe sie auch, und nein, sie könne leider nicht mit Mrs. Farnsworth zur Stadt zurückfahren, denn sie hätte

Spratt im Studio abgeholt und müsse ihn auch dort wieder abliefern. Dann endlich gelang es ihnen zu flüchten.

»Lieber Himmel!« seufzte Spratt, als er in den Wagen stieg. »Gibt's denn so was noch? Habe ich denn nicht schon genug auf dem Hals, daß mir diese Idiotin auch noch über den Weg laufen muß?«

Elizabeth schob sich hinter das Steuerrad. »Als du sagtest: du würdest nicht gern sehen, daß dein Sohn sich schämt, mit Leuten umzugehen, die Gott sich nicht geschämt hat zu erschaffen, da dachte ich, ganz stimmt das nicht. Wir würden es gar nicht gern sehen, wenn er mit einer Gans wie dieser Frau umgehen würde. In dieser Stadt laufen wirklich eine ganze Menge Schwachsinnige herum. Wie ist eigentlich ihr Mann?«

»Ein tüchtiger Mann, sehr fleißig. Wahrscheinlich ist das ihr Verdienst. Er wird sich lieber zu Tode arbeiten als nach Hause zu gehen, was man verstehen kann.«

»Geschieht ihm recht, warum hat er sie geheiratet«, meinte Elizabeth.

»Sicher war sie ganz hübsch und niedlich, als sie achtzehn war. Und jetzt bekommt er sie nicht los. Denn tugendhaft ist sie bestimmt. Zwanzig Dollar hat's mich auch gekostet.«

»Es ist nicht weggeworfen, falls die Griechen es bekommen.«

»Die werden davon nichts sehen«, sagte Spratt. »Sie wird Whisky für ihre Party kaufen. Weißt du nicht, wie es bei diesen Wohltätigkeitspartys zugeht? Von den Spenden werden die Kosten des Abends bestritten, und nur falls was übrigbleibt, gelangt es dahin, wofür das Ganze bestimmt war.«

Elizabeth lachte. »Vergiß es, Spratt. Zwanzig Dollar war

es wert, sie loszuwerden. Übrigens, Tante Grace war genauso eine Type. Ich hoffe, sie hat im Jenseits Gelegenheit, ab und zu eine kleine Kampagne zu starten. Vielleicht kämpft sie gerade jetzt dafür, daß die untergeordneten Engel einen helleren Heiligenschein bekommen? Wie ist es mit diesem Film? Hast du den Ärger vergessen?«

»Ja. Trotz der alten Schreckschraube.« Er grinste zu ihr hinüber, während sie konzentriert den Wagen durch den Mittagsverkehr lavierte. »Kann sein, ich brauche mal ab und zu eine Begegnung mit solch einem Monstrum, damit ich um so deutlicher sehe, was ich für ein Glück gehabt habe.«

»Das ist ein reichlich kurioses Kompliment, aber immerhin, schönen Dank. Ich werde dafür den Daumen drücken, daß dein Emigrant gute Einfälle hat.«

»Ich denke, eigentlich ja. Er ist wirklich gescheit. Du mußt ihn kennenlernen.«

»Bring ihn doch mal zum Abendessen mit.«

»Das könnte ich in den nächsten Tagen tun. Ich denke, daß der arme Kessler eine kleine Aufheiterung gebrauchen könnte. Er ist eine traurige Erscheinung. Er kann kaum laufen und hat nur eine Hand.«

»Wie schrecklich. Haben die Nazis das getan?«

»Ich weiß nicht. Schon möglich. Er spricht nicht davon. Aber er wird ganz grün im Gesicht, wenn nur jemand die Nazis erwähnt. Na, auf jeden Fall hat er gute Ideen. Ich hoffe, heute wird ihm auch etwas einfallen.« Er wandte sich ihr zu und sagte herzlich: »Und dir danke ich, daß du gekommen bist.«

»Du weißt, ich tu's gern.«

Sie blickte kurz zu ihm hinüber mit dem kleinen kameradschaftlichen Lächeln, das er so liebte. Er lächelte zu-

rück. Elizabeth schaute wieder auf die Straße. Sie sagte:
»Uns geht's ganz gut, nicht?«

»Ja. Trotz Krieg und Fleischrationierung und verschiedener anderer Übel. Elizabeth?«

»Ja?«

»Du machst dir keine Sorgen wegen Dick, nicht wahr?«

»Ich versuche, nicht daran zu denken«, erwiderte sie kurz.

»Das brauchst du auch nicht. Erst wenn er achtzehn ist, und das dauert noch ein Jahr.«

»Noch ein Jahr, ja.«

»Du darfst nicht vergessen, Elizabeth, er hat eine schöne Jugend gehabt. Und er ist ein gutes Kind gewesen. Aber wir können nicht erwarten, daß er für immer bei uns bleibt. Außerdem – dieser Krieg hat einen Sinn.«

»Ja, ich weiß«, sagte sie leise. »Aber trotzdem – ich kann mir nicht vormachen und dir auch nicht, daß es mich nicht belastet. Ich wünschte, Cherry wäre die älteste, dann wären beide Jungen in Sicherheit. Ich bin feige, nicht wahr? Ich habe auch ein schönes Leben gehabt, und einer der Hauptgründe dafür ist, daß ich zufällig in den Vereinigten Staaten geboren bin. Es wäre nicht mehr als recht und billig, daß ich meinem Land dafür danken möchte. Aber – ich kann nicht mehr tun als versuchen, wenn es soweit sein wird, keine dumme, heulende Mutter zu sein. Aber du weißt, wie mir zumute ist.«

»Natürlich weiß ich es. Es geht mir ja selber so. Aber wir können es vielleicht so sehen: Nichts, was wir hergeben müssen, um diesen Krieg zu gewinnen, kann mit dem verglichen werden, was wir aufgeben müßten, wenn wir verlieren. Vergiß das nicht.«

»Nein. Ich denke auch nicht sehr viel daran, Spratt. Ich will einfach nicht. Noch ist es nicht notwendig. Wenn es soweit sein wird, dann werde ich damit fertig werden.«

»Gut«, sagte Spratt, »eines Tages wird es geschehen. Dann werden wir es gemeinsam tragen.«

Sie fuhren an der hohen Mauer entlang, die das Studiogelände umgab. Vor dem Tor stoppte sie und wartete, bis der Pförtner öffnete.

Der Mann schaute in den Wagen und sagte: »Oh, Mr. Herlong. Wie geht's?«

»Danke, Kennedy«, erwiderte Spratt. »Und wie geht's Ihrer Kleinen?«

»Wieder alles in Ordnung. War nur eine Erkältung. Kein Grund, sich Sorgen zu machen. Tag, Mrs. Herlong. Alles in Ordnung?«

»Bestens, danke«, erwiderte Elizabeth und fuhr wieder an. Sie fuhren durch die Hauptstraße des Geländes, bogen dann links ab, passierten die vielen kleinen Bungalows, in denen sich die Büros befanden, und hielten schließlich vor einem, an dessen Tür in großen Buchstaben »R. Spratt Herlong« zu lesen war.

Spratt stieg aus, blieb auf dem Kies stehen und betrachtete Elizabeth einen Moment nachdenklich. In seinem Blick lag Anerkennung. Er hatte graue Augen, die kalt und prüfend sein konnten, doch wenn, wie jetzt, ein warmes Gefühl sie erfüllte, hatten sie eine Farbe wie das sanfte Grau von Olivenblättern. Da war Elizabeth, eine gepflegte, lebendige Frau, schlank und hübsch, in ihrem dunkelgrünen Herbstkostüm und dem Nerzjäckchen darüber. Das Haar wohlfrisiert, das Gesicht schmal und gut geschnitten, mit klarer, gesunder Haut, ihre Hände in braunen Lederhandschuhen lagen ruhig auf dem Steuerrad. Spratt lächelte. Er sah jedes Detail, genau wie er im Studio bei der Arbeit alles sah. Er nickte zufrieden. »Nicht schlecht«, sagte er, »für ein kleines Mädchen aus Tulsa in Oklahoma.«

Elizabeth lachte. »Kommst du zum Essen nach Hause?«

»Ich denke schon. Warum fragst du?«

»Es wird ein bißchen lebhaft sein. Dick und Cherry haben ein paar Freunde da.«

»Was, um Gottes willen, wirst du ihnen denn zu essen geben?«

»Ich habe Glück gehabt. Ich habe ein Stück Rindslende bekommen. Und Garnelen als ersten Gang.«

»Großartig. Ich werde dasein. Kann sein, es wird ein bißchen später, falls Kessler eine Idee hat, die wir besprechen müssen.«

»Gut. Aber die Kinder werden Hunger haben. Wir essen um halb acht, ob du da bist oder nicht. In Ordnung?«

»Ja. Und jetzt muß ich gehen.«

Er winkte ihr zu, und Elizabeth wartete, bis er im Bungalow verschwunden war. Dann wendete sie den Wagen, fuhr zurück zum Tor und machte sich auf den Heimweg nach Beverly Hills.

Es war ein sonniger Oktobertag. Die Sonne blitzte im Lack der vielen Wagen, die ihr entgegenkamen. Alle waren beschäftigt, alle hatten es eilig, Leben und Bewegung erfüllte die Stadt. Es gefiel Elizabeth. Das Gespräch mit Spratt hatte ihre Verärgerung über Mrs. Farnsworth vergessen lassen. Es gab immer solche Leute, und sie waren es nicht wert, daß man sie beachtete. Meist gelang es, ihnen aus dem Weg zu gehen. Und traf man doch einmal mit ihnen zusammen, dann mußte man es so betrachten, wie Spratt gesagt hatte: man mußte glücklich und dankbar sein, daß man Menschen hatte, mit denen man leben konnte. So einen Menschen wie Spratt. Mit ihm war gut auszukommen; der Erfolg stieg ihm nicht zu Kopf, und er war keiner von den Männern, die das Leben ihrer Frau schwierig gestalteten, wenn sie Karriere machten.

Zwanzig Jahre, dachte Elizabeth, und ihr wurde warm ums Herz, zwanzig Jahre, und ich habe ihn jeden Tag lieber. Das ist allerhand, wenn man bedenkt, was Hollywood aus manchen Ehen macht.

Für Elizabeth bedeutete der Begriff Ehe viel, nicht zuletzt deshalb, weil sie selbst in ihren Ehen viel Glück gefunden hatte. Sie war das zweitemal verheiratet, ihre erste Ehe hatte nicht lange gedauert, aber sie war sehr glücklich gewesen. Eine Granate bei Château-Thierry im Jahre 1918 war das Ende gewesen. Seltsam, wenn man heute darüber nachdachte. Damals glaubte sie, sie könne nicht weiterleben. Sie war zwanzig Jahre alt, und sie wußte nicht, daß sie eines Tages Spratt treffen würde. Von ihrem ersten Mann hatte sie keine Kinder gehabt, und es war also nichts übriggeblieben, was sie an jene Zeit band. Nur die Erinnerung. Und jetzt – das Gedenken an Château-Thierry war nicht zuletzt ein Grund, daß sie tiefe Angst empfand, wenn sie daran dachte, wie bald ihr Sohn fortgehen würde. Das war etwas, was Spratt nicht empfinden konnte. Er liebte Dick nicht weniger als sie, aber er hatte das bittere Opfer nicht bringen müssen, das der Krieg von ihr gefordert hatte. Und auch wenn Spratt ein Realist war, er weigerte sich einfach, daran zu denken, daß Dick fallen könnte. Sie dachte immer daran. Sie wollte nicht, aber sie mußte daran denken. Es konnte geschehen. Genau wie es damals geschehen war. Eines Tages würde Dick achtzehn Jahre alt sein, und dann lag es nicht in ihrer Macht, ihn zurückzuhalten. Es war schrecklich – und es war trotzdem notwendig. Der Kampf galt dem Bösen in der Welt, und darum mußte er gekämpft werden. Denn das Böse mußte besiegt werden, oder eine Welt würde bleiben, in der Dick nicht leben konnte. Ich habe noch ein Jahr lang Zeit, sagte sich Elizabeth zum tausendsten Mal. Bis dahin kann viel geschehen. Energisch schob sie die trüben Gedanken beiseite. Noch war Dick siebzehn und alles war gut, sie hatte alles, was sie sich wünschen konnte – eine glückliche Ehe, drei Kinder und ausgefüllte Tage.

Es ist ein gutes Leben, dachte sie, ein wunderbares Leben. Ich bin sehr dankbar dafür.

Die Berge standen braun vor dem hellen Himmel, durstig nach dem Regen des Winters. Aus dem Canyon kam der erste Duft des wilden Salbeis. An den Abhängen dörrten kahle, trockene Bäume, die ihre Äste verlangend in den klaren Himmel reckten. Aber der Frühling würde kommen, wie grüner Samt würde das Gras auf den Hügeln leuchten, purpurn der wilde Mohn, goldene Lupinenfelder dazwischen und die toten Bäume von Blüten und Blättern bedeckt.

Beiderseits der Straße, halbverdeckt zwischen Büschen und Bäumen, eingebettet in Gärten, die auch jetzt noch blühten, lagen die Häuser an dieser Straße. Der Wind, der über die Gärten wehte, brachte den Duft der Blumen, der sich mit dem Benzin- und Gummigeruch der Straße vermischte. Die Paßstraße wand sich siegreich durch den Canyon. Immer wieder, obwohl sie die Strecke fast täglich fuhr, bewunderte Elizabeth die Macht des Menschengeistes, die diese wilde Gegend gebändigt hatte. Manchmal wünschte sie sich, sie wäre damals hier gewesen, in jenen Tagen, als die Pioniere nach Kalifornien kamen und zum Kampf gegen das wilde Land antraten, wie die Ritter einer alten Legende, die mit dem Schwert in der bloßen Faust mit dem Drachen kämpften, der einen unermeßlichen Schatz bewachte. Immer wenn sie die gewaltigen Berge sah, die das Land umschlossen, dachte sie, ob es wohl je ein anderes Land gegeben habe, dessen Reichtum von solch unüberwindlich scheinendem Wall gehütet worden war. Als wenn die Natur selbst die Hand erhoben hätte: dies Land, dies soll nicht euer werden.

Ein Land hinter ungeheuren Bergen, ein Land ohne Regen, ohne Wasser, in dem man nur verzagen und verdursten konnte, um schließlich zu sagen: es ist unmöglich. Aber sie hatten wohl dieses Wort nicht gekannt, sie hatten das Land erobert. Nicht mit dem Schwert, mit Maschinen, mit Mathematik, mit dem klugen Verstand. Elizabeth verstand wenig von Technik. Sie hätte nicht zu sagen vermocht, wie es geschafft worden war. Aber sie erkannte, *daß* es geschafft worden war, und bewunderte den Sieg.

Als sie die Höhe des Passes erreicht hatte und Meilen und Meilen über das Land blicken konnte, das ihr Land war, als sie den wilden Duft, gemischt aus Staub und Salbei, aus Benzin und Eukalyptus roch, als sie das Singen des Windes in der Schlucht hörte, da überkam sie wieder das herrliche Gefühl, das sie immer auf der Höhe des Passes empfand: welches Glück es bedeutete, Amerikaner zu sein.

Es war ein Zufall der Geburt, gewiß, aber es machte sie zu einem Teil der Zukunft. Dies war die Welt von morgen, in der sie lebte. Und es bedeutete mehr als die glorreichste Vergangenheit. Wenn man das begriff, dann war der Anblick des Aquädukts von Los Angeles weit erregender, konnte einen weit mehr entzücken als der Anblick eines Schlosses oder einer Kathedrale des Mittelalters.

Es gab Leute, die sahen es nicht so. Aber sie konnten ja gehen und irgendwo zwischen feuchten Steinen leben, in einer Kultur, die alt und müde war, wo es unmöglich war, eine neue Wasserleitung zu legen, bloß weil eine alte Ruine im Wege stand. Und was kam dabei heraus, wenn man an den alten Dingen festhielt? Krieg und Terror und Haß. Denn die Welt wandelte sich. Und wer den Wandel nicht mitmachte, der wurde vernichtet. Die Zukunft war stärker, sie brachte das Alte zum Fallen. Sogar er, der das Barbarentum vergangener Zeiten wieder einführen wollte, mußte einen anderen Namen dafür finden, er nannte es eine neue Ordnung, aber es war weder Ordnung noch war es neu. Warum begriffen die Deutschen und die Japaner nicht, daß die Entwicklung der Menschheit andere Wege ging, auf denen ihre Brutalitäten keinen Platz mehr fanden? Warum schlossen sie sich dieser neuen Welt der Wissenschaft nicht an, die die Menschen gesund machte und ihr Leben lebenswerter? Und wenn einer das Mittelalter noch sosehr liebte, es war nun mal vorbei. War Vergangenheit.

Hier war die neue Welt, hier war die wirkliche Welt. Es war Kalifornien, wo man Autostraßen über unwegsame Gebirge baute, wo man die Wüste bewässerte, bis sie Frucht trug, genügend Frucht, um das halbe verhungerte Europa zu füttern, wenn ihre Unterseeboote die Nahrung nur hineinlassen würden. Es war so dumm, so sinnlos alles.

Ein großes Transportflugzeug brummte wie eine schwerfällige Fliege über dem Rand eines Kliffs. Elizabeth warf einen flüchtigen Blick hinauf. Vermutlich würde ich mir das Genick brechen, wenn ich ein Flugzeug führen würde, dachte sie. Ob es wohl schwierig war? Ob sie es lernen könnte? Ihr Wagen rollte bergabwärts. Aber ich würde mir lieber das Genick brechen und hätte Spaß am Leben gehabt, als einen heilen, aber steifen Hals in ein langweiliges Leben zu retten. Abgesehen davon habe ich kein langweiliges Leben – sie hatte den Fuß auf der Bremse und lenkte den Wagen behutsam um die Kurven –, ein Haushalt mit drei Kindern und einem Filmproduzenten als Ehemann ist keineswegs ein Ruhesitz.

Die Straße senkte sich, und vor ihr lag die blühende Ebene von Beverly Hills. Nun kam Elizabeth nach Hause. Wie schön das Haus war, leuchtend in der Sonne. Es war nicht aufwendig, aber groß und komfortabel, es war gepflegt und ordentlich, aber nicht tot und langweilig, man sah, daß mehrere Menschen darin lebten. Der Gärtner arbeitete bei den Chrysanthemen und hatte währenddessen den Rasensprenger angedreht. Drei Reihen mit jeweils sechs Fontänen drehten sich über dem Gras. Wie ein Schleier, in dem sich die Regenbogenfarben brachen, tanzte der feuchte Nebel in der Sonne. Aus dem zurückliegenden Teil des Gartens hörte Elizabeth frohe junge Stimmen und das Plätschern im Swimming-pool. Die Kinder waren da und ihre Gäste offenbar auch.

In der Einfahrt hielt sie an, um kurz mit dem Gärtner zu sprechen. Dann sah sie Brian, ihren Jüngsten, elf Jahre alt, der mit seinem Fahrrad aufkreuzte.

»Wo fährst du hin, Brian?«

»Pfadfindertreffen.« Er blickte erwartungsvoll hinaus auf die Straße. »Peter wollte mich abholen. Er sagte, er würde draußen auf mich warten. Eigentlich müßte er schon dasein.«

»Schön«, sagte Elizabeth. Beinahe hätte sie hinzugefügt: Sei vorsichtig bei dem Verkehr, aber sie verschluckte die Bemerkung gerade noch. Brian war ein so sicherer Radfahrer, wie sie eine sichere Autofahrerin war. Es wäre albern, ihn immer mit überflüssigen Mahnungen zu behelligen. Er blickte von der Straße zurück wieder zu ihr. »Mutter, kann ich bei Peter zum Essen bleiben?«

»Hat er dich eingeladen?«

»Noch nicht. Aber ich gehe nachher mit zu ihm, um seine Lepidoptera anzusehen« – das Wort war schwer auszusprechen gewesen –, »und dann wird er mich vielleicht einladen, meine ich. Wenn er es tut, kann ich dann bleiben?«

»Nur wenn seine Mutter dich einlädt«, sagte sie nachdrücklich, »du darfst nicht so oft bei anderen Jungen zum Essen bleiben, Brian. Es sei denn, du wirst richtig eingeladen. Wenn Mrs. Stern sagt, du sollst bleiben, da sag lieber, sie soll mich erst anrufen.«

»Wenn Mrs. Stern dich anruft, kann ich dann dort bleiben?«

»Du wirst nicht sagen, daß du bleiben willst, ehe sie gesagt hat, du sollst?«

»Nein, bestimmt nicht. Ich verspreche es.«

»Gut dann. Aber sie soll mich anrufen.«

»Okay«, sagte Brian zufrieden. »Oh, da ist er! Hei, Peter!« Er schwang sich auf sein Rad und war verschwunden.

Wie eilig sie es haben, dachte Elizabeth, als sie den beiden Jungen nachsah, die in Windeseile die Straße entlangradelten. Alles, was sie tun, ist furchtbar wichtig. Ich wünschte, das Leben wäre immer so. Ach, Unsinn. Ich wünsche es gar nicht. Es ist lächerlich, sentimental über die Kindheit nachzudenken. Wie schrecklich wäre es, wenn man sechzig Jahre lang Kind bliebe. Das Leben ist immer wichtig, ganz egal, wie alt man ist.

Sie startete und fuhr zur Garage an der Rückfront des Hauses. Die Kinder sahen sie nicht gleich, so trat sie auf die Bremse und blieb sitzen. Ihre beiden, Dick und Cherry, waren am Bassin mit ihren Freunden. Da war ein langbeiniges Mädchen namens Julia Rayford, das Dick seltsamerweise für eine große Schönheit hielt. Elizabeth konnte davon nichts entdecken, nur daß das Mädchen gesund und frisch und lebendig war. Aber es war ganz gut, daß Dick Julia so bewunderte, sie war ein nettes Mädchen und außerdem Cherrys beste Freundin, und dadurch verstanden sich alle gut. Cherry ihrerseits war ein bezauberndes Geschöpf: die dichte schwarze Lockenmähne, eine süße Figur, schon ganz weiblich; der kleine Bikini, der naß an dem Persönchen klebte, enthüllte die zarten Hüften und die runden kleinen Brüste mehr, als daß er sie verbarg. Elizabeth dachte: Lieber Himmel, man hätte mich verhaftet, wenn ich in ihrem Alter so zum Baden gegangen wäre. So gut wie nackt, aber sie ist hinreißend.

Da Cherry seine Schwester war, ließen ihre Reize Dick völlig kalt. Doch es war offensichtlich, daß man das von dem vierten Teilnehmer der Party nicht behaupten konnte. Es war ein Schulfreund von Dick, mit Namen Herbert Clarendon Whittier, allgemein bekannt unter dem Namen Pudge.

Pudge war dabei, den Limonenbaum zu schütteln, und Cherry krabbelte eifrig umher, um die Früchte einzusammeln. Dick stand in großer Pose auf dem Sprungbrett, bereit, eine große Vorstellung zu geben, um seiner kleinen Freundin zu imponieren. Julia saß, die Füße im Wasser, am Rand des Bassins und blickte zu ihm auf.

Was für ein hübscher, gesunder Junge, dachte Elizabeth

beim Anblick ihres Sohnes, und wie gut er gewachsen ist. Er sah schon mehr aus wie ein Mann als wie ein Junge. Sie mußte plötzlich daran denken, wie klein und zart und winzig er gewesen war, als sie ihn im Arm trug, er roch süß und warm nach Babypuder.

So ist es, dachte sie. Seltsam und ganz natürlich. So war es immer, seit Tausenden und Tausenden von Jahren. Es ist nur so seltsam, wenn es einem selber passiert. Noch ein paar Jahre, und er wird irgend so ein kleines Ding wie diese Julia Rayford heiraten, und sie wird ein Kind bekommen, und er wird sich darüberbeugen mit genau dem gleichen erstaunten Gesicht, das Spratt hatte, als er Dick zum erstenmal sah. Wenn es ein Junge wird, werden sie ihn Richard Spratt Herlong III nennen, und wenn es ein Mädchen wird, werden sie sämtliche Namen zwischen Amaryllis bis Zillach erörtern und sich schließlich auf irgendeinen prosaischen Namen einigen, so einen wie meinen.

Ich werde versuchen, eine nette Großmutter zu sein, und wir werden alle sehr aufgeregt sein, so als ob es noch nie ähnliches auf der Welt gegeben hätte. Vorher allerdings müssen wir den Krieg hinter uns bringen. Oh, warum können so ein paar machtbesessene Scheusale die Welt in so viel Unglück stürzen? Jungen, wie mein Dick – ach, ich will nicht daran denken. Er denkt überhaupt nicht daran. Oder – tut er es doch?

Sie erinnerte sich an den Tag von Pearl Harbour. Sie fand Dick lauschend vor dem Radio, vorgebeugt, einen Ausdruck von Entsetzen in seinem jungen Gesicht, der sie, betäubt vor Schrecken, wie sie selber war, um die letzte Fassung brachte. Er hatte sie angesehen und zwischen den Zähnen hervorgestoßen: »Diese verdammten gelben Bastarde!«

Solch einen Ausdruck hatte sie nie von ihm gehört, und als er ihr hilfloses Gesicht sah, grinste er entschuldigend und fügte hinzu: »Ich kenne noch üblere Worte, und es ist mir ganz danach, sie auszusprechen. Also wenn du sie nicht hören willst, dann geh lieber hinaus in den Garten zu Vater. Dort ist ja noch ein Apparat.«

Was Elizabeth erstaunte, waren nicht nur die Worte, sondern die wütende Vehemenz, mit der er sprach. Das erstemal war Dick nicht mehr ihr lieber, vergnügter kleiner Junge. Die Nachrichten über Pearl Harbour hatten ihn ganz plötzlich zu einem fremden Erwachsenen gemacht.

Sie ging wirklich hinaus in den Garten und erzählte Spratt, was der Junge gesagt hatte. Doch Spratt erwiderte kurz: »Ich verstehe, was er fühlt.«

»Ich auch«, sagte Elizabeth. »Ich habe ja auch nichts dazu gesagt.«

Eine Weile lauschten sie schweigend der aufgeregten Stimme aus dem Lautsprecher. Und plötzlich, als würde ihr es jetzt erst richtig klar, rief Elizabeth erschrocken aus: »Spratt! Wir haben Krieg. Das bedeutet ... weißt du, was es bedeutet? Es ist – Dick. Schon bald.«

Und Spratt sagte: »Ja. Ich weiß es.«

Eine eisige Kälte kroch über ihren Rücken, und dann dachte sie, an diesem Tage das erstemal: Noch nicht. Ich brauche jetzt noch nicht daran zu denken.

Wie Dick wohl heute darüber dachte? Sie hatte keine Ahnung. Er sprach gelegentlich davon, in selbstverständlichem Ton, daß er einrücken würde, wenn er in das Alter kam. Aber es schien ihm weniger wichtig zu sein als seine Schulangelegenheiten. Doch wenn man siebzehn ist, scheint einem ein Jahr eine endlos lange Zeit zu sein.

Dick federte in den Knien, löste sich vom Sprungbrett, überschlug sich zweimal im Flug und glitt so gerade ins Wasser, daß es kaum einen Spritzer gab. Er tauchte rechtzeitig genug auf, um Julias begeisterten Ausruf zu hören: »Dick, das war prima. Meinst du, ich könnte es auch so lernen?«

Pudge war der erste, der Elizabeth sah. Er rief: »Guten Tag, Mrs. Herlong«, und die anderen wandten sich um und winkten ihr zu. Elizabeth winkte zurück und fuhr den Wagen in die Garage. Dann ging sie über den Rasen, um die Kinder zu begrüßen.

»Hallo, wie geht's euch? Cherry, um Himmels willen, was hast du denn mit all diesen Limonen vor?«

»Ich wollte Limonade machen«, sagte Cherry, und Pudge fügte hinzu: »Sie haben doch nichts dagegen?«

»Natürlich nicht, aber das reicht für ein ganzes Faß. Sammle die anderen zusammen, Cherry, und bring sie hinein. Wir können sie gut verwenden.«

»Ich werde Eis holen«, meinte Dick und kletterte aus dem Wasser. Er nahm ein Handtuch und trocknete damit seine braunen Beine. »Ich tropfe noch ein bißchen, aber ich gehe nur in die Küche«, versprach er Elizabeth, ehe sie mit Einwänden kam.

»Na schön«, sagte sie und wandte sich zum Haus. Über die Veranda, die über die ganze Rückfront des Hauses lief, kam sie in den langgestreckten Vorraum, den die Kinder als Spiel- und Arbeitszimmer benützten. An der Wand war ein Berg alter Magazine aufgestapelt, staubig und verblichen sahen sie aus, als hätten sie jahrelang auf einem Dachboden gelegen. Wo in aller Welt hatten sie das her, und was wollten sie damit?

Die Tür, die in die Küche führte, wurde aufgestoßen, und Dick streckte den Kopf herein.

»Möchtest du auch ein Glas Limonade, Mutter?«

»Doch, gern.«

»Dann mußt du in die Küche kommen. Oder darf ich auf den Teppich?«

»Ich komme schon«, sagte sie und folgte ihm. Dick und Cherry brachten ein Tablett mit Gläsern und Eisschalen. Von ihren Badeanzügen tropfte es naß aufs Linoleum, und die Köchin machte ein vorwurfsvolles Gesicht.

»Was wollt ihr denn mit den alten Zeitungen?« fragte Elizabeth, nachdem sie ein Glas genommen hatte.

»Das sind unsere«, antwortete Cherry. »Das heißt, sie gehören Julia. Sie hat sie auf dem Boden zu Hause gefunden, und wir wollen uns ein paar Anregungen daraus holen. Wir sollen nämlich einen Aufsatz über die Entwicklung der Mode im zwanzigsten Jahrhundert schreiben.«

»Ach so«, sagte Elizabeth. »Bringt sie bloß nicht ins Wohnzimmer. Sie sind ja furchtbar staubig.«

»Nein, nein«, sagte Cherry und verschwand mit dem Limonadenkrug nach draußen. Dick hatte inzwischen eine Dose mit Keksen gefunden.

»Können wir die haben, Mutter?«

»Bitte sehr, nimm sie mit.«

»Danke«, sagte er und folgte Cherry in den Garten. Elizabeth sprach kurz mit der Köchin wegen des Abendessens und ging dann hinauf in den ersten Stock. Sie warf einen flüchtigen Blick in Spratts Zimmer. Alles war in bester Ordnung – Zigaretten in der Dose, Streichhölzer und Aschenbecher daneben, ›Time‹ und ›Newsweek‹ auf dem Tisch, außerdem ein paar Romane, die von Agenturen zur Ansicht eingeschickt worden waren. Ein Notizbuch, in das Spratt seine Bemerkungen dazu kritzelte, lag dabei. Sie überprüfte die Bleistifte, ob sie auch spitz waren, zog vorsorglich den Vorhang zu, denn die Sonne würde den Teppich ausbleichen, und schließlich ging sie durch die Verbindungstür in ihr eigenes Zimmer.

Das war ihr Lieblingsplatz im Haus. Sosehr sie ihre Familie liebte, manchmal hatte sie das Bedürfnis allein zu sein. Und dies war der einzige Platz, wo sie wirklich ungestört blieb. Ein ruhiger, geschmackvoll eingerichteter Raum – das Bett mit einer blauen Decke versehen, der Toilettentisch mit Dosen und Parfümflaschen, an beiden Seiten lange Leuchten, in einer Ecke stand ihr Radio, damit sie ohne Störung die Programme hören konnte, die sie liebte. In der anderen Ecke standen der Schreibtisch und der Papierkorb. Spratt nannte diese Ecke ihr Büro, denn hier schrieb sie Briefe, sammelte die Rechnungen und schrieb die Schecks aus, führte sorgfältig ihr Haushaltsbuch. Vor dem Fenster stand eine Couch, und auf dem Tischchen daneben lag das Buch, in dem sie jeweils las, ihre Zigaretten, ein Kalender, ein Notizbuch und ihr eigenes Telefon. Obwohl das Fenster meistens offen war, hielt sich im Raum ein leiser Duft, gemischt aus ihren Cremes und Lotions und dem Parfüm, das sie benützte. Immer wenn Elizabeth diesen Raum betrat, entspannte sie sich, fühlte sich ganz und gar zu Hause.

Sie nahm ein langes Bad, bürstete ausdauernd ihr Haar und zog sich dann für das Dinner an; ein zartes, schwingendes Gewand aus weißem Satin, ein Hausgewand für die Gastgeberin. Spratt hatte es ihr zum Geburtstag geschenkt, und als Elizabeth sich im Spiegel betrachtete, gefiel sie sich außerordentlich gut. Das kleidete sie. Selbst würde man sich so ein aufwendiges Gebilde niemals kaufen. Aber es war hübsch, es geschenkt zu bekommen. Und auch sonst, nicht nur das Kleid. Elizabeth drehte sich zufrieden vor dem Spiegel. Sie pflegte immer sehr sorgfältig ihr Gesicht und ihr Haar, und ihre Figur war die eines jungen Mädchens. Es war kein Zufall, daß Spratt ihr mit Vorliebe schöne Kleider schenkte. Als Filmproduzent hatte er ein sicheres Auge für die Erscheinung einer Frau. Er würde ihr diese Kleider nicht mitbringen, wenn er nicht wüßte, daß sie sie zu tragen verstand.

Sie drehte das Radio an und lauschte eine Weile. Zuerst beklagte sich eine traurige Stimme darüber, daß die Blumen im Garten der Liebe so rasch verwelkten, dann empfahl man ihr ein Mittel gegen schlechte Verdauung, und dann wollte eine energische Stimme wissen, was sie gegen die Schmerzen in ihrem Kreuz tue. Elizabeth zog eine kleine Grimasse und brachte das Ding wieder zum Schweigen. Besser, sie las ein wenig, bis es Zeit wurde, hinunterzugehen und die Cocktails zu bereiten.

Sie streckte sich auf der Couch aus und schlug die Seite auf, wo sie die Lektüre unterbrochen hatte.

Das Buch war spannend, und sie zog unmutig die Brauen hoch, als das Telefon sie nach einiger Zeit störte. Dieser Apparat war nicht mit den anderen im Hause verbunden, man konnte direkt wählen, jedoch nur ihre besten Freunde kannten die Nummer. Also war der Anruf bestimmt für sie. Sie legte das Buch zur Seite und griff nach dem Hörer. Es war Spratt.

»Elizabeth, haben wir morgen abend Gäste?«

»Nein. Willst du jemand mitbringen?«

»Kessler. Ich habe gerade mit ihm gesprochen. Er hat ein paar gute Einfälle, und ich würde sehr gern morgen abend mit ihm darüber in Ruhe reden. Es wäre gut, wenn sonst niemand käme.«

»Gut. Sag ihm also, morgen abend um halb acht. Hat er schon Hollywooder Magengeschwüre, oder kann er alles essen?«

»Er kann alles essen, soweit ich weiß, aber denke bitte daran, daß er nur eine Hand hat. Mach irgend etwas, was er leicht essen kann.«

»O ja, das hatte ich vergessen. Vielleicht erst eine Suppe und dann Hühnerpastete, was meinst du? Da braucht er kein Messer.«

»Hört sich gut an.«

»Und noch etwas, Spratt, hat er eine Frau oder irgend so was, das wir mit einladen müssen?«

»Eine Frau hat er nicht – aber, fällt mir gerade ein, eine Tochter hat er erwähnt. Ich weiß aber nicht, wie alt sie ist. Vielleicht kann ich das noch erfahren. Auf alle Fälle könnte Dick zu Hause bleiben und sich um das Mädchen kümmern. Damit ich Kessler nach dem Essen für mich habe.«

»Ach, du lieber Himmel«, seufzte Elizabeth, »kann sie wenigstens Englisch?«

»Keine Ahnung.« Spratt lachte leise. »Sag Dick, mein Herz blutet für ihn, aber das ist nun mal die Art und Weise, wie ich das Geld verdiene, um meine Familie zu ernähren, und er muß sich darum eben mal opfern.«

»Laß dein Herz lieber um meinetwillen bluten, denn ich muß ihm diese Neuigkeiten schonend beibringen. Hoffentlich ist sie wenigstens hübsch.«

»Hoffen wir das Beste. Und nun muß ich gehen, drei Leute warten auf mich. Wiedersehen, Liebes.«

Elizabeth angelte nach ihrem Notizbuch und vermerkte das Wichtigste für den morgigen Abend. Ihr machte es nichts aus, Spratts Kollegen und Geschäftsfreunde zu empfangen. Aber Dick würde meutern. Wenn das Mädchen genügend Englisch verstand, konnte er ja in ein Kino mit ihr gehen. Hatte Spratt nicht gesagt, Kessler sei seit zwei oder drei Jahren im Lande? Also würden die Sprachkenntnisse wohl ausreichen. Und vielleicht war sie sogar hübsch. Dann war ja alles in bester Ordnung.

Müßig blätterte sie eine Weile im Kalender. Was für ein Datum hatte man eigentlich, Sonntag, Montag, Dienstag – heute war Montag. Für morgen war sie beim Friseur angemeldet. Sie kritzelte ›Kessler zum Dinner 7.30‹ auf die Seite, hielt plötzlich inne und erstarrte. Jetzt erst hatte sie das Datum richtig erfaßt. Dieser Tag –

Sie legte den Kalender nieder, als habe sie sich verbrannt, schob ihn beiseite, damit er ihr aus den Augen kam. Aber das nützte nichts mehr. Sie hatte es vor Augen, unverrückbar und nie zu vergessen. 6. Oktober 1942. Und auch als sie die Augen mit den Händen verdeckte, war es zu spät. Schon hatten sich die Zahlen verschoben. Schon stand ein anderes Datum vor ihr. 6. Oktober 1918.

Sie war glücklich. Sie lebte ein erfülltes, reiches Leben mit Spratt und den Kindern. Nichts fehlte ihr. Und doch – immer wieder kam eine schwarze Stunde der Verzweiflung. Immer wieder versank sie in vergangenem Gram. Als sei der Schmerz, den sie empfunden hatte, niemals ganz auszulöschen.

Nie zu vergessen, nie zu überwinden.

6. Oktober 1942
6. Oktober 1918
Vierundzwanzig Jahre.

II

Sie hatte den Tag nicht vergessen, nicht in all den Jahren, die vergangen waren. Und nichts, was seitdem geschehen war, konnte ihn aus ihrem Gedächtnis löschen. Es war etwa um diese Stunde am Nachmittag gewesen, die Herbstsonne kam durch die offene Haustür, erhellte den Flur und ließ das gelbe Telegramm, das sie in der Hand hielt, aufleuchten: »...und bedauern wir, Ihnen mitteilen zu müssen...Sergeant Arthur Kittredge...gefallen...«

Nein. Ärgerlich versuchte sie, sich aus dem Bann zu befreien. Es lag nicht der geringste Grund vor, sich von dem lang vergangenen Schmerz quälen zu lassen. Sie hatte ihn bekämpft. Und besiegt. Schon vor Jahren. Und ein neues Leben aufgebaut, nachdem es ihr gelungen war, die Vergangenheit zu besiegen. Sie war eine vernünftige Frau und eine glückliche dazu, und es gab nicht den geringsten Grund dafür, warum es immer wieder eine Stunde gab wie diese, in der die alte Pein sie überfiel und ein zitterndes Nervenbündel aus ihr machte, wehrlos und ausgeliefert, so wie jetzt, als sie hier auf der Couch lag, die Augen mit den Händen bedeckend und verzweifelt die Finger gegen die Schläfen pressend, als müsse es ihr so gelingen, diesen jähen Anfall von Schmerz zum Schweigen zu bringen. Aber es half alles nichts. Vernunftgründe halfen nie, sie wußte es schon. Sie hätte ebensogut mit dem nackten Willen gegen ein Erdbeben ankämpfen können wie gegen diese Wiedergeburt jener entsetzlichen Stunden, als das Furchtbare geschehen war. Oft schon hatte sie gedacht, es würde nicht wiederkommen, diesmal sei es das letztemal gewesen. Es verging ein Jahr, oder auch zwei oder drei, und dann auf einmal, aus irgendeinem nebensächlichen Grund, überfiel es sie wieder. Und dann war alles wieder da. Es gab kein Entkommen. Es war, als sei es heute geschehen und nicht vor so langer Zeit.

Ja, so ein Tag war es gewesen, ein kühler, heller Herbsttag, die Blätter an den Bäumen waren schon verfärbt, rot und golden, vor den Häusern in Tulsa flatterten Fahnen im Wind. Elizabeth hatte den Tag im Lager des Roten Kreuzes verbracht, Bandagen aufgerollt, und war nach Hause gekommen, ihren Strickbeutel am Arm. Es war so wenig, was sie tun konnte. Aber wenn es helfen würde, den Krieg zu gewinnen, daß sie Kilometer von Bandagen aufrollte und Sweater strickte, dann wollte sie es gern und unermüdlich tun. Alles wollte sie tun, was mithelfen würde, den Krieg zu verkürzen, und sei es um fünf Minuten, wenn Arthur um diese fünf Minuten früher bei ihr sein würde. Für diese fünf Minuten würde sie all die Jahre hingeben, die sie ohne ihn verbringen mußte.

Als sie die Stufen zum Haus hinauflief, sang sie leise vor sich hin. Ein törichtes Lied, aber jedermann sang es damals. »Ich möchte gern den Kaiser sehen, mit einer Lilie in der Hand.« Das kleine Haus lag still in der Sonne, schien sie erfreut willkommen zu heißen. Ein Jahr lang hatte sie hier mit Arthur gewohnt, ehe er Soldat wurde. Jetzt wohnte eine Freundin bei ihr, die während des Krieges bei einer Telefongesellschaft arbeitete.

Als sie die Tür öffnete, folgte ihr die Sonne fröhlich ins Haus. Sie warf den Strickbeutel auf einen Stuhl und schaute eilig nach dem Tisch, wo das Mädchen immer die Post hinlegte. Arthur schrieb häufig, aber die Schiffe von Frankreich kamen nicht regelmäßig, manchmal bekam sie wochenlang keine Nachricht von ihm, dann wieder erwarteten sie gleich mehrere Briefe. Er schrieb wundervolle Briefe. Sie waren heiter und gelassen, trotz all dem Blut und Schmutz der Schützengräben, in denen er lebte. Er schrieb nichts davon, nichts von dem Schrekken des Krieges, dafür schilderte er ausführlich jedes noch so kleine heitere oder amüsante Erlebnis, das ihm widerfahren war, kleine Begebenheiten, die er beobachtet hatte, und nur dann wurde der Ton ernster, wenn er davon sprach, wie sehr er sie vermißte. Einmal hatte sie ihm geschrieben, der Krieg könne doch nicht so harmlos sein, wie er ihn darstelle, und er hatte geantwortet: »Bitte, Elizabeth, verlange nicht von mir, daß ich Dir schreibe, was wirklich geschieht. Wenn ich an Dich schreibe, kann ich es für eine kleine Weile vergessen. Nimm mir dies nicht. Ich liebe Dich so sehr. Hast Du eigentlich keine neuen Bilder von Dir?« Sie schickte ihm Bilder und fragte nie mehr nach dem, was er nicht berichten wollte.

Heute lagen keine Briefe auf dem Tisch, nur ein Telegramm. Sie wunderte sich flüchtig, wer ihr denn eine so dringende Mitteilung zu machen hatte, daß ein Brief nicht genügte, nahm das Telegramm in die Hand und schlitzte es auf. Dann sah sie, es kam vom Kriegsministerium. Die Nachricht war nur kurz. Man teilte ihr mit, daß Arthur tot sei. Nicht, wie es geschehen war noch wo. Daß er an den Wunden gestorben war, die er bei Château-Thierry erhalten hatte, erfuhr sie später durch einen Brief des Roten Kreuzes.

Doch nicht einmal das wenige, was in dem Telegramm stand, wurde ihr klar. Sie stand still, blickte auf das Stück Papier in ihrer Hand, und aller Selbsterhaltungstrieb, der in ihr war, wehrte sich dagegen, zu verstehen. Sie faltete das Telegramm sorgsam zusammen und steckte es in ihre Tasche. Dann rückte sie eine Vase mit Blumen gerade und strich mit ordnender Hand über das Tischtuch. Dann betrachtete sie eine Weile das Titelbild eines Magazins, das dort lag, fand ein Flöckchen Staub auf einem Sessel und wischte es mit der Hand weg. Schließlich nahm sie ihren Strickbeutel und ging langsam die Treppe hinauf in das Schlafzimmer. Die Fenster waren weit geöffnet, und die Sonne füllte den Raum bis in den letzten Winkel. »Wir müssen ein Haus finden«, hatte Arthur gesagt, »wo wir das Schlafzimmer nach Westen legen können. Ich sehe nicht ein, warum man sich den ganzen Sommer lang um vier oder fünf wecken lassen soll. Wenn wir wirklich mal in aller Herrgottsfrühe aufstehen müssen, können wir ja einen Wecker stellen. Aber wenn wir schlafen können, warum sollen wir dann nicht?« Der Gedanke war neu für Elizabeth, aber er leuchtete ihr sofort ein. Arthur hatte vollkommen recht. Es war überhaupt erstaunlich, wieviel Gedanken er sich über die Wohnungsfrage machte. Dabei hatte er keine Ahnung von Architektur. Er war Chemiker und arbeitete bei einer Ölfirma.

Aber eigentlich interessierte sich Arthur für alles. Nie in seinem Leben hatte er sich auch nur eine Stunde gelangweilt. Und er begriff nicht, wie jemand sich langweilen konnte, in dieser faszinierenden Welt, in der es so viel zu sehen, zu hören, zu erfahren und zu erleben gab, daß auch das längste Leben nicht ausreichen würde, um auch nur einen Teil davon zu erfassen.

Ihr Schlafzimmer in diesem bescheidenen kleinen Haus hatte er so überlegt und wohlgelungen eingerichtet, daß keine Wünsche offenblieben – das Bücherregal in Reichweite des Bettes, die Lampen am Bett so placiert, daß man wirklich lesen konnte, ihr Toilettentisch zwischen den Fenstern und ein langer Spiegel, in dem sie sich von Kopf bis Fuß betrachten konnte. »Du hast so schmale Fesseln«, hatte er gesagt, »und stell dir vor, du müßtest dich in einem Raum ankleiden, wo du keine Möglichkeit hast, zu sehen, ob deine Strümpfe geradesitzen oder nicht.« Erst später war es ihr aufgefallen, daß er hauptsächlich für sie alles so vollkommen eingerichtet hatte. Für sich selbst war er sehr viel bescheidener gewesen, denn natürlich mußten sie damals sparen und konnten sich manches nicht leisten. So stellte sie eines Tages fest, daß sein Spiegel, vor dem er sich rasierte, alt und ausgeleiert war und sich nicht mehr drehen ließ, so daß er sich fast den Hals verrenken mußte, um schwierig zu erreichende Haare zu erwischen. Sie hatte gespart, nachdem er fort war, um ihn bei seiner Rückkehr mit einem neuen Spiegel zu überraschen und auch mit einer besseren Lampe für den Schreibtisch. Die allerdings sollte er sich selber aussuchen. Er war glücklicherweise nicht sentimental. Vielleicht hätte er eine farbkühne Krawatte getragen, falls sie sie für ihn gekauft hätte, aber ein ernsthafter Gebrauchsgegenstand, wie eine Lampe beispielsweise, die nicht seinen Ansprüchen genügte, hätte er bei nächster Gelegenheit für eine andere ausgetauscht. Das wußte sie. Also würde sie ihm das gesparte Geld geben, und er sollte sich seine Lampe selber kaufen, sobald er wieder zu Hause war.

Ein großer Hammer fing plötzlich an, in ihrem Kopf zu schlagen. Nein, nicht einer, zehn, hundert waren es. Der Strickbeutel fiel ihr aus der Hand. Sie fingerte in ihrer Tasche nach dem Fetzen Papier, auf dem so etwas Merkwürdiges gestanden hatte, was ja gar nicht sein konnte.

Aber es waren die gleichen Worte. Sie hatten sich nicht verändert. Sie sagten: Arthur ist tot.

Und dann wußte sie auf einmal, was geschehen war. Die Tasche glitt aus ihrer Hand, mitten auf den angefangenen Pullover, der aus dem Strickbeutel hervorsah. Das Telegramm folgte, ein leichter Wind, der durch das Fenster kam, griff nach ihm, ließ es vergnügt ein wenig durch die Luft flattern, ehe es auch zu Boden sank. Ihre Knie wurden weich, sie griff nach einem Halt, sank auf das Bett, bekam ein Kissen zwischen die Finger, ihre Zähne gruben sich in die weiche weiße Masse, und dann hörte sie stöhnende, stoßende Laute, wie sie ein Tier von sich geben mochte, dem die Kehle zugedrückt wurde. Erst nach einer Weile merkte sie, daß diese Laute aus ihrer eigenen Kehle kamen.

Sie dachte nichts. Die Welt bestand aus einem einzigen wilden Schmerz, der über sie hergefallen war und sie zu einem Teil davon werden ließ. Dann plötzlich versuchte sie sich an alles zu erinnern, was sie je über die Verwundungen der Männer gehört und gelesen hatte. War er also verletzt worden? Es war nicht möglich, sich das vorzustellen. Er war niemals krank gewesen. Er hatte sich niemals über irgend etwas beklagt. Er war gesund und stark wie ein Athlet. Manchmal, wenn er sie in die Arme geschlossen hatte, mußte sie sagen: »Du tust mir weh, Arthur.« Dann lockerte sich sein Griff, und er sagte: »Es tut mir leid, Liebling.« Und dann tat es ihr leid, daß sie sich beklagt hatte.

Es war nicht zu begreifen. Daß ein Mann wie er, so lebendig, so stark, ausgeblasen werden konnte wie ein Zündholz. Daß er nicht mehr dasein sollte, daß er nicht zu ihr zurückkommen würde – es war nicht möglich, es konnte nicht sein. Aber da wußte sie schon, daß es dennoch die Wahrheit war. Er war nicht mehr da, nur sie selbst, allein gelassen, stöhnend in das Kissen des Bettes, in dem sie mit ihm geschlafen hatte.

Es war schon dunkel, als Frances, ihre Freundin, von der Arbeit nach Hause kam und nach einer Weile an die Tür klopfte. Elizabeth hörte das Klopfen nicht. Frances öffnete die Tür und fragte in den dunklen Raum hinein: »Elizabeth, bist du hier?« Und dann: »Was ist denn los?« Sie knipste das Licht an und trat ans Bett.

»Laß mich allein!« stieß Elizabeth hervor.

Frances blickte sich ratlos um und entdeckte auf dem Boden das Telegramm. Als sie es gelesen hatte, sagte sie hilflos: »Ach, mein Armes. Mein Armes!«

Später fragte sie: »Soll ich deine Tante anrufen?«

»Nein!« rief Elizabeth. »Bitte, geh! Laß mich allein. Bitte.«

Frances zögerte. Schließlich murmelte sie: »Du wirst dich erkälten«, nahm eine Decke und breitete sie über Elizabeths erstarrten Körper. Dann ging sie hinaus.

Elizabeth rührte sich nicht mehr in dieser Nacht. Sie verständigte nicht einmal ihre Tante Grace, die ihr das nie verzieh. Noch Wochen danach erklärte Tante Grace jedem, der es hören wollte oder nicht: »Und dabei war ich wie eine Mutter zu dem armen Kind! Sie brauchte mich. Immer hat sie mich gebraucht. Und gerade, als sie mich am nötigsten gebraucht hätte, gab sie mir keinen Bescheid.«

Tante Grace war gern um Leute beschäftigt, die Kummer hatten. Sie verstand durchaus, daß ihre arme Nichte sich über den Tod ihres Mannes grämte. Aber sie war überzeugt davon, daß der Gram gemildert worden wäre, wenn sie zugegen gewesen wäre und ihren Trost und eine Tasse Tee hätte anbieten können. Allen ihren

Freunden erzählte sie, wie unglaublich Elizabeth sie behandelt hatte bei dieser Gelegenheit. Und nach allem, was sie getan hatte! Hatte sie nicht das erste Telegramm abgefangen? Zufällig war sie ins Haus gekommen, als Elizabeth beim Roten Kreuz war. Und da war ein Bote gekommen mit dem Telegramm. Sie hatte es aufgemacht und gelesen, daß Arthur als vermißt gemeldet war. Und dann hatte sie das Telegramm zerrissen. Warum das arme Kind unnötig ängstigen, vielleicht stellte sich alles als ein Irrtum heraus, vielleicht fand sich Arthur wieder ein, dann hatte man der armen Elizabeth die Sorge erspart. Sie war nach Hause gegangen und hatte kein Wort von dem Telegramm verlauten lassen. Konnte man liebevoller und schonender mit einem Menschen umgehen? Wenn sie doch bloß dagewesen wäre, um das zweite Telegramm auch in Empfang zu nehmen. Ganz vorsichtig, so nach und nach, hätte sie Elizabeth auf den Schock vorbereitet, wäre natürlich bei ihr geblieben, die ganze Nacht, und hätte sie getröstet. Und was hatte Elizabeth getan? Sie nicht einmal verständigt. Nicht einmal das. Das war bitter. Nicht, daß sie sich beklagen wollte über das arme Kind, aber das war bitter.

Elizabeth hatte keine Verwendung für den angebotenen Trost. Sie wollte niemanden sehen. Sie war allein und würde ewig allein bleiben. Da war nur der Schmerz. Und dazwischen konfuse Bilder, Gedankenfetzen, aus ihrem gemeinsamen Leben mit Arthur. Und dann wieder nichts als der Schmerz. Eine rotglühende Schale, die sich eng um sie schloß und für immer von allen anderen Menschen trennte. Und dann wieder Erinnerungen, viele Kleinigkeiten, an die sie dachte, die ihr vorher nie in den Sinn gekommen waren. Kleine, unwichtige Worte, die er gesprochen hatte. Wie er sie manchmal ansah, wenn sie unter anderen Menschen waren; über den Raum hinweg traf sie auf seinen Blick, und ihr wurde warm ums Herz. Seine Großzügigkeit, die Energie, mit der er sich an seine Arbeit machte – seine Güte, sein Verständnis – »Oh, Elizabeth, warum sollen wir uns darüber aufregen? Warum soll nur unsere Meinung richtig sein? Vielleicht haben die anderen recht.« Und dann über allem, die Einigkeit zwischen ihnen, die Einheit, die sie geworden waren: »Elizabeth, ich könnte das niemandem sagen, nur dir. Du verstehst mich...«

So viel war gewesen. Und doch so wenig. Vor zwei Jahren hatte sie noch nicht gewußt, daß es Arthur gab. Und nun hatte sie ihn verloren.

Ihre Gedanken wanderten zurück zu jenem Tag, als sie ihn kennenlernte. Wenn sie ihn doch nur schon länger gekannt hätte! Vielleicht hätte sie ihn längst gekannt, wenn sie in Tulsa geblieben wäre. Denn er lebte dort seit mehreren Jahren. Aber ihre Tante und ihr Onkel hatten sie auswärts in eine Schule geschickt und sie so der Möglichkeit beraubt, ihm schon früher zu begegnen. Natürlich hatte sie damals nicht geahnt, daß sie bestohlen worden war um die Zeit mit ihm. Sie war gern in die Schule gegangen, und sie hatte sich auch gern von Onkel und Tante getrennt. Denn mit dem wachen Sinn des Kindes hatte sie längst gespürt, daß die beiden, bei aller Pflichterfüllung, eigentlich nicht recht wußten, was sie mit ihr anfangen sollten. Sie waren fünfzehn Jahre verheiratet, hatten selbst keine Kinder, als die kleine Waise ins Haus kam. Die Lebensversicherung ihres Vaters verhinderte es, daß die kleine Elizabeth eine finanzielle Last war. Sie bekam ein Kindermädchen, später besuchte sie gute Schulen, im Sommer schickte man sie in ein

Ferienlager oder ließ sie die Ferien bei Freundinnen verbringen. Sie empfand das alles als ganz normal. Und dann, nach ihrem ersten Jahr im College, plante sie mit einer Gruppe von Mädchen eine Reise nach Kanada und verbrachte zuvor einige Wochen bei ihrer Tante und ihrem Onkel zu Hause.

Eines Tages ging sie in den Country Club zum Schwimmen. Und dort traf sie Arthur.

Sie war allein gekommen, aber sie traf meist Bekannte im Bad, denn an einem warmen Samstagnachmittag wie diesem war es hier immer voll. Zunächst übte sie für sich allein einige Sprünge. Sie stand gereckt in der Sonne auf dem Sprungbrett, unter sich das grün schimmernde Wasser, dann der Absprung, der Flug durch die Luft mit gebreiteten Armen, der richtige Moment, die Arme nach vorn zu nehmen, um elegant ins Wasser zu tauchen, das sich kühl um ihre heiße Haut schloß. Es war herrlich. Wenn sie auftauchte, fühlte sie sich versucht, vor lauter Lebensfreude zu schreien. »Ich lebe! Ich lebe! Und es ist wundervoll!«

Sie wiederholte den Sprung mehrmals, und schließlich tauchte sie auf, schüttelte sich die Tropfen aus den Augen und glitt geschmeidig durch das Becken. Als ihre Fingerspitzen den Beckenrand berührten, lachte sie hell aus lauter Freude; sie wollte sich aus dem Wasser ziehen und erschrak, als ihre Hand ein Bein berührte.

Sie wollte sich entschuldigen, aber da hatte sich der junge Mann schon vorgebeugt und zog sie aus dem Wasser. Dabei sagte er: »So! Und nun noch mal, bitte.«

»Was?« fragte sie verwirrt.

»Ich habe Ihnen zugeschaut. Wirklich, das war der schönste Sprung, den ich je gesehen habe. Machen Sie's noch mal. Bitte.«

Sie blickte zu ihm auf, und schon im ersten Moment mochte sie ihn. Einfach deswegen, weil er war wie sie – jung, fröhlich, voller Vitalität. Es kam ihr vor, als müsse sie ihn kennen. Und sie fragte: »Kommen Sie oft hierher? Habe ich Sie schon gesehen?«

»Ich weiß nicht. Ich habe mich das auch gerade gefragt. Ich komme Samstag und Sonntag oft her. Mein Name ist Arthur Kittredge. Und jetzt seien Sie so nett und springen Sie noch mal.«

»Gern«, sagte sie und lief leichtfüßig zu der Leiter, die hinauf auf das hohe Sprungbrett führte. Als sie oben stand, schaute sie hinab zu ihm. Er hatte sich hingelegt und blickte zu ihr auf. Er lächelte, hob die Hand zu einer kleinen grüßenden Gebärde, und ihr war es, als sei außer ihm niemand weit und breit. Sie rannte los, ihr Körper schnellte hoch in die Luft, und als sie ins Wasser glitt, wußte sie, daß dies der eleganteste, graziöseste Sprung war, den sie je vollbracht hatte. Das kommt, dachte sie, wenn man es *für* jemand tut.

Arthur sprang in das Bassin und schwamm auf sie zu. Obwohl er ein großer junger Mann war, kräftig gebaut, bewegte er sich mit leichter Grazie. Sie schwammen eine Weile auf und ab, vergnügten sich damit, auf einen Gummischwan zu klettern, von dem sie immer wieder herunterrutschten, dann verlor Elizabeth ihre Kappe, und Arthur tauchte danach. Aber da hatte sich ihr langes Haar schon gelöst und war schwer und naß geworden, als hätte sie nie eine Kappe getragen.

»Jetzt sehe ich schrecklich aus«, sagte sie, eifrig Wasser tretend, und versuchte, ihr Haar auszuwringen.

»Keineswegs«, erwiderte er ernsthaft. »Sie sehen aus wie eine Meerjungfrau. Glitzernde Haut, meergrüne Augen, und das Haar schwimmt um Sie auf den Wellen.«

Sie kletterten aus dem Wasser, setzten sich an den Rand des Bassins, und sie schüttelte ihr Haar locker, damit es trocknen konnte. Dabei plauderten sie unbefangen, als seien sie alte Bekannte. Arthur erzählte ihr, daß er Chemiker sei und mit wissenschaftlichen Arbeiten beschäftigt. Er war bei einer Ölfirma angestellt und machte Laboratoriumsversuche, die weitere Verwendungsmöglichkeiten für Petroleum erschließen sollten. Er hatte auch schon Aufsätze in Fachzeitschriften über seine Arbeit veröffentlicht. Für Elizabeth klang das alles sehr gelehrt und eigentlich gar nicht passend zu diesem jungen schönen Athleten. Aber Chemie, erklärte er ihr, sei die aufregendste Sache der Welt, und gleich danach käme Physik oder vielleicht auch Biologie – die Reihenfolge sei nicht so wichtig, auf jeden Fall seien diese Wissensgebiete einfach faszinierend, denn durch sie allein werde ständig das Bild der Welt verändert.

»Selbst eine ganz oberflächliche Kenntnis von all diesen Dingen«, sagte er, »genügt schon, um die Welt mit anderen Augen anzusehen. Man erkennt Dinge, an die man früher nicht gedacht hat. Es ist, als sei man zuvor blind gewesen.«

Er beugte sich zurück, zog ein Blatt aus einem Strauch und zeigte es ihr. Wie glänzend es an der Oberfläche sei, wie samten darunter. Die kleinen Härchen an der samtweichen Seite seien nichts anderes als Büschel von kleinen Nasenlöchern, mit denen das Blatt atme.

Da sie ihr Interesse deutlich zeigte, redete er weiter, beschrieb, wie das Blatt Luft und Wasser und Sonnenlicht benötigte, um daraus Nahrung für die Pflanze zu produzieren. »Und dann«, fuhr er fort, »kommen die Tiere und fressen die Pflanze. Und wir essen die Tiere und die Pflanze auch, und auf diese Weise können wir leben. Aber wir wissen noch nicht, wie wir für unsere Ernährung die Sonne nützen können. Nur die grünen Blätter wissen es. Sie tun es für uns. Und das ist der erste und wichtigste Vorgang, wie Leben erschaffen und erhalten wird. Unsere Körper wären verloren ohne die grünen Blätter. Sie wissen mehr als wir. Wenn sie es vergessen würden, müßten wir sterben. Alles Leben auf der Erde hörte auf. Weil wir nie das Geheimnis der grünen Blätter erforschen konnten.«

Elizabeth war entzückt. »Aber das ist wunderbar!« rief sie aus. »Warum hat mir das noch nie jemand erzählt? Nun werde ich immer daran denken, wenn ich über eine Wiese gehe oder einen Baum ansehe. Sie sind sehr klug.«

»O nein, gar nicht«, sagte er und lachte. »Ich weiß so vieles nicht. Aber ich möchte immer mehr wissen.«

Sie entdeckte bald, daß sein hervorstechendster Charakterzug Neugier war. Neugier oder, vielleicht besser gesagt, Wißbegier, zu erforschen, wie das Universum und die Wesen, die es bewohnten, beschaffen waren. Alles, angefangen bei Babys bis zu den Planeten, interessierte ihn. Am liebsten hätte er alles und jedes auseinandergenommen, um zu entdecken, wie es zusammengesetzt war.

Er erzählte Elizabeth, daß er sich schwer getan hatte, sich für ein Fach zu entscheiden. Und ehe er schließlich bei der Chemie blieb, hatte er den Wunsch gehabt, Arzt oder Biologe oder auch Astronom zu werden. Nicht weil er nicht gewußt hätte, was er wollte, sondern weil es so viele Möglichkeiten gab und weil es so schwer war, zu entscheiden, was am interessantesten war. Ein Glück, meinte er, daß er gezwungen sei, seinen Lebensunterhalt zu verdienen. Denn sonst hätte es leicht passieren können, daß er sich von der Welt zurückgezogen hätte, um ein ewiger Lerner und Studierer zu sein. Darüber mußte sie lachen, denn es erschien zu unglaubwürdig, daß jemand, der das Leben so offensichtlich liebte wie er, für solch ein Dasein geeignet sein könnte.

»Nein, ich glaube, Sie haben recht«, gab er zu und lachte auch. »Ich liebe die Menschen. Ich kann mir eigentlich nicht vorstellen, daß jemand gern allein leben würde. Sie?«

»Ich kann mir nicht vorstellen, daß Sie viel allein gewesen sind«, sagte sie, ein wenig auf den Busch klopfend.

»Nein«, gab er zu. »Ich habe immer nette Leute kennengelernt.«

»Sind Sie schon lange hier in Tulsa?«

»Drei Jahre ungefähr.«

»Und wo lebten Sie vorher?«

»Chicago.«

Elizabeth mußte wieder lachen. »Dort sind Sie geboren, nicht wahr?«

»Ja. Woher wissen Sie das?«

»Weil Leute, die in Chicago geboren sind, es immer Chicawgo aussprechen. Und andere Leute sagen: Chicahgo. Woher kommt das?«

»Chicawgo«, sprach er ihr nach und lachte dann. »Es stimmt. Ich sage so. Und wie sprechen Sie es aus?«

»Chicahgo«, sagte Elizabeth.

»Chicawgo«, wiederholte Arthur. »Ich kann es offenbar nicht anders aussprechen. Ist so eine Art Geburtsmerkmal, wie?«

Sie nickte.

»Haben Sie jemals gehört, wie ein Engländer es ausspricht?«

»Nein. Wie sagen die?«

»Tschicago«, sagte Arthur. »Man kann es ihnen hundertmal sagen, daß das Ch weich ausgesprochen werden muß, sie kriegen es nie richtig hin.«

»Genau wie Sie.«

»Chicawgo«, wiederholte er, »Chicawgo.« Dann schüttelte er amüsiert den Kopf. »Nein, ich kann nicht. Schwimmen wir lieber noch eine Runde.«

»Ja.« Sie rollte ihr feuchtes Haar auf dem Kopf zusammen und verpackte es unter der Kappe. Dann sprangen sie Hand in Hand ins Wasser. Elizabeth glaubte, sich noch nie so wohl gefühlt zu haben. Arthur war ein großartiger Schwimmer. Er bewegte sich weich und geschmeidig, beherrschte seinen Körper bis in die Fingerspitzen. Als sie aus dem Wasser stiegen, rief sie unwillkürlich: »Ich wette, Sie sind ein großartiger Tänzer.«

»Wollen Sie's mal ausprobieren?« fragte er. »Heute abend?«

»Um Himmels willen!« wehrte sie ab. »Ich wollte Sie nicht zu einem Rendezvous herausfordern.«

»Aber ich«, erwiderte er. »Also, wie ist es?«

Elizabeth hatte für diesen Abend bereits eine Verabredung. Aber der junge Mann, um den es sich handelte, war nicht halb so attraktiv wie Arthur. Irgendwie würde sie das schon arrangieren mit dem anderen. Also nickte sie. »Doch.«

»Ich werde Sie abholen«, sagte Arthur, »wenn Sie mir Ihre Adresse sagen. Übrigens...«

»Ja?«

»Ich wüßte gern Ihren Namen?«

»Habe ich Ihnen den noch nicht gesagt?«

»Nein. Es ist natürlich nicht so wichtig, aber vielleicht findet es jemand komisch, wenn ich klingele und sage:

Ich möchte gern die grünäugige, sonnenbraune junge Dame abholen, die hier wohnt, bitte.«

»Das fehlte gerade noch. Ich heiße Elizabeth McPherson. Und wenn wir gerade dabei sind – meine Tante, bei der ich lebe, hält sehr viel von klaren Verhältnissen und guten Manieren, also erzählen Sie mir lieber noch etwas von Ihrem Arbeitsplatz und so was alles, und vielleicht können wir ein paar gemeinsame Bekannte entdecken, damit sie nicht denkt, ich hätte einen Wildfremden aufgegabelt.«

Sie setzten sich wieder ins Gras, und er erzählte von sich. Genau wie sie hatte er keine direkte Familie. Seine Eltern waren schon lange tot, er hatte sich sein Studium selbst erarbeitet. Schließlich kamen sie dahinter, daß Elizabeths Onkel, der auch im Ölgeschäft arbeitete, einige Herren der Gesellschaft, bei der Arthur arbeitete, kennen müßte. Das ergab immerhin schon einen seriösen Hintergrund.

Am Abend gingen sie zum Tanz. Am nächsten Tag, es war ein Sonntag, wieder zum Baden. Eine Woche später hatte Elizabeth nicht mehr die geringste Lust, die geplante Reise nach Kanada mitzumachen und blieb da. Einen Monat später weigerte sie sich, aufs College zurückzukehren. Im September heirateten sie.

Alle Ermahnungen, die ältere und klügere Leute so gern an junge verliebte Menschen verteilen, trafen auf taube Ohren: achtzehn sei zu jung, um zu heiraten, sie kenne ihn nicht lange genug, sie würde nie mehr Gelegenheit haben, aufs College zurückzugehen und ihre Ausbildung abzuschließen, Arthur würde nicht imstande sein, ihr den Lebensstil zu ermöglichen, an den sie gewöhnt sei. Es war alles zwecklos. Sie und Arthur wollten beisammen sein, und keiner vermochte sie zu trennen. Den

Rest von ihres Vaters Vermögen, der dazu bestimmt war, ihre kostspielige Ausbildung zu finanzieren, verwandte sie dazu, eine Wohnung einzurichten. Daß es nur eine kleine und bescheidene Wohnung war, störte sie nicht im geringsten. Sie war glücklich dort. Die Begegnung mit der Liebe ließ sie alles andere vergessen. Sie hatte Freunde gehabt, man hatte sie wissen lassen, daß sie begehrenswert sei, und schließlich hatten ihre Tante und ihr Onkel alles getan, um sie zu umsorgen, aber niemand hatte sie je wirklich geliebt. Arthur liebte sie.

Es fiel ihr schwer, ihre Gefühle auszudrücken. Aber manchmal am Abend, wenn Arthur las oder an seinen Aufsätzen schrieb und sie ihn betrachtete, die Näharbeit im Schoß, ganz versunken in sein gesammeltes Profil, und er dann plötzlich aufblickte und ihr zulächelte, dann war sie unbeschreiblich glücklich. Wenn sie zusammen ausgingen oder wenn sie etwas ganz Alltägliches taten, einen Film ansehen beispielsweise oder Tennis spielen, konnte sie plötzlich sagen: »Ich habe nie gewußt, daß zwei Menschen sich so gut verstehen können.« Dann lächelte er und sagte: »Es macht Spaß, das zu entdecken, nicht?«

Das genügte schon, um einander mitzuteilen, was sie empfanden. Obwohl Arthur gewandter mit Worten war, um auszusprechen, was er fühlte.

Eines Abends, sie war schon fast eingeschlafen, beugte er sich über sie und sagte: »Elizabeth, falls du noch wach bist, weißt du, ich habe gerade über uns nachgedacht. Warum es mir jedesmal warm ums Herz wird, wenn ich dich ansehe. Und da ist mir eine alte Sage eingefallen, die ich mal in einem Buch gelesen habe.«

»Erzähl mir«, sagte sie und kuschelte sich eng an ihn.

Er legte den Arm um sie und fuhr fort: »Ich weiß nicht, wo es herkommt, ob es persisch ist oder griechisch oder was sonst. Aber es hieß so: Am Anfang war jeder Mensch in dieser Welt glücklich. Aber dann sündigten die Menschen, und die Götter, um sie zu bestrafen, trennten jede Seele in zwei Hälften. Seit damals ist jeder von uns unvollkommen geboren und muß so lange suchen, bis er die andere Hälfte findet. Denn sonst kann er nie glücklich sein. Und nur wer seine Hälfte findet und sich mit ihr verbindet, wird eins mit dem Universum und ist ein vollkommenes Ganzes.«

Sie atmete tief. »Wie schön, Arthur! Und – es ist wahr. Es kann gar nicht anders sein. Ich glaube, ich habe es gleich gefühlt, als ich dich das erste Mal sah.«

»Ich auch. Du flogst vom Sprungbrett durch die Luft, und dann zog ich dich aus dem Wasser, und da warst du, und alles war gut. Komisch, wenn man darüber nachdenkt. Es gab so viel, was ich tun wollte, so viel, was ich lernen wollte, über Öl und über Pflanzen und Menschen und Sterne – und überhaupt. Ich will es jetzt auch noch. Aber jetzt ist alles ganz anders. Du kannst dir nicht vorstellen, wie anders es ist.«

»Doch. Ich weiß es. Alles ist anders, seit wir zusammen sind. Ich liebe dich so sehr.«

Arthur küßte sie im Dunkel.

Sie wollten gern Kinder haben. Elizabeth liebte Babys. Schon als sie noch ein kleines Mädchen war, das mit Puppen spielte, freute sie sich darauf, einmal ein richtiges Baby für sich allein zu haben. Natürlich diskutierten sie dieses Thema ausführlich. Aber Arthur, der ein starkes Verantwortungsgefühl besaß, war dafür, noch ein oder zwei Jahre zu warten. Elizabeth war noch zu jung. Außerdem hatten sie im Herbst 1916 geheiratet, und im folgenden Frühling wurde es klar, daß die Vereinigten Staaten sich am Krieg in Europa beteiligen würden. »Falls ich einberufen werde«, sagte er, »müßte ich dich allein lassen.«

Elizabeth wurde es kalt bei dem Gedanken. Nun, da sie Arthur gefunden hatte, war der Gedanke, ohne ihn zu leben, unerträglich. »Der Krieg wird nicht so lange dauern«, sagte sie. »Ganz bestimmt nicht. Wir brauchen ja auch jetzt noch keine Kinder zu haben, wir haben noch viele Jahre Zeit. Aber du willst gern welche, nicht wahr?«

Arthur bestätigte eifrig: »Ganz bestimmt. Da kannst du sicher sein.«

Und dann war der Krieg plötzlich da, und Arthur war nicht mehr zurückzuhalten. Er liebte doch die Menschen. Und die Menschen von Frankreich und Belgien und England, für Elizabeth nur unbestimmte Schemen irgendwo weit weg, waren für ihn so wirklich und gegenwärtig wie die Leute von Tulsa. Während für sie der Krieg nur aus Zeitungsartikeln bestand, waren es für ihn die Menschen, die hungerten und starben und litten, gepeinigt von der Macht des Bösen, die von vernünftigen Menschen endlich bezwungen werden mußte.

Arthur meldete sich freiwillig, obwohl er als verheirateter Mann nicht eingezogen worden wäre. Er wollte gehen. Elizabeth konnte es nicht verstehen.

»Arthur, du bist grausam! Denk einmal, wenn ich von dir fortgehen wollte, nach Frankreich oder nach Flandern – würdest du das verstehen?«

»Hast du das wirklich überlegt? Ich meine, richtig überlegt?«

Er ballte die Fäuste. »Ja. Ich würde es verstehen.«

»Ja. Oft genug. Wenn du geschlafen hast. Ich habe dich angesehen im Dunkeln.«

»Arthur, du darfst nicht fortgehen. Sieh mal, es ist verschieden mit den Menschen. Ich meine, mit den Frauen. Andere haben noch jemand außer ihrem Mann. Bitte, verstehe doch. Mein Vater war eine Bank. Und meine Mutter eine Glocke. Die Bank sandte die Schecks. Und die Glocke läutete, um mir zu sagen, was ich tun sollte. Ich will nicht sagen, daß ich unglücklich war – ich kannte ja nichts anderes. Aber jetzt – jetzt kenne ich es.«

Arthur sagte: »Mußt du es mir so schwer machen?«

»Du willst doch nicht gehen, Arthur. Nicht wahr, du willst nicht?«

»Nein, ich will nicht. Aber ich muß. Schau, mein Liebling, wir müssen diesen Krieg gewinnen – oder verlieren. Wenn wir ihn verlieren, dann helfe uns Gott. Kannst du das nicht verstehen? Wir müssen kämpfen, damit andere Menschen auch so leben können, wie wir hier leben können – nicht nur die Fremden, auch die Amerikaner, die noch nicht geboren sind. Wir haben uns eingebildet, wir sind sicher. Wir hier, in unserer begünstigten Ecke der Welt, aber wir wissen nun, daß wir es nicht sind. Auch dieses Land ist nicht sicher, wir wissen es jetzt.«

Er hatte recht, sie wußte es.

»Und was wird aus den Kindern, die ich haben wollte?«

»Wenn wir diesen Krieg gewinnen«, sagte Arthur, »wirst du deine Kinder bekommen. Wenn nicht, dann wirst du keine mehr haben wollen.«

III

Sie waren noch kein Jahr verheiratet, als Arthur Soldat wurde. Vom Tag ihrer Hochzeit an waren sie nicht länger als vierundzwanzig Stunden getrennt gewesen. In der ersten Nacht, die Elizabeth allein schlief, schien das Bett doppelt so groß zu sein wie sonst, und der Raum kam ihr wie ein Saal vor.

Und nun, zusammengekauert auf diesem Bett, gingen ihr immerzu die gleichen Gedanken durch den Kopf. Für immer würde alles leer um sie bleiben. Das Zimmer so leer, das Bett so leer, sie hatte nichts. Keinen Mann, keine Kinder. Und keine Wünsche mehr. Seltsam war nur, daß sie noch lebte. Und während die endlosen Stunden dieser Nacht langsam in die Ewigkeit vertropften, erschien es ihr immer unwahrscheinlicher, daß sie leben, daß sie weiterleben würde. Es war verwunderlich, daß sie jetzt noch lebte. Wenn zwei Menschen ihr Leben so innig verbunden hatten, so zu einer Einheit gemacht hatten wie Arthur und sie, dann war es nicht möglich, daß der eine Teil gewaltsam fortgerissen wurde und der andere weiterexistieren konnte. Wie kam es, daß sie noch atmete?

Aber sonst kein Gefühl. Der Morgen kam endlich, und andere Tage folgten, aber für lange Zeit blieb Elizabeth wie betäubt, sie nahm nichts von dem wahr, was um sie herum vorging. Automatisch liefen die Verrichtungen des Alltags ab, sie tat mechanisch, was man jeden Tag des Lebens tat, ohne darauf zu achten, was und wie sie es tat. Sie wußte nicht, wie die Zeit verging, sie hätte nicht zu sagen gewußt, ob Tage oder Wochen vergangen waren, seitdem man ihr mitgeteilt hatte: ›Arthur ist tot.‹ Und es kam ihr vor, als sei sie allein all diese Zeit. Doch das stimmte nicht, ihre Freunde kamen sie besuchen. Zweifellos sprach sie mit ihnen, lächelte ihnen dankbar zu, und doch wurde ihre Einsamkeit davon nicht angerührt. Der Schock war zu groß gewesen. Manchmal wünschte sie, es würde keiner mehr kommen, keiner mehr zu ihr sprechen und Antworten von ihr erwarten. Aber so wichtig war es auch wieder nicht. Es lief alles nur am Rande ihres Bewußtseins entlang, die Stimmen, die zu ihr sprachen, die Blicke, ihr Lächeln, tröstende Hände, Tag und Nacht, die miteinander wechselten. Was immer um sie herum geschah, sie war sich nur einer Tatsache bewußt: Arthur war tot. Sie mußte irgendwie die Zeit ohne ihn, das Leben ohne ihn zu Ende bringen.

Einige Wochen nach Beendigung des Krieges empfing sie einen sehr taktvoll abgefaßten Brief des Roten Kreuzes, worin man ihr mitteilte, daß Arthur in einem deutschen Feldlazarett gestorben sei. Ein wirklich schöner Brief. Eine Passage sprach davon, daß der leidende Mensch auch im Krieg, auch auf Feindesseite Hilfe und Mitleid fand und daß alles für ihn getan worden sei. Elizabeth las die Seite nicht zu Ende. Irgendein gewandter Autor hatte das verfaßt, es war wohl ein Modellbrief, den jeder bekam, dessen Angehöriger in Feindesland gestorben war. Man wollte es wohl damit den Zurückgebliebenen leichter machen, den Gedanken zu ertragen, daß der, den sie geliebt hatten, zwischen Fremden gestorben war. Es war sehr freundlich und gut gemeint, einen solchen Brief sorgfältig zu verfassen und zu verschicken. Doch hier half auch das schönste Stück Literatur nicht, dieses nicht und kein anderes.

Sie zerriß den Bogen in kleine Fetzen und ließ sie müßig in den Papierkorb flattern.

Um diese Zeit etwa änderte sich die Art ihres Schmerzes. War es zuvor ein einziges großes Ungeheuer gewesen, das sie in den Krallen hielt, so schienen es plötzlich lauter kleine Quälgeister zu sein, Tausende, die sie mit Bissen und Stichen von allen Seiten her überfielen. Alles, was sie ansah, was sie in die Hand nahm, beteiligte sich daran, sie zu martern. Eine Serviette beispielsweise erinnerte sie daran, was für ein Vergnügen sie beide daran gehabt hatten, die Wäsche für ihr Heim auszusuchen. Wenn sie die Vitrine öffnete, mußte sie daran denken, wie sie damals gelacht hatten, als sie die komischen Figürchen und Döschen in die hinterste Ecke verstaut hatten, mit denen manche der Freunde und Verwandten sie zur Hochzeit beglückt hatten. Blickte sie aus dem Fenster, dann sah sie Arthur die Straße entlangkommen, er wandte suchend den Kopf, ob er sie erspähen konnte, und winkte, wenn er sie erblickt hatte. Arthur war so lebendig um sie. Manchmal vergaß sie, daß er nicht mehr kommen würde. Sie erwachte in der Nacht und drehte sich ganz vorsichtig im Bett herum, um ihn nicht zu stören. Manchmal ging sie auf Zehenspitzen an der Herrenzimmertür vorbei, er würde lesen oder arbeiten, und sie durfte ihn nicht unterbrechen in seinen Gedanken.

Und dann kam der blitzschnelle Gedanke an die Wirklichkeit. Sie sagte laut zu sich selbst: »Aber er ist nicht da. Er wird nie mehr dasein.«

Und dann kam der Schmerz. Er traf sie wie ein Hieb, nahm ihr den Atem. Es war fast schlimmer als zuvor. Und es würde nie, nie vorübergehen. »So hör doch! Arthur ist tot. Tot!«

Doch davon ahnte keiner etwas. Nach außen zeigte sie ihren Schmerz nicht. Was sie und Arthur gemeinsam gehabt hatten, war zu viel, war zu groß, um es anderen mitteilen zu können. Es wäre ihr wie ein Sakrileg vorgekommen, zu anderen davon zu sprechen. Außerdem war es nicht zu erklären. Arthur war ihr Mann gewesen. Mochten seine Freunde ihn geschätzt haben, sie konnten niemals nachfühlen, was es für sie bedeutete, ihn verloren zu haben. Also, warum darüber sprechen.

Ihr Verhalten war eine Quelle ewigen Erstaunens für Tante Grace. Daß Elizabeth niemals ein Wort über Arthur äußerte, betrübte Tante Grace zutiefst. Bewies es doch in Tante Graces Augen, daß Elizabeth eine kalte Natur sei, ohne Herz und ohne Seele. Und das kränkte Tante Grace, die schließlich die Nichte aufgezogen hatte. Elizabeths Schweigen anders zu deuten war ihr unmöglich. Denn Gefühle zu haben war für Tante Grace gleichbedeutend, sich mit Worten darüber zu verbreiten. Gefühle, die man nicht zeigte, waren auch nicht vorhanden. Wenn Tante Grace glücklich war, lachte sie; wenn sie unglücklich war, weinte sie; wenn sie jemand gern hatte, wollte sie ihn küssen, und wenn sie sich ärgerte, machte sie Krach.

Elizabeth aber schwieg und ging mit freundlich-unverbindlicher Miene durch die Tage, Wochen und Monate, die Arthurs Tod folgten. Also war es klar ersichtlich: Elizabeth hatte kein Herz.

Elizabeth war es egal, was ihre Tante dachte. Ihr war es auch egal, was andere Leute dachten. Sie bemühte sich, ihren Freunden ein dankbares Lächeln zu zeigen, wenn sie kamen, um sie zu unterhalten. Sie solle doch mit ihnen ausgehen. Es würde ihr guttun – so sagte man zu ihr. Also schön, sie ging mit ihnen, aber es tat ihr keineswegs gut. Sie gingen zu denselben Plätzen, taten dieselben Dinge, die sie zusammen mit Arthur getan hatte; man konnte Tennis spielen oder in einem hübschen Restaurant speisen oder bei Bekannten am Kamin sitzen. Unsichtbar für die anderen war Arthur dabei. Und dann kam sie nach Hause und fühlte sich elender als zuvor. Am besten war es, allein zu sein. Dann mußte sie wenigstens nicht so tun, als sei sie fröhlich und guter Dinge.

Und dann eines Tages, es war im Frühling nach dem Waffenstillstand, mußte sie die überraschende Entdeckung machen, daß sie kaum noch Geld hatte. Sie hatte sehr wenig ausgegeben in den vergangenen Monaten, und sie hatte über ihre Finanzlage auch nie nachgedacht. Weil sie über gar nichts nachgedacht hatte in dieser Zeit.

Es begann damit, daß Onkel Clarence anrief und sie bat, ihn am nächsten Vormittag auf der Bank zu treffen. Elizabeth war ein wenig verwundert, was es wohl so Wichtiges geben mochte, daß ihre Anwesenheit erforderlich war. In letzter Zeit hatte sich Onkel Clarence stillschweigend, genau wie vor ihrer Verheiratung, wieder um ihre Angelegenheiten gekümmert.

Am nächsten Tag teilten ihr Onkel Clarence und der Vizepräsident der Bank mit, daß es nun an der Zeit sei, die entsprechenden Eingaben zu machen, damit sie die Pension als Witwe eines Soldaten bekäme.

Diese Worte verstörten sie. Sie protestierte heftig, ohne zunächst zu wissen, warum. Arthur war für sein Land gestorben. Nichts, was dieses Land ihr geben konnte, würde ihr Arthur zurückbringen oder sie über den Verlust trösten. Geld schon gar nicht.

Ihr Onkel und der Bankier, ein freundlicher älterer

Herr mit einem grauen Schnurrbärtchen, klärten sie geduldig über die Lage und ihre Ansprüche auf. Es wäre sehr töricht, aus irgendeinem falsch verstandenen Stolz auf diese Rente zu verzichten. Abgesehen davon, konnte sie sich das nicht leisten. Das Geld, das ihr Vater hinterlassen hatte, war zum größten Teil für ihre Erziehung verwendet worden, und den Rest hatte sie dazu benutzt, die Wohnung einzurichten, als sie heiratete. Erinnerte sie sich denn nicht daran? Arthurs Lebensversicherung war sehr bescheiden gewesen, verständlich bei seiner Jugend. Kurz und gut also, es war durchaus richtig und berechtigt, daß die Gesetze vorschrieben, die Witwen der Männer, die für ihr Land gefallen waren, vom Staat aus zu versorgen.

Ihr Onkel fügte weich hinzu, er wisse, dies sei für sie ein quälendes Gespräch, und er hätte es ihr gern erspart. Soweit habe er alles vorbereitet, nur einige Formulare seien noch auszufüllen, und ihre Unterschrift sei vonnöten, und darum hätte man sie selbst bemühen müssen. Man wolle es schnell hinter sich bringen. Hier und da und dort müsse sie unterschreiben, und dann sei alles erledigt. Und damit reichte man ihr einen Federhalter und zeigte, wo sie zu unterschreiben habe.

Elizabeth nahm den Federhalter, blickte eine Weile verdutzt auf ihn herab, dann warf sie ihn heftig auf das Löschblatt. »Nein!« rief sie laut und entschieden und sprang auf. »Nein! Ich will mich nicht für Arthur bezahlen lassen. Auch nicht vom Staat. Ich kann mir selbst meinen Lebensunterhalt verdienen. Und ich will es auch.«

Bevor die zwei verblüfften alten Herren ein Wort äußern konnten, war sie aus dem Zimmer gelaufen. Onkel Clarence entschuldigte sich umständlich bei dem

Bankier für das befremdliche Benehmen seiner Nichte. Doch dieser zeigte sich sehr verständnisvoll. Das arme Kind, sie sei noch so jung und habe zweifellos einen großen Verlust erlitten. Und was Geld bedeute, das wisse man in diesem Alter sowieso noch nicht. Wenn sie sich beruhigt habe und wenn man ihr die Lage vielleicht noch einmal genau erklärt hatte, dann könne man wieder zusammenkommen.

Elizabeth ging schnell die Straße entlang. Sie fühlte sich stark und frei, neu belebt, so wie sie sich nie mehr gefühlt hatte seit dem Tage, als das schreckliche Telegramm gekommen war. Auf einmal war sie wach geworden. Sie bemerkte den Duft nach Frühling in der Luft. Um sie herum war reger Betrieb auf der Straße, die Menschen schritten rasch und geschäftig aus, als hätten sie alle etwas Wichtiges vor. Und dann geschah etwas Erstaunliches: Elizabeth stoppte mitten im raschen Lauf vor einem Schaufenster und hauchte entzückt: »Oh!«

So wie früher. Ein fesches Kleid, ein hübscher Hut, so wie damals der kleine schwarze mit der roten Feder, der Arthur so gut gefallen hatte. Das erstemal heute, daß sie wieder die Auslage eines Schaufensters bemerkt hatte.

Die kleine Aufwallung verging sofort. Ein kleines Verwundern blieb. Das war das erstemal, daß ich wieder so etwas gesehen habe. Und dann: Es ist ja ganz gleichgültig, was ich trage. Verwirrt betrachtete sie das Geschäft. Hier hatte sie früher öfter gekauft. Sie erinnerte sich eines Tages, als sie Arthur angerufen und ihn gebeten hatte, sie auf dem Heimweg vor diesem Laden zu treffen. Während sie zögerte bei ihrer Wahl, entschied er rasch und bestimmt: »Dieser ist richtig für dich, Elizabeth, dieser schwarze mit der roten Feder.«

Sie grub die Zähne in die Unterlippe, um die aufsteigenden Tränen zu unterdrücken. Dann setzte sie den Heimweg fort. Zu Hause setzte sie sich still auf einen Stuhl und fragte sich selbst verzweifelt: Wird das immer so bleiben? Werde ich niemals davon loskommen?

Und dann, ganz plötzlich, wurde ihr klar, daß sich etwas verändert hatte. Allein daß sie sich diese Frage stellte – sie gab sich damit unwillkürlich auch die Antwort. Sie mußte davon loskommen. Eine Weile dachte sie angestrengt über die Erlebnisse dieses Vormittags nach. Oder besser gesagt über ihre veränderte Stimmung. Irgendwie hatte sie sich anders gefühlt, wie befreit, lebendig und kampflustig. Nur der Gedanke an den kleinen schwarzen Hut mit der roten Feder hatte alles wieder ins Dunkel getaucht. Aber trotzdem – irgend etwas war geschehen.

Auf der Bank hatte es angefangen. Als sie sagte, sie wolle nicht für Arthur bezahlt werden. Kein Wunder, daß die beiden Herren sie erstaunt angesehen hatten. Natürlich war es töricht, so etwas zu sagen. Keine Kriegerwitwe wurde dadurch beschämt, wenn sie eine Rente bekam. Aber dennoch, ihre Worte hatten befreiend gewirkt, so als hätte sie eine Last damit abgeschüttelt. Es fiel ihr ein, daß sie noch gesagt hatte: »Ich kann mir selbst meinen Lebensunterhalt verdienen. Und ich will es auch.«

Kein Wunder, daß sie mit diesem kühnen Ausspruch Erstaunen erregt hatte. Sie hatte noch nie Geld verdient, und sie hatte keine Ahnung, wie man so etwas anfing. Sie hatte noch nicht einmal an diese Möglichkeit gedacht.

Als sie das so impulsiv aussprach, hatte sie nicht nur an Geld gedacht, so kam es ihr jetzt vor. Woran also dann? Sie versuchte, das spontane Gefühl zurückzurufen. Was hatte sie gemeint? Es war nicht so leicht, sich selbst zu erforschen, sie schrak davor zurück, bis zum tiefsten Grund ihres Empfindens vorzustoßen. Aber dann – ich dachte an irgend etwas, was mich ausfüllen könnte. Nicht nur an Geldverdienen. Und eine Rente würde schon gar nichts nützen. Irgendwie war es ganz seltsam, als hätte ich kaltes Wasser auf den Kopf bekommen und wäre wach geworden. Ich weiß es jetzt – ich meinte ... – sie zögerte, weiterzusprechen, aber tat es doch. – Es müßte etwas geschehen, daß ich nicht mehr so abhängig von Arthur wäre.

Das tat weh. Sie stand unruhig auf und ging im Zimmer auf und ab. Es ist gar nicht wahr, ich will ja von ihm abhängig sein. Ich will an ihn denken. Ich bin nur noch glücklich, wenn ich den ganzen Tag an ihn denken kann. Sie ging schneller, ihre Stimme wurde lauter. Ich muß Arthur das erzählen, er wird lachen. Ich muß mir das Rezept für diesen Schokoladenkuchen geben lassen, er würde Arthur schmecken. – Gefällt Ihnen mein Armband? – Arthur hat es mir geschenkt. –

Arthur, Arthur, nichts als Arthur, den ganzen Tag. Hör auf damit, Elizabeth. Und wenn es noch so weh tut, du mußt damit aufhören. Arthur ist tot. Ja. Sag es, sag es laut und gewöhne dich daran. *Er ist tot!*

Und du, Elizabeth, benimmst dich wie eine von diesen indischen Witwen, die sich auf dem Holzstoß lebendigen Leibes mit dem toten Mann verbrennen lassen. Es würde Arthur nicht gefallen. Er liebte das Leben, und er hatte keine Angst vor dem Tod. Aber diese Art von Tod, diese Imitation von Tod, die würde er verachten. – Du mußt lernen, mit dir selbst fertig zu werden. Dein eigenes Leben zu leben. Die einzige Minute, in der du dich lebendig gefühlt hast, seit Arthur nicht mehr da ist, das war diese Minute, als du sagtest, du willst nicht länger von ihm abhängig sein.

Aber bald wußte sie, daß es niemals besser werden konnte, solange sie in diesem Hause blieb, die Möbel ansah, die sie zusammen ausgesucht hatten, in den Garten blickte, an dem sie sich beide erfreut hatten. Hier würde die Erinnerung an ihn immer übermächtig sein. Sie würde hier niemals ein eigener, selbständiger Mensch werden, sie würde nichts anderes sein als Arthurs Witwe, ein armseliges Ding, das einer vergessen hatte mitzunehmen. Aber wenn sie in einer fremden Umgebung wäre und für sich selbst sorgen müßte, dann würde es anders werden.

Sie ballte die Fäuste, ihr Körper spannte sich. Sie wußte, was sie zu tun hatte. Sie mußte von hier fortgehen. Und sie würde gehen. Kalifornien. Weder sie noch Arthur waren jemals dort gewesen. Keiner von ihnen war je westlich der Rocky Mountains gekommen. Und so würde es dort keine Erinnerung an ihn geben.

Als sie den Entschluß gefaßt hatte, ging sie ohne Zögern daran, ihn in die Tat umzusetzen. Sie würde Tulsa verlassen, so schnell wie möglich, ehe dieses Aufflackern ihres Lebenswillens von neuem von ihrem Schmerz erstickt wurde. Als erstes kaufte sie sich eine Fahrkarte nach Los Angeles. Und immer wenn ihr Mut sie verlassen wollte, dachte sie an die Fahrkarte. Sie hatte sie sorglich in ihrem Sekretär weggeschlossen, aber sie war da und mahnte. Dann ging sie daran, sich von allem zu befreien, was sie an Arthur erinnerte. Das mußte sein. In der neuen Welt, in der sie leben würde, durfte nichts sein, was zu Arthur gehörte. Sie verkaufte alles, was sich von ihrem Haushalt verkaufen ließ, das andere verschenkte sie.

Ihre Freunde und Bekannten betrachteten erstaunt und erschrocken diese unerwartete Tatkraft. Tante Grace war außer sich. Keiner konnte sie verstehen. Und wie immer, wenn Leute nicht verstehen können, wenn sie keine Erklärung für das Tun eines anderen haben, fällten sie ein rasches Urteil. »Wer hätte das gedacht, daß Elizabeth so herzlos ist?«

Tante Grace mußte dem tiefbetrübt zustimmen und erzählte kopfschüttelnd, Elizabeth habe nicht nur Arthurs Schreibtisch verkauft, sondern sogar seine Anzüge an die Heilsarmee verschenkt.

Nun ja, meinte Onkel Clarence begütigend, Elizabeth sei jung, und junge Menschen paßten sich eben veränderten Umständen leichter an.

Tante Grace schüttelte den Kopf. »Sie hat kein Herz. Und das nach allem, was wir für sie getan haben.« Und darauf folgten meist ein paar Tränen.

Da es zwecklos war, Tante Grace über ihre Beweggründe aufzuklären, sagte Elizabeth gar nichts und fuhr unbeirrt in ihrem Tun fort. Wenn sie also Tulsa verlassen würde, dann mußte der Bruch vollständig sein. Es gab keine andere Möglichkeit. Sie trennte sich von allem, ausgenommen ein paar Andenken, die ihr zu wertvoll waren, um sie in fremde Hände zu geben. Doch selbst die verstaute sie in einem Extrakästchen und packte dieses ganz zuunterst in ihren Koffer. Und dann fuhr der Zug mit ihr nach Los Angeles.

Als sie den Kontinent durchquerte, erkannte sie mit Erstaunen die ungeheure Weite dieses Landes. Kein Atlas, kein Buch konnte einen Begriff von dieser Größe geben. Dies also, dachte sie, als sie die fremden Städte, die Wüste, die Felder, die einsamen Höfe sah, dies ist, wofür Arthur sein Leben gegeben hat. Jeder Quadratmeter des

Landes ist jetzt ein sicherer Platz des Friedens, wo die Menschen arbeiten und leben können. Und es kam ihr vor, als durchströme sie neue Kraft, die aus dem Saft der Heimaterde kam.

In Los Angeles lernte sie maschineschreiben und nahm die erste Stellung an, die ihr durch das Büro der Handelsschule vermittelt wurde. Es war eine bescheidene Stellung in einem Anwaltsbüro. Die Klienten in dieser Kanzlei waren zum großen Teil Filmschauspieler, die hier ihre Verträge besprachen und bearbeiten ließen. Zu jener Zeit, in den Anfangszeiten Hollywoods, gab es kaum Agenten, und die Künstler mußten selbst ihre Verträge aushandeln, wozu sie sich meist der Hilfe eines Anwalts bedienten.

Elizabeths Arbeit wurde bald zur alltäglichen Routine, sie hatte hauptsächlich das Telefon zu bedienen und Dokumente abzuschreiben. Aber das junge Filmgeschäft, das zusehends wuchs und an Bedeutung gewann, war interessant und fesselte sie von Anfang an.

Am Morgen, wenn sie aufwachte, stand sie nicht mehr vor einem leeren, trübsinnigen Tag, und abends war sie so müde, daß sie einschlief, ohne viel nachzudenken. Sie hatte ein kleines Apartment gemietet, ein Zimmer, ein Bad und eine winzige Küche, aber sie fühlte sich wohl darin. Mit den anderen Mädchen im Büro hatte sie guten Kontakt, man sprach über die Arbeit, die Chefs, die Ereignisse des Tages. Von Arthur sprach sie niemals. Keiner hatte ihn hier gekannt, und keiner interessierte sich für ihn. Darum war sie ja auch nach Kalifornien gegangen.

Die Männer, die mit ihr im Büro arbeiteten, kümmerten sie nicht. Das erstemal, als einer sie einlud, mit ihm zu Abend zu essen, schreckte sie zurück. Sie hatte ein seltsames Gefühl, als hätte man sie beleidigt. Aber das war albern. Ein freundlicher junger Mann, der nicht immer allein essen mochte und ein bißchen Unterhaltung haben wollte, die natürlichste Sache von der Welt. Also nahm sie die Einladung an, wenn auch mit gemischten Gefühlen. Doch es wurde ein sehr netter Abend, sie unterhielten sich über die häufige schlechte Laune eines Chefs und die Unvernunft mancher Schauspieler. Und als sie in ihre kleine Wohnung zurückkam, betrachtete sie sich aufmerksam im Spiegel und sagte dann laut: »Ich glaube, ich werde langsam wieder normal.«

Sie wurde wieder normal. Es war, als wenn einer, der von Schwindel befallen auf einem hohen Seil getanzt hatte, plötzlich wieder festen Boden unter den Füßen hatte und sein Gleichgewicht wiederfand. Sie war beliebt bei ihren Arbeitskollegen, und sie erfreute sich an unproblematischen Gesprächen. Als sie befördert wurde und eine Gehaltserhöhung bekam, war sie so stolz wie nie zuvor.

Jetzt kam sie mehr als bisher in Berührung mit den Filmleuten, und die Folge war, daß sie öfter eingeladen wurde. Bald fand sie nichts Ungewöhnliches mehr dabei, mit einem Mann am Abend auszugehen. Auch wenn dieser Mann nicht Arthur war. Und noch etwas kam dazu: die Entdeckung oder, besser gesagt, die Wiederentdeckung, eine reizvolle Frau zu sein, die den Männern gefiel. Sie war nicht glücklich, aber sie war auch nicht mehr unglücklich. Es gab immer noch Stunden, wo sie an Arthur dachte, sich nach ihm sehnte, um ihn weinte. Aber es wurde seltener.

Sie war zwei Jahre in Kalifornien, als sie Spratt Herlong kennenlernte.

Spratt arbeitete in der Werbeabteilung eines Filmstudios. Manchmal hatte er in der Kanzlei zu tun, wenn er sich Informationen über die Verträge der Schauspieler holen mußte. Die Mädchen im Büro mochten ihn gern. Er war immer höflich, starrte nie unverschämt auf ihre Beine, machte keine frechen Bemerkungen und hielt sie nicht mit unnötigem Gerede auf. Das war durchaus nicht die Regel. Elizabeth kannte Hollywood und seine Männer inzwischen gut genug, um das Verhalten dieses Mannes als angenehm zu empfinden.

Sie konnte beobachten, daß Spratt zielbewußt und tüchtig arbeitete. Die Schauspieler und Schauspielerinnen, für deren Publicity er zu sorgen hatte, wurden oft und günstig in Magazinen und Zeitungen placiert. Elizabeth wußte nun, wie hart in dieser Stadt um Karrieren gekämpft wurde, und daher vermochte sie anzuerkennen, was Spratt Herlong leistete.

Da Spratt immer gut gelaunt und freundlich war – im Gegensatz zu manchen seiner Kollegen, die von der eigenen Wichtigkeit so erfüllt waren, daß sie es unter ihrer Würde hielten, mit einer Sekretärin vernünftig oder höflich zu reden –, bemühte sie sich, ihm weitgehend behilflich zu sein, auch wenn es Mehrarbeit für sie bedeutete. Spratt zeigte sich dafür dankbar, nicht nur mit Worten, sondern er sandte ihr Premierenkarten, kam manchmal abends, um sie abzuholen und heimzufahren, oder lud sie zum Dinner ein. Elizabeth mochte ihn gern. Es kam so weit, daß sie morgens schon hoffte, er möge im Laufe des Tages anrufen oder vorbeikommen.

Spratt war ganz anders als Arthur. Später dachte Elizabeth einmal, daß dies wohl ein Grund gewesen war, daß sie sich zu ihm hingezogen fühlte. Er erweckte ihre Zuneigung, ohne sie an Arthur zu erinnern. Spratt war sachlich, ehrgeizig, manchmal ein wenig kurz angebunden. Er war mit Leib und Seele bei dem Filmgeschäft dabei und fest entschlossen, Karriere zu machen. Nicht mit Illusionen und vagen Vorstellungen, mit beiden Füßen fest auf dem Boden und sehr nüchtern ging er an seine Arbeit heran und wußte genau, was und wohin er wollte. Elizabeth zweifelte eigentlich von Anfang an nicht daran, daß er seinen Weg machen würde. Obwohl er bisher nur in der Werbeabteilung gearbeitet hatte, wußte er so viel über das ganze Filmgeschäft, auch über technische und künstlerische Fragen, daß er mit seinen Kenntnissen Elizabeth oft in Erstaunen versetzte. Er sprach nicht viel über sich selbst, aber er sprach gern über seine Arbeit, die er mit kühler Sachlichkeit betrachtete. Für ihn war es ein Geschäft, nicht Kunst. »Sie brauchen sich bloß umzusehen«, sagte er beispielsweise, »Hollywood ist eine Industriestadt. Das hier sind nichts als Fabriken, die eine Ware produzieren, die in Blechdosen verpackt und an die Verbraucher verkauft wird. Und was man tun muß, ist nichts anderes, als eine gute Ware zu produzieren, die ihr Geld wert ist. Das ist alles.«

Elizabeth lächelte anerkennend. »Es tut gut, mit einem Mann zu sprechen, der so ehrlich ist wie Sie.«

»Danke«, erwiderte Spratt. »Obwohl ich nicht finde, daß es ein besonderes Verdienst ist, zu sagen, was man denkt.«

»Das Verdienst besteht darin«, sagte Elizabeth, »daß man weiß, was man denken muß.«

Spratt lachte. Sie hatten in einem hübschen Restaurant zu Abend gegessen, und da Spratt an diesem Abend nicht mehr zu arbeiten hatte, bestellte er noch Kaffee, und sie setzten das Gespräch fort.

Sie fragte: »Was möchten Sie einmal werden im Film-geschäft, Spratt?«

»Produzent«, antwortete er ohne Zögern. »Aber zuvor möchte ich noch Erfahrungen sammeln auf vielen anderen Wegen. Als Autor, als Begutachter von Büchern und auch als Regisseur. Ehe man anderen Leuten sagen kann, was sie tun müssen, muß man es selbst einmal getan haben.«

»Um schließlich eine anständige Ware in Ihre kleinen Blechdosen verpacken zu können.«

»Genau das«, sagte er und lachte. »Eine erstklassige Ware zu einem erstklassigen Preis.«

Sie lachte auch. »Sie sind nicht gerade ein Idealist, Spratt.«

»Nicht im klassischen Sinn«, meinte er. Er schwieg und überlegte und fuhr dann fort: »Sehen Sie, Elizabeth, es ist so leicht, über Ideale zu reden oder davon zu träumen. Aber besser ist, sich klar darüber zu sein, was man schaffen kann, und das dann auch zu tun.« Er machte eine Pause, goß vorsichtig ein wenig Sahne in seinen Kaffee und fügte dann hinzu: »Ich fürchte, ich habe zuviel Idealismus um mich herum erlebt, als ich jung war. Sie hatten alle eine Vorstellung von der Welt, wie sie sein sollte, und nicht, wie sie nun einmal ist. Und sie waren zu gefühlvoll, die Dinge beim Schopf zu packen. Das hat mich gelehrt, wie man es nicht machen soll.«

»Erzählen Sie«, sagte Elizabeth, als er nicht weiter-sprach.

Er lächelte ein wenig bitter. »Mein Vater war Professor für Ägyptologie und semitische Sprachen an der Colum-bia-Universität. Wir lebten in einer feinen Wohnung in einem besonders feinen Viertel, wo liebe, brave Leute seit Generationen damit beschäftigt waren, mühselig einen Lebensstandard aufrechtzuerhalten, den sie sich nicht leisten konnten. Und sich darum immer wieder neue Kragen auf alte Kleider nähen ließen. In unserer Familie gab es nur immer etwas ausreichend: Seife. Kennen Sie diese Typen?«

Sie nickte. Nun verstand sie ihn schon besser.

»Die Hälfte von meines Vaters Verdienst wurde immer benötigt, um sehr sensible und kultivierte Verwandte zu unterstützen, die so zart besaitet waren, daß sie nichts anderes tun konnten, als gelegentlich ein paar Verse für eine Literaturzeitschrift zu verfassen und im übrigen sich über den Niedergang von Geist und Kultur zu beklagen. Die andere Hälfte wurde für Bücher und Seife ausgegeben. Bücher, Seife, Flicken und sonstiges Zubehör der Vornehmheit.« Er zog wie fröstelnd die Schultern zusammen.

»Ich glaube, ich verstehe Sie jetzt schon besser«, meinte Elizabeth. »Und ich ahne ungefähr, was sich nun abspielt?«

»Nun? Was?«

»Die Hälfte Ihrer Einnahmen jetzt geht drauf für Briefmarken, die Sie auf Briefe kleben, in denen Sie Ihren zartbesaiteten Verwandten mitteilen, sie sollten entweder arbeiten oder verhungern, Ihnen sei es piepegal.«

»Wie recht Sie haben«, sagte Spratt.

Sie lachten alle beide, und Elizabeth erzählte ihm von Tante Grace und ihren wohltätigen Teetassen. »Meine Tante würde es sehr bedauern, wenn die Erde ein Paradies würde, denn wenn es kein Elend mehr gäbe, gäbe es auch niemanden, den sie mit ihren guten Werken beglücken könnte. Wirklich, manchmal denke ich, ich bin hartherzig. Aber ich verabscheue es, die Armen mit Wohltätigkeit zu verfolgen.«

»Ich sehe, wir verstehen uns gut«, sagte Spratt und lächelte ihr zu. »Ich mag Sie sehr gern, Elizabeth.«

»Ich mag Sie auch«, sagte sie.

Von dieser Zeit an etwa verbrachten sie mehrere Abende in der Woche gemeinsam. Es war typisch für Spratts unkomplizierte Art, daß er einige Tage später, als sie wieder einmal zusammen zu Abend speisten, in einer Gesprächspause plötzlich sagte: »Darf ich eine persönliche Frage an Sie richten, Elizabeth?«

»Natürlich können Sie das«, erwiderte sie. »Ob ich sie beantworte, ist eine andere Sache. Falls sie zu persönlich sein sollte – die Frage, meine ich. Was wollen Sie wissen?«

»Etwas über Ihren Mann.«

Elizabeth betrachtete aufmerksam das Lichtpünktchen, das auf ihrem Kaffee tanzte, reflektiert von der Lampe über ihr. »Mein Mann ist im Krieg gefallen«, sagte sie dann kurz.

»Verzeihen Sie mir«, sagte Spratt.

Sie blickte auf. Spratt machte ein betroffenes Gesicht und fuhr fort: »Es tut mir leid. Ich sehe, es ist nicht leicht für Sie, davon zu sprechen.«

»Nein, das ist es auch nicht«, sagte Elizabeth. Nach einer kurzen Pause fragte sie: »Warum wollen Sie das wissen?«

Er lächelte. »Ehrlich gesagt, aus Sicherheitsgründen. Muß ich das erklären?«

»Ja, bitte.«

Er lehnte sich ein wenig näher zu ihr. »Sehen Sie, diese Stadt hat ihre Mucken, Elizabeth. Sie sind Frau, und Sie tragen einen Ehering. Aber Sie leben allein. Und Sie haben niemals einen Ehemann erwähnt. Wir haben uns sehr viel gesehen in letzter Zeit, und ich möchte Sie auch weiterhin treffen. Deswegen mußte ich fragen. Ich hatte – nun«, er zögerte, hob dann die Schultern, »ich hatte ein oder zwei peinliche Erlebnisse mit unerwartet auftauchenden Ehemännern. Ich hoffe, es verärgert Sie nicht, daß ich das sage.«

»Nein, natürlich nicht. Es ... ich gebe zu, es überrascht mich. Ich dachte, jeder wüßte, daß ich verwitwet bin. Oder zumindest, daß ich nicht mit einem Mann so häufig ausgehen würde, wenn ich nicht verwitwet oder ordentlich geschieden wäre. Vielleicht bin ich immer noch ein wenig zu naiv für Hollywood. Aber wie Sie schon richtig bemerkt haben, ich spreche ungern darüber.«

»Dann wollen wir nicht mehr darüber sprechen«, sagte er weich. »Aber ich danke Ihnen, daß Sie die Gründe verstehen, warum ich davon angefangen habe.«

Eine kleine Pause entstand.

»Waren Sie eingezogen im Krieg?« fragte sie dann.

»Für eine kurze Weile nur. Ich kam nicht nach Übersee.«

»Und wann kamen Sie hierher?«

»Im ersten Winter nach dem Krieg.« Es war ihm anzuhören, wie froh er war, daß sie so großzügig über den Zwischenfall hinwegging.

»Vor dem Krieg hatte ich für eine Werbeagentur in New York gearbeitet. Wir hatten damals schon viel mit Filmreklame zu tun. Nach dem Krieg schickten sie mich hierher, um ein Zweigbüro in Los Angeles aufzuziehen. Und dann hatte ich eine Chance, direkt in das Publicity-Geschäft hineinzukommen.«

Ihr Gespräch landete wieder beim Film. Als er sie heimfuhr, sagte Spratt: »Ich würde Sie gern am Wochenende treffen, falls Sie es ermöglichen können.«

»Ich kann.«

»Fein. Was möchten Sie lieber? Samstag abend in einen

Nachtklub zum Tanzen gehen oder Sonntag zum Schwimmen?«

»Sonntag. Schwimmen.«

»Prima, das wäre mir auch lieber. Ich muß Aufnahmen machen von einer meiner Schönheiten, und das kann ich genausogut Samstag abend machen wie Sonntag. Also erledige ich das am Samstag, und am Sonntagmorgen hole ich Sie ab. Ich bin Mitglied bei einem recht netten Country Club, dort können wir schwimmen und zu Mittag essen und uns in die Sonne legen. Recht so?«

»Wunderbar.«

Er hielt vor dem Apartmenthaus, in dem sie wohnte, und brachte sie hinauf bis vor ihre Tür. Er sagte: »Elizabeth, das, worüber wir gesprochen haben während des Essens, ich wollte dazu noch etwas sagen. Laufen Sie nicht davor weg. Sehen Sie den Tatsachen ins Gesicht, und werden Sie fertig damit.«

»Das versuche ich, Spratt«, sagte sie leise. »Ich versuche es nun schon seit so langer Zeit. Aber es gelingt nicht immer. Manchmal – manchmal ist alles wieder da. So als sei es gestern gewesen.«

»Ich glaube, ich verstehe. Obwohl – ich weiß natürlich nicht. Man redet sich leicht ein, etwas zu verstehen, was man selbst nicht erlebt hat. Aber eins weiß ich immerhin. Je länger man lebt, um so klarer wird es einem, daß das Leben hauptsächlich darin besteht, sich an Dinge zu gewöhnen, die man gar nicht mag. Man muß eben versuchen, damit fertig zu werden.«

»Ich weiß es, Spratt.«

Er sprach weiter. »Wissen Sie, die meisten von uns meinen, wenn sie Glück sagen, daß alles so bleiben soll, wie es ist. Daß sich nichts ändert. Und das ist Unsinn. Alles ändert sich im Leben, ob wir wollen oder nicht.

Und das ist es, was man lernen muß. Man muß lernen, die veränderten Tatsachen hinzunehmen und mit ihnen zu leben.« Er brach ab, fast verlegen. »Komisch, wie ich so rede, nicht? Ich tue das nicht oft. Aber so wie hier – ich wünschte, ich könnte Ihnen ein wenig Trost geben.«

»Den haben Sie mir schon gegeben«, sagte Elizabeth.

»Ich? Wieso?«

»Es ist schwer zu erklären. – Weil Sie sind, wie Sie sind.«

»Danke.« Er nahm ihre beiden Hände und drückte sie fest. »Danke, Elizabeth. Sie sind ein großartiges Mädchen.«

Als sie in ihrer Wohnung war und das Licht andrehte, befand sie sich in gehobener Stimmung. Sie hatte Spratt von dieser Seite noch nicht kennengelernt. Und nun hatte sie auf einmal das Gefühl, das erstemal, seit sie in Kalifornien lebte, daß sie nicht nur einen Partner gefunden hatte, mit dem man sich die Zeit vertrieb, sondern einen wirklichen Freund. Einer, der dasein würde, wenn sie ihn brauchte.

Am Sonntag darauf, als sie nach Hause fuhren, nach einem Tag voll Sonne, lehnte sie sich müde in ihren Sitz zurück und sagte: »Oh, ich glaube, heute werde ich um acht Uhr schon zu Bett gehen. Ich bin so herrlich müde.«

»Ich auch«, sagte Spratt. »Müde, weil's so schön war. Wollen wir das wieder machen?«

»Von mir aus gern. Aber ich habe immer gedacht, Sie arbeiten über das Wochenende.«

»Das habe ich auch getan. Aber nur, weil niemand da war, mit dem ich schöne Stunden verbringen konnte. Ich glaube, ich arbeite zuviel.«

»Ist Ihnen das endlich aufgefallen?«

»Ich bin gerade dabei, es zu entdecken. Arbeit kann manchmal wie Alkohol sein. Man betäubt sich damit, um seiner eigenen Gesellschaft zu entfliehen.«

Sie blickte ihn an und wartete, daß er weitersprechen würde. Statt dessen machte Spratt sie auf die glühenden Farben des Sonnenuntergangs aufmerksam und sagte nichts mehr über sich selbst. Später, als sie an seine Bemerkung zurückdachte, wurde ihr klar, daß es eigentlich ganz verständlich war. Wie so viele ehrgeizige und tüchtige Männer war Spratt sehr einsam. Sie hätte es längst erkennen müssen. Nun wußte sie es. Sie wußte auch, daß sie seine Freundschaft brauchte, und es tat wohl, daß Spratt trotz seines Selbstbewußtseins die ihre genauso nötig hatte.

Als er sie fragte, ob sie ihn heiraten wollte, war sie nicht sehr überrascht. Sie antwortete nicht gleich. Spratt bedeutete ihr viel. Das wußte sie nun, da die Gefahr bestand, ihn zu verlieren. Aber sie mußte fair zu ihm sein. Und das bedeutete, ihm einiges zu erklären.

Es war Abend, und sie waren in ihrem Apartment. Spratt lauschte mit ruhiger Aufmerksamkeit, als sie sprach. Sie erzählte ihm, wie sehr sie Arthur geliebt hatte und wie sie gelitten hatte unter seinem Tod.

»Es muß nicht leicht sein für dich, das alles zu hören«, sagte sie.

»Besser jetzt als später. Sprich weiter.«

Elizabeth stand auf. Sie trat hinter ihren Stuhl, legte beide Hände mit festem Griff auf die Lehne und fuhr fort: »Spratt, du hast mir einmal gesagt, ich soll den Tatsachen ins Gesicht sehen und damit fertig werden. Ich habe es versucht. Ich habe versucht, vernünftig zu sein, ich habe mir selber gut zugeredet, wie es ein anderer nicht besser könnte. Ich habe mir sogar gesagt: Vielleicht war es nur die Schwärmerei eines jungen Mädchens, das alle romantischen Helden, von denen es je geträumt hat, in der Gestalt eines hübschen jungen Liebhabers zu finden glaubt. All das kann ich mir selber sagen, vernünftig und kalt und nüchtern, aber es ist nicht wahr. Mein Gefühl, mein Verstand, das, was die Dichter mein Herz nennen würden, wissen es besser. Ich weiß, was er mir war. Das eine Jahr, das wir verheiratet waren, war für mich alles. Arthur schenkte mir das große Glück. Vielleicht wäre ich später enttäuscht worden, wenn er am Leben geblieben wäre. Was ich dir sagen will, ist folgendes: Ich bin nicht enttäuscht worden. Nicht von ihm. Und nun werde ich es auch niemals mehr sein. Verstehst du, was ich meine?«

»Ja. Aber du hast mir noch nicht gesagt, ob du mich nun heiraten willst oder nicht.«

»Doch. Ich möchte schon. Aber ich weiß nicht, ob du es noch willst. Du kannst es ruhig sagen. Du bist ein so feiner Kerl und bist so ehrlich, und darum will ich auch aufrichtig zu dir sein. Spratt, als Arthur starb, starb auch etwas in mir. Was ich für dich empfinde – es kommt mir komisch vor, es Liebe zu nennen, denn es ist etwas anderes. Es ist nicht Bewunderung, denn da wird man kritiklos. Es ist voller Gedanken und sehr realistisch. Ich... ich mag dich gern, ich achte dich. Ich vertraue dir vollkommen. Ich könnte dir alles sagen. Ich weiß, du würdest mich nie im Stich lassen. Aber ich kann dir nicht geben, was ich Arthur gegeben habe. Denn ich habe es nicht mehr. Es ist einfach nicht mehr da.«

Sie blickte ihn verzweifelt an, die Hände um die Stuhllehne gekrampft. Sie schloß: »Es würde mich sehr unglücklich machen, dich zu verlieren. Aber es wäre noch schlimmer, wenn ich nicht ehrlich dir gegenüber wäre.

Sicher gibt es eine Frau, die dir das geben kann, was ich nicht kann. Und wenn du das willst, dann bitte – bitte! – sag es mir.«

Sie hörte einen leisen, merkwürdigen Laut aus seiner Richtung, und als sie zu ihm hinüberblickte, sah sie zu ihrem Erstaunen, daß er lachte. Er stand auf und kam zu ihr.

»Mein geliebtes Mädchen, du hast gesagt, du hältst mich für einen ehrlichen Mann. Das bin ich, und das werde ich dir jetzt beweisen. Wenn irgendeine Frau mir diese totale Anbetung bieten würde, von der du gesprochen hast, würde ich in Panik auf und davon laufen.«

Er legte seine Hände auf ihre Schultern und zog sie ein wenig zu sich heran. »Entschuldige, daß ich gelacht habe. Ich habe nicht über dich gelacht. Ich muß lachen bei der Vorstellung, daß irgend jemand auf die Idee käme, mich auf diese Weise zu verehren und anzubeten. Du wirst zugeben, die Vorstellung ist lächerlich. Elizabeth, wenn ich einmal mit ganz brutaler Offenheit sprechen darf – wenn du so warst als junges Mädchen, dann bin ich froh, daß du diese Zeit hinter dich gebracht hast, ehe wir uns kennenlernten. Mir gefällst du besser, wie du jetzt bist.«

Ganz plötzlich mußte sie auch lachen. Diese Art und Weise, über eine Heirat zu sprechen, war so ganz verschieden von dem leuchtenden Entzücken, mit dem Arthur und sie sich mit diesem Thema beschäftigt hatten.

»Also willst du mich noch haben, Spratt?«

»Da kannst du sicher sein.«

»Und du wirst nicht leiden unter dem, was früher war?«

»Ich denke nicht. Schau, Elizabeth, es ist ganz einfach. Ich liebe dich, so wie du bist. Das, was du heute bist, muß notgedrungen das Ergebnis dessen sein, was zuvor geschehen ist. Wenn etwas anderes geschehen wäre, wärst du auch eine andere Frau, und die würde ich dann vielleicht nicht lieben. Ist das nicht ganz logisch?«

»Du bist der einzige Mann, den ich kenne«, sagte Elizabeth, »bei dem immer alles logisch ist.«

Kurz darauf heirateten sie. Sie hatte niemals Grund, es zu bereuen. Spratt hatte Erfolg in seinem Beruf, sie hatten drei Kinder, sie waren sich ehrlich und dauerhaft zugetan. Und sie hatten die Sicherheit, den Frieden des Herzens, den man in einer Ehe nur finden konnte, wenn man wußte, daß einer den anderen brauchte. Daß man einander wichtig war. Es war ein gutes Leben.

IV

Es war ein gutes Leben – warum also lag sie hier, zusammengekauert auf ihrer Couch, gepeinigt von lang vergangenem Gram? Elizabeth setzte sich auf und blickte sich wie erwachend um. Der Sonnenstreifen hatte sich ein Stück durch den Raum bewegt, auf dem Tisch lag ihr geöffneter Kalender mit der Notiz ›Kessler zum Dinner sieben Uhr dreißig‹. Keine halbe Stunde war vergangen, seit sie das hingekritzelt hatte, und nun war es, als erwache sie aus einem Alptraum. Aber sie war erwacht. Wie alle früheren Anfälle dieser Art ging er so plötzlich vorüber, wie er gekommen war.

Elizabeth strich sich das Haar aus der Stirn und griff nach einer Zigarette. »Wie dumm ich bin«, sagte sie laut, den Blick auf Spratts Bild gerichtet, das auf dem Schreibtisch stand. Es existierte auch noch ein Bild von Arthur. Doch sie hatte es tief in einem Schrank verpackt und seit Jahren nicht mehr in der Hand gehabt. Spratt war es, den sie liebte, der Vater ihrer Kinder. Sein Bild wollte sie ansehen. Für Spratt und die Kinder lebte sie. Sie füllten ihre Gedanken aus, und nur diese seltenen Minuten gehörten der Vergangenheit, die um so schwerer zu ertragen waren, weil sie zu keinem darüber sprechen konnte. Alles konnte sie Spratt erzählen, nur das nicht. Manchmal erwähnte sie Arthur in einem Gespräch, so ganz nebenbei. »... der Mann ähnelte Mr. Soundso, mit dem Arthur damals in der Firma in Tulsa zusammenarbeitete. So ein typischer Pseudointellektueller, weißt du. Er kaufte Erstausgaben, nur aus dem Grunde, um damit anzugeben. Ich erinnere mich, daß Arthur einmal sagte...« So einfach war das manchmal. Aber um alles in der Welt hätte sie Spratt nicht erzählen können, daß sie Momente des schwarzen Entsetzens durchmachte, im Gedenken an das, was geschehen war.

Und warum sollte sie es ihm auch erzählen? Wenn es vorüber war, kam es ihr selbst unwahrscheinlich vor. Stets dachte sie, es sei das letztemal gewesen. Und am nächsten Tag hatte sie es vergessen. Sie schämte sich, daß sie es nicht fertigbrachte, den Schatten zu verscheuchen, der sie so leiden ließ. Und darum wollte sie es gern vergessen. Jedesmal aufs neue.

Es wurde kühl. Die Kinder würden wohl ins Haus gekommen sein. Hoffentlich hatten sie ihre Badeanzüge ordentlich aufgehängt. Zeit, daß sie hinunterging und die Cocktails mixte, damit sie bereit waren, wenn Spratt nach Hause kam. Gerade als sie aufstehen wollte, klingelte wieder das Telefon. Ihre Stimme war ruhig und ganz normal, als sie sich meldete.

»Hier ist Irene Stern«, kam eine fröhliche, warme Stimme. »Wie geht's, Elizabeth?«

»Danke, könnte gar nicht besser sein.«

»Und Spratt?«

»Er arbeitet sich halb zu Tode und hat noch seinen Spaß daran.«

»Gibt's was Neues über den Film, oder darf man nicht fragen?«

»Doch, gute Neuigkeiten. Ich hoffe jedenfalls. Ein neuer Autor mit anscheinend brauchbaren Ideen.«

»Jemand, den ich kenne?«

»Ich glaube nicht. Er kommt von drüben.«

»Ach du lieber Himmel! Spricht er Englisch?«

»Einigermaßen. In Sprachen sind sie besser als wir.«

»Da haben sie auch allen Grund dazu da drüben, alle

paar hundert Kilometer brauchen sie eine neue. Elizabeth, ich rufe an, um zu fragen, ob Brian mit Peter zu Abend essen kann.«

»Irene, du bist ein Engel, aber ich fürchte, du machst dir zuviel Arbeit mit dem Jungen. Er ißt bald öfter bei euch als zu Hause.«

»Gar keine Arbeit, und ich wünschte, du erlaubst es ihm. Die Jungens sind oben mit der neuen Schmetterlingssammlung, sie hören und sehen nichts. – Sag mal, Elizabeth, warum schüren eigentlich die Pfadfinder dieses närrische Interesse für Naturgeschichte? Peter sieht überhaupt nichts mehr als Berge von Insekten.«

»Ich kenne das. Brians Zimmer sieht aus, als sei sämtliches Viehzeug der Welt dort zum Überwintern eingekehrt. Ich glaube, da können wir nichts dagegen tun.«

»Es ist irgendeine Modesache«, sagte Irene. »Wenn ich an Jimmy denke...«, Jimmy war ihr ältester Sohn, »... er war auch ein begeisterter Pfadfinder, aber er hatte niemals diese Leidenschaft für das krabbelnde und fliegende Zeug.«

Elizabeth lachte. »Vielleicht solltest du Brian doch lieber nach Hause schicken, Irene. Zu zweit machen sie sich gegenseitig verrückt.«

»Aber sie sind so glücklich dabei. Ich bringe es nicht fertig, sie auseinanderzureißen. Also laß ihn ruhig zum Essen bleiben, Elizabeth. Wir bringen ihn dann gegen neun nach Hause.«

»Gut, und vielen Dank, daß du so nett zu dem Jungen bist. Es ist übrigens lange her, daß wir beide uns gesehen haben. Ich wollte dich sowieso anrufen, ob wir diese Woche nicht mal zusammen lunchen wollen.«

»Eine großartige Idee.«

Als Elizabeth den Hörer hingelegt hatte, lachte sie leise

vor sich hin. Alles war wieder in Ordnung. So wie es sein sollte. Ihre Freunde, ihre Kinder, die gleichmäßige Sicherheit ihres Daseins. Sie ging zum Schreibtisch, nahm Spratts Bild in die Hand, betrachtete es liebevoll und küßte das Glas über seiner Nasenspitze.

Während sie die Treppe hinabstieg, hörte sie laute Stimmen und unbeschwertes Lachen. Dick und Cherry waren mit ihren Freunden ins Haus gekommen und machten so viel Lärm, wie sie nur konnten. Ob sie nicht mal müde werden? dachte Elizabeth mit einem Lächeln. Man könnte meinen, sie hätten sich seit Monaten nicht getroffen.

Sie warf einen Blick ins Speisezimmer, ob der Tisch auch ordentlich gedeckt war, richtete im Wohnzimmer das Cocktailtablett her und ging dann auf die Veranda hinter dem Haus, um zu sehen, in welcher Verfassung sich der Swimming-pool befand.

Die Kinder hatten ihre Badeanzüge und die Handtücher auf die dafür bestimmte Leine gehängt und den Platz in verhältnismäßig sauberem Zustand verlassen. Sie waren eigentlich immer ordentlich, es sei denn, etwas sehr Wichtiges kam dazwischen, was ihre Gedanken beanspruchte. Und jetzt schienen sie sich blendend zu amüsieren. Sie befanden sich in ihrem Raum hinter der Veranda, und da die Fenster offenstanden, konnte Elizabeth hören, wie lebhaft sie redeten, und mehr noch, wie sie laut und übermütig lachten. Es war besser, sie nicht zu stören, wenn sie gerade so guter Stimmung waren. Elizabeth setzte sich auf einen Gartenstuhl und blickte zur Einfahrt. Nun mußte Spratt bald kommen.

Die Zweige des Limonenbaumes warfen ein dunkles Schattenmuster auf das Gras. Ein leichter Wind kräuselte die Oberfläche des Swimming-pools, kam dann zu ihr auf die Veranda und brachte einen zarten Duft, gemischt aus feuchtem Gras, Limonenblüten und Geranienblättern. In den Bäumen sangen und zwitscherten die verschiedenen Vogelstimmen ihr Abendlied.

Elizabeth lehnte sich zurück, ganz entspannt und mit einem warmen Gefühl im Herzen. Was für eine glückliche Frau sie war! So viel gehörte ihr – ein schönes Heim, ein Mann, der sie liebte, und hübsche, freundliche Kinder. All das war ihr eigen – wie töricht, sich mit den Schatten der Vergangenheit zu quälen. Gut, daß sie nun ein paar Minuten Zeit hatte, sich an der Gegenwart zu freuen. Hatte sie nicht auch das Recht, stolz darauf zu sein? Sie hatte das alles geschaffen. Sie konnte sich freuen am frohen Lachen ihrer Kinder, die in Ruhe, Sicherheit und Harmonie aufgewachsen waren. Was ihnen auch immer geschehen würde im Laufe des Lebens, die glücklichen Jahre ihrer Kindheit konnte ihnen keiner nehmen.

Die vier da drin schienen irgend etwas zu lesen, sie hörte das Rascheln von Seiten – ach, natürlich, diese schmutzigen alten Magazine, die sie von Julias Dachboden herangeschleppt hatten. Und nun verstand Elizabeth auch die Worte: »Los, weiter, Cherry«, sagte Dick gerade, »was steht denn da? Lies mal vor.«

»Na, das ist einfach großartig«, rief Cherry. »Hört mal zu.« Sie räusperte sich und las mit Pathos. »In dieser Zeit des bösen Haders, da die Erde bebt unter der Gewalt der Schlachten, wird unsere neue Zukunft geboren. Wir wollen gern und bereitwillig jedes Opfer bringen, denn wir wissen, daß wir reichlich belohnt sein werden durch die weltweite Brüderlichkeit aller Menschen. Der Friede muß geschaffen werden für unsere Welt der Demokratie. Und in diesen bewegenden Stunden ...«

Gelächter unterbrach sie, und Cherry verkündete:

»Wißt ihr, was das ist? Eine Reklame für Rosinen.«

»Es kann nicht wahr sein«, sagte Pudge.

»Und ob! Hier schau her, da ist ein Bild dabei mit einem Laib Rosinenbrot.«

»Mußten sie denn Rosinenbrot essen, um die weltweite Brüderlichkeit der Menschen zu schaffen?« fragte Julia ironisch.

»Oh, ich hab's«, rief Dick und schaute über Cherrys Schulter. »Es ist einfacher, die Kinder für Brot ohne Butter zu begeistern, wenn im Brot Rosinen sind. Butter ist Fett, aus Fett macht man Geschosse, und damit kommt man zur Brüderlichkeit. Ganz klare Sache in jenen bewegenden Stunden. Hier, guck mal«, fuhr er fort und wendete eine Seite um. »Das ist besser. Sie hatten da eine Kampagne, um Liberty Bonds zu verkaufen...«

»Was sind Liberty Bonds?« fragte Julia.

»Na, Papiere, die die Regierung ausgab, um den Krieg zu finanzieren. Genau wie die Kriegspapiere, die wir heute kaufen. Hier ist eine Leserbriefecke, und da fragt einer an, ob es denn nicht unfair sei, langfristige Bonds zu verkaufen, die von Steuerzahlern der Zukunft bezahlt werden müßten. Er schreibt: Dadurch müssen doch spätere Generationen den Krieg dieser Generation bezahlen. Und der Briefkastenonkel antwortet – also das haut euch um, der antwortet: Genauso ist es. Und nicht zuletzt aus diesem Grunde sollte man Liberty Bonds kaufen. Denn die Früchte dieses Krieges werden die ungeborenen Generationen ernten.«

»Heiliger Bimbam!« rief Pudge, während alle wieder lauthals lachten.

»Ungeborene Generationen«, japste Cherry, »das sind wir.«

»Und ernten wir etwa nicht die Früchte jenes Krieges?«
sagte Julia. »Ich möchte wissen, ob der gute Mann noch
am Leben ist, der das geschrieben hat.«

»Wenn«, sagte Cherry, »dann kann er vor Scham nicht
mehr geradeaus gucken. Ui, schau mal, das ist ein dolles
Ding. Ein Bild mit einem Haufen Babys, und darüber
steht: ›Das Amerika von morgen, für das wir die Welt
zu einem sicheren Ort machen müssen.‹«

»Ich wette, jeder von denen ist heute in der Armee«,
sagte Dick. »Und hier ein Bild mit Soldaten, fertig zum
Einschiffen. Und darunter steht: ›Sie zahlen unsere
Schulden an Frankreich.‹«

»Ich freue mich schon darauf, wenn Frankreich mal
seine Schulden an uns bezahlen wird«, sagte Cherry.
»Das wird fein sein.«

Die Blätter raschelten wieder, und dann fing Cherry von
neuem an zu lachen. »Hört mal zu. ›Eines unserer
Hauptziele, für die wir diesen Krieg führen, ist es, ein
neues Europa zu schaffen, in dem ein Gemetzel wie dieses nicht mehr möglich ist. Aus der Qual, die die Welt
heute durchleidet, wird ein neues Deutschland geboren
werden, eine neue Nation, wo Demokratie herrschen
wird, wo kein Tyrann, keine Gruppe blutdürstiger
Wahnsinniger jemals die Chance haben werden, die
ganze Welt ins Unheil zu stürzen...‹« Der Rest ihrer
Worte ging in wildem Gelächter unter.

»Ach, du ahnst es nicht«, murmelte dann Pudge überwältigt.

»Es steht hier, gedruckt, schwarz auf weiß, aber ihr
laßt mich ja nicht zu Ende lesen. Der letzte Satz ist der
ulkigste von allen. ›Deutschland wird geschlagen werden. Aber die Niederlage wird den Deutschen einen
großen Gewinn bringen – für immer und für alle Zeiten

wird dieses Volk frei sein von jedem autokratischen Regime.‹ Wie findet ihr das?«

»Ich seh' schon«, meinte Pudge. »Wir bekämpfen die Deutschen immer nur zu ihrem eigenen Besten. Wenn sie so um sich blicken, was müssen sie uns doch dankbar sein.«

»Hier in dieser Zeitung steht«, sagte Julia, »daß der Kongreß der Sonntagsschulen im Jahre 1916 ausfallen mußte, weil die Delegierten so emsig damit beschäftigt waren, sich gegenseitig totzuschießen.«

»Wo wollten sie den Kongreß denn abhalten?« fragte Cherry.

»Das ist ja der Witz. In Japan.«

Wieder lachten sie alle vier. Pudge sagte: »Ich habe hier auch was Feines. Ein Bericht über den ersten Luftangriff auf eine offene Stadt. Die Deutschen hatten irgendein Ding, das nannten sie Zeppelin – muß so 'ne Art Ballon gewesen sein. Also so ein Zeppelin begab sich über Antwerpen und ließ ein paar Bömbchen fallen. Und die amerikanische Zeitung vermerkt dazu: ›Der Angriff auf Antwerpen, ohne jede Vorwarnung, gerichtet gegen eine unschuldige Bevölkerung, verstößt gegen alle Regeln einer zivilisierten Kriegführung...‹«

»Regeln?« unterbrach ihn Dick höhnisch. »Haben sie gedacht, es wäre ein Fußballspiel?«

»›Der Zeppelin warf Bomben auf eine unverteidigte Stadt‹«, las Pudge mit spöttischer Betonung weiter. »›Das ist gegen die Gesetze des Krieges, das dient auch keinem legitimen militärischen Zweck...‹«

»Was ist ein legitimer militärischer Zweck?« wollte Dick wissen. »Es gibt nur einen, so viel Menschen zu töten, wie man immer kann.«

»Halt den Mund und laß mich fertig lesen. – ›Denn

diejenigen, die getötet oder verletzt wurden durch die Bomben, waren Frauen oder Zivilisten. Der Angriff des Luftschiffs war ein Akt nackter Barbarei. Das ist kein Krieg. Das ist Mord!!‹«

»Hat man jemals so etwas Naives gehört?« fragte Cherry.

»Und was war nun los mit diesem Angriff? War es schlimm?« fragte Dick.

»Das habe ich bis zuletzt aufgehoben«, antwortete Pudge. »Ob du's glaubst oder nicht, dieser erste Luftangriff, diese verdammenswerte, blutdürstige Barbarei, die alle Leute vor Entsetzen aufschreien ließ, dieser Angriff tötete *zehn* Leute und verwundete *elf*.«

»Ach du liebes bißchen!« rief Dick, und die anderen machten einige spöttische Bemerkungen dazu. Er las die Notiz noch einmal, kopfschüttelnd, und sagte dann: »Übrigens bekommt man hier auch noch Gebrauchsanweisungen dazu. Hier steht: ›Die Männer in London tragen jetzt Pyjamas statt Nachthemden, denn wenn der Ballon kommt und sie rennen auf die Straße, möchten sie sich vor den Nachbarn nicht blamieren. Und Pyjamas vertragen sich besser mit britischer Würde als Nachthemden.‹«

Sie kicherten entzückt. Cherry meinte: »Ihr müßt mal hier die Rezepte lesen. Da gab es zum Beispiel Freiheitsbrot. Das wurde aus Erdnüssen und Roggenmehl gebacken.«

»Erdnüsse haben viel Vitamin B«, sagte Julia.

»Von Vitamin B haben die niemals etwas gehört«, meinte Dick ironisch. »Sie mußten eben das Erdnußbrot essen statt Fleisch, weil unsere lieben Verbündeten alles Fleisch aufgekauft hatten, und zwar mit dem Geld, das sie sich von uns gepumpt hatten, das sie niemals zurückzahlten und auch niemals beabsichtigen zurückzuzahlen. Schaut euch mal hier die Überschrift an: ›Jede Hausfrau, die Fleisch und Mehl spart, bringt den Tag weltweiter Demokratie näher.‹«

»Ob sie wirklich diesen ganzen Unsinn geglaubt haben?« fragte Cherry ungläubig.

Draußen auf der Veranda löste Elizabeth ihre verkrampften Hände von den Sessellehnen und sah, daß der helle blaue Überzug feucht war, da wo ihre Hände gewesen waren. Hinter dem Fenster hatten die Kinder etwas Neues gefunden, überschrien sich, spotteten, lachten, amüsierten sich königlich. Elizabeth stand auf, rot vor Ärger, doch dann beherrschte sie sich. Worüber ärgerte sie sich? Sie hatte das Gefühl, sie müßte zu ihnen hineinstürzen und schreien: »Ja, ihr unmenschlichen kleinen Ungeheuer, wir glaubten es! Wir glaubten daran!«

Aber sie konnte es nicht tun. Sie waren keine Ungeheuer, und sie waren nicht unmenschlich. Sie waren jung und gut erzogen und intelligent. Sie würden ihr verwundert zuhören und mit kühler Logik fragen: »Und schämst du dich nicht, daß du daran geglaubt hast, wenn du dir heute die Welt ansiehst?« Und ihr Sohn, er war siebzehn alt und hatte gar keine Ähnlichkeit mit Arthur – und ihr Sohn würde sie fragen mit der gleichen kühlen Logik: »Erwartest du von mir, daß ich es diesmal glauben soll?«

Wie seltsam würde es sein, wenn sie versuchen würde, ihnen von Arthur zu erzählen. Mit welcher Skepsis sie zuhören würden. Die Kinder wußten, daß ihr Vater der zweite Mann ihrer Mutter war. Aber sie war nicht sicher, ob sie je gehört hatten, daß dieser erste Mann ihrer Mutter in jenem Krieg getötet worden war, über den sie so herzhaft lachten. Falls sie es je gehört hatten, dann hatten sie es vergessen.

Und was also nun, wenn sie zwischen sie trat, ihr Vergnügen unterbrach und sagte: »Fragt mich. Ich weiß alles über diesen Krieg, den ihr so komisch findet. Ich weiß alles über diesen sentimentalen Unsinn, mit dem man Männer in den Tod schickte. Ich liebte einen Mann, der dafür gestorben ist.«

Sie würden schockiert sein, sich unbehaglich fühlen. Vielleicht auch nicht. Vielleicht würden sie nur kühl fragen: »Wofür?«

Sie würde diese Frage beantworten können. Er war für ihre Kinder gestorben. Für diese Generation ihrer Kinder, denen er das Recht erkämpft hatte, an nichts zu glauben. Sie wußte, wie vergebens die Opfer gewesen waren. Oder doch nicht? Sie erinnerte sich, was er gesagt hatte. »Wenn wir diesen Krieg gewinnen, sollst du deine Kinder haben. Wenn wir ihn verlieren, wirst du dir keine Kinder mehr wünschen.«

Was würden die Kinder ihr antworten?

Von drinnen kam neues Gelächter. Sie hatten wohl wieder etwas entdeckt. Cherry japste: »Ich kann euch sagen, mir tun die Rippen weh. Ich hab' schon lange nicht so gelacht.«

»Mensch, hier ist noch so ein Ding«, rief Pudge. »›Heute, erfüllt von Hoffnung und Vertrauen, blicken wir voll Stolz auf unsere große Armee und unsere tapferen Alliierten. Ihre Opfer werden uns den Sieg bringen, sie bringen uns den triumphalen Frieden für die ganze Welt. Komm, Tag der Glorie! Arbeite für den Sieg, wie du niemals gearbeitet hast! Amerika ist bestimmt dafür...‹«

»...die Melkkuh für alle Zeit zu sein«, beendete Dick

den Satz mit plötzlichem Abscheu in der Stimme. »Oh, mir langt es. Hat man je so viel Blödsinn auf einem Fleck gehört? Kann man da nicht aus der Haut fahren?«

»Wirklich, wir sollten nicht darüber lachen«, sagte Julia. »Die armen Würmer, sie haben es ernst genommen.«

»Wenn wir nicht lachen würden«, sagte Dick, »müßten wir uns hier hinsetzen und bitterlich weinen. Denn wir müssen die Suppe ausfressen, die sie uns eingebrockt haben.«

»Aber Dick«, sagte Julia, »wirklich, dieser Krieg ist anders.«

»Anders? Erzähl das mal der Marine. Denen, die auf Wake Island saßen mit ein paar Pappgewehren. Die lieben Japaner waren so gute Kunden, und sie hätten sich ja verletzt fühlen können, wenn wir die Insel ordentlich befestigt hätten, nicht?«

»Die größten Idioten sind wir«, sagte Cherry. »Wir ließen es zu, in diesen Zeiten auf die Welt zu kommen.«

»Wir konnten nichts dagegen tun«, meinte Dick. »Ich glaube, keiner, der es sich hätte aussuchen können, hätte sich das zwanzigste Jahrhundert gewählt.«

Cherry lachte kurz. »Später werden sie es leicht haben, wenn sie in den Geschichtsbüchern das zwanzigste Jahrhundert studieren. Eine Vorkriegszeit, ein Krieg, eine Zwischenkriegszeit, ein Krieg, eine Nachkriegszeit...«

»Sprich nicht so leichtfertig von der Nachkriegszeit«, sagte Pudge. »Wer sagt dir denn, daß es nicht wieder eine Zwischenkriegszeit ist?«

Dem Geräusch nach stapelten sie jetzt die Magazine aufeinander, der Spaß war vorbei. Julia meinte: »Das ist eine feine Art zu reden für zwei Burschen, die im nächsten Jahr zur Armee gehen werden.«

»Du hast es noch nicht erfaßt, Julia«, sagte Dick. »Ich

bin nicht so pessimistisch wie Pudge. Ich denke, die nächste Zwischenkriegsperiode wird ein bißchen länger sein als die letzte. Ganz einfach deshalb, weil alles in Trümmern sein wird, bis dieser Krieg zu Ende ist. Da gibt es nichts mehr, wofür man kämpfen könnte. Auf jeden Fall werden wir besser dran sein als diese Weihnachtsmänner, die voller Sirup über die menschliche Brüderlichkeit von dannen zogen. Uns kann man nicht desillusionieren, denn wir haben keine Illusionen. Wir wissen, es ist nichts als eine blutige Schweinerei. Und wir sitzen mittendrin, weil die ältere Generation nicht klug genug war, uns draußenzuhalten. Wir werden zur Armee gehen, und sie werden uns drillen, tüchtige Mörder zu werden, deren einzige Aufgabe es ist, andere Mörder zu töten, bevor sie uns töten können. Das ist alles.«

»Aber mein Gott, Dick!« rief Julia schockiert: »Wir müssen kämpfen. Haßt du denn die Japaner nicht?«

»Natürlich hasse ich sie. Ich würde am liebsten jeden einzelnen mit einer Peitsche zusammenschlagen. Keine Angst, ich werde sie über den Haufen schießen und werde froh sein, es zu tun. Aber darum geht es nicht. Was ich meine, ist, der Unterschied zwischen diesem Krieg und dem letzten besteht darin, daß wir wissen, was wir tun. Wir kämpfen, um am Leben zu bleiben. Das ist es. Wir erwarten keine neue Welt danach.«

»Und ein Glück, daß wir das nicht erwarten«, warf Pudge ein, »denn wir kriegen keine.«

»Mr. Wallace«, meinte Cherry wichtig, »ist der Meinung, wir kämpfen, um die chinesischen Kulis mit Milch zu versorgen.«

Pudge lachte. »Wir hätten sie bloß erst fragen sollen, ob sie überhaupt Milch haben wollen.«

»Weißt du«, meinte Cherry nachdenklich, »es ist heute auch so ein pathetischer Quatsch im Umlauf. Es gibt immer so Propagandaschreiber, die uns eine brandneue Welt andrehen wollen. Laßt das nur erst vorbei sein, und dann werden sich alle lieben. Die Russen werden die Chinesen lieben, die Chinesen die Engländer, die Engländer die Italiener...«

Pudge unterbrach sie lachend: »Stell dir bloß mal vor, daß irgend jemand die Italiener lieben könnte.«

»Aber das werden sie«, beteuerte Cherry. »Hast du nichts gelesen von diesen Schreibern, die die Nachkriegswelt bereits schildern? Alle werden ein Herz und eine Seele sein. Mit allen wird man bestens auskommen. Sogar mit den Spaniern.«

»Unsere Regierung«, meinte Dick, »versteht sich schon jetzt mit den Spaniern.«

»Ach, es macht einen ganz schwach«, sagte Cherry. »Die ganze Zeit, solange ich denken kann, haben sie von dem nächsten Krieg gesprochen. Und was haben sie dagegen getan? Den Japanern und den Deutschen Waffen verkauft, damit sie uns möglichst gekonnt in die Luft jagen können. Und jetzt, wo wir den Schlamassel haben, erzählen sie uns wieder den gleichen alten Blödsinn.«

»Ich glaube, du hast recht«, sagte Julia, »es ist – es ist zum Grausen, nicht?«

»Es wäre zum Grausen«, sagte Dick, »wenn irgendeiner es glauben würde.«

»Manche glauben es, Dick«, sagte Pudge ernst. »Keiner in unserem Alter. Aber die alten Leute schon.«

»Ich kann nicht verstehen, wieso. Sie sind schon einmal darauf 'reingefallen. Es ist doch sinnlos, zum zweitenmal den ganzen Plunder zu glauben.«

»Sinnlos? Was ist nicht sinnlos?«

»Der einzige Sinn ist der, den ich vorhin schon ausein-
andersetzte. Die Japaner und die Deutschen sagen: Wir
töten euch und nehmen euch weg, was ihr habt. Und
wir sagen: Den Teufel werdet ihr tun. Also gehen wir
hin und hauen sie zusammen. Und das machen wir so
lange, bis sie genug haben.«

»So ist es aber das letztemal nicht gewesen«, sagte Julia.

»Nein. Weil sie das letztemal so erfüllt waren mit ihren
idiotischen Idealen. Bitte, wenn du den Käse liest in den
alten Zeitungen, den wir gerade gelesen haben, dann
könntest du denken, unsere Soldaten waren so eine Art
Heilsarmee, die auszog, die Welt zu verbessern. Diese
Burschen wußten nicht, wofür sie kämpften. Kein Wunder, daß sie uns den ganzen Schlamassel hinterließen.
Niemals hat man einen Krieg für Ideale geführt.«

»Aber Dick«, protestierte Julia, »es gibt doch auch Ideale,
für die wir in diesem Krieg kämpfen. Denk doch an die
vier Freiheiten und das alles.«

Dick war zu höflich, um ihr gleich zu widersprechen,
aber Cherry hatte keine Hemmungen. »Oh, Julia«, sagte
sie. »Sei doch nicht so sentimental. Du kannst doch nicht
im Ernst glauben, daß irgend jemand in den Vereinigten
Staaten daran interessiert ist, ob die Kroaten oder was
weiß ich wer die vier Freiheiten haben oder nicht. Genausowenig wie die daran interessiert sind, was wir
haben. Kein Mensch kämpft für diese Dinge. Es ist nur
üblich, davon zu reden, solange gekämpft wird.«

»Sie hat recht, Julia«, bestätigte Dick. »Wofür sie wirklich kämpfen, ist Reichtum und Macht. Sie reden immer
pathetisches Zeug während eines Krieges. Aber sobald
der Krieg vorbei ist, werden sie sehr realistisch. Sobald
aber ein neuer Krieg anfängt, dann heißt es: ›O ja, wir

wissen wohl, alle früheren Kriege wurden aus sehr egoistischen Motiven geführt. Aber dieser, Kinder, dieser ist anders.‹« Er geriet in Hitze. »Blech! Dieser ist nicht anders. Und ich bin dem Himmel dankbar, daß ich das *weiß*. Es kotzt mich an, wenn alle so tun, als ob sie an etwas glauben würden, wobei jedermann weiß, daß keiner daran glaubt.«

»Ich möchte wissen, was dein Vater und deine Mutter sagen würden«, meinte Julia, »wenn sie dich hören würden.«

»Och, sie hätten nichts dagegen«, sagte Cherry, »sie sind verhältnismäßig intelligent.«

»Na ja, sie haben natürlich noch so ein paar altmodische Ideen im Kopf«, sagte Dick, »wie alle Leute ihres Alters. Aber im großen und ganzen sind sie recht aufgeklärt für ihre Generation. Sie sind nicht ständig und pausenlos schockiert von dem, was man sagt oder tut.«

Draußen auf der Veranda stand Elizabeth, die Hände um das Geländer gekrampft. Sie dachte: Wir sind schuld, schuld an jedem Wort, das sie sagen. Spratt und ich, wir sind schuld. Sie sind unsere Kinder, und also müssen wir sie gelehrt haben, so zu denken. Jedenfalls haben wir es nicht verhindert, daß sie solche kleinen Zyniker wurden. Der letzte Krieg? Wir wollten nichts mehr davon sehen und hören. Das einzige, was wir sagten, war: Nie wieder. Und nun ist doch wieder Krieg, und Dick wird kämpfen müssen – und das mit diesen Ansichten! Denken sie alle so? Wenn das so ist, dann werden ihre Kinder wieder kämpfen müssen. O mein Gott, was habe ich bloß getan? Was habe ich versäumt? Und wie kann ich es gutmachen?

Es war nicht leicht, sich die Wahrheit einzugestehen. Aber sie war ein Feigling gewesen. Sie war es noch. Sie hatte nicht sehen wollen, was vor sich ging. Und jetzt? Hatte sie vielleicht den Mut, ins Haus zu gehen, sich vor ihren Sohn hinzustellen und ihm zu sagen: »Dies ist ein glorreicher Kreuzzug, der für die Welt und alle Menschen von größter Wichtigkeit ist. Und du wirst gehen und dein Teil dazu beitragen. Ein Jahr warten? Wozu das? Sie nehmen dich auch mit Siebzehn. O ja, ich weiß, Tausende von Männern sind bereits getötet worden. Aber trotzdem, du wirst gehen. Die Sache ist es wert.«

Nein, das konnte sie nicht sagen. Dieser Krieg war es wert, gewonnen zu werden, das konnte sie sagen. Es war üblich, das zu sagen. Aber glaubte sie wirklich so fest daran? Sie hatten einen Krieg erlebt und das, was nachher kam. Und in den vergangenen zwanzig Jahren hatten sie den Kopf in den Sand gesteckt und hätten es am liebsten weiter getan, bloß damit sie nicht wieder in einen Krieg hineingezogen würden! Und sie war es nicht allein. Alle, alle hier in diesem Lande, wenn sie ehrlich sich selbst gegenüber waren, dachten und empfanden wie sie.

Sie wandte sich abrupt um und ging ins Haus, durch die Vordertür, um den Kindern nicht zu begegnen. Seit die Sonne untergegangen war, wurde es zunehmend kühl. Ein Feuer wäre angenehm. Aber sie stand müßig am Fenster des Wohnzimmers und blickte hinaus in die wachsende Dunkelheit.

Eins der Mädchen kam ins Zimmer und knipste das Licht an. »Soll ich die Vorhänge zuziehen, Mrs. Herlong?« fragte es.

Elizabeth wandte sich um. »O ja, natürlich. Ich hab's vergessen.« Sie zog an der Vorhangschnur des Fensters, an dem sie stand, das Mädchen schloß die anderen.

Als sie wieder allein war, überblickte Elizabeth den

Raum. Wie ordentlich und gemütlich alles war! Nichts war geschehen an diesem Nachmittag. Nichts. Nur in ihr selbst – ach, Schluß jetzt damit. Sie war so stolz und glücklich gewesen, als sie durch den Canyon nach Hause fuhr. Es gab keinen Grund, es nun nicht mehr zu sein. Nichts hatte sich verändert.

Eine Stimme von der Tür her schreckte sie auf. »Sag mal, Mutter, wir sind halb verhungert. Ist der Boß noch nicht zu Hause?«

»Noch nicht, Dick. Er hat sehr viel zu tun mit dem neuen Film, das weißt du ja.«

»Ich weiß. Aber ich verhungere trotzdem.«

»Wenn er bis halb acht nicht hier ist, werden wir essen«, versprach sie. »Ich finde, es ist kühl geworden, Dick. Könntest du nicht ein Feuer anzünden?«

»Natürlich.« Dick kniete vor dem Kamin nieder und hielt ein Streichholz an den Gaszünder, der sich unter den Scheiten befand. Dann näherte er sich dem Cocktailbrett. »Soll ich vielleicht auch die Martinis mixen?«

»Das wäre fein.«

»Okay.« Zuerst ging er jedoch zur Tür und rief die anderen. »Wollt ihr nicht 'rüberkommen? Ich hab' Feuer gemacht.«

»Gleich«, rief Cherry zurück. »Wir waschen uns bloß die Hände. Diese Magazine waren so dreckig. Ist der Boß schon da?«

»Nö. Aber Mutter sagt, wir essen auf jeden Fall um halb acht. Also macht schnell.«

Die Gasflamme züngelte zwischen den Holzscheiten empor, und es begann zu knistern. Dick wandte sich dem Gin und dem Wermut zu. Obwohl er selbst noch keine Cocktails trinken durfte, fühlte er sich sehr erwachsen, wenn er sie mixen durfte.

Was für ein netter Junge, dachte Elizabeth, die ihn beobachtete.

Er fragte: »Möchtest du gleich einen Drink haben?«

»Ja, gern. Ich bin ein bißchen müde.«

Er füllte ein Glas, brachte es ihr und schaute aufmerksam zu, als sie davon trank.

»Wie ist er?«

»Sehr gut. Du könntest einen Job daraus machen.«

»Vielleicht werd' ich's mal brauchen. Ach, da seid ihr ja«, sagte er, als Cherry und die anderen beiden hereinkamen. Sie begrüßten Elizabeth, und Julia meinte: »Wie schön das Feuer aussieht! Ich wünschte, wir hätten auch so einen Gaszünder zu Hause. Feuermachen ist dann viel leichter. Sie haben wirklich alles prima hier, Mrs. Herlong.«

»Vielen Dank, Julia.«

»Das ist wirklich das komfortabelste Haus, das ich kenne. Und wir haben so viel Spaß gehabt heute nachmittag.«

»Kann ja sein«, sagte Dick, »trotzdem wird mir jetzt etwas komisch um die Mitte. Haben wir nicht ein paar Crackers oder so was Ähnliches?«

»Morgen abend gibt es richtige Horsd'œuvres«, sagte Elizabeth. »Wir haben einen Gast zum Essen. Jemand vom Studio.«

»O ja?« sagte Dick gleichgültig. »Wir wollen morgen abend alle zur Küste hinunter. Du hast doch nichts dagegen, wenn Cherry und ich nach dem Essen abhauen?«

»Cherry, ja. Aber du hast eine andere Aufgabe morgen.«

»Ich? Was denn?« fragte er aufgeschreckt.

Elizabeth lächelte ihm ermunternd zu. Es war eine Erleichterung, wieder im gewöhnlichen Alltagstrott zu sein. Die Kinder waren wie alle anderen, hungrig auf das Essen, der Alpdruck schien zu weichen. Sie langte nach einer Zigarette. Beide, Dick und Pudge, rissen eilig ein Streichholz an. Sie ließ sich von Pudge Feuer geben und lächelte Dick zu, der sein Streichholz ausblies.

»Dick, morgen abend kommt Mr. Kessler. Ein Deutscher. Ich kenne ihn noch nicht, aber er arbeitet mit an Vaters Film.«

»Noch so 'n Flüchtling?« fragte Cherry.

»Ja. Aber ihr solltet ihn nicht so nennen. Ein Deutscher eben.«

»Na gut«, sagte Dick, »und was hab' ich damit zu tun?«

»Er hat eine Tochter.«

»Ach, du lieber Himmel!«

»Es tut mir leid, Dick«, fuhr Elizabeth fort und legte Mitleid in ihre Stimme, »aber der Boß möchte mit Mr. Kessler über den Film sprechen nach dem Essen. Du wirst dich um das Mädchen kümmern müssen.«

Cherry und die anderen lachten über Dicks verzweifelte Miene.

»Kann sie reden?«

»Ich weiß nicht. Aber soviel ich weiß, gibt es einen hübschen neuen Film in der Stadt und ...«

»Mutter, bitte! Ehrlich, ich – wie sieht sie denn aus?«

Ich habe sie nie gesehen, wollte Elizabeth antworten, aber Cherry kam ihr zuvor.

»Ich wette, ich weiß es. Sie hat zwei gelbe Zöpfe um den Kopf gewickelt ...«

Die anderen fielen ein: »Vielleicht solltest du ihr Wagner-Platten vorspielen?«

»Oder wie wär's mit Faust?«

»Quatsch, Faust wird französisch gesungen.«

»Sie wird fett sein und Apfelbäckchen haben.«

»Vielleicht ist sie intellektuell. Viele von den Flüchtlingen sind es.«

»Sprich mit ihr vom Essen. Das haben sie alle gern.«

»Ich kann mit ihr überhaupt über gar nichts sprechen«, rief Dick wütend. »Mutter, ich bin morgen abend verabredet! Warum kann der Boß diesem Mr. Dingsbums nicht sagen, er soll seine Tochter zu Hause lassen? Warum muß denn gerade ich – ach, haltet ihr doch die Klappe! Ich finde, ihr seid reichlich schadenfroh und gräßlich.«

»Dick, bitte sei vernünftig«, sagte Elizabeth. »Schließlich kommt so etwas ja nicht oft vor.«

»Und ob das oft vorkommt. Kannst du dich nicht an das greuliche Mädchen aus New York erinnern? Sie hatte nichts als Zähne im Gesicht, und ich mußte sie ausführen, als ihre Familie hier zum Essen war. Aber das ist ja noch schlimmer. Eine Ausländerin, die nicht mal bla-bla sagen kann.«

»Das weißt du doch gar nicht. Ihr Vater spricht sehr gut Englisch.«

Dick grunzte nur vor sich hin.

»Nun, sei schon nett, Dick«, bat Elizabeth. »Du kannst ihr einen hübschen Abend machen, wenn du willst. Bedenke, sie ist hier in einem fremden Land. Und manche dieser Neuankömmlinge haben schlechte Erfahrungen hier gemacht. Kannst du denn nicht ein bißchen Mitleid mit diesen Leuten haben?«

»Es ist ganz einfach, Mitleid mit Flüchtlingen zu haben«, sagte Dick, »wenn man nichts mit ihnen zu tun hat.«

Beinahe hätte Elizabeth gelacht und gesagt, er brauche es nicht zu tun. Aber schließlich mußte Spratt in Ruhe seine Gespräche führen können, und das Mädchen mußte also unterhalten werden. Sie suchte nach weiteren Argumenten, die Dick bewegen konnten, da hörte sie endlich zu ihrer Erleichterung, wie Spratt das Haus betrat.

»Jetzt kommt der Boß«, sagte Cherry und stand auf.

»Jetzt können wir endlich essen!« rief Dick erleichtert und machte sich daran, für seinen Vater einen Drink einzuschenken.

Spratt kam herein und begrüßte sie. »Was für ein hübsches Bild das ist«, sagte er, als er seinen Cocktail entgegennahm. »Ihr alle hier um das Feuer versammelt. Wo ist Brian?«

»Er ißt bei Peter zu Abend. Cherry, sag in der Küche Bescheid, daß wir essen können.«

»Habt ihr Radio gehört?« fragte Spratt.

»Nein. Was ist los?«

»Immer dasselbe. Nur schlimmer. In Rußland ist der Teufel los. Komm mit 'rauf, Elizabeth, während ich mir die Hände wasche. Cherry, in einer Viertelstunde können wir essen.«

»Wart einen Moment, Boß«, rief Dick. »Ich muß was Wichtiges mit dir besprechen. Muß ich morgen wirklich das Flüchtlingsmädchen ausführen?«

»Was für ein Flüchtlingsmädchen?«

»Na, die mit ihrem Alten Herrn hier zum Abendbrot kommt. Kann sie denn nicht...«

Spratt begann zu lachen. »Ach, ich habe vergessen, euch zu sagen – Kesslers Tochter ist acht Jahre alt.«

Die vier stießen einen Pfiff aus.

»O Freude, o Glück, o Seligkeit!« sang Dick. »Neues Leben ist mir geschenkt. Ich brauche nicht. Habt ihr's alle gehört? Sie ist acht Jahre alt. Warum hast du das nicht gleich gesagt? Du redest über Rußland und weißt die ganze Zeit, die Göre ist acht Jahre alt. Ich sitze hier, dem Tode nah, und du sprichst von Rußland!«

Elizabeth verließ eilig das Zimmer und lief vor Spratt die Treppe hinauf. Er folgte ihr. Als er in sein Schlafzimmer kam, fand er sie in einen Sessel gekauert, geschüttelt von einem Lachkrampf. Spratt betrachtete sie erstaunt. »Elizabeth! Was ist denn los, um Himmels willen?«

Sie konnte nicht gleich antworten. Mit Mühe beherrschte sie sich und stieß hervor: »N... nichts. Nur ich glaube, o Spratt, das erstemal in meinem Leben, daß ich beinahe einen hysterischen Anfall bekommen hätte.«

»Elizabeth, was, in Gottes Namen...?«

»Bitte, kümmre dich nicht um mich. Es ist gleich wieder gut. Aber weißt du, Spratt, es ist wirklich komisch. Wir sitzen am Rande eines Vulkans, unsere Füße baumeln über dem Abgrund – und Dick weiß es. Ich habe ihn vorhin reden hören, so hart und kalt, daß es mich geschaudert hat. Und jetzt, eine Viertelstunde später, ist nichts auf der Welt wichtiger für ihn, als daß dieses Mädchen acht Jahre alt ist und er sie nicht auszuführen braucht. Oh, diese Sprunghaftigkeit der Jugend! Ob ich je auch so war?« Sie lachte wieder, doch diesmal ruhiger.

Spratt hob verständnislos die Schultern und ging ins Badezimmer. Als er wiederkam, hatte Elizabeth sich beruhigt. Spratt schüttelte irritiert den Kopf. »Ist irgend etwas geschehen heute nachmittag? Du kannst es mir ruhig erzählen.«

»Nichts. Ich bin nach Hause gekommen und habe mich umgezogen, und dann habe ich mich ein bißchen hingelegt.« Sie stand auf. »Es tut mir leid, daß ich so albern war, Spratt. Aber manchmal, da mußt du einfach lachen, wenn du nicht schreien willst.«

»Na schön«, sagte Spratt. »Lassen wir's dabei.« Er drängte niemals, wenn sie nicht von selbst erzählen wollte. »Jetzt geh mal und kümmre dich um dein Make-up. Die ganze Wimperntusche ist ausgelaufen.«

»Das werde ich tun.« Sie nahm seine Hand und hielt sie fest. »Ich danke dir, daß du so verständnisvoll bist. Jeder andere hätte mich eine Närrin geheißen oder mir tausend Fragen gestellt.«

Spratt küßte sie, einen leicht amüsierten Ausdruck im Gesicht.

»Du bist keine Närrin. Übrigens siehst du blendend aus in diesem Gewand.«

»Es ist das Hauskleid, das du mir geschenkt hast«, sagte sie. Dann ging sie hinüber in ihr Zimmer und verwischte die Spuren des Anfalls aus ihrem Gesicht.

Spratt wartete an der Treppe auf sie. Sie lächelte ihm zu, er lächelte zurück, und dann gingen sie hinab zu den anderen.

»Och, Mensch«, sagte Dick, als sie am Tisch saßen. »Garnelen! Da bin ich verrückt drauf!«

»Ich auch«, sagte Spratt und nahm sich die erste. »Und was für eine wunderbare Soße. Ein prächtiger Abend. Ein brauchbarer Autor für meinen Film und ein gutes Abendessen ...«

Er grinste zu den Kindern hinüber. »Was haben die Millionäre, was wir nicht haben?«

»Ein Magenleiden«, sagte Dick.

V

Um halb fünf am folgenden Nachmittag beendete Spratt eine erneute Besprechung mit seinem neuen Autor aus Deutschland. Er schob seinen Stuhl zurück und grinste sein Gegenüber an. »Das wär's für heute, Kessler. Heute abend nach dem Essen können wir weiterreden. Und Sie werden morgen anfangen mit dem Treatment?«

»Ja, Mr. Herlong.« Der neue Autor lächelte zurück. Sein dichter dunkler Bart machte ihn zu einer ungewöhnlichen Erscheinung in einem amerikanischen Büro. Und die stille Würde seines Lächelns glich in keiner Weise Spratts vergnügtem Grinsen. Trotzdem bestand zwischen beiden Männern eine gewisse Übereinstimmung, ja Kameradschaftlichkeit, wie sie sich einstellt, wenn zwei feststellen, daß sie gut zusammen arbeiten können.

»Wann werden Sie die Synopsis lesen – Verzeihung, ich meine das Treatment? Entschuldigen Sie die Ungeschicklichkeit meiner Ausdrucksweise.«

Spratt sagte: »Erstens ist Ihre Ausdrucksweise keineswegs ungeschickt. Und zweitens kann ich ein Dutzend Schreiber kriegen, die erstklassige englische Grammatik schreiben können, aber keine gute Geschichte. Ich muß Ihnen ehrlich sagen, Kessler, Sie haben mir eine Last von den Schultern genommen seit unserem gestrigen Gespräch. – Sie verstehen, worauf es bei der Story ankommt. Ich wünschte, Sie könnten mir sagen, wie ich das den Grammatikexperten beibringen kann.«

»Vielleicht liegt es daran, ob man fähig ist, eine Situation mit den Augen andrer Menschen zu sehen. Nicht nur vom eigenen Standpunkt aus.«

Spratt lachte. »Sie erwarten doch nicht von mir, daß ich das diesen egoistischen Brüdern in dieser Stadt erzählen werde? – Ja, Lydia?« Er wandte sich zu seiner Sekretärin, die hereingekommen war.

»Die Skizzen von der Schlafzimmerszene sind gekommen. Wollen Sie sie gleich sehen, oder haben Sie noch Besprechung?« Sie warf einen Blick auf Kessler, in dem deutlich Respekt zu lesen war, der Respekt, den sie jedem entgegengebracht hätte, der in einer schwierigen Situation zum Helfer geworden war.

Spratts Besucher übernahm die Antwort. »Er möchte sie gleich sehen, denn wir sind fertig, Miß Fraser.« Er schob sich etwas in seinem Stuhl nach vorn, umschloß mit seiner großen Hand den breiten Knauf des Stockes und stand auf. Es war ein mühsamer Vorgang, das konnte man sehen. Aber man bemerkte auch die lange Praxis, die er darin hatte.

Lydia öffnete ihm die Tür. Sie tat es so, als sei es eine freundliche Geste der Achtung und nicht eine notwendige Hilfe. Der neue Autor konnte nicht stehen, ohne sich auf den Stock zu stützen. Und da er nur die rechte Hand besaß, hätte er die Tür allein nicht öffnen können.

Spratt war ebenfalls aufgestanden und ging mit zur Tür. »Ich hole Sie dann bei Ihrem Büro ab. So etwa gegen halb sieben, wenn ich es schaffe. Dann fahren wir zu mir.«

»Vielen Dank, Mr. Herlong.« Er verbeugte sich höflich vor Lydia. »Auch Ihnen vielen Dank, Miß Fraser.«

Lydia begleitete ihn bis zur Außentür des Bungalows und kam dann ins Büro zurück mit den Skizzen.

»Ein bemerkenswerter Mann, dieser Kessler«, meinte Spratt, als er die Skizzen auf seinem Schreibtisch ausbreitete.

»Das kann man wohl sagen. Beschäftigt sich achtundvierzig Stunden mit diesem Skript und kommt mit einer brauchbaren Lösung wieder. Halb tot, wie er ist. Haben ihn die Nazis so zusammengeschlagen, oder war er im Krieg, oder was war es?«

»Ich habe keine Ahnung. Man kann schlecht danach fragen. Vielleicht ist es nichts als ein Autounfall gewesen.«

»Er behilft sich aber gut, nicht? Glauben Sie, er wird weiterhin jeden hier mit Mister und Miß anreden?«

Spratt lachte und zuckte die Achseln. »Schon möglich. Die Deutschen sind sehr formell. Aber das soll uns nicht stören. Ich kann ihn gut leiden.«

»Ich auch«, sagte Lydia.

Währenddessen begab sich der Gegenstand ihrer Unterhaltung zu seinem eigenen Bungalow, der sich in nächster Nachbarschaft befand, da Kessler nicht in der Lage war, ein größeres Stück zu laufen. Er unterrichtete seine Sekretärin davon, daß Mr. Herlong ihn später abholen würde, und zog sich in sein Privatbüro zurück.

Befriedigt blickte er sich in diesem Raum um. Er war nur mit dem Nötigsten möbliert – ein Schreibtisch mit Bleistiften und ein Berg von Papier, ein Arbeitsstuhl davor und in der Ecke ein bequemer Sessel zum Ausruhen. Ein Regal mit Fachbüchern und eine Schreibmaschine, die nur große Buchstaben tippte, so daß man nicht umschalten mußte, vervollständigten die Einrichtung. Kessler hatte im Laufe der Jahre gelernt, mit einer Hand eine solche Maschine zu bedienen. Mochte der Raum auch etwas kahl wirken, ihm gefiel er; er hatte große

Fenster, die genügend Licht hereinließen und den Blick auf entfernte Hügel jenseits des Studiogeländes erlaubten. In einem Spiegel an der Wand waren die Hügel noch einmal zu sehen und gaben den doppelten Eindruck von Weite und Frieden.

Weite und Frieden, dachte er, als er um sich blickte, das war es, was er sich wünschte und was es in Amerika immer noch gab. Die Amerikaner nahmen dies als selbstverständlich. Viele wußten heute noch nicht, wie kostbar das war und wie selten. Er war sich dessen ständig bewußt, wenn er aus dem Fenster blickte. Auch jetzt, doch er ließ sich heute nicht viel Zeit für diese Betrachtung, anderes beschäftigte ihn mehr. Heute abend würde er Elizabeth sehen. In ihrem eigenen Heim, umgeben von all den Dingen, die sie sich immer gewünscht hatte. Der Gedanke daran erfüllte ihn mit einem warmen, zärtlichen Gefühl. Dieses Gefühl wurde nicht dadurch beeinträchtigt, daß er es war, der es ihr geschenkt hatte, auch wenn sie es niemals wissen würde.

Er stellte sich vor den Spiegel und betrachtete sich aufmerksam. Es war nicht möglich, daß sie ihn erkennen würde. Es waren nicht nur die vierundzwanzig Jahre, die sie trennten, es war vor allem das, was die Granate von Château-Thierry aus ihm gemacht hatte. Sie hatte ihn so gründlich zerstört, daß einer der größten Chirurgen Deutschlands fünf Jahre gebraucht hatte, um die Stücke seines Körpers zusammenzuflicken, zu dem, was er heute darstellte. Dieses künstliche Gebäude, das keine Ähnlichkeit hatte mit dem, was er einmal gewesen war, und das, er wußte es wohl, kaum noch lange Bestand haben würde. Schon zuvor mußte er vorsichtig umgehen mit diesem Gebilde, das er selber war, doch nach den Mühen und Anstrengungen, die es gekostet hatte, aus Deutschland zu entkommen, bestand wenig Hoffnung auf weitere Dauer. Darum, weil er dies wußte, machte er sich selbst das Geschenk, Elizabeth zu sehen.

Er hatte es nie erwartet. In jenen furchtbaren Tagen, im deutschen Lazarett, hatte er es nicht gewollt. Er hatte nur einen Wunsch gehabt: sie möge frei von ihm sein, ganz und gar, genau, wie er sich selbst wünschte, befreit von sich zu werden. Noch jetzt überkam ihn ein Zittern, wenn er an jene Zeit dachte, an das langsame, mühsame Zusammenflicken seines Körpers; Knochen, die durch Metall ersetzt wurden, dann das Strecken geschrumpfter Muskeln, alle Nahrung darauf eingestellt, Medikamente ohne Ende; seine eigenen Schreie und die Flüche gegen den Mann, der darauf bestand, ihn am Leben zu erhalten, während er nichts anderes wünschte, als zu sterben.

Wie dieser Arzt ihn mit erbarmungslosen Händen, die für ihn nichts als Instrumente des Schreckens waren, ins Leben zwang, in ein Leben, das er nicht haben wollte, und wie dann, dieser selbe Mann, auch gegen seinen Willen, ihm ein wirkliches Leben schenkte. Nicht nur eine physische Existenz, sondern Persönlichkeit und Willen, all dies schaffte der große Arzt mit unendlicher Geduld. Es war eine Neugeburt, die Neuschöpfung eines vernichteten Menschen. Daß er einen neuen Namen bekam, erschien da ganz verständlich.

Kessler – Gott sei Dank, es ließ sich leicht aussprechen, dachte er damals, denn in jenen Tagen bereitete es ihm große Mühe, die neue Sprache zu lernen. Mittlerweile war sie so zu seiner eigenen geworden, daß er nun, als er in die Vereinigten Staaten zurückkehrte, Mühe hatte, sich in seiner Muttersprache wieder zurechtzufinden.

Der Name des Arztes war nicht so leicht auszusprechen. Jacoby. Wie hatte er diesen Mann gefürchtet.

Er erinnerte sich an jene Zeit, als er selbst noch kein Wort Deutsch sprach, wie Jacoby sich verzweifelt bemühte, mit seinen mangelhaften Englischkenntnissen dem halbtoten Mann klarzumachen, was mit ihm geschah. Er verstand es nicht, und er haßte den Mann, der ihn zum Leben zwang. Denn er wußte noch nicht, daß er hier dem größten Mann begegnet war, den er je in seinem Leben treffen würde. Und der Haß ließ ihn kalt werden, wenn er daran dachte, wie die Nazis diesen großen Mann zu Tode gejagt hatten, nicht für ein Verbrechen, das er begangen hatte, nur für die nicht zu vergebende Tatsache, daß dieser wunderbare Arzt als Jude zur Welt gekommen war. Und dieser, in seiner Güte, war lange nicht fähig zu erkennen, was man ihm tun wollte.

Und das einzige, was er hatte tun können, um seine Liebe und seine Dankbarkeit für Jacoby zu beweisen, war, Deutschland zu verlassen, in die Vereinigten Staaten zu gehen, in die er nie hatte zurückkehren wollen, und so Jacobys Kind zu retten.

Seine Trauer um den Freund war so tief, seine Angst, daß es ihm nicht gelingen würde, Jacobys kleine Tochter in Sicherheit zu bringen, so groß, daß er erst ganz zuletzt, als er sich schon mit dem Kind auf dem Schiff befand, daran dachte, daß er nun, wenn er nach Amerika zurückkehrte, vielleicht Elizabeth sehen würde.

Er wußte, der Name ihres Mannes war Spratt Herlong, so wie er wußte, daß dieser Herlong in den Vertex-Studios in Hollywood arbeitete. In seinem eigenen Gepäck aber befand sich ein Vertrag, der im Pariser Büro der Vertex unterschrieben worden war. Also würde er Herlong eines Tages wohl kennenlernen. Und daraus folgend wohl auch Elizabeth.

Als ihm dies erstmals klar zum Bewußtsein kam, ging er in seine Kabine und betrachtete sich lange im Spiegel, genau wie er es jetzt tat. Bestand eine Möglichkeit, daß sie ihn erkannte? Dann würde er diesen Vertrag brechen und sich eine andere Arbeit suchen. Vielleicht als Übersetzer – oder irgendeine Büroarbeit, die es ihm ermöglichte, die kleine Margaret mit drei Mahlzeiten am Tag zu versorgen. Elizabeths Frieden durfte nicht gestört werden.

Aber die genaue Prüfung überzeugte ihn, daß keine Gefahr bestand. Nichts an ihm erinnerte an den Arthur Kittredge, der er einmal gewesen war. Er war Erich Kessler, ein Freund des toten Dr. Gustav Jacoby, Autor einiger Bücher, die auf den Erfahrungen seines Freundes Dr. Jacoby mit seinen Patienten basierten. Nicht nur sein Name, auch er selbst war ein ganz anderer geworden. Kein Mann, der das erduldet hatte, was er erdulden mußte, würde noch eine Ähnlichkeit haben mit dem glücklichen, unbekümmerten Jüngling, der er einst gewesen war.

Gedankenvoll betrachtete er sich im Spiegel. Er war ein Krüppel. Doch seine Erscheinung war nicht abstoßend. Trotz seiner unsicheren Beine konnte man sehen, daß er einst ein großer, stattlicher Mann gewesen war. Der linke Ärmel war leer, doch sein rechter Arm war der eines Athleten. Und die Hand, die seit zwanzig Jahren das Gewicht seines Körpers auf den Stock heben mußte, war stark genug, eine Porzellantasse zwischen Fingern und Daumen zu zerbrechen. Seinem Gesicht war nur eine einzige Spur der Verwundung geblieben, eine Narbe, die in dünner, gebogener Linie aus seinem dichten

Bart aufstieg. Sein Kopfhaar war noch voll, grau wie Stahl, der Bart war dunkler. Den Bart hatte er wachsen lassen, um all die Entstellungen, die Jacobys Kunst nicht zum Verschwinden bringen konnte, zu verdecken. Heute war er froh, daß er ihn hatte, denn die Amerikaner stellten sich noch immer die Deutschen als Professoren mit dunklen Bärten vor.

Sie würde ihn nicht erkennen. Aber er würde sie erkennen, genauso wie er sie auf dem Bild erkannt hatte, das auf Herlongs Schreibtisch stand. Sie hatte sich verändert in all den Jahren, gewiß, aber ihre Veränderung war nichts anderes als die natürliche Entwicklung von Jugend zum Frauentum, die jeder erwarten konnte, der sie so gut gekannt hatte wie er. Elizabeth hatte immer gewußt, was sie vom Leben wollte. Sie hatte sich Liebe gewünscht, eine Ehe, Kinder, ein Heim, das sie schaffen und erhalten konnte.

Schon damals hatte sie gewußt, daß dies ihre Bestimmung war und daß sie fähig war, für diese Dinge zu leben. Und nun, da er an sie denken konnte, ohne den Schmerz der früheren Jahre, war er froh darüber, daß er so stark gewesen war, beiseite zu treten. Sie hatte das Leben, das zu ihr paßte.

In der vergangenen Woche, als er das erstemal in Spratts Büro kam, hatte er die Bilder gesehen. Spratt sprach über das Skript, Kessler hörte nur zerstreut zu, er würde das Skript ja ohnedies lesen.

Nachdem Spratt fertig war und er gehen wollte, blickte er auf das Bild auf dem Schreibtisch und fragte in gelassenem Ton: »Ihre Frau, Mr. Herlong?«

Spratt sagte: »Ja.« Er nahm das Bild und reichte es Kessler mit dem stolzen Lächeln eines Mannes, der einem Freund einen Schatz zeigen kann. »Dies hier ist nicht besonders gut – ein bißchen formell. So hingestellt. Schnappschüsse sind meist besser.«

»Ja, das mag stimmen«, antwortete Kessler und blickte in ihr Gesicht. »Aber ich finde es sehr reizvoll.«

»Schauen Sie sich dies Bild an, hier an der Wand. Da sind die Kinder auch dabei.«

Kessler folgte Spratt und betrachtete das Bild, das an der Wand hing. »Ja, ja«, sagte er voll Eifer, »das ist ihr sicher ähnlicher.«

Das Bild war im Freien aufgenommen worden, vielleicht auf einer Ranch. Entweder wußten Elizabeth und die Kinder nicht, daß sie gerade fotografiert wurden, oder der Fotograf besaß ein großes Talent, jede Pose zu vermeiden. Gekleidet in einen Pullover und einen Rock, das Haar vom Winde zerzaust, saß Elizabeth auf einem Zaun, hinter dem ein Orangenbaum stand; ein junges Mädchen lehnte neben ihr über den Zaun, und ein hoch aufgeschossener Junge, der Elizabeth sehr ähnlich sah, stand bei dem Baum, bog einen Zweig herab, so daß seine Mutter und seine Schwester sich die Früchte pflükken konnten. Ein kleiner Junge, der vor dem Zaun im Gras saß, war bereits dabei, sich eine Orange zu schälen. Alle drei Kinder blickten ihre Mutter an, und alle vier lachten. Es war eine Gruppe fröhlicher, gesunder Menschen, die einander liebhatten. Kein Wunder, daß Spratt dieses Bild demjenigen auf dem Schreibtisch vorzog.

Auf dem Schreibtisch, das war Elizabeth, wie sie anderen Menschen erscheinen mochte, Augen und Lippen voll ruhiger Freundlichkeit, doch auf diesem Bild, das war die Frau, die Spratt liebte.

Als er so die Gruppe betrachtete, wurde dem Fremden aus Deutschland klar wie nie zuvor, wie groß das Geschenk war, das er Elizabeth gemacht hatte, als er sich entschloß, aus ihrem Leben zu verschwinden und sie nicht mit seinem Elend zu belasten. Er warf einen raschen Blick auf Spratt, der nicht ihn ansah, sondern seine Familie auf dem Bild, und in diesem Moment haßte er ihn so leidenschaftlich, daß er ihn hätte töten können.

Doch diese Aufwallung ging rasch vorüber. Lang geübte Disziplin hatte ihn gelehrt, seine Gefühle zu beherrschen. Und nach dieser kurzen Welle von Haß erfüllte ihn tiefe Dankbarkeit, daß sein Geschenk an sie so groß gewesen war, wie er es gewünscht hatte.

Heute nun, allein in seinem Büro, kehrten seine Gedanken zurück zu jenen Tagen, als er sich entschloß zu tun, was er getan hatte. Weil er sie liebte.

Die ersten Tage nach der Schlacht waren nichts gewesen als Verwirrung, Fieber, Schmerzen. Er befand sich an einem Ort, der ihm fremd war, er lag in einem Bett und um ihn herum lagen andere Männer in ihren Betten. Und Frauen mit blassen, müden Gesichtern bewegten sich zwischen ihnen und gaben sich Mühe, ihnen zu helfen. Er verstand nichts von dem, was man zu ihm sprach und was man mit ihm tat. Von oben bis unten war er bandagiert und verbunden. Die Verbände waren alles andere als sauber, und ab und zu kam ein großer Mann, hager wie ein Asket, und tat schreckliche Dinge mit ihm. Er wußte nicht, daß es zu jener Zeit, gegen Ende des Krieges, in Deutschland weder genügend frisches Verbandszeug noch Seife gab, um die benutzten Verbände zu säubern, keine Medikamente, um den Leidenden ihre Schmerzen zu mildern, und daß die Schwestern weiße Gesichter und zitternde Hände hatten, weil sie hungerten. Als er dann das alles begriffen hatte, kümmerte es ihn nicht. Denn nun wußte er, wie zerstört er selber war. Er zweifelte nicht daran, daß er sterben würde, und der einzige Wunsch, der ihn erfüllte: es möge schnell gehen, es möge endlich vorbei sein.

Stammelnd, in der einzigen Sprache, die er beherrschte, bat er den hageren grausamen Mann immer wieder, er möge ihn doch in Ruhe lassen. Am Anfang schien der Arzt seine Worte nicht zu beachten. Doch eines Tages merkte der Patient, daß der Arzt versuchte, mit ihm zu sprechen. Und schließlich gelang es ihm auch, die Worte zu verstehen. Der Doktor sagte: »Vergeben Sie mir, daß ich Ihnen weh tun muß.« Sein Englisch war kaum zu verstehen, aber daß überhaupt jemand mit ihm englisch sprach, war für den halbtoten Mann im Bett ein Hoffnungslicht. Also würde er sich vielleicht dem Arzt verständlich machen können, daß er nichts wünschte, als in Ruhe gelassen zu werden und zu sterben. Es war schwierig für ihn zu sprechen, das bandagierte Kinn schien die Worte im Munde zu ersticken, aber schließlich quetschte er sie doch hervor.

»Hören Sie mir zu. Ich bin kein Landsmann von Ihnen, das wissen Sie, nicht wahr? Ich bin Amerikaner. Mein Name ist Arthur Kittredge. Ich bin Ihr Feind – verstehen Sie? Ich muß sowieso sterben. Warum lassen Sie es mich nicht schnell tun?« Der Arzt sagte etwas, Arthur verstand nicht, die Worte wurden mehrmals wiederholt, und als er sie endlich begriffen hatte, waren sie der Mühe nicht wert gewesen, die er darauf verwendet hatte, sie zu begreifen. »Ruhig. Seien Sie ruhig.«

Arthur versuchte es wieder, verzweifelt vor Schmerz und Schwäche. »Tun Sie mir den Gefallen. Geben Sie mir etwas, damit es zu Ende ist. Bitte! Hören Sie zu. Ich bin ganz klar. Lassen Sie uns zu Ende kommen. Lassen Sie mich sterben. Das ist doch nicht zuviel verlangt.«

Und wieder sagte der Arzt: »Ruhig.«

»Wenn Sie es nicht für mich tun wollen, tun Sie es für einen anderen. Für einen von Ihren Männern. Warum soll ich ein Bett haben, und die deutschen Soldaten liegen auf dem Boden? Warum soll ich essen, und Sie haben selbst nicht genug? Halten Sie mich doch nicht...«

Seine Worte endeten in einem Stöhnen. Der Schmerz nahm ihm den Atem. Aber noch immer beschwor sein Blick den Arzt, bittend, flehend.

Auch wenn der Doktor nicht alle seine Worte verstanden hatte, so doch den Sinn. Er wußte, was Arthur wollte. Er schüttelte den Kopf. »Nein«, sagte er. »Nein.«

Alle seine Kräfte zusammennehmend, keuchte Arthur: »Ich sterbe sowieso.«

»Nein. Nein. Sie sterben nicht.«

Er sprach mit grimmiger Entschlossenheit, und das erschien Arthur typisch für einen Deutschen, für ihre Kälte und ihre Härte, ihre Unfähigkeit, ein Unrecht einzusehen. Arthur war nicht mehr fähig zu sprechen, aber in seinen Augen, die den Arzt nicht losließen, lag aller Unglauben und alle Wut, die ihn erfüllten. Dies erzählte ihm Jacoby später.

Arthur also wußte, daß er sterben würde, und er wünschte, daß es endlich geschehen möge. Aber Jacoby hatte sich noch nicht damit abgefunden. Er ging, und als er später wiederkam, zog seine knochige Hand ein deutsch-englisches Wörterbuch aus der Tasche. Doch selbst mit dieser Hilfe blieb sein Englisch so armselig, daß er nichts anderes ausdrücken konnte als zuvor.

Wieder allein in seinem Gefängnis von Schmerzen, dachte Arthur hilflos: Bei uns zu Hause erschießt man einen Hund, den ein Lastwagen überfahren hat. Aber dies kann nicht mehr lange dauern. Wenn ich nicht so gesund wäre, hätte ich es schon lange überstanden.

Gott im Himmel, kennen diese Menschen denn keine Gnade? Ich würde noch das übelste Subjekt eines Deutschen erschießen, ehe ich ihn sich auf diese Weise zu Tode quälen ließe.

Wie gut, daß Elizabeth ihn nicht sehen konnte. Sie würde niemals wissen, wie er gelitten hatte. Man würde ihr mitteilen, daß er tot sei, und sie würde denken, es sei rasch gegangen. »Er merkte gar nichts«, würde man ihr erzählen, und das würde gut für sie sein. Und gab es nicht etwas, wofür er dankbar sein mußte? Wenn diese Granate ihn schon treffen mußte, dann besser so, daß er tot sein würde und nicht zurückkehren mußte als die unmenschliche Karikatur dessen, was einst ihr Mann gewesen war. Und wenn dieser Schurke von einem Doktor sich auch weigerte, ihm das Ende zu erleichtern, vielleicht weil es ihn freute, einen Feind leiden zu sehen, ewig konnte auch er dieses Leiden nicht verlängern. Doch dann wurde es ihm blitzartig klar, daß gerade das es war, was der Arzt beabsichtigte.

Jacoby hatte mehrere Tage lang versucht, sich ihm verständlich zu machen. Jedoch Arthur gab sich keine Mühe mehr, ihn zu verstehen. Eine Zeitlang hatte er jede Nahrungsaufnahme verweigert, aber sie ernährten ihn künstlich. Das einzige Gefühl blieb schließlich der Haß. Haß gegen den Arzt. Der bloße Anblick des hageren Gesichts, der dünnen, grausamen Hände machte ihn atemlos vor Haß. Und er dachte nicht daran zuzuhören, wie dieser die englische Sprache vergewaltigte, versuchte nicht eine Sekunde hinter den gequetschten Worten einen Sinn zu finden.

Jedoch dieser Teufel bestand darauf, mit ihm zu reden, das Wörterbuch in der Hand. Da er Arthurs Namen nicht aussprechen konnte, nannte er ihn Kitt. Immer wieder sagte er dasselbe, langsam, eindringlich, immer wieder die gleichen Worte, so daß sie wider seinen Willen schließlich in Arthurs Gehirn schlüpften und einen Sinn ergaben.

Und das war es, was der Arzt sagte: »Du wirst nicht sterben, Kitt. Du wirst noch lange leben. Nicht so, wie du früher warst. Aber du hast deine Augen. Und deine Ohren. Der Kiefer wird heilen. Und eine Hand ist geblieben. Ich denke, daß du aufrecht wirst sitzen können. Ich kann nicht versprechen, ob du wirst laufen können. Aber ich will es versuchen. Es wird lange dauern, und es wird schwer sein. Aber du mußt mir helfen, Kitt, dann kann ich dir helfen. Verstehst du mich? *Du wirst nicht sterben.*«

Arthur gab einen unartikulierten Laut von sich. Er blickte in des Doktors stahlblaue Augen. Sie waren gerade auf ihn gerichtet, voller Entschlossenheit, und Arthur erkannte, daß dieser Mann in ihm keinen Mitmenschen sah, sondern nur das Objekt für ein unmenschliches Experiment. Anstatt ihn sterben zu lassen, würde ihn Jacoby am Leben erhalten, würde ihn bei Bewußtsein halten für alle Qual, die ihm bevorstand. Nur damit er beweisen konnte, daß er dazu fähig war.

Das, was übrig war von Arthur, zitterte in hilfloser Wut. »Du Unmensch«, sagte er. »Du verdammter Unmensch!« Und es folgten Flüche und Verwünschungen, wie er sie zuvor nie ausgesprochen hatte. Er wußte gar nicht, daß er solche Worte kannte. Aber sie waren auf einmal da, und in der nächsten Zeit benützte er sie jedesmal, wenn er den Arzt nur sah.

Später einmal fragte er Jacoby, ob er eigentlich verstanden hatte, was er ihn damals alles geheißen hatte. Jacoby lächelte. »Nicht den Sinn der einzelnen Worte.

Aber ich wußte ihre Bedeutung. Und ich konnte das alles verstehen.«

Doch zu jener Zeit nahm Jacoby nicht die geringste Notiz von dem, was er ihm an den Kopf warf. Er wartete, daß Arthurs zerschmetterter Körper zusammenheilte. Viel anderes konnte Jacoby nicht tun. Er arbeitete achtzehn Stunden am Tag, mit einem Minimum an Ernährung, das man im Vorkriegsdeutschland nicht für ausreichend gehalten hätte, einen müßiggehenden alten Mann zu nähren. Und da er so schlecht Englisch konnte und Arthur kein einziges Wort Deutsch, war es ihm nicht möglich, zu erklären, warum er das alles tat.

Vier Jahre dauerte der Krieg nun. Und diese vier Jahre hatten genügt, Jacobys Glauben an ein höheres Menschentum fast vollständig zu vernichten. Und keiner war da, dem er sagen konnte, wie nahe er selbst der Verzweiflung war und daß er suchte, suchte nach einem Weg, nach einem kleinen mühseligen Weg aus dieser Verzweiflung heraus. Daß es möglich sein mußte, die Menschen von dem Teufel zu befreien, von dem sie besessen waren.

Vor dem Krieg hatte Jacoby niemals am hohen Wert menschlichen Geistes gezweifelt. Nicht daß er gedacht hätte, die Menschheit sei vollkommen oder werde es jemals sein. Er achtete seine Mitmenschen, weil er an ihre Würde glaubte. Er hörte nicht auf die ewigen Pessimisten, die die Achseln zuckten und die menschliche Rasse im ganzen verurteilten. Gewiß, es gab schlechte Menschen, es gab Schurken, Feiglinge und Narren. Aber da war auch Mut, Kraft und Würde in diesem Menschengeschlecht. Mehr, als man dachte.

Daran hatte er geglaubt. Doch das war vor dem Kriege gewesen. In den vier Jahren, die er nun durchlebt und durchlitten hatte, war langsam alles anders geworden. Das schlimme waren nicht einmal die menschlichen Wracks, die man ihm brachte. Manche konnte er heilen, manche nicht. Schlimmer waren die zerstörten Seelen, die Vernichtung aller Menschlichkeit. Er hatte Männer gesehen, die zu brutalen Scheusalen geworden waren, bar jeder menschlichen Regung, jedes Gefühls. Und er sollte ihr Leben retten, obwohl nichts an ihnen wert war zu leben?

Wenn die Menschen so waren, dann würde es besser sein, sie zerstörten einander endgültig. Je eher, um so besser.

Gerade als er soweit war, ein herzloser Zyniker zu werden, brachte man ihm Arthur. Warum er gerade diesen einen, diesen Halbtoten auswählte, um sich selbst zu retten, er hätte es nicht zu sagen gewußt. Es ging ihm nicht darum, diesen zerstörten Körper zu heilen. Es ging ihm darum, herauszufinden, ob menschlicher Geist, ob Kraft und Mut eines Mannes ausreichen würden, eigenes Elend zu überwinden. Zweifel waren ihm gekommen, ob er recht daran tat, dieses Leben zu verlängern. Aber dann war er überzeugt davon, daß er diesen Mann so weit herstellen konnte, daß er nicht vollständig hilflos sein würde. Arthur würde genug bleiben, um ein menschliches Wesen zu sein. Sein Geist war nicht zerstört. Und wenn es ihm gelang, trotz seines zerstörten Körpers wieder ein Mensch zu werden, so bestand auch Hoffnung für die Welt, für die Menschheit, für sie alle. Der Fluch des Krieges hatte die Welt zerstört, hatte Arthur zerstört. Wenn der eine leben würde, so war für die Welt Rettung zu erwarten.

So etwa, niemals klar ausgedrückt, nur unbestimmt gefühlt, sah es in Jacoby aus. Und darum bemühte er sich so verzweifelt, gerade diesen einen am Leben zu erhalten.

Arthur haßte ihn noch eine ganze Weile lang. Immerhin zweifelte er nun nicht mehr daran, daß Jacoby auch meinte, was er sagte: er wollte ihn nicht sterben lassen, sondern so weit wieder herstellen, wie es nur irgend möglich war. Und daß so vieles nicht mehr herzustellen war, verminderte seinen Eifer keineswegs. Natürlich war vieles, was er tat, ein reines Experiment. Und das, dachte Arthur voll Bitterkeit, ist gerade das, was er gesucht hat. Er wird nicht so schnell wieder einen Patienten finden, an dem nichts mehr zu verderben ist, ganz egal, was für Fehler er auch machen mag. Ein Mensch ist immer noch besser als ein Meerschweinchen. Das ist durchaus überzeugend. Nur daß es gerade mir passieren muß.

Sobald Arthur geneigt schien, ihm zuzuhören, versuchte Jacoby wieder, sich ihm verständlich zu machen. »Glaub mir, Kitt, wenn du beide Arme verloren hättest oder wenn du auch noch blind gewesen wärst, ich hätte getan, was du verlangt hast.«

Arthur sagte ärgerlich: »Und warum tun Sie es jetzt nicht?«

Jacoby sah ihn ehrlich überrascht an: »Du wünschst es immer noch?«

»Ja. Es macht mir keinen Spaß, ein Opfer der Vivisektion zu sein.«

»Kitt, glaubst du immer noch, daß es das ist, was ich mit dir tue?«

»Ja.«

Jacoby schüttelte den Kopf. Er suchte nach Worten. Er sagte: »Ich habe dich jetzt seit mehreren Tagen beobachtet. Ich kann schlecht ausdrücken, was ich sagen will.

Ich habe eine Schlacht geschlagen. Ich kann nicht sagen, ob ich sie gewonnen habe. Du bist ein Mann, Kitt, und du bist auch ein Mensch. Du mußt leben. Und du mußt leben wollen. Du *mußt*, verstehst du mich?« Er sprach so eindringlich, daß seine Augen glühten. »Kitt, laß es uns versuchen.«

Obwohl er es damals noch nicht erkannte, war dies die Zeit, wo Arthurs Widerstand allmählich von Jacobys Entschlossenheit überwunden wurde. Nach einiger Zeit wurde ihm klar, mit welchem Enthusiasmus Jacoby zu Werke ging. Er fühlte sich seltsam berührt davon. War er nicht einst selbst so gewesen, wenn irgendeine schwierige Aufgabe zu vollbringen war? »Wenn mir dies gelingt, wird mir alles gelingen.« Die Stimmung kannte er.

Später erst erkannte er, daß es bei Jacoby doch anders gewesen war. Sein Spruch lautete: Wenn *er* dies vollbringt, dann kann auch ich alles vollbringen.

Seine Überzeugung, daß Jacoby nichts sei als ein eiskalter Wissenschaftler, geriet erstmals ins Wanken an jenem Tag, als Jacoby an seinem Bett erschien mit einem Bleistift und einem Zettel in der Hand. »Kitt, bitte sage mir – buchstabiere mir – wie heißt die Frau, von der du im Delirium gesprochen hast?«

Arthur stöhnte. Er sagte: »In Gottes Namen, Jacoby, hab Erbarmen! Wenn du entschlossen bist, das alles mit mir zu tun, ich kann dich nicht daran hindern. Aber du darfst es ihr nicht antun.«

Ohne ihn anzusehen, sagte Jacoby: »Ich dachte, man müßte ihr Nachricht geben. Durch das Rote Kreuz.«

Arthur antwortete nicht. Nach einer Pause fragte Jacoby: »Du willst mir nicht sagen, wer sie ist?«

Arthur sagte: »Es ist meine Frau.«

Jacoby blickte ihn schweigend an. Auch in seiner eigenen Sprache wäre es schwer gewesen, auszudrücken, was er dachte. Doch das Mitleid in seinen Augen sprach eine deutliche Sprache. Er zerdrückte das Papier in seiner Faust, er schwieg. Eine ganze Weile später sagte er: »Gut.« Er stand auf und ging.

Trotz seiner eigenen Verzweiflung empfand Arthur ein wärmendes Gefühl in seinem Herzen. »Mein Gott, dieser Mann ist doch ein menschliches Wesen. Es gibt Dinge, die selbst er nicht ohne einen Schauder hören kann.«

Und danach, langsam, aber ständig, kam ihm zum Bewußtsein, daß Jacoby sein Freund sein wollte. »Du bist nicht nur ein Mann, auch ein Mensch«, hatte er gesagt. Er verstand nun, was er gemeint hatte.

Er kann mich am Leben erhalten, dachte Arthur. Aber kann er mir auch sagen, warum? Keiner kann es. Ich glaube es nicht.

Jacoby kam oft zu seinem Bett. Niemals wieder erwähnte er die Frau, nach der Arthur im Delirium gerufen hatte. Er behandelte den Arm, den Kiefer, alles andere hatte zu warten, bis der Patient kräftiger sein würde.

Immer wieder fragte sich Arthur, was Jacoby denn im besten Fall erreichen konnte. Es war nicht der Mühe wert. Daß er den rechten Arm bewegen konnte, daß er die Kraft haben würde, aufrecht zu sitzen und einen Brief zu schreiben, vielleicht nach langer Zeit mühselig an einer Krücke ein paar Schritte humpeln konnte? Niemals würde er für sich selbst sorgen können, niemals die Welt herausfordern, ihm eine Aufgabe zu stellen, niemals das tun, was andere gesunde Menschen taten. Und niemals wieder seine Gemeinschaft mit Elizabeth haben. Er konnte ihr nicht die Kinder geben, die sie sich wünschte, keine Sicherheit, keine Freude, nichts. Was also konnte er ihr geben?

Ohne Zweifel hatte man ihr mitgeteilt, daß er vermißt war. Wenn sie ihn fanden, würde das Rote Kreuz ihr mitteilen, daß er am Leben sei. Nach dem Krieg, wenn Jacoby ihn so weit zusammengeflickt hatte, daß man ihn transportieren konnte, würde er heimkehren. Und dann? Elizabeth würde alles für ihn tun. Sie liebte ihn. Sie war ein Kamerad. Sie würde arbeiten und ihren Lebensunterhalt verdienen. Und sonst würde sie ihr Leben damit verbringen, ihn zu pflegen, ihn zu unterhalten, sich um ihn zu kümmern – und er? Nichts weiter als ein kümmerliches Wrack, er konnte ihr nur hündische Dankbarkeit zurückgeben. Ihre leuchtende Lebensfreude würde verkümmern im Zwielicht eines trüben Daseins, bis sie selbst vertrocknet sein würde wie eine Frucht, die niemals reifen durfte. Je mehr er darüber nachdachte, um so klarer wurde ihm, daß er, ganz egal, was mit ihm geschah, niemals dulden würde, daß ihr Leben verdorben wurde.

Er konnte es auch sich selbst nicht antun. Es war leichter, seine Tragödie allein zu tragen, als sie mit ihr zu teilen. Er wußte, daß sie leiden würde unter seinem Tod. Doch das würde vorübergehen. Sie war jung, vital, lebendig, ein anderer Mann würde kommen, der sie so liebenswert fand, wie er sie liebenswert gefunden hatte. Ein anderer Mann – er ballte unwillkürlich die Faust, der Schmerz fuhr wie ein Schwert in seine Schulter und nahm ihm den Atem. Nicht einmal solch eine Geste war ihm vergönnt, seine Gefühle auszudrücken.

Als Jacoby das nächstemal kam, ließ Arthur ihn wissen, wozu er sich entschlossen hatte. Er sprach langsam, wiederholte die Worte, bis Jacoby ihn verstanden hatte. Die Anstrengung, sich verständlich zu machen, nahm seiner Stimme jede Gemütsbewegung.

»Ich will etwas versprechen. Ich will versprechen, alles zu tun, was von mir verlangt wird. Aber tu du etwas für mich. Zuvor.«

»Ich verstehe. Weiter.«

»Als ich hierherkam, muß man eine Metallmarke bei mir gefunden haben. Die Identifizierungsmarke. Und vielleicht auch noch andre Dinge. Die sollen ans Rote Kreuz geschickt werden. Und dazu soll geschrieben werden, daß ein verwundeter Amerikaner eingeliefert wurde, der kurz darauf starb. Seinen Namen kennt man nicht. Irgendeinen Totenschein, oder was dazu gebraucht wird, mußt du unterschreiben. Das andere wird die amerikanische Armee besorgen. Wenn du mir einen Beweis bringst, daß du dies getan hast, verspreche ich, daß ich alles mit mir tun lasse. Aber wenn du es nicht tust, dann schwöre ich dir, daß ich mein Leben beenden werde, sobald ich fähig bin, eine Hand zu benutzen.«

Seinen Blick fest in Jacobys Blick geheftet, wiederholte er diese Forderung so lange, bis der Arzt ihn verstanden hatte. Am Ende fragte er: »Du hast mich verstanden? Du wirst tun, was ich verlange?«

Jacoby nickte. Seine Hand legte sich auf die Hand des Kranken. Er sagte langsam: »Ja, Kitt. Ich werde es tun.«

Jacoby war nicht verheiratet. Seine Arbeit und der Krieg hatten ihm keine Zeit gelassen, an sich selbst zu denken. Später würde die Zeit kommen, wo er Arthur ganz und gar verstand.

Arthur fuhr fort: »Du wirst nicht mit meiner Frau in Verbindung treten. Du wirst nicht versuchen, sie zu finden.«

»Nein.«

»Sie wird wieder heiraten«, fuhr Arthur fort. »Ein anderer Mann wird sie lieben, sie wird Kinder haben, sie wird glücklich sein. Sie ist eine wunderbare Frau. Nur ich muß aus ihrem Leben ganz verschwinden. Du verstehst es vielleicht nicht – aber so ist es richtig.«

Jacoby suchte nach einer Antwort. Er blätterte eine Weile im Wörterbuch und sagte dann: »Du hast ganz vollständig recht.« Er blickte auf das hilflose Bündel vor sich und fügte hinzu: »Ich verstehe.«

»Du...« Arthurs Stimme brach in einem Schluchzen, und der Schluchzer kam so tief aus ihm, daß sein gepeinigter Körper den Schmerz fühlte. Es dauerte eine Weile, ehe er weitersprach, »...du verstehst nicht. Du hast niemals eine Frau geliebt.« Sein Blick ging in die Ferne, seine Stimme bebte. »Du hast niemals eine Frau so geliebt, daß du für sie hättest sterben können.«

Jacoby gab keine Antwort. Aber er ging und tat, worum Arthur ihn gebeten hatte.

VI

Jacoby benutzte eine der kostbaren Nachtstunden, in denen er eigentlich hätte schlafen sollen, um auf Arthurs Bett eine Art Pult zu basteln. Dort ließ er seine Wörterbücher.

»Mein Englisch ist so schlecht, Kitt, und ich habe so wenig Zeit, es besser zu lernen. Könntest du nicht Deutsch lernen, damit wir miteinander reden können?« Er las ihm die ersten Worte laut vor, langsam, damit Arthur sie nachsprechen konnte. Während Jacoby achtlos seine Kohlrüben aß, fertigte er kleine Skizzen von den verschiedenen Gegenständen im Raum an und schrieb jedesmal die deutschen Wörter daneben. Dann klemmte er den Zettel vor Arthur fest, damit er die Wörter studieren konnte.

Arthur war ihm dankbar dafür. Er dachte nicht an die Zukunft, nicht, was er in diesem Leben beginnen sollte, das Jacoby ihm aufzwang. Aber es war gut, etwas zu tun zu haben. Er füllte seinen Kopf mit deutschen Worten, das war besser als Gedanken an Elizabeth. Wenn Jacoby kam, sprach er in einfachen Sätzen mit ihm und war stolz, geradezu kindisch entzückt, wenn Jacoby und die Schwestern ihn verstanden.

Viel später, wenn sie sich an diese Zeit erinnerten, sagte Jacoby ihm: »Du weißt nicht, wie mich das ermutigt hat.« Arthur antwortete: »Vielleicht weißt du nicht, wie oft ich nahe daran war, aufzugeben.«

»Doch, ich weiß«, sagte Jacoby. »Aber du hast nicht aufgegeben. Und das ist, worauf es ankam, Kitt.«

Bis zuletzt nannte Jacoby ihn Kitt. Falls jemand sich

darüber wunderte, sagte er: »Natürlich, Herrn Kesslers Vorname ist Erich. Es ist eine alte dumme Gewohnheit von mir, ihn Kitt zu nennen. Noch von früher her.«

Sie hatten sich beide daran gewöhnt und vergaßen ganz, daß Kitt nichts anderes war als die Abkürzung von Arthurs wirklichem Namen. Den neuen Namen besorgte übrigens Jacoby. Er tat es, nachdem Arthur in eine Berliner Klinik überwiesen worden war und sich dort von einem erneuten Eingriff erholte. Es war eine schwere Operation gewesen, es ging ihm schlecht, und Jacoby hatte eine Bluttransfusion gemacht.

Als es besser ging, wollte sich Arthur dafür bedanken, doch Jacoby sagte: »Mein Blut taugt nicht viel, Kitt. Es besteht nur aus Kohlrüben und Kartoffeln. Aber ich habe etwas anderes für dich. Etwas Wichtiges.«

Er zog ein Papier aus der Tasche und präsentierte es voll Stolz. »Hier ist deine Geburtsurkunde.«

Arthur mußte lachen. In den Vereinigten Staaten hatte es keine Geburtsurkunden gegeben. Aber Jacoby war Deutscher. In seinen Augen benötigte der geliebte Kitt nicht nur einen geflickten Körper, sondern auch ordentliche Papiere. So groß war das Chaos in Deutschland nie gewesen, daß man diese Dinge vernachlässigte. Jacoby erklärte: »Paß gut auf, Kitt. Von nun an heißt du Erich Kessler. Ich habe mir lange den Kopf zerbrochen, wie man dich aktenkundig machen könnte. Neulich, morgens um drei Uhr, hatte ich die Lösung. Als ich Kind war, kannten meine Eltern eine Familie mit Namen Kessler. Die hatten einen Sohn, der Erich hieß. Als der Junge noch ganz klein war, gingen die Kesslers nach Amerika. Sie lebten in einer Stadt, die hieß...«, er blickte in seine Notizen und sprach unbeholfen weiter, »...Milwaukee. Hast du von der Stadt gehört?«

Arthur nickte. »Ja. Ich bin in Chicago aufgewachsen, das ist gar nicht weit davon entfernt.«

»Bist du mal in Milwaukee gewesen?«

»Oft.«

»Das ist gut. Erich Kessler starb noch als Kind. Ich weiß das, denn seine und meine Mutter schrieben sich gelegentlich. Aber offiziell weiß man hierzulande nichts davon, denn die Kesslers blieben drüben und wurden später naturalisiert. Vielleicht sind sie heute noch in Milwaukee.«

»Und brauen Bier.«

»Wieso? Kennst du sie?«

»Ich habe nie von ihnen gehört. Aber ich kenne Milwaukee. Weiter, Jacoby.«

»Es ist mir gelungen, Erich Kesslers Geburtsurkunde zu erhalten. Ich habe angegeben, daß Erich – also du – ohne seine Einwilligung mit naturalisiert wurde, als seine Eltern eingebürgert wurden. So wurde er zur amerikanischen Armee eingezogen. Alles andere kann bleiben, wie es ist. Und jetzt bist du eben wieder in das Land deiner Väter heimgekehrt und kannst hierbleiben, solange du willst.«

»Ich werde nicht von hier fortgehen, Jacoby.«

»Das hoffe ich. Auf jeden Fall wirst du auf diese Weise ein Deutscher, aber dein amerikanischer Akzent ist auch geklärt. Trotzdem versuche möglichst gut Deutsch zu sprechen. Erich Kessler wird mit seinen Eltern auch Deutsch gesprochen haben.«

»Ich will mein Bestes tun. Korrigiere mich, soviel du willst.«

Während er sprach, hatte Jacoby gewohnheitsmäßig angefangen, den rechten Arm seines Patienten zu massieren. »Viel zu schlaff«, sagte er. »Du mußt immer wieder eine Faust machen, eine Weile anspannen, dann die Hand öffnen. Ganz langsam. Das wird dich nicht weiter anstrengen, aber es wird den Armmuskeln guttun. Du wirst den Arm bitter nötig haben.«

»Für eine Krücke?« fragte der neue Erich Kessler mit der alten Bitterkeit.

»Ich hoffe, du wirst eines Tages eine Krücke haben«, erwiderte Jacoby ruhig. »Aber erinnere dich daran, daß ich nichts versprochen habe hinsichtlich deiner Beine. Ich habe nur gesagt, ich will's versuchen.«

»Ja, ja, ich weiß. Aber ein Mensch ist nicht gar zu anspruchsvoll, wenn seine höchsten Erwartungen, die er ans Leben hat, in einer Krücke gipfeln. Oder?«

Jacoby blickte ihn ernst an. »Ehe du nicht begreifst, mein Freund, was du jetzt schon erreicht hast, wirst du nicht weiterkommen.«

Eine längere Pause entstand. Dann sagte der Patient: »Ja, ich verstehe. Und – danke.«

Jacoby stand auf. »Ich danke *dir*, daß du nicht böse auf mich bist.«

»Übrigens, Jacoby«, fragte Arthur, ehe der Arzt ging, »dieser Erich Kessler, also ich, bin ich ein Jude wie du?«

»Nein. Warum? Bist du denn Jude?«

»Nein. Deswegen frage ich ja. Ich dachte nur, wenn ich es jetzt wäre, müßte ich ja einiges über die religiösen Dinge wissen, nicht? Aber das ist wohl überhaupt nicht so wichtig.«

Wenn man heute darüber nachdachte, schien es unwahrscheinlich zu sein, daß es eine Zeit gab, wo dies nicht wichtig war. Wäre Erich Kessler ein Jude gewesen, dann hätte er später nicht die Möglichkeit gehabt, Jacobys Kind zu retten.

Endlich konnte Arthur in einem Rollstuhl sitzen. Von

dieser Zeit an lebte er bei Jacoby. Es war kaum anders als in der Klinik. Jacobys Wohnung schloß sich der Klinik an, er hatte ein eigenes Laboratorium, er hatte hier seine Privatpraxis, und Patienten kamen von früh bis spät. Seine Sprechstunde dauerte oft bis spät in die Nacht. Noch immer mangelte es an Essen, an Medikamenten, auch an geübten Helfern. Jacoby arbeitete unermüdlich. Seine eigene Nutzlosigkeit deprimierte Arthur um so mehr.

Als er einmal zu Jacoby davon sprach, bekam er eine von den ruhigen, klaren Antworten, die typisch für Jacoby waren.

»Kitt, kein Mensch, der wirklich nützlich sein will in dieser Welt, wird lange müßig bleiben. Aber du mußt selbst deinen Weg finden. Ich könnte dir sagen, du hast es nicht mehr nötig, für dich selbst zu sorgen, in jeder Beziehung. Doch das wäre ein Unrecht, das größte, das ich dir antun könnte.«

Kessler kaute lange an diesen Worten herum. Später war er Jacoby dankbar dafür. Denn er hatte verhindert, daß er sich noch länger dieser bequemen Abhängigkeit hingab, an die er schon gewöhnt war. Jacoby zeigte ihm keinen Weg, er mußte selbst einen finden. Schließlich machte er einen vagen Vorschlag.

»Ich verstehe nichts von Medizin und Chirurgie. Aber ich weiß einiges über Chemie. Könnte ich denn nicht einen Teil der Laboratoriumsarbeiten übernehmen? Analysen, Blutuntersuchungen und ähnliches?«

»Warum nicht?« sagte Jacoby. »Ich brauche nichts nötiger als einen Assistenten für diese Arbeiten. Warte einen Moment.«

Er kam zurück mit einem Arm voller Bücher, die er auf dem Tisch neben dem Rollstuhl ablud. »Fang hiermit mal an. Wenn du Schwierigkeiten hast mit den Vokabeln, laß es mich wissen.«

Kessler begann zu arbeiten. Er arbeitete so viel und so intensiv, wie Jacoby es ihm erlaubte. Nach einigen Wochen machte er die überraschende Entdeckung, daß die Arbeit ihm Freude machte.

»Immer war ich voller Wißbegierde, das ganze Universum zu begreifen«, sagte er einmal. »Jetzt merke ich, daß ich darüber den Menschen vernachlässigt habe. Ich bin froh, daß du mich das machen läßt.«

»Was heißt, ich lasse dich das machen. Ich brauche deine Hilfe dringend. Vielleicht wird man später wieder einmal ausgebildete Hilfskräfte bekommen. Aber heute –!«

Zuerst übernahm Kessler nur die einfachsten Arbeiten im Laboratorium, und dies beanspruchte seine ganzen Kräfte. Er war noch immer sehr schwach. Die Arbeit war ihm neu, es fiel ihm schwer, die Berichte in der fremden Sprache zu schreiben; und nur eine Hand zur Verfügung zu haben machte alles unsagbar mühsam. Aber alles in allem hatte er die furchtbare Passivität überwunden. Er tat etwas, was notwendig getan werden mußte. Und die Arbeit rettete ihn vor allzu düsteren Gedanken.

Zu jener Zeit bestand Jacobys Praxis noch zum größten Teil aus verwundeten Soldaten. Und gerade hierbei erwies sich der neue Gehilfe als außerordentlich nützlich. Bald fragte ihn Jacoby um Rat, auch in Dingen, die über die reine Laboratoriumsarbeit hinausgingen. Denn das nutzlose Wrack Arthur Kittredge wurde zum brauchbaren Wissenschaftler Erich Kessler. Die hoffnungslose Verzweiflung verwandelte sich nach und nach in die ruhige Weisheit eines neuen Menschen, der aus letzter Hoffnungslosigkeit ein neues Leben gewonnen hatte. Arthur Kittredge wollte sterben. Doch Erich Kessler, nach einem langen, schweren Kampf, wollte leben. Er wollte leben, weil die Stunde kam, in der er andere Menschen wichtiger nahm als sich selbst. Dann nämlich, als er entdeckte, daß er, ausgerechnet er, den anderen etwas geben konnte.

Von einfachen Routinearbeiten kam er zu selbständiger Tätigkeit; schließlich nicht nur mehr im Laboratorium, auch in der Sprechstunde fungierte er als Helfer. Er saß in einer Ecke in seinem Rollstuhl und machte Notizen, die Jacoby ihm diktierte. Er sagte nie etwas dazu, die Patienten gewöhnten sich an ihn. Und dann, ganz von selbst, kam es dahin, daß die Patienten mit ihm sprachen. Er empfing sie auch, wenn Jacoby nicht da war. Er sah, daß nicht er allein es war, der leiden mußte. Und die Patienten sprachen gern mit ihm. Hier war einer, der sie verstand. Einer, der auch gelitten hatte. Sie sprachen von ihren Leiden, ihrer Verzweiflung, ihrem Wunsch zu sterben. Nichts interessierte sie als ihr eigenes Selbst. Nie hatte sie etwas anderes interessiert. Und sie empörten sich gegen das Schicksal, das sie geschlagen hatte. Manch einer war weit besser dran als er selbst. Der Weg in ein gesundes Leben zurück würde möglich sein. Sie mußten bloß Vertrauen bekommen, sie mußten lernen, ihre Last zu tragen. Das war es, was er ihnen sagte.

Manchmal hatte er keinen Erfolg. Es gab Männer und Frauen, die lieber starben, als zu erkennen, daß sie bei sich selbst, in ihrem Wesen, mit einer Heilung beginnen mußten. Aber andere verstanden ihn. Es verschaffte ihm echte Beglückung, wenn es ihm gelang, einem Menschen wirklich zu helfen. Auch als er selbst dann aufstehen konnte, als er mit Jacobys Hilfe, gestützt auf eine Krücke, die ersten Schritte machen konnte, auf Beinen, die vier Jahre lang müßig gewesen waren, war die Freude darüber nicht so groß, wie die Freude und der Triumph, die er empfand, wenn er einen Menschen davon überzeugt hatte, daß es nur *eine* Niederlage gab, nur die, die man sich selbst zufügte, wenn man den Kampf aufgab. Er hatte seine eigene Schlacht noch nicht gewonnen. Er würde sie nie ganz gewinnen können. Aber wichtig war es, daß man kämpfte.

Als ruhige Zeiten kamen, eine Erholung vom Krieg, hatte er über eine Auskunftei Nachrichten über Elizabeth einholen lassen. Er erfuhr, daß sie in Kalifornien lebte, verheiratet war und Mutter eines Sohnes.

Die Neuigkeiten verletzten ihn tiefer, als er erwartet hatte. Hatte er gedacht, sie würde den Rest ihres Lebens nur in Trauer um ihn verbringen? Ja, der primitive, egoistische Teil seines Selbst hatte das im geheimen gewünscht, und nun war er gekränkt, daß sie die Freiheit angenommen hatte, die er ihr schenkte. Es gab noch viel zu arbeiten an dem eigenen Charakter, dem eigenen Wesen.

Kurz nach dieser Zeit hatte er begonnen zu schreiben. Stoff hatte er genug, die Krankengeschichten, die Menschheitsgeschichten dieser furchtbaren Epoche, die sie erlebt hatten und noch durchlebten, lieferten Material. Er hatte in der Praxis genug gesehen und gehört. Er änderte Namen und Umstände, verbarg die wirklichen Menschen hinter Phantasiegestalten, aber er hätte tausend Bücher schreiben können, allein über das, was er in den letzten Jahren erfahren hatte.

Er war kein Dichter, aber er konnte sich klar und flüssig ausdrücken, und gerade das machte den Reiz seiner Arbeiten aus. Seine Bücher wurden in Deutschland viel gelesen, ehe Hitler kam und sie verbrennen ließ. Eine französische Filmgesellschaft kaufte die Rechte einiger

Bücher. Kessler hatte viel zu tun, denn auch die Arbeit bei Jacoby hatte er beibehalten.

Ein neuer Name, ein neues Leben. Auch ein neuer Mensch. Er war nicht so glücklich, wie es einst Arthur Kittredge gewesen war. Das war auch nicht gut möglich. Aber er hatte auf den Ruinen ein neues Leben errichtet, das ihn erfüllte.

Jacoby hatte geheiratet. Eine junge Ärztin, begabt und tüchtig und von sprühendem Geist. Sie arbeiteten zusammen, sie liebten einander leidenschaftlich. Manchmal war es für Kessler schwer, ihr Glück mit anzusehen. Aber Jacoby blieb sein Freund, die Ehe änderte nichts daran, und Ricarda, seine Frau, gesellte sich als Dritte zu diesem Bund.

Sie wußten, es gab da einen fanatischen Österreicher mit Namen Hitler, aber sie nahmen ihn nicht ernst, sie lachten über ihn, wenn sie am Radio sein schlechtes Deutsch hörten. Außerdem interessierte sich keiner von ihnen besonders für Politik. Hitlers wüste Drohungen bekümmerten sie nicht. Als Jacoby und Ricarda erkannten, wie ernst sie zu nehmen waren, war es zu spät.

Sie hatten versucht, das Land zu verlassen. Aber sie, die so vielen geholfen hatten, konnten sich selbst nicht helfen. Die Macht des Bösen wuchs wie eine drohende Mauer um sie, immer enger, immer dichter. Den Nazis gelang es, was dem Krieg und allen schlimmen Zeiten nicht gelungen war: sie zerstörten Jacobys Glauben und seinen Mut.

Der große Dr. Jacoby und seine Frau waren am Ende nichts weiter als zwei von den vielen jüdischen Selbstmördern.

Kessler hatte ihnen nicht helfen können. Aber es gelang ihm, ihre kleine Tochter zu retten. Er brachte Margaret nach Frankreich, ihr Name wurde von Jacoby in Kessler auf dem Paß geändert. Ein französischer Beauftragter der Vertex-Studios war ihm behilflich. Er bekam einen Kontrakt für Amerika.

Zunächst arbeitete er in New York, dann ging er mit Margaret nach Kalifornien. Er lehrte sie Englisch sprechen, sie ging zur Schule, war ein heiteres, ausgeglichenes Kind, doch sie hatte nicht vergessen, was in Deutschland geschehen war. Soweit sie es begreifen konnte. Besser wäre es gewesen, sie wäre noch jünger gewesen. Der Gedanke bekümmerte ihn, was später aus Margaret werden sollte. Wie lange seine eigenen Kräfte ausreichen würden, ließ sich schwer sagen. Auf jeden Fall nicht lange genug, bis sie erwachsen sein würde, um keine Hilfe mehr zu brauchen.

Durch die Fenster seines Büros sah Kessler zu, wie die späte Sonne langsam auf die Hügel niedersank. Ihr Schein vergoldete noch die Abhänge, während die Täler schon im Schatten lagen. Der Duft von wildem Salbei vermischte sich mit dem Geruch nach Staub, der in dieser trockenen Jahreszeit alles beherrschte. Zusammen damit kamen die Geräusche des Feierabends, die sich täglich wiederholten, durch das offene Fenster in sein Zimmer. Türen wurden nachdrücklich geschlossen, Autos starteten, laute Stimmen: »Bis morgen!«, all das kannte er nun schon. Aber heute war ein besonderer Tag. In wenigen Minuten würde Spratt Herlong ihn abholen.

Niemals hatte er erwartet, Elizabeth wiederzusehen. Und jetzt geschah es also, und noch dazu auf einfachste Weise, ganz selbstverständlich. Sein Verwundern darüber ließ ihn fast vergessen, einen festen Plan für dieses Zusammentreffen zu machen. Vielleicht ließ es sich auch gar nicht planen. Er hatte sich ein neues Leben aufgebaut, ein Leben ohne sie. Aber nun, da die Nazis dieses Leben zerstört, ihm die Arbeit und die Freunde genommen hatten und er mit seinen schwachen Kräften gezwungen wurde, einen neuen Anfang zu versuchen, schien es da nicht ein freundlicher Ausgleich des Schicksals zu sein, daß es ihm vergönnt sein würde, Elizabeth zu sehen, im Besitz all dessen, was sein Opfer ihr geschenkt hatte? Er wollte sehen, ob sie glücklich war. Und wenn sie es wirklich war, dann würde er eine gute Tat in seinem Leben vollbracht haben, an der niemand ihn hatte hindern können, nicht der Krieg und nicht die Nazis.

Ja, er wollte sie sehen. Viele Jahre hatte er nichts so sehr gefürchtet als eine Begegnung mit ihr. Noch vor zehn Jahren hätte er es nicht gewagt. Aber nun war er an einem Punkt angelangt, der es ihm möglich machte: hinausgewachsen über Eifersucht, Neid, Ressentiments, frei von jedem Egoismus. Er empfand ein stilles, intensives Glück darüber, daß es ihm gelungen war, sich selbst so weit zu bringen. Ein kaltes Glück natürlich, und ein einsames. Aber es bedeutete doch eine Art von Frieden.

VII

»Da ist der Wagen«, sagte Elizabeth. »Bitte, vergeßt nicht, daß der Mann krank ist. Ich weiß nicht, wie er aussieht, auf jeden Fall müßt ihr weiter keine Notiz davon nehmen.«

Cherry sagte vorwurfsvoll: »Wir sind schließlich keine Wilden, Mutter. Wir starren keinen Krüppel an.«

»Ich weiß, Liebling. Ich wollte euch nur noch mal daran erinnern. Manchmal ist man ganz unwillkürlich etwas taktlos.« Elizabeth stand auf und ging vom Wohnraum in die Diele. Hoffentlich würde es Kessler gefallen bei ihnen. Spratts Geschäftsfreunde zu empfangen und möglichst gut zu unterhalten gehörte zu ihren gewohnten Pflichten, und die beiden Großen unterstützten sie dabei, so gut sie konnten. Brian, der sich in Gegenwart Fremder nicht sehr behaglich fühlte, durfte an solchen Abenden früher essen. Er war jetzt oben in seinem Zimmer, zweifellos beschäftigt mit seinen naturwissenschaftlichen Sammlungen.

Spratt öffnete die Haustür und sagte gleichzeitig: »Da sind wir, Kessler. Und hier ist meine Frau. Elizabeth, das ist Erich Kessler, von dem ich dir schon erzählt habe.«

Elizabeth begrüßte den Besucher mit dem Lächeln einer vollkommenen Gastgeberin, nicht so strahlend, daß es übertrieben wirkte, nicht so angespannt, daß man die Verpflichtung zur Liebenswürdigkeit peinlich dahinter spürte. Ein warmes, herzliches Lächeln, das voller Natürlichkeit war.

In diesem Fall kostete es sie dennoch einige Mühe. Denn

trotz der warnenden Worte, mit denen sie soeben ihre Kinder bedacht hatte, gab es ihr doch einen kleinen Schock, Mr. Kesslers so schwer gezeichnete Erscheinung wahrzunehmen. Der Mann mußte einmal furchtbar zugerichtet gewesen sein. Und da war noch etwas anderes: als ihre Blicke sich begegneten, hatte Elizabeth das jähe Gefühl, ihn schon einmal gesehen zu haben.

Außerdem kam es ihr so vor, als betrachte Mr. Kessler sie mit ganz besonderem, eindringlichem Interesse. Sein Blick umfaßte sie ganz von Kopf bis Fuß, ihr Gesicht, ihr Haar, ihr Kleid, jedes Detail an ihr, als sei es wichtig für ihn, gleich im ersten Moment so viel von ihr zu sehen wie nur möglich war. Es war die Art, wie man vielleicht eine berühmte Persönlichkeit betrachtete, von der man immer gehört hatte und die zu treffen ein seltener Glücksfall bedeutete. Oder wie ein Mann eine Frau von ganz einmaliger, überwältigender Schönheit ansehen würde, um ihren Anblick nie mehr zu vergessen. Aber sie war nicht berühmt. Und wenn sie auch keineswegs häßlich war, so war sie doch auch keine ungewöhnliche Schönheit. Es verwirrte sie ein wenig. Aber sie erklärte es sich damit, daß vielleicht auch der Gast den Eindruck hatte, ihr schon einmal begegnet zu sein, und daß sein intensiver Blick seiner Erinnerung helfen sollte. Sie nahm sich vor, ihn später danach zu fragen, ob er sich an eine frühere Begegnung erinnere.

Das alles war nur eine flüchtige Gedankenkette, die ihr durch den Kopf glitt während der ersten Worte und während sie die Erscheinung des Gastes aufnahm. Ein großer Mann, athletisch gebaut, was sie nicht erwartet hatte. Er stützte sich schwer auf einen dicken Stock, und aus der Art, wie er es tat, erkannte sie, daß er diesen Stock brauchte; eisengraues Haar, an den Schläfen etwas zurückgewichen, ein dichter Bart, eine Narbe, die an seiner rechten Wange aufzüngelte, dunkle Augen, eine Falte der Konzentration zwischen den Brauen und gleichzeitig Fältchen der Freundlichkeit in den äußeren Augenwinkeln. Und dann sein Lächeln, nicht leicht zu deuten durch den Bart, aber es erschien ihr warmherzig und freundschaftlich.

Falls es ihm auch so vorkam, daß sie sich heute nicht zum erstenmal trafen, so zeigte er es jedenfalls nicht. Er sagte feierlich: »How do you do, Mrs. Herlong«, mit der Sorgfalt in der Aussprache, die sie von Europäern gewöhnt war.

Elizabeth wandte sich zu ihm: »Kommen Sie mit an den Kamin, Mr. Kessler. Und das sind meine Kinder.«

Dick stand etwas steif da, mit dieser Mischung aus künstlichem Selbstbewußtsein und Unbehagen, die Jungens in diesem Alter so liebenswert machte. Cherry dagegen, obwohl jünger, besaß schon so viel gesellschaftliche Sicherheit und Grazie, wie sie Dick in zehn Jahren noch nicht besitzen würde. Sie begrüßte den Gast mit einem strahlenden Lächeln.

Mr. Kessler begrüßte die Kinder, und wieder schien es Elizabeth, als betrachte er sie ganz genau und mit ganz ungewöhnlichem Interesse. Als er mit ihnen sprach, geschah es in einem sehr gelösten, heiteren Ton, so als sei er von vornherein entschlossen, sie zu mögen, und hoffe, die Kinder würden seine Sympathie erwidern. Er sagte: »Ihr Vater hat mir schon viel von Ihnen erzählt und mir ein Bild gezeigt. Ich freue mich so sehr, Sie kennenzulernen.«

Dick, der schon sein ›How do you do‹ gemurmelt hatte, versuchte ein erfreutes Gesicht zu machen, wußte aber nicht, was er sagen sollte. Aber Cherry lächelte noch strahlender und rief geradezu überschwenglich: »Aber Vater hat uns auch eine Menge von Ihnen erzählt, Mr. Kessler.«

Elizabeth machte sich im Geist eine kleine Anmerkung. Es würde gut sein, Cherry vor diesen übertriebenen Gesellschaftstönen zu warnen. Wenn man sich das erst angewöhnte, machte man sich leicht lächerlich.

Es verwirrte sie wieder, daß Mr. Kessler ihre Kinder als ganz besonders wohlgelungene und reizende Exemplare zu betrachten schien. Spratt, der sonst so zurückhaltend war, mußte ungewöhnlich viel und offenbar auch etwas übertrieben von seiner Familie berichtet haben. Oder war Mr. Kessler zu allen Leuten so liebenswürdig und aufgeschlossen? Sie wies ihn zu dem Sessel, den sie für ihn vorgesehen hatte, ein kleines Tischchen stand daneben, so daß er sein Glas und den Teller mit den Horsd'œuvres abstellen konnte. Spratt, der sichtlich erfreut beobachtet hatte, welch guten Eindruck seine Familie auf seinen neuen Freund machte, wandte sich nun zur Tür und meinte, er würde sich nur schnell die Hände waschen und sei im Augenblick zurück. »Ich überlasse Sie meiner Familie, Kessler«, schloß er. Kessler lächelte ihm zu und neigte ein wenig den Kopf. Elizabeth sagte: »Trinken wir einen Cocktail. Dick, bist du so lieb?« Nichts, was Dick lieber getan hätte. Er war immer froh, eine Beschäftigung zu haben, wenn Fremde da waren. Mit andachtsvoller Miene mixte er die Martinis, während Cherry hinausging, um die Horsd'œuvres zu holen. Sie bot Mr. Kessler die Platte an und erklärte eifrig: »Das ist Leberpastete, Mr. Kessler, und das Räucherlachs, und diese Dinger hier auf den Zahnstochern, also ehrlich, ich weiß nicht genau, woraus sie bestehen, vielleicht aus alten Lampenschirmen gebastelt.«

Elizabeth und Kessler hoben gleichzeitig ihre Gläser, und dabei trafen sich ihre Blicke. Und wieder dachte sie das gleiche: ich kenne diesen Mann. Ich muß ihn schon einmal wo getroffen haben. Und er erkennt mich auch. Warum würde er mich sonst so ansehen? Oder bilde ich mir das ein? Guckt er mich so an, weil ich ihn so angucke? Habe ich den Kindern gesagt, sie sollen taktvoll sein, und bin ich es jetzt selbst nicht? Benimm dich, Elizabeth!

Sie war geradezu erleichtert, als Cherry die Konversation wieder aufnahm. »Sind Sie schon einmal in den Vereinigten Staaten gewesen, Mr. Kessler?«

Er wandte sich so bereitwillig zu Cherry, daß Elizabeth dachte: Er ist genauso erleichtert wie ich, daß Cherry etwas gesagt hat und daß wir uns nicht mehr ansehen müssen. Ach, Unsinn, ich glaube, ich spinne.

»Ja, Miß Herlong«, antwortete Kessler auf Cherrys Frage. »Ich war schon einmal hier. Aber das ist viele Jahre her. Das war noch, bevor dieses Land durch Ihre Gegenwart verschönt wurde.«

»Mensch, das ist gut!« rief Dick mit einem Grinsen. Elizabeth warf ihrem Sohn einen kurzen Blick zu. »Das ist europäische Höflichkeit. Das mußt du noch lernen.«

Alle lachten, dann sagte Dick zu Kessler: »Sie sprechen aber sehr gut Englisch für einen Mann, der nur einmal hier war.«

»Es sind jetzt immerhin drei Jahre her, seit ich von Deutschland fort bin. Und ich war früher auch in England und Schottland. In Deutschland hat man mehr Gelegenheit, sich in fremden Sprachen zu üben als hier.«

»O ja, natürlich«, meinte Cherry. »Wir haben keine. Wir lernen ein bißchen Französisch, und man bringt uns bei zu sagen: Haben Sie den Garten meiner Großmutter gesehen? Und dann kommen die großen Ferien, und dann vergessen wir das auch noch. Jedenfalls mir ist es immer so gegangen.« Kessler unterhielt sich weiter mit Dick und Cherry. Er wollte wissen, was ihre Lieblingsfächer in der Schule seien und was sie für Pläne hätten, wenn die Schulzeit vorüber wäre. Auf diese Weise verloren die beiden Teenager ihre noch etwas gekünstelten Gesellschaftsmanieren, gaben sich ganz natürlich und plauderten angeregt. Dieser Gast war anders als die übrigen, die sonst ins Haus kamen. Die Filmleute hatten meist nichts anderes im Kopf als den Film, den sie gerade drehten oder abgedreht hatten, sie sprachen meist nur davon, und die Kinder saßen gelangweilt dabei. Daher waren sie überrascht und entzückt, heute einen Gast zu haben, der sich für sie und ihre Angelegenheiten interessierte. Zunächst erfreute sich Elizabeth an dem Gespräch, sie fand es nett von Kessler, daß er sich so mit den Kindern abgab. Doch dann kam ihr plötzlich der Gedanke, er täte es hauptsächlich deswegen, um nicht mit ihr sprechen zu müssen.

Die Kinder wurden immer lebhafter. Dick war schließlich dabei, dem Fremden die Regeln des Footballs zu erklären, auch hierbei lauschte Kessler mit sichtbarem Interesse.

Ich bilde mir das alles nur ein, dachte Elizabeth. Oder doch nicht? Jedenfalls hat er mich nicht mehr angesehen seit diesem seltsamen Blick, den wir über die Cocktailgläser tauschten. Hatte es nicht so ausgesehen, als wolle Kessler etwas sagen, und war dann erleichtert auf Cherrys Frage eingegangen, so als hätte ihn die davor gerettet, etwas zu sagen, was er gar nicht sagen wollte?

Wie dem immer auch sei, die Vorlesung über Football hatte ihm Zeit gegeben, seine Gelassenheit zurückzugewinnen, und als er sich nun wieder Elizabeth zuwandte, war er so ruhig und beherrscht, daß sie glaubte, alle komischen Gedanken, die ihr durch den Kopf gingen, beruhten nur auf Einbildung.

»Haben Sie nicht drei Kinder, Mrs. Herlong?«

»Ja«, sagte Elizabeth erstaunt. »Aber Brian ist erst elf. Er hat schon früher zu Abend gegessen.« Woher wußte er, daß es drei Kinder waren? Die Neugier veranlaßte sie, diese Frage laut zu äußern.

»Ihr Mann hat es mir erzählt. Und er hat mir ein Bild gezeigt, wo sie alle zusammen zu sehen sind. Brian schläft doch noch nicht?«

»Bestimmt nicht. Möchten Sie ihn kennenlernen?«

»Ich möchte furchtbar gern, wenn es keine Ungelegenheiten macht.«

Elizabeth lachte ein wenig. »Mr. Kessler, einer Mutter macht es niemals Ungelegenheiten, ihre Goldstücke vorzuzeigen. Dick, lauf hinauf und hol Brian.«

»Na schön, aber du solltest Mr. Kessler darauf vorbereiten, daß er mit Leim und was weiß ich noch für Schmiere Bekanntschaft machen wird. Brian sammelt unter anderem Schmetterlinge und ähnliches Zeug, Tag und Nacht, und er wird Ihnen damit den Kopf vollschwatzen.«

»Das macht mir nichts. Sagen Sie ihm gleich, er soll mir seine Sammlung mitbringen und sie mir zeigen.«

»Er hat bestimmt tausend Viecher, wenn nicht mehr«, warnte Cherry. Aber auch das konnte Kessler nicht entmutigen, er sagte: »Dann soll er mir einen Teil davon mitbringen. Und veranlassen Sie ihn ja nicht, sich etwa die Haare zu kämmen oder ähnliches. Dann wird er mich nicht leiden können, noch ehe er mich gesehen hat.«

Er und Dick tauschten einen Blick des Einverständnisses. Nachdem Dick gegangen war, wandte sich Kessler zu Elizabeth. »Ich hoffe, Mrs. Herlong, ich bringe nicht zuviel Unordnung in Ihren Haushalt. Ich meine, weil ich sagte, daß Brian herunterkommen soll. Aber Ihre beiden Großen sind so unterhaltend, daß ich jetzt unbedingt auch den Kleinen kennenlernen möchte.«

»Sie sind wirklich prima!« rief Cherry impulsiv.

»Ich freue mich, daß Ihnen meine Kinder gefallen«, sagte Elizabeth. »Natürlich, Spratt und ich denken auch, daß sie nett sind. Und es ist erfreulich, wenn andere Leute darin mit uns übereinstimmen.«

»Ich denke, das wird jeder tun. Sie können stolz sein, Mrs. Herlong.«

Er blickte sich langsam im Zimmer um. »Wenn man ein Heim wie dieses sieht, dann weiß man auch, wer dafür verantwortlich ist. Ich meine nicht die Einrichtungsgegenstände, wenn sie auch sehr geschmackvoll sind – ich meine die Atmosphäre. Sie entsteht nicht von selbst. Sie strahlt Vertrauen aus und Lebensfreude.«

Er sprach ernst und mit Nachdruck, er meinte, was er sagte. Elizabeth fühlte ein jähes, warmes Gefühl von Freude. Hatte sie nicht das gleiche empfunden, gestern nachmittag, als sie draußen auf der Veranda saß? Bis sie die Kinder bei ihrem merkwürdigen Gespräch belauscht hatte, das sie so verstört hatte. Was wohl Kessler von den angeblich so netten Kindern denken würde, wenn er sie hätte gestern reden hören! Sie sagte: »Ich weiß gar nicht, was ich auf solch ein Kompliment erwidern soll, Mr. Kessler. Aber ist Ihnen auch schon aufgefallen, daß wir eigentlich viel zuviel Vertrauen und Lebensfreude haben, wenn man bedenkt, in was für einer Welt wir leben.«

»O ja«, antwortete er ohne Zögern. »Das trifft eigentlich auf alle Amerikaner zu. Jedenfalls empfindet man es so, wenn man von Europa nach den Vereinigten Staaten kommt. Aber«, fügte er lächelnd hinzu, »können Sie sich auch vorstellen, daß ein Mann, der aus einer Welt des Schreckens und des Terrors kommt, sich ermutigt fühlt, wenn er ein Heim sieht wie dieses und plötzlich entdeckt, daß dies die normale Lebensform ist und nicht das, was er bisher kannte?«

Seine Worte gaben ihr ein gutes Gefühl. Die Verwirrung, in die die Begegnung mit diesem seltsamen Mann sie gestürzt hatte, wich. Sie sprachen nun ganz normal miteinander, und ohne daß sie sich Rechenschaft darüber gab, woher die Empfindung kam, hatte sie das deutliche Gefühl, daß sie mit diesem Mann würde Freundschaft schließen können. Und noch etwas anderes kam ihr in den Sinn: dieser Mann, der aus Nazideutschland kam, aber offensichtlich selbst kein Nazi war, würde er nicht in der Lage sein, Dick manches zu erklären und begreiflich zu machen, auch über diesen Krieg, an dem Dick doch bald teilnehmen sollte. Sie liebte Dick, aber sie konnte sich die Tatsache nicht verhehlen, daß er im großen und ganzen doch recht oberflächlich war, beschäftigt mit Football und Mädchen und ohne weiteres bereit, jedes Klischee entgegenzunehmen, sobald es sich um ernste Dinge handelte. Dick war ein netter Junge, aber faul und gleichgültig in vielen Dingen, darüber war sie sich klar. Spratt und sie hatten es vielleicht nicht immer ganz verstanden, ihm die ernsten Dinge des Lebens auch richtig klarzumachen. Freilich, Spratt war der Meinung, Dick würde das Leben schon ernst nehmen, wenn die Zeit dazu gekommen war. Sie dachte, daß diese Zeit nun da war.

Ihre Gedanken wurden unterbrochen. Spratt und Dick kamen mit Brian, der einen Glaskasten mit aufgespießten Schmetterlingen unter dem Arm trug.

»Das ist Mr. Kessler, Brian«, sagte Spratt. »Er wollte dich gern sehen, damit er die ganze Herlong-Familie kennt.«

»How do you do, Sir«, sagte Brian, und es hörte sich an wie ein einziges Wort. Er streckte dem Gast die Hand entgegen, und da Kessler saß und seinen Stock nicht brauchte, konnte er sie ergreifen.

Brian stand ungewiß vor ihm und verschränkte den linken Fuß um den rechten.

»Dein Bruder erzählte mir, daß du dich für Naturgeschichte interessierst«, sagte Kessler. »Hast du mir was mitgebracht? Da in diesem Kasten?«

Brian nickte. »Schmetterlinge. Wollen Sie sie sehen?«

»Passen Sie auf«, warnte Dick, und Cherry sagte gleichzeitig: »Sie wissen nicht, worauf Sie sich eingelassen haben, Mr. Kessler.«

Aber Kessler kümmerte sich nicht um ihre Einwände, er beugte sich bereits dicht neben Brian über die Schmetterlinge. Dick schenkte für seinen Vater einen Cocktail ein und sagte dabei: »Sie werden auch noch einen brauchen, Mr. Kessler«, und füllte Kesslers Glas.

Brian war mitten im eifrigen Erklären. »... dieser blaue ist leicht zu kriegen. Sie sind eigentlich überall, wo's nicht gerade zu kalt ist für sie. Sie heißen Lamp ... Lampides oder so ähnlich. Ich weiß nicht mehr genau, aber ich hab's aufgeschrieben. Und das ist ein Königsschmetterling, der fliegt im Sommer nordwärts, genau wie die Vögel. Dieser gelb-schwarze hier, den gibt's tausendmal, der heißt Vizekönig.«

Spratt setzte sich dicht zu Elizabeth. »Netter Kerl, nicht?« sagte er leise.

Sie nickte. »Ja, wirklich. Aber wir müssen Brian bremsen.«

»Es scheint ihm nichts auszumachen«, sagte Spratt. »Er ist einer von denen, die sich für alles interessieren.«

Elizabeth sah Kessler an. Was hatte sie nur vorhin für komische Einbildungen gehabt? Sie hatten sich zuletzt ganz vernünftig unterhalten, ehe Brian gekommen war.

Als das Mädchen kam, um zu melden, daß das Abendessen fertig sei, hörten es weder Kessler noch Brian. Sie waren tief in ihr Gespräch verstrickt, Brian saß auf dem Boden, den Kasten in der Hand, er sprach nicht mehr, er hörte zu.

»...eines der häßlichsten Geschöpfe der Erde, aber seltsam faszinierend«, erklärte Kessler ihm. »Es sieht aus wie ein Mensch mit gespreizten Fingern. Doch das seltsame ist, daß die Hände größer sind als der ganze Körper. Das erstemal, wenn du es ansiehst, läuft es dir kalt über den Rücken.«

»Worüber redet ihr eigentlich, um Himmels willen?« fragte Spratt. Brian blickte mit heißen Wangen auf. »Über das Skelett einer Fledermaus. Mr. Kessler meint, wenn wir eine erwischen können, wird er mir helfen, es aufzuspannen.«

»Wenn deine Mutter nichts dagegen hat«, warf Kessler ein.

»Natürlich nicht«, sagte Elizabeth. »Aber, Brian, vergiß nicht, daß Mr. Kessler ein sehr beschäftigter Mann ist. Du mußt seine Zeit nicht zu sehr beanspruchen.«

»Mutter, Mr. Kessler sagt, ich kann zu ihm kommen, und wir können dort die Fledermaus präparieren. Und Peter darf auch mitkommen. Er hat Zeit dazu. Nicht wahr, Mr. Kessler?«

143

»Sonst hätte ich es dir nicht angeboten. Werden Sie ihm erlauben zu kommen, Mrs. Herlong?«

»Natürlich. Es ist wirklich lieb von Ihnen. – Brian, wir essen jetzt. Verkrümle dich, damit Mr. Kessler aufstehen kann.«

Brian kam in die Höhe und sagte: »Mutter, kann ich mit ins Speisezimmer kommen?«

Das war erstaunlich. Offenbar hatte Kessler sein Herz gewonnen, genau wie er die beiden Großen für sich eingenommen hatte. Elizabeth erlaubte ihm mitzukommen, nahm ihn aber unauffällig zur Seite und flüsterte ihm zu, Mr. Kessler nicht ununterbrochen mit Beschlag zu belegen. Brian nickte mit ernster Miene.

Als Kessler aufstand, betrachtete Brian die Prozedur mit unverhülltem Interesse, denn bisher hatte er den Mann nur sitzend gesehen und keiner hatte ihn auf die körperlichen Behinderungen seines neuen Freundes hingewiesen.

Verlegenheit ergriff Elizabeth, doch dann sagte sie sich, daß Kessler zweifellos daran gewöhnt war, daß Kinder ihn neugierig anstarrten. Er würde verstehen, daß Brian es nicht böse meinte. Und sicher war es auch nicht richtig gewesen, Brian zu erlauben, mit am Tisch Platz zu nehmen. Denn obwohl sie das Menü sorgfältig geplant hatte, damit Kessler möglichst wenig Mühe beim Essen mit einer Hand haben würde, konnte es doch lästig sein, wenn Brian das allzu genau beobachtete.

Aber ihre Sorge war überflüssig. Kessler war so gewandt mit der einen Hand, daß sie zu dem Schluß kam, er mußte seinen Arm schon vor vielen Jahren verloren haben und Zeit genug gehabt haben, sich nur an die Hilfe der einen Hand zu gewöhnen.

Noch immer gelang es ihr nicht, der seltsamen Verwirrung Herr zu werden, die sie befallen hatte, seit sie diesem Mann gegenübergetreten war. Er sprach wenig während des Essens, hörte aber aufmerksam auf das, was die anderen sagten. Aber ab und zu lag sein Blick auf ihr, und wenn sie ihn dann ansah, wandte er die Augen ab, als dürfe er sie nicht zu genau ansehen. Einmal, Spratt erzählte gerade eine lustige Begebenheit aus dem Studio, wandte sie sich um und sprach leise mit dem Mädchen. Und dabei hatte sie dieses ganz bestimmte Gefühl, das man hat, wenn man inmitten einer Menschenmenge von irgend jemand angestarrt wird. Sie wandte nervös den Kopf zurück und sah, daß Kessler es war, der sie mit undefinierbarem Ausdruck betrachtete. Und als er bemerkte, daß sie es gesehen hatte, wandte er wieder, wie zuvor, rasch den Blick zur Seite.

Als Spratt seine Erzählung beendet hatte, blickte Kessler, diesmal unverhohlen, Elizabeth an und sagte, auf Spratts Geschichte Bezug nehmend: »Mr. Herlongs Sekretärin ist wirklich sehr geschickt im Umgang mit solchen Schwierigkeiten. Eine gescheite junge Frau – ich nehme an, Sie kennen sie, Mrs. Herlong?«

Elizabeth, etwas erstaunt über diese Bemerkung, erwiderte, ja, sie schätze Lydia und denke auch, daß Spratt mit ihr gut dran sei. Und wieder hatte sie den Eindruck, daß auch Kessler sie kennen mußte und sich vielleicht ebenfalls den Kopf zerbrach, woher. Sie würde ihn ganz einfach fragen. Abgesehen von diesen unnützen Gedanken, die Elizabeth unausgesetzt beschäftigten, war es ein gelungenes Abendessen. Allen gefiel der Gast, und auch er schien sich zu der Familie Herlong hingezogen zu fühlen. Und Spratt vollends war sehr befriedigt, daß sein neuer begabter Mitarbeiter so gut mit den Seinen zurechtkam.

Den Kaffee nahmen sie im Wohnzimmer. Kessler sagte: »Ihr Haushalt, Mrs. Herlong, ist genau das, was ich in diesem glücklichen Land zu finden hoffte. Ich kann Ihnen gar nicht sagen, wie sehr es mich freut, Sie alle nun zu kennen.«

Er sprach mit ruhiger Freundlichkeit, so als wäre ihm selbst nicht eine Minute aufgefallen, daß dieser seltsame Blickwechsel zwischen ihnen stattgefunden hatte.

»Nachdem Sie uns nun kennen, hoffe ich, Sie werden uns öfter besuchen«, erwiderte sie.

»Danke«, sagte er. »Ich werde gern kommen.«

Das war alles, was sie zueinander sagten. Spratt stand auf und schlug vor, daß Mr. Kessler und er sich nun in sein Arbeitszimmer zurückziehen würden, um über das Drehbuch zu sprechen.

Die Kinder verabschiedeten sich mit ungewohnter Herzlichkeit von dem Gast, ganz anders als die unverbindliche Höflichkeit, die sie sonst Fremden gegenüber zeigten. Brian ging hinauf, und kurz darauf kamen Julia und Pudge, um die beiden anderen abzuholen.

»Habt ihr das Dinner einigermaßen überstanden?« fragte Pudge mit einem teilnehmenden Schmunzeln.

»Pudge«, sagte Cherry ernst, »das ist ein netter Mensch.«

Pudge fragte ungläubig: »So'n Flüchtling?«

»Er ist okay«, bestätigte Dick.

»Nicht ein Wort, was für ein gottverlassenes Land das hier ist«, meinte Cherry.

Elizabeth mußte lachen. »Ihr seid nicht gerade sehr tolerant.«

»Wir haben sie kennengelernt«, sagte Dick. »Sie haben kaum einen Fuß auf Ellis Island gesetzt, und sie fangen an, nach dem guten alten Europa zu jammern. Das kann einen doch schwach machen.«

»Ja, ich weiß, Dick. Es geht mir manchmal selber so. Aber man kann es auch verstehen, nicht? Es ist ihre Heimat. Außerdem haben sie meist Schlimmes erlebt und sind oft verbittert. Aber von Mr. Kessler kann man das nicht sagen.«

»Nein. Er ist anders. Ich kann ihn gut leiden. Mutter, wir hauen jetzt ab.«

»Gut. Und bitte, bis elf seid ihr zurück.«

Elizabeth ging hinauf, um Brian gute Nacht zu sagen. Er war vollends begeistert von Kessler und dem Versprechen, ihm bei seinen naturwissenschaftlichen Studien zu helfen. »Hast du gehört, Mutter, was er über die Fledermäuse gesagt hat? Er sagt, wenn unsere Ohren so gut wären wie ihre, dann könnten wir die Fliegen an der Wand laufen hören. Er sagt, eine Fledermaus ist eins der geheimnisvollsten Geschöpfe, wir verstehen bloß zu wenig davon. Der Mann weiß Bescheid, nicht?«

Ja, Kessler war ein sympathischer Mann, soweit stimmte sie ihrem Sohn zu, auch wenn es nicht die Fledermäuse betraf. Sie war froh, daß die Kinder ihn mochten. Und außerdem kannte sie ihn. Sie wußte es bestimmt.

Brian richtete sich noch einmal im Bett auf. »Mutter, ich muß gerade über was nachdenken. Peter ist doch Jude, nicht?«

»Ja. Und?«

»Mr. Kessler ist ein Deutscher. Die können doch die Juden nicht leiden. Und er hat gesagt, ich kann Peter mitbringen, aber ich hab's ihm nicht gesagt...«

»Wenn Mr. Kessler alles richtig fände, was heute in Deutschland gesagt und getan wird, wäre er wohl dort geblieben, Brian.«

»Vielleicht ist Mr. Kessler auch ein Jude?« vermutete Brian hoffnungsvoll. »Was meinst du?«

»Ich weiß es nicht. Aber ich würde mir darüber keine Gedanken machen. Er ist nicht so dumm, daß man sich über solchen Unsinn sorgen müßte.«

»Das glaube ich auch«, sagte Brian erleichtert. »Ich mag ihn leiden.«

»Ich auch.« Sie setzte sich zu Brian auf den Bettrand. Ihr fiel ein, was Kessler über ihre Häuslichkeit gesagt hatte. Vielleicht hatte es ihm vor allem deshalb so gut gefallen, weil er sich einsam fühlte in einem fremden Land.

»Brian«, sagte sie, »wenn wir alle Mr. Kessler gern haben, sollten wir es ihm auch beweisen. Weißt du, wir sollten einmal seine kleine Tochter einladen. Sie könnte zu uns schwimmen kommen.«

»Och nööö!« machte Brian voll Nachdruck. Mädchen waren für ihn etwas Gräßliches. Das war etwas, was er an seinem großen Bruder nicht begreifen konnte, diese Vorliebe für Mädchen.

»Stell dir vor, Brian, wir müßten von heute auf morgen zusammenpacken und nach Deutschland auswandern. Wärst du dann nicht ganz froh, wenn die anderen Kinder nett zu dir wären und dich nicht immer allein spielen ließen?«

»Na ja ... wenn du meinst, wir *müssen* unbedingt ...«

»Wir müssen gar nichts. Und Mr. Kessler muß dir auch nicht bei deinen Fledermäusen helfen. Aber ich denke, du wirst es dir noch überlegen. Wir könnten eine richtige Party machen, mit viel zu essen und Limonade und einem Riesenkuchen, und du brauchst weiter nichts dabei zu tun, als ein wenig nett zu dem Mädchen sein. Wir könnten Peter auch einladen, und falls sie hier schon Freunde hat, kann sie die ja auch mitbringen.«

Brian seufzte. »Na, das wird bestimmt furchtbar werden.«

»Paß mal auf, wir werden uns so einigen. Falls du zu Mr. Kessler gehst und er hilft dir mit dem Fledermausskelett, wirst du ja seine Tochter kennenlernen. Da kannst du ja ein bißchen mit ihr spielen. Wenn du natürlich nicht hingehst, brauchst du dich auch mit der Kleinen nicht abzugeben.«

Brian überlegte mit gerunzelter Stirn. Elizabeth half ein wenig nach, indem sie mit leiser Stimme davon sprach, daß letzten Endes im Leben alles auf ein Geben und Nehmen hinauslief und daß man gut daran tat, sich rechtzeitig mit diesem Gesetz abzufinden. Brian gab schließlich gnädig seine Einwilligung.

Als Elizabeth sein Zimmer verließ, seufzte sie ein wenig. Natürlich war es leichter, die Kinder in ihrer Selbstsucht beharren zu lassen. Viele Eltern machten sich wohl nicht die Mühe, sie eines Besseren zu belehren. Und waren die Kinder erst Erwachsene, mochte es wohl oft zu spät sein.

Sie ging hinüber in ihr Zimmer, warf einen kurzen Blick auf das Radio, drehte aber den Knopf nicht. Wer weiß, was für unerfreuliche Nachrichten man wieder zu hören bekam. Sie setzte sich an den Schreibtisch, um ein paar Briefe zu erledigen. Aber sie kam nicht recht voran damit. Wie so oft dachte sie über ihre Kinder nach.

Natürlich waren es kleine Egoisten. Aber alle Kinder waren wohl so von Natur aus. Es lag im menschlichen Wesen begründet. Hatte sie Grund, mit ihnen unzufrieden zu sein? Keineswegs. Sie waren schließlich das Produkt ihrer Zeit, der Welt, in der sie lebten. Spratt und sie hatten sich bemüht, sie zu ordentlichen Menschen zu erziehen, und bemühten sich täglich weiter darum. Aber die Eltern waren schließlich auch Kinder ihrer Zeit.

Bis sie endlich zu ihren Briefen kam, war es schon spät geworden, und es dauerte nicht lange, als sie Dick und Cherry nach Hause kommen hörte. Sie ging hinab, um sie zu begrüßen.

»Na, war es ein netter Abend?« fragte sie.

Die beiden sahen fröhlich und so jung aus, zerzaust vom Seewind.

»Prima war es«, rief Cherry. »Das Meer war herrlich heute abend. Und wir haben alle noch heiße Würstchen gegessen und Dick noch zwei Eiersandwiches obendrauf.«

»Fleischrationierung«, kommentierte Dick. »Sie wollten mir kein zweites Würstchen mehr geben.«

»Ich wundere mich, daß du dich noch nicht zu Tode gefuttert hast«, meinte Elizabeth.

Dick antwortete darauf, er fühle sich großartig, was man ihm ansah. Elizabeth sagte ihnen gute Nacht und wartete dann im Wohnzimmer auf Kessler und Spratt, die ja wohl bald ihre Konferenz abbrechen würden. Nicht lange danach kamen die beiden Herren. Sie hatten einen kleinen Streit. Spratt wollte Kessler nach Hause fahren, doch der bestand energisch darauf, mit einem Taxi zu fahren.

»Ich bin sicher, Mrs. Herlong wird mir recht geben«, sagte Kessler. »Ich kann selbst nicht fahren, aber ich habe es mir zum Prinzip gemacht, nicht meine Freunde für mich fahren zu lassen, wenigstens dann nicht, wenn es eine andere Möglichkeit gibt. Habe ich nicht recht, Mrs. Herlong?«

»Doch«, antwortete Elizabeth lächelnd. »Im Prinzip haben Sie recht. Obwohl wir beide, Spratt oder ich, Sie wirklich gern nach Hause fahren würden.«

»Ich danke Ihnen. Und nun wollen wir uns nicht mehr

streiten, nachdem wir uns ja einig sind. Bitte, seien Sie so lieb, und rufen Sie ein Taxi für mich, Mrs. Herlong.«

Spratt grinste und kapitulierte. Kessler wandte sich mit ernster Miene zu Elizabeth.

»Mrs. Herlong. Ich kann Ihnen nicht sagen, wie glücklich Sie mich heute gemacht haben.«

Es war ein großes Wort, gesagt als Dank für einen netten, aber keineswegs außergewöhnlichen Abend. Doch er sah so aus, als meinte er, was er sagte.

»Wir haben uns alle gefreut, Sie kennenzulernen, Mr. Kessler«, antwortete Elizabeth. »Sie haben die Herzen der Kinder gewonnen, das wissen Sie ja.«

»Sie sind alle drei prächtige junge Menschen. Sie wissen sicher nicht, was es für mich bedeutet, eine Familie wie die Ihre zu sehen. Ich glaube, ich sagte es vorhin schon. Aber Ihr Leben ist so klar, es hat so gar nichts Unsicheres, wenn Sie verstehen, was ich meine. Kein Mensch, der auch nur eine Stunde hier war, könnte weggehen und sich fragen: Sind sie glücklich? Sind sie frei? Lieben sie einander? Die Antwort liegt auf der Hand.«

Elizabeth war auch ernst geworden. »Haben Sie wirklich diesen Eindruck? Sagen Sie das nicht nur, um ... mir eine Freude zu machen?«

»Nein. Sie können stolz auf das sein, was Sie erschaffen haben.«

»Es ist nicht nur mein Werk.« Sie blickte Spratt entgegen, der vom Telefon kam. »Ich hatte einen guten Helfer.« Kesslers Blicke gingen von ihr zu Spratt und wieder zurück. »Ja. Das merkt man. Ich glaube, man kann Ihnen beiden gratulieren.«

Er schien nicht länger befangen zu sein ihr gegenüber wie zu Anfang des Abends. Auf jeden Fall hatte sie keine Zeit mehr, über ihn nachzudenken, weil sie mit dem beschäftigt war, was er gesagt hatte. »Vorhin«, meinte sie nachdenklich, »sagten Sie, wir hätten hier alle viel Vertrauen. Manchmal denke ich, meine Kinder haben zu viel davon. Besonders Vertrauen zu sich selbst. Oder vielleicht, besser gesagt, Glauben an sich selbst. Und zu wenig an die echten, ewigen Werte.«

»Daran sollten Sie sich nicht stören«, sagte Kessler. »Die Jugend ist die Zeit, wo man das meiste Selbstvertrauen hat und der übrigen Welt sehr skeptisch und mißtrauisch gegenübersteht. Man zweifelt an allem, was man nicht sehen und greifen kann. Können Sie sich daran nicht erinnern?«

»Ja, so ist es wirklich«, sagte Spratt mit einem kurzen Lachen. »Ich möchte nicht noch einmal achtzehn sein. Aber trotzdem, ganz kann ich Elizabeth nicht unrecht geben. Wir waren anders damals. Es gab doch einiges, woran wir glaubten. Diese Generation von heute hat wirklich keine Illusionen.«

»Unsere Generation«, sagte Kessler, »hatte recht ideale Vorstellungen von der Welt, das ist wahr. Und dann gerieten wir in tiefste Verzweiflung, als wir erkennen mußten, daß diese Welt von unserem Ideal weit entfernt war. Vielleicht ist es besser, ohne Ideale, ohne Glauben zu beginnen und später zu erkennen, daß die Welt doch nicht so leer und minderwertig ist, wie man zunächst dachte. Dann nämlich, wenn man sieht, daß echte Menschlichkeit in dieser Welt existieren und wirksam werden kann. Und das wird dann kein Glaube sein, keine Idealvorstellung, sondern eine bewiesene Tatsache.«

»Sie machen mir angst, Mr. Kessler«, sagte Elizabeth, »denn das soll doch wohl bedeuten, daß wir, die ältere Generation, diese Menschlichkeit beweisen müssen, daß wir den Jungen zeigen müssen, daß die Dinge nicht nur materiell und wertlos sind.«

»Könnten Sie sich eine schönere Aufgabe denken?« fragte er lächelnd.

Elizabeth und Spratt lächelten auch. Und Elizabeth dachte, wie seltsam es sei, so mit einem Fremden zu sprechen. Aber das allerseltsamste war, daß sie gar nicht das Gefühl hatte, einem Fremden gegenüberzustehen. Ein Mensch, den sie heute kennengelernt hatte! Und dennoch hatte sie das Gefühl, er sei ein alter, vertrauter Freund. Seit dem vergangenen Nachmittag, seit sie das Gespräch der Kinder auf der Veranda belauscht hatte, war sie ein ungutes Gefühl nicht losgeworden. Doch jetzt, diesem fremden und trotzdem so vertrauten Mann gegenüber, war es ihr, als seien alle Ängste und Unsicherheiten von ihr abgefallen, als wäre sie in eine vergangene Periode ihres Lebens zurückgekehrt, eine Zeit, in der alles recht und gut und friedlich war.

Kessler sagte: »Ihre Kinder können sich ein wenig Zynismus leicht erlauben. Sie wissen nicht, wieviel besser sie daran sind als die meisten Menschen in dieser Zeit. Sie glauben nur an das Sichtbare und Bewiesene, sagen Sie. Nun gut, aber sie glauben daran, weil es gut ist. Viele Menschen in unserer Zeit müssen an eine abstrakte unwirkliche Welt glauben, sie klammern sich daran, weil die Welt, in der sie leben, keines Glaubens wert ist.«

Spratt antwortete irgend etwas, Elizabeth achtete nicht darauf. Sie sah Kessler an und fragte übergangslos: »Mr. Kessler, kennen wir uns eigentlich nicht von früher?«

Er fuhr zusammen. Dann blickte er einen Moment schweigend vor sich nieder. Unwillkürlich senkte auch

Elizabeth den Blick, selbst erschrocken über ihre unmotivierte Frage. Sie sah, wie seine Hand sich um den Griff des Stockes krampfte, daß die Knöchel weiß hervortraten.

Aber das dauerte nur einen Augenblick. Er hatte gelernt, sich zu beherrschen. Es war eine harte und lange Schule gewesen, doch nun war er diszipliniert genug, seine Gefühle zu verbergen. Er antwortete ruhig: »Von früher? Das kann kaum möglich sein. Ich hätte es bestimmt nicht vergessen, wenn ich Ihnen schon einmal begegnet wäre. Nein, Mrs. Herlong, Sie irren sich.«

Er blickte ihr gerade ins Gesicht, seine Augen waren ruhig und ohne Zweifel. Elizabeth konnte nicht ahnen, was es ihn kostete, ihr jetzt, gerade jetzt, so in die Augen zu sehen.

Sie lachte ein wenig nervös. »Ich weiß auch nicht, aber... Vielleicht irre ich mich wirklich. Aber mir war heute gleich so, schon als Sie kamen, als müßte ich Sie kennen. Als hätte ich Sie irgendwo gesehen und kann mich bloß nicht erinnern, wo.«

»Ist ja möglich«, meinte Spratt und zündete sich eine Zigarette an, »vielleicht habt ihr euch bei einer Cocktailparty gesehen. Irgend so eine große Sache, wo mehrere hundert Leute 'rumlaufen und keiner kennt den anderen.«

»Das kann natürlich sein«, Kessler nahm Spratts Anregung fast zu eifrig auf, dankbar für den Ausweg, »ich wurde einige Male eingeladen. Oder vielleicht haben Sie mich auch im Studio gesehen, Mrs. Herlong. Sie kommen doch gelegentlich dorthin, nicht wahr?«

»Nun ja, vielleicht war es so«, murmelte Elizabeth. Aber sie war keineswegs davon überzeugt. Und hartnäckig fing sie noch einmal an: »Gleich, als Sie zur Tür hereinkamen, Mr. Kessler, hatte ich das Gefühl: aber den kennst du ja. Nicht bloß so mal vom flüchtigen Sehen. Und mir kam es so vor, als blickten auch Sie mich irgendwie – nun ja, erkennend an, so als hätten Sie das gleiche Gefühl. Stimmt das nicht?«

»Wenn ich Sie vielleicht neugierig angestarrt habe, Mrs. Herlong«, sagte er, nun in ganz gelöstem, ein wenig amüsiertem Ton, »dann hoffe ich, Sie werden mir das verzeihen. Vergessen Sie nicht, daß ich sehr gespannt war, Sie kennenzulernen. Ich hatte in der jüngstvergangenen Zeit meines Lebens selten Gelegenheit, einer charmanten Frau zu begegnen. Und erst recht keine Gelegenheit, bei einer glücklichen Familie zu Gast zu sein. Ein Leben im Exil hat seine eigenen Gesetze. Sie werden sicher nicht verstehen, daß einem manche Dinge ungeheuer wichtig und von Bedeutung sind, die für einen Menschen, der in seiner Heimat lebt, ganz selbstverständlich sind. Ich hoffe, Sie werden nie in die Lage kommen, dies ganz zu verstehen.«

Spratt äußerte einige zustimmende Worte. Elizabeth dachte: er protestiert zuviel und zu nachdrücklich. Noch immer war sie nicht überzeugt.

Dann hörten sie das Taxi vorfahren. Kessler bedankte und verabschiedete sich, Spratt begleitete ihn hinaus.

Elizabeth, allein geblieben, nahm sich eine Zigarette, blieb dann vor dem Kamin stehen und blickte mit nachdenklichen Augen in die letzten verglühenden Reste des Feuers.

Als Spratt zurückkam, drehte sie sich um und sagte ohne Umschweife: »Spratt, es ist nicht wahr, was dieser Mann sagt. Ich *habe* ihn früher schon gesehen.«

Spratt zuckte die Achseln. »Kann ja sein. Wo immer es auch war, du mußt dort ohne mich gewesen sein. Ich kenne Kessler seit einigen Wochen. Aber zuvor bin ich ihm nie begegnet, das weiß ich bestimmt. Sicher war es eine Cocktailparty, Elizabeth, oder irgend so etwas.«

»Nein. So etwas war es nicht. Ich sage dir, ich *kenne* ihn.«

»Also schön, du kennst ihn. Er kennt dich nicht. Sagt er jedenfalls. Ich gehe jetzt schlafen. Wir haben geredet und geredet und nicht gearbeitet.«

»Nichts gearbeitet? Warum denn?«

»Er konnte sich nicht auf die Arbeit konzentrieren. Es war ganz komisch, ich habe so etwas bei ihm noch nicht erlebt. Er war einfach mit seinen Gedanken ganz woanders und sagte nach einer Viertelstunde dasselbe, was er vorher schon gesagt hatte. Wahrscheinlich war er müde. Überarbeitet.«

Elizabeth lachte kurz auf: »Vermutlich gehe ich dir auf die Nerven, aber ich werde dir sagen, warum er mit seinen Gedanken nicht bei dem Drehbuch war. Seine Gedanken haben sich mit mir beschäftigt.«

Spratt war erstaunt. »Wenn er, genau wie du, den Eindruck gehabt hätte, er kenne dich von früher und hätte darüber nachgedacht, warum sollte er es dann nicht zugegeben haben, als du davon sprachst?«

»Natürlich, du hast schon recht«, sie warf den Rest ihrer Zigarette in den Kamin. »Auf jeden Fall quält es mich geradezu. Vielleicht erinnert er mich an jemanden. Paß auf, ich wache mitten in der Nacht auf, und dann weiß ich es.«

»Vielleicht hast du mal einen Deutschen gekannt. Vielleicht war es in Tulsa ein deutscher Delikatessenladen.« Er gähnte und reckte sich.

»Geh schlafen, Liebling«, sagte Elizabeth. »Möchtest du noch einen Whisky als Gutenachtschluck?«

»Ja, gern.«

Spratt war schon im Bett, als sie mit dem Drink nach oben kam. Er war schläfrig, und sie sprachen nicht mehr über Kessler. Und jetzt, nachdem sie darüber gesprochen hatte, kam es Elizabeth so vor, als sei sie nur von einer fixen Idee besessen. Vermutlich hatte sie sich das alles nur eingebildet.

Lange, nachdem Spratt und Elizabeth eingeschlafen waren, saß Kessler in seinem Apartment und dachte an sie. Er hatte sie gesehen. Er war in ihrem Heim gewesen, hatte die Menschen gesehen, die zu ihr gehörten. Warum war er dorthin gegangen? Machte ihn dies glücklicher?

Es war schwer, auf diese Fragen eine Antwort zu finden. Er hatte gefunden, was er zu finden hoffte. Elizabeth, glückliche Frau in einem schönen Haus, mit Mann und Kindern. Und war es gut, daß er das alles gesehen hatte? Es war nicht leicht gewesen. Er war wohlvorbereitet hingegangen, aber dann überstieg es fast seine Kräfte. Die ersten Minuten, als sie ihm gegenüberstand, da war er nahe daran gewesen, die Fassung zu verlieren. Vorher hatte er sich genau überlegt, was er sagen wollte, wie er sie dazu bringen wollte, über sich zu sprechen. Und dann war er kaum imstande gewesen, ein paar formelle Bemerkungen zu machen. Ein Glück, daß die Kinder dagewesen waren, daß er sich mit ihnen hatte beschäftigen können. Das hatte ihm Zeit gegeben, seine Beherrschung wiederzufinden.

Und dann, als er dachte, die Gefahr sei überstanden, dann also... »Mr. Kessler, kennen wir uns nicht von früher?« Die Frage kam, als er begonnen hatte, sich sicherer zu fühlen, als er wie ein Freund zu ihr sprechen konnte. Und diese direkte, unverhüllte Frage hatte er ungeschickt beantwortet, er wußte es. Ob sie von der Antwort befriedigt war? Auf jeden Fall hatte sie ihn nicht erkannt. Er kam ihr bekannt vor. Sie hatte das Gefühl gehabt, ihn schon einmal gesehen zu haben. Aber erkannt hatte sie ihn nicht.

Nun aber würde es gut sein, ihr aus dem Wege zu gehen. Sie hatte sich ihr Leben aufgebaut ohne ihn und war zufrieden mit diesem Leben. Es ging ihr gut, möglicherweise besser, als es ihr je mit ihm gegangen wäre. Sicher hätte er nie so viel verdient wie Spratt Herlong. Und wie auch immer – Elizabeths Leben ging ihn nichts mehr an. Sie war seit zwanzig Jahren verheiratet. Glücklich verheiratet. Er durfte diese Ehe nicht gefährden. Er war nach Amerika gekommen, um Margarets Leben zu retten. Nicht um Elizabeths Frieden zu zerstören.

Das alles sagte er sich, klar und vernünftig, und gleichzeitig wußte er, daß er es nicht fertigbringen würde, daß er einfach nicht die Kraft besaß, sie nicht mehr zu sehen. Sie war hier – er konnte sie sehen, sooft er wollte. Er konnte ihre Kinder sehen, die er liebte, weil es ihre Kinder waren. Der einzige, auf den er hätte verzichten können, war Spratt. Und gerade mit ihm würde er am häufigsten zusammentreffen. Er arbeitete mit Spratt, und das war wichtig genug, denn schließlich mußte er Geld verdienen. Aber er wollte Elizabeth wiedersehen. Obwohl er sich kaum von ihr getrennt hatte, war schon jetzt das Verlangen nach einer neuen Begegnung da.

Aber natürlich mußte er damit warten. Die nächste Begegnung mußte sich ganz zwanglos ergeben. Und wenn sie dann immer noch darauf bestand, ihn von früher zu kennen, dann würde er bis dahin Kraft genug gesammelt haben, um ihr diese Vorstellung auszureden. Aber wenn sie ihn jemals brauchte – was Unsinn war, wozu und warum sollte sie ihn brauchen –, aber wenn, dann würde er für sie dasein.

War es zuviel, was er verlangte? Sie würde niemals eine Ahnung haben von der unendlichen Einsamkeit, in der er lebte. Ihr Leben war erfüllt und reich – wenn er nichts verlangte als einen Krumen vom Tisch des Reichen, eine Stunde von ihrer Zeit, die Hoffnung, daß sie ihm vertrauen würde – war es zuviel verlangt?

Er wußte es nicht. Er wußte nur eines, daß er sie wiedersehen mußte.

VIII

In den kommenden Wochen war Mr. Kessler sehr zurückhaltend. Auch von der Fledermaus war nicht mehr
die Rede. Spratt und Elizabeth waren angenehm davon
berührt. Sie hatten es schon erlebt, daß fremde Leute,
speziell Mitarbeiter, sich in ihr Leben drängten, um bei
Spratt gut angeschrieben zu sein, und dazu die Kinder
benutzten.

Der weitere Verkehr ergab sich ganz von selbst. Sie alle
fanden Mr. Kessler sympathisch. Also brachte ihn Spratt
einige Male zu einem kurzen Drink mit, wenn sie auf
dem Heimweg vom Studio waren, und erst als er wieder einmal zum Abendessen eingeladen war, kam zu
Brians Entzücken das Fledermausskelett wieder zur
Sprache. Zwei Tage später rief Kessler an und ließ Brian
wissen, daß er nun eine Fledermaus habe, er möge doch
am nächsten Tage vorbeikommen.

Elizabeth freute sich darüber. Und auch als sie sah, daß
ihre Kinder Mr. Kessler gern mochten. Er hatte eine natürliche Art, mit ihnen zu sprechen, er schulmeisterte
niemals, und die Kinder sagten übereinstimmend: »Er
ist prima!« Auch im Gespräch mit den Erwachsenen un-
terließ Kessler Bemerkungen, die an neuen Bewohnern
dieses Landes so oft störten. Er kritisierte weder den Prä-
sidenten, noch setzte er ihnen auseinander, was seiner
Meinung nach die Amerikaner alles falsch machten.
Dagegen verstand er es großartig, zuzuhören.

Einmal sagte er zu Elizabeth in einem seltsam verson-
nenen, fast sehnsüchtig klingenden Ton: »In jedem Ihrer Kinder kann man Sie wiederfinden.« Überhaupt

schien es ihr, als sei er viel mehr an ihr interessiert als an Spratt, mit dem ihn doch eigentlich mehr verband. Er und Spratt waren mit der Zeit gute Freunde geworden, und die gemeinsame Arbeit machte gute Fortschritte. Aber wenn er ins Haus kam, schien es hauptsächlich, um Elizabeth zu sehen und zu sprechen. Spratt erkannte es auch und betrachtete diese Tatsache mit einer Art stolzer Amüsiertheit. Er hatte es gern, wenn man seine Frau bewunderte.

Brian und Peter Stern wurden bald regelmäßige Besucher bei Mr. Kessler. Elizabeth befürchtete, sie würden sich zu einer rechten Plage entwickeln, jedoch Mr. Kessler widersprach. Natürlich hatte Brian nun auch die kleine Margaret kennengelernt und nebenbei erklärt, sie sei gar nicht so übel. So kam Elizabeth eines Tages auf die Kinderparty zurück. Als Brian das nächste Mal Kessler besuchte, ging sie hin, um ihn abzuholen und dabei Mr. Kesslers Tochter kennenzulernen.

Kessler bewohnte im Parterre eines größeren Hauses ein bescheidenes Apartment, das eine ältere, mütterlich blickende Frau für ihn in Ordnung hielt. An der Hand dieser Frau kam Margaret ins Zimmer. Ein intelligent blickendes Kind, mit großen blauen Augen und zwei dicken Zöpfen, höflich, doch ein wenig scheu. Jedoch Elizabeth verstand es gut, mit Kindern umzugehen, auch ihre Bekanntschaft mit Margaret begann ohne Schwierigkeiten. Die Kleine hatte mittlerweile gut Englisch gelernt, sie ging zur Schule, wie sie auf Elizabeths Fragen berichtete, und lernte gerade schwimmen, was ihr großen Eindruck zu machen schien. Befragt, ob sie gern mit ihren Schulfreundinnen zu einer Party kommen wolle, nickte sie eifrig.

In diesem Moment kam Kessler herein, und Margaret

berichtete ihm sogleich aufgeregt: »Ich werde zu einer Party gehen.« Kessler blickte auf das Kind herab und lächelte liebevoll. Und Elizabeth, als sie ihn ansah, hatte wieder ganz eindringlich das Gefühl: ich kenne ihn doch. Ich habe ihn gesehen, so wie jetzt, dieser Blick, dieses Lächeln. Mein Gott, warum kann er sich nur nicht entsinnen. Ich weiß es doch gewiß. Doch sie sprach nicht davon. Sie war sicher, eines Tages würde sie von selbst darauf kommen.

Als sie sich über das Datum für die Party geeinigt und noch ein wenig geplaudert hatten, ging sie mit Brian nach Hause. Unterwegs dachte sie: das nächste Mal, wenn ich ihn sehe, wenn ich allein mit ihm bin, werde ich ihn noch einmal fragen. Er soll ernsthaft darüber nachdenken, woher wir uns kennen. Es muß sich doch aufklären lassen.

Der Grund war nicht ganz einzusehen, warum es ihr so wichtig war, das zu wissen. Denn offensichtlich mußte es doch eine sehr flüchtige Begegnung gewesen sein, weil sie ihr so ganz entfallen war. Aber trotzdem ließ es ihr keine Ruhe. Wie er da gestanden hatte und die kleine Margaret ansah, mit dem leichten zärtlichen Lächeln, seine Haltung dabei – es war ihr vorgekommen, als sähe sie einen Menschen, den sie seit vielen Jahren kannte. Es war wirklich seltsam. Wenn sie nun darüber nachdachte, kam es ihr wieder absurd vor.

Spratt machte den Vorschlag, daß er am Tage von Margarets Party Kessler aus dem Studio mitbringen wolle und daß sie anschließend, nachdem er die Kinder nach Hause gefahren hatte, gemeinsam mit den beiden Großen zum Dinner ausgehen könnten. Elizabeth griff den Vorschlag dankbar auf. Die Kinderparty würde dem Personal Arbeit genug machen, sie hatte ja jetzt, seit dem Krieg, weit weniger Hauspersonal als früher, und die Mädchen würden froh sein, dann wenigstens abends in Ruhe gelassen zu werden.

Die Party war ein großer Erfolg. Margaret war glücklich, sie verlor ihre Scheu, lachte und jauchzte mit den anderen Kindern, zeigte stolz ihre neuerworbenen Schwimmkünste. Es gab Limonade und Kuchen, und niemand vermißte das Eis, das Elizabeth nicht erhalten hatte. Manche Einschränkungen legte ihnen der Krieg nun doch auf.

Als die Kinder glücklich alle angezogen waren und bereit zum Heimfahren, kam Margaret zu Elizabeth und sagte höflich: »Vielen Dank für die Party, Mrs. Herlong. Es war sooo schön.«

»Ich freue mich, daß es dir gefallen hat. Und ich hoffe, du wirst uns jetzt öfter besuchen kommen. Sag deinem Vater, daß wir dich gern hier wiedersehen möchten.«

Die Kleine strahlte sie glücklich an. »Vielen Dank. Ich werde es ihm sagen. Mrs. Herlong, darf ich... darf ich eine von diesen roten Blüten dort am Zaun haben?«

»Aber natürlich. Ich hole eine Schere, warte einen Moment, die Stiele sind sehr stark.« Als sie mit der Schere zurückkam, stand Margaret noch am selben Fleck und wartete. »Wir können einen ganzen Strauß abschneiden«, meinte Elizabeth. »Da sind so viele, siehst du, den ganzen Zaun entlang.«

»Die gelben sind dieselbe Sorte wie die roten, nicht wahr?«

»Ja. Und die orangefarbenen auch.«

»Die dunklen haben gelbe Flecke innen, das ist hübsch. Wie heißen sie denn?«

»Lantana.«

»Lantana«, wiederholte Margaret. »Ich habe nie gewußt, wie sie heißen. Sie blühen hier überall. Das ganze Jahr über, nicht?«

Sie sammelte eifrig die Blüten, die Elizabeth abschnitt, im Arm. »Sie müssen Blumen gern haben, Sie haben so viel.«

»Ich habe sie auch gern«, sagte Elizabeth. »Vor dem Krieg hatten wir noch mehr, jetzt pflanzen wir auch ein bißchen Gemüse an. Du magst Blumen auch, nicht?«

»O ja«, sagte Margaret geradezu leidenschaftlich und nickte heftig mit dem Kopf. »Haben Sie schon einmal eine Blüte unter ein Mikroskop getan und gesehen, wie sie gemacht ist?«

»Nein«, sagte Elizabeth. »Das habe ich noch nie getan. Habt ihr ein Mikroskop in der Schule?«

»Nein, zu Hause. Mein Vater zeigte mir das. Er weiß alles über Blumen. Wir tun viele Dinge unter das Mikroskop und schauen sie an. Das macht Spaß.«

»Dein Vater ist ein kluger Mann. Er war in Deutschland ein ... ein Doktor, nicht wahr?«

»Nein. Er hat im Laboratorium gearbeitet. Mein richtiger Vater war ein Doktor.«

»Dein richtiger Vater? Ist Mr. Kessler nicht dein Vater?«

»Nein«, Margarets blaue Augen schauten sie ernst über den roten Strauß hinweg an. »Mein richtiger Vater ist gestorben. Und meine Mutter auch. Und ich war sehr krank. Aber das ist schon lange her, als ich noch klein war. Aber ich weiß, daß ich sehr krank war. Und dann holte er mich einmal spät in der Nacht aus dem Krankenhaus, aber da war ich noch gar nicht gesund, und wir fuhren weit weg in einem Auto. Und ich habe geweint. Jetzt weine ich nicht mehr, jetzt bin ich schon groß. Aber damals war ich klein, und ich hab' geweint, und er – mein Vater, meine ich, Mr. Kessler –, er sagte, er würde mir etwas geben, damit ich einschlafen könnte, und dann brauchte ich nicht mehr zu weinen. Und dann habe ich lange geschlafen. Und als ich aufgewacht bin, hat er gesagt, nun bin ich seine kleine Tochter. So ist er mein Vater geworden.«

»Ich verstehe«, sagte Elizabeth. Natürlich verstand sie es nicht, aber es war wohl besser, dem Kind weitere Erinnerungen zu ersparen. Es hörte sich ganz an wie eine heimliche Flucht, und sicher hatte es mit den Nazis zu tun. Sie sagte: »Es tut mir leid, daß deine Eltern tot sind. Aber es ist doch wieder ein Glück, daß du gleich einen anderen Vater bekommen hast, nicht wahr? Und einen sehr lieben Vater. Du hast ihn doch gern, nicht?«

»O ja. Manchmal vergesse ich ganz, daß er nicht mein richtiger Vater ist. Ich mag ihn viel lieber als manche Mädchen ihren richtigen Vater. Er spielt immer mit mir.«

»Ich glaube auch, daß ihr beiden viel Spaß miteinander habt.«

Margaret nickte und begann von ihren Spielen zu erzählen. Aber dann erblickte sie Kessler, der mit Spratt auf dem Weg zwischen dem Rasen herankam. Auch Elizabeth sah den Männern entgegen. Sie sah nicht auf Spratt, sie sah Kessler. Sein mühseliges Hinken, der weise, gütige Ausdruck seines Gesichts. Was für Kämpfe hatte dieser Mann wohl ausgestanden! Wie leicht hätte er verbittert und böse sein können nach allem, was das Leben ihm angetan hatte. Doch er war gut und klug und heiter. Kein Wunder, daß Margaret ihn liebte. Was für ein Glück für das Kind, einen solchen Hüter gefunden zu haben!

Margaret war Kessler entgegengelaufen, und als Elizabeth auch näher kam, hörte sie die aufgeregte Erzählung des Kindes. »Es war ganz wunderbar! Ich bin quer durch den Pool geschwommen, ganz allein. Nicht die lange Seite, nur die kurze. Und sieh mal diese Blumen. Sie heißen Lantana, und sie wachsen alle am Zaun.«

»Ich hätte Sie warnen sollen«, sagte Kessler zu Elizabeth. »Margaret will von allem, was sie nicht kennt, etwas haben. Ich weiß nicht, ist sie mit dieser Wißbegier geboren oder habe ich sie angesteckt.«

»Ich finde es richtig, wenn Kinder Fragen stellen«, meinte Spratt. »Wie sollen sie sonst etwas lernen.«

»Margaret hat mir auch erzählt, daß Sie alles mit dem Mikroskop untersuchen«, sagte Elizabeth lächelnd.

Kessler lachte, doch dann sagte er unvermutet ernst: »Ich bin froh, daß ihr das Spaß macht. In einer Zeit wie der unsrigen kann man nie wissen, was so einem Kind bevorsteht, wenn es erst erwachsen sein wird. Ich fürchte, es wird nicht alles immer erfreulich sein. Aber keiner kann ganz verzweifeln, der es gelernt hat, die Welt um sich mit offenen Augen zu sehen.«

»Das ist kein schlechter Grund, um sich auch in den Wissenschaften etwas auszukennen«, meinte Spratt. »Ich selber bin leider ein ziemlicher Ignorant in diesen Dingen.« Plötzlich fiel ihm etwas ein, er lachte vergnügt vor sich hin. »Da muß ich gerade denken – vor einigen Jahren, als Elizabeth und ich mal in Chicago waren, gingen wir ins Naturhistorische Museum. Und dort betrachteten wir ausführlich das Skelett eines Dinosauriers. Noch nie in meinem Leben hatte ich über Dinosaurier nachgedacht. Doch jetzt lasen wir in dem Katalog, daß diese Biester über eine Million Jahre die Welt regiert hatten, viel länger, als die menschliche Rasse auf der Erde lebt. Und plötzlich mußte ich lachen. Ich sagte zu Elizabeth: ›Wer, zum Teufel, glaubt dieser Hitler eigentlich, wer er ist?‹«

»Wir mußten noch im Hotel darüber lachen«, fügte Elizabeth hinzu. »Das erstemal, daß uns Hitler irrsinnig komisch vorkam.«

Im Garten war es kühl geworden. Spratt holte die letzten Kinder zusammen, um sie nach Hause zu fahren, und Kessler meinte, er würde sich mit einem Buch in eine Ecke setzen, bis Elizabeth sich umgezogen habe.

Elizabeth ging ins Haus über die rückwärtige Veranda. Im Raum dahinter saß Dick mit gerunzelter Stirn und zerrauften Haaren über seinen Büchern. Offensichtlich befand er sich in Schwierigkeiten. Rings war der Boden mit Notizen und Papierfetzen bedeckt.

Elizabeth betrachtete ihn ein wenig amüsiert von der Tür her. »Was hast du für Sorgen, Dick?«

Er grunzte vor sich hin, ohne aufzublicken. »Mutter, bist du gut in Physik gewesen?«

»Das kann ich eigentlich nicht sagen. Und was ich gewußt habe, habe ich längst vergessen.«

»Ich hatte Physik in der Schule ganz gern«, meinte Dick und wickelte seine Hände aus seinem zerrauften Schopf. »Ich hab's immer noch gern – aber manchmal sind da Sachen, da komme ich einfach nicht weiter.« Er blickte auf und schüttelte den Kopf.

»Ich wünschte, ich könnte dir helfen«, sagte Elizabeth.

»Ich werd's schon kriegen. Es ist immer dasselbe, weißt du. Man zerbricht sich den Kopf und überlegt sich das Problem von vorn und hinten und macht es immer komplizierter, und dann plötzlich ist da eine winzige Kleinigkeit, ganz was Einfaches, was du schon tausendmal gesehen und gehört hast, und auf einmal macht es klick-

klick in deinem Kopf, so als ob ein Safe aufgeht, und du weißt genau Bescheid und könntest dir selbst eine 'reinhauen, daß du nicht längst darauf gekommen bist.«

Er lachte. »Und dann, paß auf, wenn du am nächsten Tag in der Schule bist und du sagst: ›Kinder, die dritte Aufgabe, die war aber haarig, was?‹, dann sagt der Dümmste aus der Klasse: ›Was? Die dritte? Das war das allereinfachste, das hab' ich zuerst gehabt.‹«

Elizabeth lachte auch. »Ich erinnere mich, so ähnlich war es bei mir mit lateinischen Übersetzungen. Wie wär's, wenn du das Problem mal bis nach dem Abendessen beiseite legst. Vielleicht geht's dann besser. Wir gehen zu Romanoff zum Essen.«

Dick klappte das Buch zu. »Das ist eine gute Idee. Ist die Abendzeitung schon da? Ich werde die Witze lesen, da wird mir wohler werden.«

»Sie sollte gekommen sein, wir werden mal nachsehen.« Sie gingen zur Vordertür, wo Dick die Zeitung aus dem Gras auflas und darin zu blättern begann. Spratt war dabei, die kleinen Mädchen in seinem Wagen zu verstauen, Kessler stand daneben. Elizabeth blickte über Dicks Schulter, um die dicken Schlagzeilen der Zeitung schnell zu überfliegen. Sicher meldeten sie wieder unerfreuliche Dinge. Und hier – hier merkte man nichts vom Krieg, alles war so ruhig und friedlich. Die Blumen tanzten im leisen Abendwind, das Gras bedeckte sich mit Tau, und von gegenüber der Straße hörte man den Hammerschlag eines Zimmermanns, der bei dem Nachbarn irgend etwas reparierte.

Margaret, wißbegierig wie immer, blickte zu Kessler auf und fragte: »Warum sieht man erst den Mann den Hammer aufschlagen und hört es dann später?«

Kessler lächelte dem Kind zu und antwortete: »Weil

man immer die Dinge eher sieht, als man sie hört. Die Tonwellen sind langsamer als die Lichtwellen.«

Margaret runzelte die Stirn und war offensichtlich zu neuen Fragen bereit.

»Ich werde es dir erklären, wenn ich nach dem Dinner nach Hause komme. Das heißt, wenn du noch nicht schläfst, denn jetzt...«

Weiter kam Kessler nicht, denn Dick schlug sich an die Stirn und schrie aus Leibeskräften: »Verflixt und zugenäht!«

Dann steckte er die Zeitung unter den Arm und lachte. »Meine Physikaufgabe! Klar, es handelt sich um Tonwellen, und ich habe immerzu mit der Lichtgeschwindigkeit herumgefummelt. Was bin ich für ein Idiot! Vielen Dank, Margaret!« Und damit war er im Haus verschwunden.

Elizabeth erklärte Dicks befremdliches Verhalten und dachte dabei, was für befriedigende Wissenschaften doch Physik und Mathematik waren. Da gab es immer eine Lösung, und man wußte, daß man sie eines Tages finden mußte, ganz einfach, weil sie da war. Wenn es nur mit menschlichen Problemen auch so wäre.

Mittlerweile waren die Kinder verladen, sie winkten, und dann bedankte sich Kessler bei ihr für den schönen Nachmittag, den sie Margaret geschenkt hatte.

»Sind Sie nicht sehr müde?« fragte er dann. »Wollen Sie sich nicht einen Moment ausruhen, ehe Sie sich umziehen?«

»Ich bin nicht gerade müde. Nur ein bißchen atemlos. Aber ein paar Minuten in Ruhe sitzen, würde mir guttun.«

»Kommen jetzt nicht die Nachrichten?«

»Offen gestanden drehe ich das Radio gar nicht mehr

gern an«, sagte sie. »Es sind ja doch nur schlechte Nachrichten, die wir zu hören bekommen.«

Kessler antwortete nicht gleich. Sie hatte zu ihm noch nicht von ihrer Angst gesprochen, von ihrer Angst um Dick. Aber sie zweifelte nicht daran, daß er es wußte. Schwer auf seinen Stock gestützt, sagte er langsam: »Mrs. Herlong, werden Sie mir verzeihen, wenn ich Ihnen etwas sage?«

Sie nickte.

»Ja. Wenn es ein Tadel ist, nur 'raus damit. Wahrscheinlich verdiene ich es.«

Er lächelte. Seine Augen wurden dann ernst. »Mrs. Herlong, es ist unverzeihlich, über seine eigenen Sorgen zu sprechen, es sei denn, man hat aus ihnen gelernt. Sie und Ihre Familie sind so taktvoll, meine – Behinderungen zu übersehen. Es ist von mir nicht taktvoll, davon zu sprechen. Aber sie haben mich einiges gelehrt.«

»Ja«, sagte sie ernst, »ich weiß, Sie haben Dinge durchgemacht, die mir fremd sind. Sagen Sie mir, was Sie sagen wollen.«

»Es ist ganz einfach so«, sagte er, »es kann eine Art verbissene Lust sein, in eine Schlacht zu gehen. Selbst wenn man weiß, daß man sie kaum gewinnen kann. Die Tragödien, die von der Außenwelt auf einen zukommen, sind nicht die schlimmsten. Sicher, man kann böse Erfahrungen machen. Aber das bitterste Erlebnis ist es, wenn man sich seiner selbst schämen muß.«

Elizabeth senkte den Blick. Sie sah seine kräftige rechte Hand, die sich um den Knauf des Stockes ballte. Dann blickte sie ihn an. »Wer könnte mir das besser sagen als Sie«, sagte sie leise. »Sie haben nie von Ihrer Vergangenheit gesprochen. Und ich werde Sie nicht fragen. Aber ich weiß, daß Sie nicht von physischem Unglück sprechen. Sie mußten auch mit seelischem Unglück fertig werden, nicht wahr?«

»Ja.«

»Und Sie sind damit fertig geworden. Und anstatt verbittert und bösartig zu werden, sind Sie weise und gut und verständnisvoll geworden. Jeder, der mit Ihnen spricht, fühlt das – Sie haben gelitten. Und Sie haben dennoch keinen Grund, sich Ihrer selbst zu schämen.«

»Auch Sie nicht, Mrs. Herlong.«

»Das können Sie nicht wissen.«

»Sie haben mir ebenfalls nichts von Ihrem vergangenen Leben erzählt«, sagte er. »Aber als ich das erstemal in dieses Haus kam, wußte ich, daß ich eine mutige und gereifte Frau getroffen habe. Gereift in Leid. Wenn man so lange gelebt hat wie Sie . . .«

»Vierundvierzig Jahre«, unterbrach sie ihn mit einem kleinen Lachen. »Ich kann's nicht ändern.«

»Nun gut, vierundvierzig Jahre. Es ist unmöglich, vierundvierzig Jahre zu leben, ohne schlimme Dinge erlebt zu haben. Dinge, vor denen man davonlaufen kann oder mit denen man fertig werden muß. Wenn man eine Frau sieht wie Sie, die von ihrem Mann vergöttert wird, eine Frau mit intelligenten und liebenswerten Kindern, mit einem Haushalt, der wie auf unsichtbaren Rädern rollt, und wenn dann diese Frau mit gelassener Heiterkeit durch dieses Leben geht, dann kann man ziemlich sicher sein, daß sie auch mit ihren Krisen fertig geworden ist. Das Leben mancher Leute ist wie ein überfüllter Papierkorb, in dem sich der Abfall vieler Jahre angesammelt hat.«

»Ich habe immer versucht, alles richtig zu machen«, sagte sie. »Ich weiß nicht, ob es mir gelungen ist. Aber ich habe es jedenfalls versucht.«

»Als ich mich am ersten Abend von Ihnen verabschiedete, sagte ich Ihnen, daß es mich glücklich gemacht habe, Sie kennenzulernen. Vielleicht empfanden Sie dies als zudringlich. Aber ich habe so viele unvollkommene Leben gesehen, so viel Unordnung und Peinlichkeit, daß es mich glücklich machen mußte, ein so reiches und gelungenes Leben zu sehen. Ich hatte gehofft, daß Sie so sein würden.«

»Sie hatten es gehofft? Aber eigentlich konnte ich Ihnen doch ganz gleichgültig sein.«

Er biß sich auf die Unterlippe, als hätte er wider Willen zuviel gesagt. Dann fuhr er ruhig fort: »Das ist nicht so schwer zu erklären. Zum ersten komme ich aus einer Welt voll Angst und Qual und Verzweiflung. Mußte ich nicht hoffen, daß es hier anders ist? Zum zweiten kannte ich Ihren Mann und schätzte ihn. Und er hat mir von Ihnen erzählt. Sie haben ein gutes, reiches Leben, Mrs. Herlong, und das ist Ihr Werk. Zerstören Sie es nicht mit Ihrer Angst!«

»Aber muß ich nicht Angst haben?« rief sie. »Ja, ein gutes, reiches Leben, Sie haben recht. Ich sage mir das selber tausendmal. Und vielleicht ist es wirklich mein Werk. Wie Sie gesagt haben, es gibt genügend Gelegenheiten, wo man verzagen kann und alles hinwirft. Aber wenn man dann alles geschaffen hat, wenn man denkt, man könne sich nun in Ruhe daran erfreuen, dann wird es kaputtgemacht, dann verändert sich alles, ohne daß man etwas dafür kann, und man ist hilflos und ganz verloren – muß man da nicht Angst haben? Ja, ich gebe es zu, ich bin krank vor Angst. Alles ist wie immer – Spratt kämpft mit seinen Filmen, Brian mit Insekten und Fledermäusen, Cherry regt sich auf über ein neues Cocktailkleid und Dick über eine Schulaufgabe. Und ich denke: Wie lange noch? Ich liebe sie doch. Ich war so stolz darauf, daß sie mich brauchen – und nun?« Sie schwieg. »Warum erzähle ich Ihnen das alles? Ich habe noch nie zu jemand darüber gesprochen.«

»Es ist gut, dann und wann seine Sorgen zu bekennen«, sagte Kessler. »Und Sie könnten zu keinem sprechen, der Sie besser versteht. Natürlich haben Sie Angst. Der Krieg kommt immer näher, und Sie wissen nicht, was er bringt.«

»Ich weiß es«, unterbrach sie ihn scharf. »Ich weiß es sehr gut. Ich lebe nicht in einem Wolkenschloß und blicke aus der Ferne interessiert auf zwei Ideologien, die sich streiten. O ja, kann sein, es ist ein edler Streit, und er muß ausgetragen werden für eine bessere Welt. Kann sein, aber das ist mir egal. Ich sehe es nur von einem Standpunkt aus: mein Sohn.«

»Es ist schwer, Ihnen darauf etwas zu erwidern«, sagte er leise.

Elizabeth verkrampfte die Hände ineinander und fuhr hastig fort: »Ich weiß nicht, warum ich Ihnen das sage. Warum ich es gerade Ihnen sagen kann. Ich muß es einfach einmal aussprechen. Ist es eine Zumutung für Sie?«

»Keineswegs. Ich möchte, daß Sie zu mir sprechen.« Er sagte es so einfach und bestimmt, daß sie ihm glaubte. Doch ehe sie weitersprechen konnte, sagte er: »Könnten wir uns nicht setzen, Mrs. Herlong?«

»Wie dumm von mir!« rief sie. Sie wies zu den beiden Gartenstühlen, die nahe dem Haus auf dem Rasen standen. Auf dem einen lag eine Jacke von Cherry, und Elizabeth hängte sie sich um die Schultern, denn es war kühl geworden, vom Meer her kam der Abendwind. »Es ist nicht Unhöflichkeit, Mr. Kessler. Aber man vergißt ganz Ihre Schwierigkeiten.«

Seine Stimme klang ganz gleichmütig, als er sagte: »Das ist eins der Dinge, an die ich mich schwer gewöhnt habe. Nach einem Stuhl zu fragen, meine ich. Früher war ich so gesund und kräftig, daß ich meinerseits nicht daran dachte, ein andrer könne müde sein.«

»Ist Ihnen kalt?«

»Nein. Was war es, was Sie mir sagen wollten?«

»Ich bin froh, daß es schon so dunkel ist«, sagte sie. »Es ist immer leichter, in der Dunkelheit zu sprechen. Ja, was ich sagen wollte. Es ist nichts Besonderes. Es ist nur der Krieg. Ich fühle es, wie er immer näher kommt, so als wenn ich ihn greifen könnte. Und ich bin so hilflos. Ich dachte immer, ich sei stark. Aber diesmal bin ich geschlagen, ehe es überhaupt beginnt. Spratt macht sich auch Sorgen, aber mehr so im allgemeinen. Er weiß nicht, was ich weiß. Es ist ein Unterschied, wenn man genau weiß, was auf einen zukommt.«

Sie hörte, wie Kessler seinen Stock bewegte, aber er gab keine Antwort.

Hastig fuhr sie fort: »Ich kann es ihm nicht sagen. Ich will auch gar nicht. Was hätte es für einen Zweck? Aber ich bin innerlich ganz kalt vor Entsetzen. Ich habe schon einen Krieg erlebt. Und wenn es wieder so kommen sollte – ich möchte lieber sterben, als noch einmal so ein Telegramm vom Kriegsministerium zu erhalten. Ich möchte lieber sterben. Und das ist mein Ernst!«

Kesslers Stock tippte sanft auf einem Grasbüschel auf und ab. Niemand im Haus hatte Licht angezündet, es war fast ganz dunkel hier draußen. Sie konnte ihn nicht sehen, aber das war auch nicht nötig, rastlos sprach sie weiter.

»Spratt ist mein zweiter Mann. Das wußten Sie nicht. Mein erster Mann ist im letzten Krieg gefallen. Ich habe ihn sehr geliebt. Freilich, Sie können sagen, von heute aus betrachtet, so schlimm war es auch nicht. Ich war jung, ich hatte mein Leben vor mir, ich habe Spratt geheiratet, und es ist mir gut gegangen. Aber damals – damals gab es für mich kein Leben mehr.«

Nach einem kurzen Schweigen fragte Kessler: »Haben Sie so sehr unter seinem Tod gelitten?«

»Ich kann Ihnen nicht sagen, wie sehr. Man kann es nicht erklären. Nur jemand, der es selbst durchgemacht hat, kann es verstehen. Ich habe ihn so sehr geliebt, und dann war er tot. Es war – ich weiß nicht, ich habe nie mehr etwas so Schreckliches erlebt. Es ist lange vorbei, ich denke manchmal gar nicht mehr daran – aber nun...«

Wieder blieb es eine Weile still zwischen ihnen. Dann fragte Kessler ganz leise, so daß sie ihn kaum verstand: »Ja? und nun?«

»Aber begreifen Sie denn nicht? Ich kann es nicht noch einmal ertragen. Ich kann einfach nicht. Ich dachte doch nicht, daß so etwas noch einmal kommt. Ich dachte, das wäre für immer vorbei. Mein Leben war in Stücke zerschlagen. Und ich habe die einzelnen Stücke zusammengesucht und mühselig aneinandergesetzt, und ich bin dafür belohnt worden. Und jetzt – ich kann es nicht noch einmal durchmachen. Es ist zu spät. Als ich Arthur verlor, war ich zwanzig. Gott weiß, wie schwer es war. Aber nun bin ich vierundvierzig. Wenn meine Welt wieder zerstört wird, ich kann sie nicht wieder aufbauen. Ich kann nicht mehr von vorn beginnen. Das kann niemand von mir verlangen. Das Leben kann nicht immer wieder von vorn beginnen. Einmal muß man angelangt sein.«

Als sie schwieg, fragte Kessler: »Was ist das für ein

wunderbarer Duft, der plötzlich hier im Garten ist?«
»Jasmin. Manchmal blüht er noch so spät im Jahr. Er duftet immer in der Nacht. Hören Sie mir überhaupt zu?«
»Wenn ich Ihnen nicht zugehört hätte, hätte ich nicht nach diesen Blüten gefragt. In einer Welt so voll Schönheiten, voll von Wunderbarem, warum spricht ein Mensch so wie Sie?«
»Ja, warum spreche ich so? Weil die Welt nicht nur schön ist. Und ich habe es satt, mich gegen das Häßliche zu wehren. Es ist zuviel verlangt von uns. So, als wenn das Schicksal sagt: Da, sieh her, die Welt ist zerstört. Nun fange an und baue sie wieder auf. Und beeile dich, damit sie fertig ist, wenn ich sie wieder zerstören will. Ich gebe dir so viel Zeit, daß du alles gut machen kannst, daß du selbst stark genug wirst, daß du fühlen und dich freuen kannst, damit du auch den nächsten Schlag richtig spürst. Der nächste Krieg wird dann erst kommen, wenn dein Sohn alt genug ist, um darin zu sterben. Du hast gedacht, du hast das letzte Leid erduldet? Ich werde dir zeigen, daß du noch mehr ertragen kannst. Daß es noch schlimmer sein kann.«
»Wird es schlimmer sein?« fragte Kessler. Seine Stimme klang merkwürdig, fast heiser, zitternd. Doch sie achtete nicht darauf.
»Ja. Denn damals war ich es allein. Wenn ich mein Leben beendet hätte oder als wesenloser Schatten weitergelebt hätte, es wäre gleichgültig gewesen. Diesmal ist es anders. Hier sind Menschen, die mich brauchen. Spratt zum Beispiel – oh, Sie glauben es vielleicht nicht. Ich weiß, im Studio geht Spratt umher wie einer, der die Welt besitzt.«
»Ich habe mir manchmal schon gedacht, ob Sie eigentlich wissen, wie sehr er Sie braucht.«

»Ich weiß es. Man braucht darüber nicht zu sprechen. Man könnte sagen, ich bin sein bester Freund, das genügt. Und dann die beiden anderen Kinder. Sie brauchen mich auch noch. Oh, ich will nicht sagen, daß ich der einzige bin, der leiden würde. Spratt liebt Dick genauso wie ich. Und Cherry und Brian, man weiß ja nicht, was ihnen noch bevorsteht. Aber was auch geschehen mag: von mir erwartet jeder, daß ich fest wie eine Säule inmitten stehe. Sie sagten selbst, ich sei der Mittelpunkt dieses Hauses. Sie haben recht. Ich habe es so gewollt. Ich wollte, daß sie mich brauchen. Ich wollte, daß sie immer mit allem zu mir kommen, mit großen und mit kleinen Dingen. Und nun – nun werde ich sie verraten. Sie wissen es noch nicht, aber jetzt schon, ehe etwas geschehen ist, jetzt schon ...«

Eine lange Zeit blieb es still. Elizabeth wandte ihren Kopf und versuchte, den Mann an ihrer Seite zu erkennen. Im Licht der Sterne konnte sie nur den Umriß seiner Gestalt wahrnehmen.

Er saß ganz still. Auch sein Stock pochte nicht mehr ins Gras.

»Sie antworten mir nicht«, sagte sie. »Weil es keine Antwort gibt. Aber – danke fürs Zuhören.«

Nach einem kleinen Zögern fuhr sie fort: »Es hat mir gutgetan, das alles einmal auszusprechen. Ich kann es Spratt nicht sagen. Aber Ihnen – ich bin wirklich dankbar, daß Sie mich reden ließen.«

Sie streckte ihre Hand aus und legte sie um die seine, die auf dem Griff des Stockes lag. Zu ihrem Erstaunen fand sie seine Hand nicht leicht und entspannt dort ruhen, sondern gewaltsam um den Knauf gekrampft, so angespannt, daß die Muskeln hart waren und die Knöchel wie Steine hervorstanden.

Sie zog ihre Hand hastig zurück und setzte sich gerade hin. »Mr. Kessler! Was habe ich angerichtet?«

»Nichts«, antwortete er kurz und richtete sich ebenfalls auf. »Was soll sein?«

»Oh, warum konnte ich nicht den Mund halten? Ich weine Ihnen wie ein unbeherrschtes Kind hier etwas vor und verlange, daß Sie mir zuhören...«

»Aber ich wollte Ihnen zuhören«, sagte er. »Es tut Ihnen doch nicht leid, daß Sie mir dies alles gesagt haben?«

»Oh, nicht meinetwegen. Aber ich war nur mit mir selber beschäftigt, und vielleicht hab' ich Ihnen weh getan. Habe irgend etwas aufgerührt, was besser vergessen geblieben wäre. Verzeihen Sie mir, bitte, verzeihen Sie mir. Ich war so egoistisch.«

Kessler stemmte sich hoch. Er trat dicht vor sie hin. Sie sah seine große dunkle Gestalt vor sich, schwarz vor dem Sternenhimmel, er sah stark aus und kraftvoll trotz seines verkrüppelten Körpers.

»Es gibt nichts, weswegen Sie sich entschuldigen müßten«, sagte er, und seine Stimme klang ruhig und beherrscht. »Sie haben recht. Es gibt ein Kapitel in meinem Leben, an das ich nicht gern erinnert werde. Und das hat mit dem letzten Krieg zu tun.«

»Sind Sie im Krieg so... schwer verwundet worden?« fragte sie. »Seltsam, man denkt nie daran, daß die Deutschen ja auch getroffen werden. Man denkt immer nur, es ist ein Feind, der uns etwas antut.«

Auf diesen Einwurf ging er nicht ein, sondern fuhr fort: »Mein eigenes Unglück wäre leichter zu tragen, genau wie Sie vielleicht mit Ihrem Schmerz leichter fertig geworden wären, wenn man wenigstens erlebt hätte, daß unsre Opfer eine neue und bessere Welt miterbaut hätten. Aber leider war es nicht so. Was wir heute erleben, ist noch schlimmer als das, was damals war. Und dennoch müssen wir...«

»Bitte, Mr. Kessler! Sie sollen nicht versuchen, eine Antwort für mich zu finden. Es gibt keine Antwort, weder für Sie noch für mich.«

»Doch, es gibt eine«, sagte er entschieden. »Sie sagten, es sei zu spät für Sie, noch einmal zu beginnen. Sie können es nicht. Natürlich können Sie es. Nicht neu beginnen, davon ist keine Rede. Aber weitergehen auf dem Wege, den Sie bisher gegangen sind. Sie tragen Verantwortung für das, was Sie selbst geschaffen haben. Und die nimmt Ihnen keiner ab, was immer auch geschieht. Sie sind nicht verantwortlich für das, was in der Welt vorgeht. Aber Sie sind verantwortlich für Ihre eigene Welt, Ihre Familie, und da werden Sie stark sein müssen.«

»Nein. Ich sagte Ihnen, ich kann es nicht. Nicht mehr. Ich könnte es nicht noch einmal hinnehmen.«

»Doch. Sie können es. Und Sie werden es.«

»Sie glauben das wirklich?« rief Elizabeth, angerührt von seinen Worten, von der stillen Kraft, die von ihm ausging. »Sie kennen mich nicht sehr gut, aber ein wenig nun doch – Sie glauben das wirklich? Daß ich stark genug sein könnte?«

»Ja«, erwiderte er ernst. »Ihr ganzes bisheriges Leben hat bewiesen, wie stark Sie sind. Kein Mensch hat von Ihnen verlangt, daß Sie heiraten, daß Sie Kinder in die Welt setzen und sie zu ordentlichen Menschen erziehen. Sie hätten genausogut eines von diesen unnützen Geschöpfen werden können, die sich bei jedem kleinen Ärger in ihr Bett zurückziehen und von ihrer Umwelt verlangen, ihnen alle Wege zu ebnen, weil Sie selbst nicht imstande sind, auch nur das kleinste Stück Weg allein zu schaffen. Aber Sie haben Ihr Leid besiegt, sind für die Menschen, die zu Ihnen gehören, zum Mittelpunkt geworden, und das müssen Sie bleiben. Sie werden gebraucht, Elizabeth. Und vielleicht kommt eine Zeit, da werden Sie noch viel mehr gebraucht als heute. Dann dürfen Sie nicht versagen.«

Elizabeth atmete tief. Sie hatte ein enges, beklemmendes Gefühl, und sie wußte nicht, was sie darauf sagen sollte.

»Sie dürfen nicht versagen«, wiederholte Kessler nach einer kleinen Weile. »Und Sie sind auf dem Wege dazu, wenn Sie auch nur daran denken, daß es möglich sein könnte.«

»Ja. Sie haben recht. Ich bin auf dem Wege dazu.«

»Warum betrachten Sie dies alles nur von Ihrem Standpunkt aus?« fragte er. »Sie sagen, Sie können es nicht ertragen. Zunächst einmal ist es Dick, der es ertragen muß. Was immer auch geschehen mag.«

»Dick? Ich habe nicht den Eindruck, daß er überhaupt daran denkt, was auf ihn zukommt.«

»Wie können Sie das wissen?«

»Hat er zu Ihnen etwas davon gesagt?« fragte sie aufgeschreckt.

»Nein. Aber ich weiß es. Denn ich habe es schließlich selbst erlebt.«

»Ja. Ja, das haben Sie. Und wie ist es? Sagen Sie mir, um Himmels willen, wie ist es?«

»Zunächst ist es nichts als ein großes Staunen. Und man scheut sich, zu irgend jemand davon zu sprechen. Alle anderen scheinen genau zu wissen, was sie tun und warum sie es tun. Aber sie wissen es nicht. Genausowenig, wie man es selber weiß. Und man fragt sich immer wieder, wie man es fertigbringen soll, ein Held zu sein, tapfer und kaltblütig zu sein, wo man doch nichts anderes als Angst empfindet. Du hast Angst, und du bist ärgerlich, weil du Angst hast, und du möchtest gern ein abgefeimter Mörder sein, dem das gar nichts ausmacht, und du nimmst den Mund voll, um nicht zu zeigen, wie dir zumute ist, und dann fühlst du Haß auf die ganze Welt, weil sie dich in diese Situation gebracht hat, und dann wünschst du, es käme irgendeiner, der sagte, das ist alles gar nicht wahr, und du kannst zu Hause bleiben. Oder es käme wenigstens einer, der dir erklärte, warum das denn alles sein muß. – So ungefähr, Mrs. Herlong, sieht es in den Herzen der Helden aus.«

Elizabeth hatte sich vorgebeugt, die Hände um die Sessellehne geklammert. Fast flüsternd fragte sie: »Und so, denken Sie, sieht es auch in meinem Jungen aus? So fühlt er? Warum spricht er dann nicht davon? Warum sagt er mir das nicht?«

»Ich nehme an, er weiß recht gut, wie es in *Ihnen* aussieht, und will Sie nicht noch mit seinen Gedanken belasten.«

»Das glauben Sie? Aber dann habe ich schon versagt. Und sein Vater auch. Dann haben wir ihn allein gelassen.« Sie sprach in steigender Erregung. »Spratt und ich, wir bilden uns ein, aufgeklärte und großzügige Leute zu sein. Wir wollten keinen Krieg, wer will ihn schon, und wir hofften, wenn wir uns nicht um die Welt kümmerten, würde sich die Welt auch nicht um uns kümmern. Wir haßten niemand, wir wollten nur in Ruhe gelassen werden. Hitler? Na schön, wir haben darüber gelesen und dachten, Gott sei Dank, es geht uns nichts an. Und dann kam Pearl Harbour. Da waren wir wütend. Dick auch. Ich wunderte mich noch darüber, wie wütend er war. Ich dachte nur: Um Himmels willen, das geht Dick an. Aber ich kam nicht auf die Idee, daß der Junge, als er vor dem Radio saß und die Fäuste ballte, vielleicht dachte: das geht mich an. Ich dachte, er wäre bloß ärgerlich auf die Japaner. Vielleicht war er viel ärgerlicher über uns. Daß wir es geschehen ließen. Er verstand nicht, wie es dahin kommen konnte. Er versteht es heute noch nicht. Aber ich kann's ihm nicht erklären. Ich bin nur noch gelähmt von Furcht. Da! Nun habe ich es wieder gesagt. Ich komme über diesen Punkt nicht hinaus.«

»Es ist verständlich für eine Mutter. Ich habe Ihren Sohn sehr gern, Mrs. Herlong. Solch einen Sohn hätte ich auch gern gehabt.«

»Sie haben keine Kinder, nicht wahr? Margaret erzählte mir heute nachmittag, daß Sie sie zu sich genommen haben, nachdem ihre Eltern gestorben waren.«

»Nein, ich habe keine eigenen Kinder«, sagte er ruhig. »Auch das ist etwas, was der Krieg mir unmöglich gemacht hat.«

»Oh!« sagte sie leise. Und nach einer Weile fuhr sie lebhafter fort: »Aber Sie haben Ihr Leben gemeistert, Mr. Kessler. In einer Welt, die Ihnen so vieles nahm, sind Sie mit sich und Ihrem Leben fertig geworden auf eine noble und gute Art. Wie haben Sie das geschafft? Es ist absurd, Sie mußten so viel opfern, Sie sind so schwer betroffen, und trotzdem komme ich zu Ihnen und sage: Helfen Sie mir! Wollen Sie mir helfen?«

»Möchten Sie, daß ich einmal mit Dick rede? Möchten Sie, daß ich ihm erkläre, wofür er kämpfen soll?«

»Ja. Wenn Sie das können.«

»Ich werde es versuchen.«

»Ich danke Ihnen. Sie verstehen es so viel besser als ich.

Und Sie wissen, wovon Sie sprechen. Und Sie sind so klug, so ... so gütig. Ich weiß gar nicht, wie das kommt, aber ich habe so viel Vertrauen zu Ihnen. Ich wüßte niemand, zu dem ich mehr Vertrauen hätte.«

Er antwortete eine Weile nicht. Dann sagte er: »Und Sie? Wie ist es jetzt mit Ihnen?«

»Ich werde mich zusammennehmen. Ich will nicht wieder solch ein Feigling sein.«

»Sie sind kein Feigling. Man denkt es oft vorher, aber wenn es ernst wird, sieht man dann, was man leisten kann. Und wieviel Mut man aufbringt. Aber wenn Sie wieder einmal verzagt sind, sprechen Sie mit mir. Es ist oft besser, wenn man es aussprechen kann.«

»Es war schon jetzt nicht leicht für Sie, mir zuzuhören.«

»Kann sein. Aber das macht nichts. Sie und ich, wir verstehen etwas, was viele nicht verstehen. Wir wissen, was es heißt, ganz allein zu sein. Und so können wir einander auch Mut und Vertrauen geben.«

»Ich Ihnen? Ich wünschte, ich könnte Ihnen etwas Gutes tun.«

»Sie haben es getan.«

»Ich wüßte nicht, wie.«

»Ich kann es nicht erklären. Es gibt keine Worte dafür.«

»Ich weiß nicht, was Sie meinen. Ich weiß nur eins, daß Sie mir heute abend sehr geholfen haben. Ich danke Ihnen, daß Sie mein Freund sein wollen, Mr. Kessler. Ich brauche einen Freund.«

Er antwortete nicht. Und eine Weile saßen sie schweigend beieinander. Und dann, ganz plötzlich, ohne Übergang, fragte Elizabeth: »Mr. Kessler, wir sind uns früher schon begegnet. Wo war es bloß? Wann war es?«

»Wir haben uns in diesem Herbst das erstemal gesehen, Mrs. Herlong.«

»Aber warum, in Gottes Namen, komme ich von diesem Gedanken nicht los? Ich spinne doch nicht. Ich glaube auch nicht an Seelenwanderung. Sonst würde ich vielleicht denken, Sie waren König von Babylon und ich Ihre Christensklavin.«

»Zu Zeiten der Könige von Babylon gab es noch keine Christen«, antwortete er trocken.

»Ach, Sie lachen mich aus. Wenn wir uns wirklich früher nie gesehen haben, warum komme ich dann von diesem Gedanken nicht los? Warum habe ich das erstemal, als Sie hier ins Haus kamen, das Gefühl gehabt, ich treffe einen guten Bekannten? Als Sie neulich mit Margaret sprachen, hatte ich das Gefühl, ich hätte die gleichen Worte schon einmal gehört. Und auch jetzt, wie wir miteinander gesprochen haben, mir ist, als spräche ich mit einem alten, langvertrauten Freund, dem ich alles sagen könnte. Mr. Kessler, ich leide doch nicht an Wahnvorstellungen. Mir ist so etwas noch nie passiert.«

Kessler antwortete in gelassenem Ton, als spräche er über eine ganz selbstverständliche Angelegenheit: »Manchmal kann es vorkommen, daß zwei Menschen zusammentreffen, die – nun, sagen wir, auf gleicher Wellenlänge liegen. Dann versteht man sich vom ersten Augenblick an. Dann entwickelt sich auch eine Freundschaft schnell. So wie die unsre, Mrs. Herlong.«

»Na schön«, gab sie widerwillig nach, »es muß wohl so sein. Ich finde keine andere Erklärung. Auf jeden Fall bin ich froh, einen so guten Freund gefunden zu haben.«

»Wenn wir jetzt zum Dinner fortgehen, werden die anderen glauben, wir haben über nichts als die Blumen in Ihrem schönen Garten gesprochen«, sagte er in leichtem Ton, um sie von dem gefährlichen Thema wegzubringen.

»Um Himmels willen«, rief Elizabeth und sprang auf. »Das Dinner habe ich ganz vergessen. Spratt wird jeden Moment zurück sein, und ich bin noch nicht umgezogen. Kommen Sie mit ins Haus, Mr. Kessler. Es ist kühl geworden. Ich bin in ein paar Minuten fertig.«

Sie hörte, wie er leise lachte, als er aufstand. »Mir scheint, Sie fühlen sich wieder ganz gut.«

»Ja. Es ist komisch, aber die kleinen Anforderungen des Lebens lenken uns immer wieder von den großen Sorgen ab. Sicher ist es gut so.«

Sie gingen hinein, und Elizabeth lief eilig die Treppe hinauf. Sie fühlte sich wirklich leicht und frei, wie schon seit Wochen nicht. Als sie ein Kleid aus dem Schrank holte, dachte sie: Kessler hat recht. Man denkt, es ist unmöglich. Und wenn die Zeit gekommen ist, tut man das Unmögliche, weil es nicht anders geht. Ich werde nicht versagen. Spratt und die Kinder brauchen mich. Ich werde sie nicht enttäuschen.

IX

Kessler war ihr Freund, und er blieb es. Auch in den folgenden Wochen war es Elizabeth unmöglich, das seltsame Gefühl loszuwerden, das ihr einreden wollte, hier wäre nur eine alte Freundschaft aufgefrischt worden.

Sie scheute sich darüber zu sprechen, denn nachgerade kam sie sich albern vor. Vermutlich war das alles nur eine fixe Idee von ihr. Und vielleicht hatte sie Kessler irgendwann irgendwo gesehen, in einem Restaurant, im Foyer eines Theaters, in den Straßen des Studiogeländes, es gab so viele Möglichkeiten in dieser Stadt. Aber wie eifrig sie sich auch selbst zu überzeugen suchte, sie glaubte es nicht. Sie wußte es besser.

Sie mochte Kessler wirklich gern. Und außerdem übte diese ungeklärte Frage, woher sie ihn nun wirklich kannte, eine seltsame Faszination auf sie aus. Wenn sie mit ihm sprach, dachte sie: das hat er schon einmal gesagt. Und wenn sie ihn lächeln sah: dies Lächeln kenne ich. Die Haltung, eine Handbewegung, hundert Kleinigkeiten, die sie immer wieder herausfordern wollten: erinnere dich doch. Die Lösung lag nahe, sie wußte es, aber es war wie eine verschlossene Tür, zu der sie den Schlüssel verloren hatte.

Eine Zeitlang quälte sie Spratt damit. Er sollte ihr helfen, sich zu erinnern. Aber er lachte nur und schüttelte den Kopf: »Wo immer du ihn auch gesehen hast, falls du ihn überhaupt gesehen hast, dann warst du dort ohne mich. Aber sei mir nicht böse, Liebling, ich fürchte, der gute Kessler war auch nicht an diesem obskuren Ort.

Er erinnert sich jedenfalls nicht daran, soviel ist sicher.«
Eines Tages kam ihr der Gedanke: Vielleicht erinnere
ich mich nicht daran, weil ich mich nicht erinnern will?
Las man nicht oft von der Macht des Unbewußten, das
verdrängte, was nicht ans Tageslicht sollte?

Langsam allerdings trat diese Frage in den Hintergrund.
Sie erlosch nicht, aber sie zog sich zurück. Es war ja
schließlich auch nicht wichtig. Sie kannte Kessler nun,
er war ein wunderbarer Freund. Nicht nur für sie, auch
für Spratt und die Kinder. Er kam oft ins Haus, meist
brachte ihn Spratt abends mit, dann sprachen sie über
ihre Arbeit oder Kessler half Brian bei seinen Sammlungen, unterhielt sich mit Cherry und Dick über ihre täglichen Erlebnisse.

Das Gespräch mit Dick über den Krieg und seine Rolle,
die er darin würde übernehmen müssen, hatte noch
nicht stattgefunden. Elizabeth war nicht darauf zurückgekommen. Und Kessler wollte möglicherweise eine Gelegenheit abwarten, aus der sich ein Gespräch von selbst
entwickelte.

Diese Gelegenheit ergab sich zu ganz unerwarteter
Stunde. Margaret durfte für einige ihrer Schulfreundinnen eine Weihnachtsparty geben. Elizabeth, als sie davon hörte, hatte vorgeschlagen, daß sie mit den beiden
Großen kommen wollte, um beim Schmücken des
Christbaums zu helfen. Den Christbaumschmuck würde
sie mitbringen, versprach sie, sie hatten mehr als genug
davon.

Sie verbrachten einen unterhaltsamen Nachmittag. Margaret war aufgeregt und voll freudiger Erwartung, Kessler, in einem Sessel sitzend, beobachtete ihre Freude mit
zärtlichen Augen. Er zeigte Elizabeth einen silbernen
Füllhalter, den er von Spratt als Weihnachtsgeschenk

erhalten hatte. Währenddessen brachte Dick eine Leiter herangeschleppt. »Wir fangen oben an«, erklärte Dick, stellte die Leiter neben dem Baum auf und kletterte hinauf. »Du reichst mir die Kugeln herauf, Cherry.«

Auch Elizabeth und Margaret beteiligten sich daran, die bunten Kugeln, Kerzen und Lametta zuzureichen. »O wie schön das ist«, rief Margaret immer wieder, »wie wunderschön der Baum wird.«

Sie kletterte ein paar Stufen auf die Leiter hinauf und blickte durch die Zweige zu Dick hinauf. »Ich kann dich sehen, Dick. Siehst du mich auch?«

Er beugte sich etwas herab und steckte seinen Kopf zwischen die Zweige. »Klar. Ich sehe dich. Hallo!« Dabei fielen ihm die Kugeln, die er hielt, aus der Hand und zerschellten auf dem Boden.

»Oh!« rief Margaret voller Schreck.

»Macht nichts«, meinte Cherry, »hier ist noch genug von dem Zeug.«

Die Haushälterin kam herein und rief Margaret zum Abendessen. Aber Margaret, auf einmal blaß geworden, preßte sich eng an die Leiter, klammerte sich fest und starrte mit großen erschrockenen Augen auf die Scherben zu ihren Füßen.

»Ich . . . ich hab' Angst«, flüsterte sie. »Ich könnte fallen und mich schneiden.«

»Ja, paß nur auf«, sagte Elizabeth. »Dick wird dir herunterhelfen.«

»Okay. Wart einen Moment, Margaret.«

Dick kletterte herab, nahm Margaret auf den Arm und brachte sie vollends hinunter. »Schling deine Arme um meinen Hals und halt dich fest. Siehst du, hat ihn schon.«

Er blieb stehen, das Kind noch auf dem Arm, und nickte der Haushälterin zu. »Sie kommt gleich.«

Cherry benützte die Gelegenheit, eiligst die Leiter hinaufzukrabbeln, da sie der Meinung war, sie könne das Schmücken weit besser besorgen als Dick.

Die Haushälterin verließ das Zimmer, Dick hob Margaret mit großem Schwung über die Scherben hinweg und setzte sie behutsam auf den Boden. »Na, du Angsthase? Alles gut überstanden?«

Margaret nickte. »Ja«, sagte sie ernsthaft. »Vielen Dank, Dick. Ich habe immer so Angst, wenn ich Scherben sehe. Ich bin mal in Scherben hineingefallen und hab' mich furchtbar geschnitten. Sieh mal!« Sie zog den Kragen ihres Kleides herunter und zeigte ihm eine tiefe Narbe am Hals.

»Donnerwetter«, meinte Dick. »Das muß ja ein tiefer Schnitt gewesen sein. Wie hast du denn das fertiggebracht?«

»Ein Mann hat mich niedergeschlagen«, sagte Margaret, »und ich fiel mitten in die Scherben.«

»Was?« fragte Dick.

Alle Augen richteten sich auf das Kind. – Elizabeth stand starr, die Hand voll Lametta, Cherry, oben auf der Leiter, hielt mitten in der Bewegung inne und öffnete den Mund vor Staunen. Kessler sagte nichts. Margaret indessen schien gar nicht zu bemerken, welche Wirkung ihre Worte gehabt hatten.

»Was für ein Mann hat dich denn nieder...« Dick beendete die Frage nicht. Die Vorstellung, daß ein Mann ein kleines Mädchen niederschlug, war schlechthin ungeheuerlich.

Margaret antwortete ohne Erregung. »Der Mann, der meine Mutter umgebracht hat.«

Die drei um den Christbaum standen wie erstarrt. Margaret blieb ganz gelassen, sie bemerkte gar nicht, welche Verwirrung sie anrichtete.

Elizabeth war nicht fähig, etwas zu sagen. Sie dachte: Wir hören davon. Wir lesen es. Tausend anonyme Tode. Dann Zehntausende. Man wird abgestumpft. Aber wenn man es auf diese Weise gesagt bekommt, ist es etwas anderes.

Cherry war die erste, die die Sprache wiederfand. Sie stand auf der Leiter, sah entgeistert herab und stammelte: »Aber Margaret – wo war denn das? Und wann war das?«

»In Deutschland. Das ist schon lange her. Schon sehr lange.« Margaret blickte treuherzig zu ihr auf. »Weißt du, da war ich noch sehr klein.« Dann sah sie Elizabeth an. »Ich hab's Ihnen doch erzählt, Mrs. Herlong, nicht? Ich meine, daß meine Mutter und mein Vater tot sind.«

»Ja, du hast es mir erzählt«, antwortete Elizabeth mühsam. »Aber du hast mir nicht erzählt, was passiert ist.« Sie warf einen raschen Blick zu Kessler hinüber. Er saß ganz still, sein Mund war schmal vor Mitleid und Schmerz, aber er hinderte Margaret nicht daran, zu reden.

»Sie suchten meinen Vater«, erklärte Margaret. »Aber er war nicht da. Und meine Mutter sagte ihnen, er ist nicht da. Aber sie glaubten es nicht und suchten in der ganzen Wohnung, und dabei machten sie alles kaputt. Das waren schreckliche Männer, die Nazis, sie konnten uns nicht leiden. Auf der Straße schubsten sie uns immer auf die Seite, und meine Mutter nahm mich gar nicht mehr mit. Und dann, wie alles zerbrochen war, schlugen sie meine Mutter, und ich weinte und schrie, und dann schlug mich der eine Mann, und ich fiel in die ganzen Scherben hinein und blutete ganz schrecklich und schrie noch mehr. Es war furchtbar.«

Die Kinderaugen waren jetzt weit geöffnet, voll Entsetzen. »Aber hier tut das keiner, nicht? Und dann waren die Nazis fort. Und meine Mutter machte mir einen Verband um den Hals und half, daß es aufhörte zu bluten. Sie war ein Doktor und sie wußte, wie man das macht. Sie hat nicht geweint. Und dann habe ich auch nicht mehr geweint. Heute weine ich überhaupt nicht mehr. Ich bin ja jetzt groß. Und dann hat mir meine Mutter eine Medizin gegeben. Es schmeckte ganz bitter, aber dann habe ich geschlafen. Aber ich weiß, daß sie wiedergekommen sind, wie ich geschlafen habe, da haben sie meine Mutter totgemacht. Und meinen Vater auch.«

Dick schluckte und befeuchtete seine Lippen. Natürlich hatte er solche Geschichten schon gehört. Aber da waren sie Menschen passiert, die weit fort waren, die er nicht kannte. So eine Geschichte von einem kleinen Mädchen erzählt zu bekommen, hier in seiner eigenen Heimatstadt, das war etwas anderes. Hilfesuchend blickte er Kessler an. Dann wieder Margaret. Dann seine Mutter. Und dann wieder Kessler.

Cherry, die sich sprachlos auf eine Sprosse der Leiter gesetzt hatte, blickte ebenfalls auf Kessler, als erwarte sie von ihm eine Erklärung. Als müsse er sagen, so schlimm sei das alles nicht gewesen.

»Komm zu mir, Margaret«, sagte Kessler weich.

Sie ging zu ihm, und er legte liebevoll den Arm um sie.

»Es war schrecklich in Deutschland, nicht wahr? Aber nun brauchen wir keine Angst mehr zu haben.«

Sie blickte voll Vertrauen zu ihm auf. »O nein, ich habe keine Angst mehr. Hier nicht.«

»Hier tut man so etwas nicht«, sagte Kessler. »In Amerika gibt es keine Nazis.«

»O nein«, sagte Margaret noch einmal. Und dann lachte sie ein wenig. »Ich war so dumm früher. Als wir hierherkamen, hatte ich immer Angst, wenn ich Männer in Uniform sah. Aber es waren nur Polizisten oder Soldaten. Vor denen braucht man keine Angst zu haben.«

»Nein«, sprach Kessler weiter in beruhigendem, nachdrücklichem Ton. »Hier geschieht nichts Unrechtes. Niemand kommt ins Haus, wenn er nicht dazu aufgefordert wird. Und wenn sie was von dir wollen, dann klingeln sie und fragen, ob sie hereinkommen dürfen. Hier in Amerika braucht man keine Angst zu haben. Früher hast du Angst gehabt, nicht? Aber jetzt nicht mehr.«

»Hier ist es anders«, sagte Margaret.

»Und dein ganzes Abendessen wird kalt«, meinte Kessler. »Ich glaube, du solltest jetzt schnell essen gehen.«

»Ja.«

»Und vorher solltest du dich bei Mrs. Herlong und Dick und Cherry bedanken, daß sie dir beim Schmücken des Christbaums geholfen haben.«

»O ja! Er ist ja so wunderschön. Und vielen Dank.«

»Es war fein, daß wir dir helfen konnten«, sagte Elizabeth. Sie nahm Margaret an der Hand und ging mit ihr in den Nebenraum, wo das Essen auf dem Tisch stand. Margaret begann mit gesundem Appetit zu essen, offensichtlich nicht mehr geängstigt von dem, was sie soeben erzählt hatte.

Elizabeth kehrte ins Wohnzimmer zurück. Dick stand noch immer reglos neben dem Christbaum. Cherry saß oben auf der Leiter, zu entsetzt, um sich zu bewegen.

Kessler sagte: »Es erscheint grausam, daß ich sie darüber

sprechen lasse. Aber noch grausamer wäre es, wenn sie alles in sich hineinfressen müßte. Dabei würden größere Verheerungen angerichtet, fürchte ich.«

»Aber was für Bestien sind denn das?« rief Dick. »Ich hab' ja schon darüber gehört. Aber so etwas doch noch nicht. Hingehen und kleine Mädchen zusammenschlagen! So etwas gibt's doch gar nicht. So jemand hab' ich überhaupt noch nie gekannt.«

»Nein, so jemand hast *du* noch nie gekannt.«

»Großer Gott«, sagte Dick. Er bewegte sich schwerfällig zu einem Stuhl und setzte sich mit düstrer Miene.

»Warum haben sie denn ihre Eltern getötet?« fragte Cherry atemlos.

»Man hat sie nicht getötet. Sie haben Selbstmord begangen.«

»Ach!« Cherrys Augen wurden womöglich noch größer und entsetzter.

»Margaret denkt, die Nazis haben sie getötet. Sie haben so viele getötet. Ich habe ihr bis jetzt noch nichts gesagt. Sie versteht noch nicht, was Selbstmord ist.«

»Aber warum?« rief Cherry. Entschuldigend fügte sie hinzu: »Es tut mir leid. Es geht mich nichts an.«

»Ich kann es Ihnen ruhig sagen«, antwortete Kessler. Er blickte Elizabeth an. »Oder möchten Sie es nicht, Mrs. Herlong?«

»Doch. Wenn Sie es ertragen können, davon zu sprechen. Wenn nicht – Mr. Kessler, wir wissen ja von diesen Dingen. Wir haben es in der Zeitung gelesen, wir haben es im Radio gehört.«

Cherry sprach aus, was jeder empfand. »Aber es ist etwas anderes, wenn es jemand passiert, den man kennt. Sie meinen, Mr. Kessler, es war mit Margarets Familie so, wie wir es manchmal in der Zeitung lesen?«

»Ja«, erwiderte Kessler, »die alte Geschichte. Das Kind und ihre Mutter wurden vom Trottoir auf die Straße gestoßen, sie hatten kaum etwas zu essen. Alte Freunde gingen auf die andere Straßenseite, wenn Margarets Eltern kamen, denn es wagte keiner, mit Juden zu sprechen. Sie versuchten immer wieder, aus dem Land zu kommen, aber keiner half ihnen. Sie hielten sich lange sehr tapfer. Es waren zwei kluge und mutige Menschen. Aber an diesem Tage, von dem Margaret gerade erzählte, da verlor ihre Mutter die Nerven. Sie war Ärztin und hatte noch einige Medikamente im Haus. Davon gab sie Margaret und nahm auch selbst davon. Sie starb. Margaret starb nicht, die Mutter, um das Ende zu beschleunigen, hatte die Dosis zu stark genommen, und das Kind gab es wieder von sich.«

Cherry starrte den Erzähler an, ohne zu merken, daß ihre weitgeöffneten Augen voller Tränen standen.

»Und ihr Vater?« fragte Dick.

»Er und ich, wir kamen zusammen nach Hause. Wir waren unterwegs gewesen, um Lebensmittel zu kaufen. Ich half ihm, wo ich konnte, ich war ja kein Jude und bekam etwas mehr. Aber man mußte anstehen, und das schaffte ich nicht lang, wir lösten uns ab.

Als wir nach Hause kamen, dachten wir, sie wären beide tot. Daß das Haus durchsucht worden war, sahen wir. Jacoby – so hieß Margarets Vater – wußte, daß sie wiederkommen würden. Und nun, als er sah, daß seine Frau und Margaret tot waren – es war, als hätte er den Verstand verloren. Er hatte keinen Revolver, den hatten sie ihm längst abgenommen. Er sprang aus dem Fenster.«

»Aber Margaret?« fragte Elizabeth.

»Ich weiß auch nicht, wieso ich in der ganzen Verwirrung merkte, daß das Kind gar nicht tot war. Ich wußte einiges über Erste Hilfe und tat, was ich konnte, und dann rief ich einen Arzt an aus dem Krankenhaus, wo Jacoby früher gearbeitet hatte. Wir bemühten uns stundenlang um das Kind. Dabei fragten wir uns, warum wir das taten. Es wäre besser, sie sterben zu lassen. Aber der Arzt nahm sie mit in die Klinik, und dort erholte sie sich nach und nach. Inzwischen war es mir gelungen, mit dem Studio in Paris in Verbindung zu treten, die von mir bereits zwei Bücher gekauft hatten, und sie halfen mir. Das war kurz bevor der Krieg begann. Ein paar Wochen später wäre es zu spät gewesen.«

Tödliche Stille breitete sich im Zimmer aus. Dann sagte Elizabeth leise: »Daß Sie so ruhig darüber sprechen können! Ihre Freunde in den Tod getrieben – eine Mutter, die ihr Kind töten will – und Sie reden davon, als wenn Sie über das Wetter sprechen...«

»Das lernt sich drüben«, sagte Kessler. »Wenn man es nicht lernt...« Er hob die Schultern.

»War er ein guter Freund von Ihnen?« fragte Dick.

»Mein bester Freund. Er hat mir nach dem Kriege das Leben gerettet und hat mich wieder zusammengeflickt. Ohne ihn hätte ich nie mehr laufen können und wäre im Rollstuhl geblieben. Er war ein großer Mann.«

Dick blickte mit gefurchter Stirn auf den Teppich. »Wissen Sie«, sagte er dann, »ich hab' ja das nie verstanden, Selbstmord und so was alles. Nie hab' ich verstanden, wie das jemand tun kann. Aber da drüben, da versteht man es vielleicht.«

Kessler nickte. »Ja. Da versteht man es. Die Menschen nehmen sich das Leben, wenn sie den Glauben an das Leben verloren haben. So ist es Jacoby ergangen. Er hatte genug durchgemacht. Und dann das letzte. Seine Frau tot, und das Kind auch tot, wie er dachte, und für ihn blieb nur qualvolles Sterben in einem Konzentrationslager. Da war er soweit. Die wirkliche Tragödie besteht darin, daß er, der so vielen Mut und Vertrauen und Kraft gegeben hatte, daß er seinen Mut, sein Vertrauen und seine Kraft verloren hatte.«

Dick sagte: »Sie sagen, er war ein wirklich großer Mann? Ein berühmter Arzt? Und trotzdem ist ihm das passiert?«

»Er war einer der bedeutendsten Chirurgen in Deutschland. Und außerdem, ich sagte es schon, ein wirklich großer Mann. Er hat so viel Gutes getan in den schweren Jahren nach dem Krieg. Er hat so vielen geholfen. Aber ihm – ihm konnte keiner helfen.«

»Ich kapier's einfach nicht!« rief Dick laut. »Ich höre immer wieder solche Geschichten, aber ich kapier's einfach nicht. Warum sind denn Margarets Eltern so behandelt worden?«

»Weil sie Juden waren.«

Dick schüttelte heftig den Kopf, als müsse er etwas vertreiben, was ihn störte.

»Ich kapier's trotzdem nicht, Mr. Kessler. Es ist doch vollkommen sinnlos, selbst wenn man antisemitisch ist und brutal noch obendrein, warum soll man denn einen guten Arzt töten, der einem vielleicht das Leben retten kann? Man kann ja krank werden und gerade diesen Arzt brauchen, nicht? Es ist doch sinnlos.«

Kessler antwortete: »Es ist sinnlos. Und ich kapier's auch nicht, Dick.«

»Aber das Kind!« sagte Cherry. »Ein hübsches, kleines Mädchen, das niemand etwas getan hat.«

Kessler blickte sie an und sagte ernst: »Das ist es nicht allein, Cherry. Es gibt genug Menschen in der Welt, die auch hilflosen Kindern gegenüber kein Gefühl für Menschlichkeit haben. Aber das, was Dick eben sagte – selbst wenn man unmenschlich ist, warum soll man sich das selber antun?«

»Sich selber antun?« fragte Cherry verständnislos.

»Ja. Warum zerstört man die Hoffnung auf die Zukunft? Margarets Erbanlage ist eine sehr gute. Wenn Eltern ihren Kindern etwas von sich selbst mitgeben, und es ist bewiesen, daß sie es tun, dann stehen die Chancen nicht schlecht, daß Margaret ein sehr begabtes Kind ist. Ihre Eltern waren beide hervorragend begabte Persönlichkeiten. Beide von großer Begabung und hoher Entwicklung. Gott weiß, was aus ihr einmal werden kann. Aber sie versuchten, sie zu vernichten.«

»Verdammt!« rief Dick. »Sie meinen, dieses Kind könnte ein Genie sein. Jemand, der Radium erfindet oder so was. Und beinahe wäre sie getötet worden.«

»Ja, so meine ich es. Ich weiß nicht, ob Margaret ein Genie ist. Man kann das heute noch nicht wissen. Aber eins weiß ich bestimmt: dieses blindwütige Morden der Faschisten hat sicher manches Genie getötet. Und es ist noch nicht zu Ende. Sie zerstören ihre eigene Zukunft. Und unsere dazu. Das ist die wirkliche Tragödie unserer Zeit. Darüber denkt keiner richtig nach. Margarets Eltern hatten wenigstens früher Gelegenheit, ihr Talent zu nutzen. Aber wenn man Kinder tötet, so ist alles von vornherein verloren. Verschwendet, sinnlos und zwecklos. Wenn man es zu Ende denkt – vielleicht sterben eure Kinder einmal an einem furchtbaren Leiden, weil der Arzt oder der Wissenschaftler, der ihnen hätte helfen können, selbst getötet worden ist, als er vier Jahre alt war.«

»O mein Gott!« rief Cherry von der Leiter her und hob

die Hand an den Mund. »Daran habe ich noch nie gedacht. Aber es ist ganz klar.«

Dick stand auf. »Sie haben recht – es ist zu schrecklich, um richtig daran zu denken. Man meint immer bloß, Kinder sind Kinder, nicht? Aber sie werden ja mal groß. Und es sind sicher welche darunter, aus denen große Leute geworden wären. Man muß sich bloß mal vorstellen, die Deutschen hätten vor fünfzig Jahren England mit Bomben beworfen und Churchill wäre getötet worden – wir wüßten es gar nicht.«

Elizabeth legte die Hand über die Augen. Ihr war, als sähe sie sie alle – kleine Jungen wie Brian, kleine Mädchen mit kurzen Zöpfen wie Margaret – die Einsteins, die Curies, die Chiangs der Zukunft, alle in einem langen Zug auf dem Wege zur Vernichtung. Wenn wirklich vor fünfzig Jahren schon Bomben gefallen wären.

Die Sulfonamide wären nicht erfunden worden, es gäbe kein Fernsehen, keine Flugzeuge, man hätte nichts von Vitaminen erfahren und der Panamakanal wäre nicht erbaut worden. Ihre Generation hatte dies alles, weil den Menschen gestattet worden war, heranzuwachsen.

Kessler fuhr leidenschaftlich fort: »Das ist der wirkliche Schrecken des Faschismus. Wir sehen nur das, was sie heute tun, und es ist schlimm genug. Aber ihr größtes Verbrechen ist, was sie der Zukunft antun. Wir wissen nicht, was sie alles schon zerstört haben. Ein Heilmittel gegen Krebs, ein neues philosophisches System, eine Rakete zum Mond, man weiß es nicht. Die Bücher, die nie geschrieben, die Werke, die nie getan werden. Sie zerstören unsere Zukunft. Und was sie heute zerstören, ist für immer zerstört. Denn morgen ist die Ewigkeit.«

Niemand antwortete. Es waren ganz neue Gedanken, und es waren ungeheuerliche Gedanken.

Dick sagte schließlich, langsam und nachdenklich: »Für immer zerstört. Für alle Ewigkeit. Das ist es. Und wir werden nie wissen, was wir vielleicht gehabt hätten. Niemand wird es wissen.«

Lange Zeit sprach keiner mehr. Elizabeth blickte den glänzenden Christbaum an. Cherry, oben auf der Leiter, bewegte unbehaglich die Schultern, ihre Finger spielten abwesend mit den Zweigen. In den bunten Kugeln reflektierte das Licht der Lampe. Margaret kam herein.

»Mrs. Stackworth macht gerade Tee für alle«, kündete sie an. Alle sahen das Kind an, mit ganz anderen Augen. Nicht mehr irgendein Kind, ein liebes kleines Mädchen – ein kostbares Geschöpf, gerettet vor dem Untergang, gerettet, um zu leben, um etwas zu vollbringen.

»Und sie macht auch Sandwich, und ich soll sagen, es ist alles gleich fertig, und dann bringt sie es.«

Margaret blickte zu Cherry hinauf. »Warum sitzt du denn immer noch da oben? Ist der Baum noch nicht fertig? Kommst du nicht wieder 'runter?«

»Ich – ich hab's ganz vergessen«, sagte Cherry. »Wir – wir haben geredet.«

»Was habt ihr denn geredet?«

Elizabeth ging zu Margaret, beugte sich zu ihr herab und nahm die Kinderhand fest in ihre.

»Oh, wir haben geredet, was für ein liebes kleines Mädchen du bist und wie wir uns freuen, daß du hierher zu uns gekommen bist. Und wir hoffen alle, daß du ein schönes Weihnachtsfest haben wirst.«

Margaret blickte mit einem scheuen Lächeln zu ihr auf. »Du bist so wie meine Mutter«, sagte sie leise. Sie zögerte einen Moment, und dann, ihre Schüchternheit überwindend, schlang sie beide Arme um Elizabeths Hals und küßte sie auf die Wange.

X

Einige Tage nach Neujahr bekam Kessler einen Brief von Dick.

Lieber Mr. Kessler,

ich glaube, es ist nicht nötig, Ihnen zu schildern, wie sehr mich das entsetzt hat, was wir neulich bei Ihnen zu hören bekamen. Meine Schwester genau wie mich. Ich kann nicht gut Briefe schreiben, und ich weiß darum nicht recht, wie ich Ihnen erklären soll, was mich beschäftigt. Aber ich habe eine Bitte an Sie. Ich weiß, Sie haben sehr viel zu tun. Aber wenn Sie vielleicht einmal etwas Zeit für mich haben, es kann auch ruhig ein Sonntag sein, darf ich dann zu Ihnen kommen? Ich wollte Sie nicht während der Feiertage belästigen, und ich hatte auch viel nachzudenken, aber jetzt würde ich gern einmal mit Ihnen über alles sprechen. Sie verstehen sich mit meiner Familie sehr gut, und wir mögen Sie alle gern, und ich weiß auch, daß niemand von meinen Leuten etwas dagegen hätte, wenn ich mit Ihnen spreche. Bitte lassen Sie mich wissen, wann es Ihnen passen würde.

Ihr Richard Spratt Herlong jr.

Nachdem er Dicks Brief gelesen hatte, saß Kessler lange Zeit unbeweglich, die Stirn in seine große, kräftige Hand gestützt. Die vergangenen Monate waren nicht leicht für ihn gewesen. Viel schwerer, als er gedacht hatte. Er fühlte, wie seine Kraft mehr und mehr schwand. Diese mühsam eroberte und aufrechterhaltene Kraft.

Es hatte ihn damals tief erschreckt, als Elizabeth behauptete, ihn zu kennen. Später hatte sie es nicht mehr erwähnt. Bis zu jenem Abend nach Margarets Kinderparty. An diesem Abend hatte er die Entdeckung gemacht, daß sie ihn brauchte. Elizabeth glaubte, sie verstehe etwas von Leid und Unglück. Aber in seinen Augen hatte sie kaum eine Ahnung davon. Und was Spratt betraf, klarköpfig, erfolgreich, gutgelaunt, Spratt wußte überhaupt nichts vom Leid der Welt und der Menschen. So viel stand fest.

Kessler wußte, was das Leben einem Menschen abverlangen konnte. Er wußte es nur zu genau. Das hatte er ihnen voraus. Hatte es einen Sinn, sie an diesem Wissen teilhaben zu lassen? Vielleicht wäre es besser, woanders hinzugehen, aus ihrem Leben wieder zu verschwinden. Aber das brachte er nicht fertig. Elizabeth brauchte ihn, daran klammerte er sich, also mußte er bleiben.

Sie und ihre Kinder wußten nicht, wieviel sie von ihm verlangten. Seine körperlichen und seelischen Kräfte hatten rapide abgenommen in letzter Zeit. Er wußte es. Nur sein eiserner Wille hielt ihn aufrecht und gab den anderen den Eindruck eines selbstsicheren und trotz seiner Gebrechen starken Mannes. Es wäre wohl auch unmöglich, so vitalen Menschen wie den Herlongs zu erklären, in welchem Zustand er sich befand. Manchmal schien es ihm, als glitte das Leben langsam aus ihm heraus. Fast war er froh darum. Einmal mußte es zu Ende gehen, es hatte ohnedies viel länger gedauert, als er je erwarten durfte. Nun war es genug. Mehr als genug. Nur um Margaret machte er sich Sorgen. Er mußte einen Weg finden, des Kindes Zukunft zu sichern.

Seine Gedanken wanderten weiter. Wie meist jetzt befaßten sie sich mit Elizabeth. Sie brauchte ihn. Es war beglückend und erschreckend zugleich. Seltsam, daß er sie in seinen Gedanken immer so gesehen hatte, wie sie früher war. Nicht, daß sie älter geworden war, hatte ihn überrascht, sondern die Tatsache, daß sie nicht mehr in der Welt von damals, sondern in der Welt von heute lebte. Und dabei konnte es gar nicht anders sein.

Zuerst war sie ihm genauso vorgekommen, wie er es erwartet und erhofft hatte – eine heitere, ausgeglichene Frau, in einer glücklichen Ehe lebend, geliebt, Mutter gesunder Kinder. Dies alles lag offen zutage, er hatte es gesehen, erkannt und für gut befunden. Und dabei hatte er übersehen, was unter der Oberfläche lag, daß auch sie in Mitleidenschaft gezogen war von dem Fluch dieses Jahrhunderts, auch sie befallen von der zitternden Unsicherheit, von der Angst, in der die Menschen heute lebten. Sie mußte um alles fürchten, was ihr gehörte und was sie liebte. Vielleicht wäre es sogar besser gewesen, er wäre zurückgekommen damals, dann hätte sie ihr Opfer gebracht gehabt und nie wieder um etwas bangen müssen. Dann gäbe es heute nichts, was man ihr nehmen konnte.

Ärgerlich schob er diesen Gedanken beiseite. Das war Unsinn. Er hatte ihr den Weg frei gemacht, damit sie glücklich werden konnte, und sie war glücklich geworden. Alles Glück aber auf dieser Erde konnte man verlieren, es konnte sich in Unglück verwandeln. Es lag nicht in des Menschen Hand, das zu verhindern. Keiner wußte, was der Krieg noch an Unheil bringen würde. Sie wußte es. Sie wußte, daß er auch ihr Leben zerstören konnte. »Mein Leben war in Stücke geschlagen. Ich habe es noch einmal aufgebaut. Aber ich kann nicht wieder von vorn anfangen. Ich kann einfach nicht.« Das hatte sie gesagt. Am liebsten hätte er geweint, als sie das sagte. Als er sein großes Opfer brachte, als er ihr die Freiheit schenkte, damit sie sich ein neues Leben aufbauen konnte, da hatte er geglaubt, sie würde nun für immer in Sicherheit sein. Und alles, was er ihr jetzt sagen konnte, war ein magerer Trost. Das Leben bestand zum größten Teil aus Dingen, die man nicht tun wollte und die doch getan werden mußten.

Und das letzten Endes war dasselbe, was er Dick sagen mußte. Nicht daß er in den Krieg ziehen mußte, dazu war Dick sowieso entschlossen, aber ihm erklären, warum es sein mußte. Der Junge war nicht dumm genug, um einfach zu glauben, die Aufgabe bestände darin, möglichst viele Deutsche und Japaner zu töten. Und man konnte ihm auch nicht erzählen, was noch die Männer aus der Generation seines Vaters geglaubt hatten: daß sie ausziehen müßten, um zurückzukehren in eine neue Zivilisation voller Herrlichkeit und Menschlichkeit.

Dick würde das nicht glauben. Er würde fragen: »Bist du ein Narr? Oder glaubst du, ich sei einer?« Und das wäre die richtige Antwort, die er geben konnte.

Also was sollte er dem Jungen sagen? Die Wahrheit, so, wie er sie sah? Und die vielleicht gar nicht die Wahrheit war. Oder nur ein Zipfel davon, den er erhascht hatte.

Kessler ging zu seiner Schreibmaschine und zog einen Bogen ein.

Er schrieb:

Mein lieber Dick,
können Sie am Sonntagnachmittag gegen 3 Uhr kommen? Margaret lernt zur Zeit Eislaufen und wird mit ihren Freundinnen auf dem Eisplatz sein. Wir werden also ungestört sein. Ich freue mich, Sie zu sehen.

                                    Ihr Freund Erich Kessler.

Er unterschrieb den Brief mit dem silbernen Füllhalter, den Dicks Vater ihm zu Weihnachten geschenkt hatte.

Dick erschien 10 Minuten vor drei Uhr. Sie verloren keine Zeit mit vorbereitenden Gesprächen. Dick hatte eine Menge Fragen auf dem Herzen, und er fing sofort zu fragen an.

»Es ist so«, sagte Dick, »ich werde dieses Jahr achtzehn. Und sobald ich achtzehn bin, muß ich zum Militär. Natürlich kann ich auch schon vorher gehen. Ich ginge gern zur Marine. Soweit ist alles klar. Ich will nicht sagen, daß ich zur Marine gehen würde, wenn kein Krieg wäre. Aber es ist nun mal Krieg, und da ist mir die Marine am liebsten. Aber da sind so verschiedene Dinge ...« Er zögerte.

»Ja, Dick, ich glaube, ich verstehe Sie. Aber versuchen Sie trotzdem, mir zu erklären, was Sie meinen, damit wir sehen, ob wir dasselbe denken.«

»Na ja ...« Dick runzelte die Stirn und blickte auf seine Knie. Er saß in seiner Lieblingshaltung auf dem Stuhl, reichlich unbequem sah es aus, die Beine gespreizt, die Arme um den Stuhlrücken verschränkt, so, als lehne er an einem Zaun und unterhielte sich mit einem Nachbarn. Sehr jung wirkte er und sehr unschuldig.

Armer Junge, dachte Kessler. In seinem Kopf geht es drunter und drüber. Ich erinnere mich, bei mir war es genauso. Nur war ich immerhin zehn Jahre älter. Warum geschieht das immer wieder? So ein netter Bursche. Viel zu nett und wohlerzogen, um wirklich zu begreifen, was in der Welt vorgeht. Genaugenommen geht es uns allen so. Wir sind zu zivilisiert und wohlerzogen, um uns in die Gehirne dieser Wahnwitzigen hineinzudenken, die all das Unglück über uns bringen.

Dick schien bei seinen krampfhaften Überlegungen an

einem Punkt angekommen zu sein, der ihm einen Anfang ermöglichte. Was er sagte, war überraschend und gab zu erkennen, wie tief er betroffen war.

»Na ja, Sie wissen, Mr. Kessler, es ist komisch. Ich meine, wenn man entdeckt, daß die Mutter kleiner ist als man selber.«

Er blickte scheu zu seinem Gegenüber, selbst erstaunt von dem, was er aussprach. Schüchtern fügte er hinzu: »Sie verstehen doch, was ich meine?«

»Ja, Dick, ich verstehe.«

»Es ist so schwierig, das alles zu erklären. In der Schule erzählen sie uns immer von Komplexen. Und sie tun so, als kennen sie alle. Komplexe, meine ich. Sie sagen, es ist auch ein Komplex, wenn man seine Mutter gern hat. Aber ich hab' sie gern, Mr. Kessler. Ich hab' sie richtig gern. Und den Boß natürlich auch. Sie sind alle beide in Ordnung. Und sie waren immer gut zu mir.«

Er machte eine Pause, überlegte, wie es weitergehen sollte. Kessler unterbrach ihn nicht. Er nickte nur.

»Ich weiß viel mehr, als sie denken. Ich weiß, sie hassen den Gedanken, daß ich in den Krieg muß. Nicht daß sie was gesagt haben, aber ich weiß, daß sie immer daran denken. Erst habe ich mich gar nicht damit beschäftigt. Na schön, wir reden mal darüber in der Schule, die Jungs eben, und wir sind uns alle klar darüber, daß wir gehen müssen, und manchmal sagen wir auch, es wäre besser, wir würden gleich gehen. Irgendwie ist es blödsinnig zu lernen, Algebra und so was alles, und dabei ist so viel los in der Welt. Damals an dem Tag von Pearl Harbour war ich wütend, ich hätte jeden japanischen Gärtner erdrosseln können. Einfach umbringen. Und manchmal ist mir jetzt noch so. Überhaupt die Japaner. Wegen der Deutschen kann ich mich gar nicht so aufregen. Vielleicht, weil sie uns nichts getan haben. Ich weiß, sie tun vielen anderen was. Aber die Japaner haben unsere Schiffe versenkt. Ohne daß wir ihnen was getan haben. Die Deutschen – ich sag' das nicht, weil Sie einer sind, obwohl man das bei Ihnen gar nicht merkt – aber von Hitler habe ich mein ganzes Leben lang reden hören. Irgendwie habe ich mich an ihn gewöhnt.«

Das erstaunte Kessler, aber vielleicht war es verständlich. »Sie waren acht Jahre alt, Dick, als wir die Bücher verbrannten.«

»So? Weiß ich nicht mehr. Die erste Sache, an die ich mich richtig erinnere, war ein Pogrom. Der Boß las es aus der Zeitung vor, und er lachte. Sie finden das vielleicht komisch, aber er hat gelacht, und Mutter auch. Er sagte: ›Man stelle sich vor, dieser Mensch denkt, man kann in unserem Zeitalter so was machen.‹

Und Mutter sagte: ›Der Mann ist verrückt.‹

Ich fragte, was ein Pogrom ist, und Mutter sagt: ›Es gibt Leute, die haben von sich selber so eine hohe Meinung, daß sie jeden ausrotten möchten, der nicht so ist wie sie.‹ Ich war damals noch ein kleiner Junge und hab' es wieder vergessen. Aber ich mußte dran denken, als Sie uns neulich von Margaret erzählten. Ich konnte abends nicht einschlafen und mußte immerzu darüber nachdenken.

Und ich glaube, das ist der Fehler von meinen Leuten, sie sind einfach zu anständig, sie sind wie Kinder, sie können sich nicht vorstellen, daß so etwas wirklich passiert.«

»Ja, Dick. Ich dachte das vorhin gerade auch. Zivilisierte Menschen können sich so etwas nicht wirklich vorstellen.«

»So richtig habe ich ja überhaupt nie über das alles nachgedacht, bis vor kurzem nicht. Ich war auch wie ein kleines Kind. Ich dachte, na ja, Kriege müssen sein, irgend jemand muß die Welt beherrschen, und besser ist es, wir sind es und nicht die anderen. Eigentlich wurden Kriege immer um Geschäft und Profit geführt.

In den letzten haben uns die Morgans hineingetrieben. Na, und diesmal waren die Japaner schuld. Aber jetzt denke ich anders darüber. Es ist nicht nur Geschäft. Es ist – man darf einfach das alles nicht zulassen. Solche Sachen wie mit Margaret, meine ich. Also was mich betrifft, so bin ich mir eigentlich jetzt klar. Aber was soll ich Mutter sagen? Und Vater? Ich kann nicht einfach fortgehen und sie da stehen lassen und Angst haben. Sie müssen nicht denken, Mr. Kessler, daß Mutter etwas zu mir gesagt hat. Das hat sie nicht getan. Und das wird sie auch nicht tun. Aber ich weiß, was sie denkt. Irgendwie weiß ich es. Sehen Sie, da ist noch was, was Sie nicht wissen können.«

Dick zog die Brauen zusammen, sein junges Gesicht wurde ganz schmal im Versuch, sich verständlich zu machen. »Der Boß ist Mutters zweiter Mann. Sie spricht nie von dem anderen, es ist nur mal, daß sie irgendwas ausfüllen muß, ein Formular oder so, es ist auch schon lange her und sie hat's sicher vergessen. Aber jedenfalls ist der im vorigen Krieg gefallen.«

Dick sprach jetzt schneller und flüssiger. »Ich hab' nie darüber nachgedacht. Aber neulich mal. Und da dachte ich mir, es muß für sie doch sehr schlimm gewesen sein, nicht? Sie wußte ja noch nicht, daß sie meinen Vater heiraten würde. Der Mann war jedenfalls tot. Und jetzt – na ja, jetzt gehe ich. Ist nicht gesagt, daß ich falle, aber man denkt doch mal dran, nicht? Es ist doch nun mal Krieg.« Er lachte ein wenig, offensichtlich verlegen, daß er dieses Thema berührt hatte. Dann sprach er rasch weiter. »Ulkig war's ja auch, wie wir erfahren haben, daß der Mann gefallen ist. Wissen Sie, wenn Sie schon länger in Hollywood leben würden, dann wüßten Sie, daß sich die Leute hier immerzu scheiden lassen. Für Kinder ist Scheidung ganz was Alltägliches. Woanders ist es sicher nicht so. Also, als wir noch klein waren, fragte Cherry einmal – wir waren im Wohnzimmer und im Radio erzählten sie irgendwas von einem Filmstar, der sich scheiden ließ – also Cherry fragte: ›Mutter, seid ihr eigentlich auch geschieden, der Boß und du?‹ Und Mutter sagte, nein, sie sei zwar auch schon einmal verheiratet gewesen, aber ihr erster Mann sei im Krieg gefallen. Und der Boß sagte auch noch was dazu, das sei doch eine idiotische Stadt, wo Kinder glaubten, die einzige Art, eine Ehe zu beenden, sei die Scheidung. Ihm wäre es nie eingefallen, seinen Eltern so eine dumme Frage zu stellen. Ist doch ulkig, nicht?«

»Hm. Ja. Sehr ulkig«, meinte Kessler.

»Ich hab' nie über den anderen Mann nachgedacht. Aber jetzt in den letzten Wochen, da hab' ich manchmal gedacht, daß es komisch für sie sein muß. Wieder ein Krieg, und diesmal muß ich gehen.«

»Ja, Dick«, sagte Kessler langsam. »Es ist für deine Mutter nicht leicht. Ich weiß es. Ich habe deine Mutter recht gut kennengelernt in den letzten Monaten. Sie ist eine tapfere Frau. Aber es ist nicht leicht für sie. Du solltest versuchen, es ihr leichter zu machen.«

»Aber das können wir nicht. Oder doch?«

»Nein, das können wir nicht. Ich bestimmt nicht. Und ich habe ja auch damit nichts zu tun. Du bist derjenige, auf den es ankommt. Vielleicht gibt es eine Möglichkeit für dich, ihr das Herz etwas leichter zu machen.«

»Aber was?« fragte Dick eifrig.

»Nun, vielleicht – wenn du ihr und deinem Vater verständlich machen könntest, daß du weißt, was du tust. Sie dürfen nicht glauben, daß du weggehst wie ein ahnungsloser Junge, um ein paar lästige Japaner umzubringen, angesteckt vom Haß, der unsere Zeit regiert. Wenn du irgend etwas erreichen willst mit diesem Krieg, du und alle anständigen Menschen in dieser Welt, wenn es mehr sein soll als eben nur wieder ein neuer Krieg, wieder Zerstörung und Leid, dann solltest du wissen, wofür du hinausgehst. Dann solltest du wissen, wofür du kämpfen willst.«

Dick sah ihn unsicher an. Er lachte ein wenig. Es klang unbehaglich und verlegen. »Ja aber – wofür soll ich denn kämpfen? Sicher ist es sehr dumm von mir, das zu fragen. Sie denken sicher, ich müßte das wissen.«

Kessler antwortete nicht gleich. Es war schwer, eine Antwort zu finden. Schwer, diesem Jungen zu erklären, wie diese Welt in Wirklichkeit aussah. Dicks bisheriges Leben hatte sich in einer Welt abgespielt, die Frieden und Ordnung hatte, an dem jedes Ding an seinem rechten Platz war. Die Unruhe dieses Jahrhunderts hatte er nur durch die Zeitung und durch das Radio kennengelernt. Und alles war so weit weg. Das Fußballspiel der Woche war viel näher und viel wichtiger. Er lebte in einem Teil der Erde, wo jeder leben konnte, wo es genug für alle gab, wo man tolerant sein durfte. Nun sollte er dieses sichere Eiland verlassen, gegenübergestellt dem Chaos einer Welt, das er nicht begriff.

Kessler stützte sich auf seinen Stock und betrachtete den Jungen mit nachdenklichen Augen.

»Nein, Dick, es ist nicht dumm von dir, danach zu fragen. Auch wir Älteren wissen oft keine Antwort auf diese Frage. Ich kann nur versuchen, dir zu erklären, wie ich mir die Frage beantworte.«

Kessler drehte den Stock langsam zwischen den Fingern, sah dem Spiel eine Weile zu, dann blickte er wieder auf.

»Dick, der Lauf der Geschichte hat niemals Rücksicht genommen auf den einzelnen. Das ist eine bittere Erkenntnis, denn wir sind nun mal Individuen und denken zunächst an uns. Wir betrachten die Weltgeschichte von unserem ganz persönlichen Standpunkt aus. Versuche einmal, dich danebenzustellen und ganz objektiv einen Zeitraum von, sagen wir, sechstausend Jahren zu übersehen.«

»Heiliger Bimbam«, sagte Dick.

»Es ist schwer. Gerade jetzt im Moment bist du sehr intensiv mit der Gegenwart beschäftigt. Es geschieht genug zur Zeit. In Deutschland jagt man die Menschen, in Japan benutzt man die Gefangenen, um die eigenen Soldaten zu guten Schlächtern mit dem Bajonett auszubilden. Du hörst das, und du hast nur den einen Wunsch, dazwischenzufahren und zu töten.«

»Genau so ist es.«

»Aber nehmen wir mal an, du betrachtest die Menschheitsgeschichte als Ganzes. Dann würdest du sehen, daß es niemals – niemals! – eine Zeit gab, in der solche Dinge nicht geschahen. Es gehört zum ganz gewöhnlichen Ablauf des Daseins.«

»Warten Sie – ist das wirklich so?«

»Es ist wirklich so. Du hast Geschichtsunterricht gehabt. Und wie die meisten Kinder in der Schule hast du ein paar Daten auswendig gelernt und bald wieder vergessen. Du hast nie daran gedacht, daß das, was geschah, immer den Menschen geschehen ist. Menschen, die nicht anders waren als du. Oder weißt du zum Beispiel, daß die babylonischen Könige ihre Gefangenen lebendig geschunden haben? Geschunden, das heißt, ihnen bei lebendigem Leib und vollem Bewußtsein die Haut in Streifen vom Körper geschält haben. Sie hatten keinen bestimmten Grund dafür. Sie taten es aus purem Vergnügen. Im Gegenteil, sie waren noch stolz darauf. Wir wissen das, weil uns Bilder aus der Zeit erhalten sind, auf denen dies zu sehen ist. Oder ein anderes Beispiel. Durch Jahrhunderte war es üblich, die Bevölkerung eines eroberten Landes in die Sklaverei zu verkaufen. Niemand fand etwas dabei. Niemand stellte die Frage, ob das recht oder unrecht sei.«

Dick nickte. »Ja, jetzt, wenn Sie es sagen – ich hab' das gehört.«

»Und wenn unsere Vorfahren nicht gerade einen Krieg führten, waren sie auch nicht viel sympathischer. Du weißt, wie die Pyramiden erbaut wurden, die wir, nebenbei gesagt, heute sehr bewundern. Sie wurden erbaut, indem sich Millionen von Sklaven zu Tode schufteten. Nur zu dem einen Zweck, der Eitelkeit irgendeines Hohlkopfes zu dienen, der zufällig in einem Palast zur Welt gekommen war. Auch hierbei fand niemand etwas. Kein Mensch kam auf die Idee, daß die Sklaven, die die Pyramiden bauen mußten, genauso menschliche Wesen waren wie die Könige und Königinnen, die in ihnen begraben wurden.«

»Ja, so war's wohl«, stimmte Dick zu. »Aber, Mr. Kessler, was hat das mit uns heute zu tun?«

»Eine ganze Menge. Hast du schon einmal darüber nachgedacht, wie lange es her ist, daß man auf die Idee kam: Menschliche Wesen sind menschliche Wesen, ganz gleich, wo sie herkommen und wo sie leben? Bist du dir klar, daß das noch gar nicht lange her ist? Es ist schwer für dich, einen Menschen dieser Zeit, zu begreifen, was für eine weltbewegend neue Idee das war. Für dich ist es durchaus denkbar, daß ein einfacher Arbeiter in einer kleinen Hütte ein wertvollerer Mensch sein kann als ein Aristokrat in einem Palast. Du bist immerhin mit der Geschichte von Abraham Lincoln aufgewachsen.«

Kessler lehnte sich zurück. Er sprach langsam und mit Nachdruck.

»Es ist für dich kaum zu verstehen, daß es knapp hundert Jahre her ist, wo man beispielsweise hören konnte: Der Soundso nahm ein schlimmes Ende, was vorauszusehen war, denn er kaufte Bücher und versuchte sie zu lesen, was für den Verstand eines Bauern verheerende Folgen haben mußte. Kein Mensch widersprach, jeder stimmte dem zu.«

»Daß Bauern keinen Verstand haben?« fragte Dick mit gerunzelter Stirn.

»Man nahm es als feststehende Tatsache hin«, antwortete Kessler, »daß der Verstand eines Bauern sich grundsätzlich von dem eines Aristokraten unterschied. Das heißt also – daß der Unterschied zwischen unwissenden Arbeitern und kultivierten Damen und Herren nicht das Ergebnis verschiedener Erziehung war, sondern schlechthin angeboren. Es gab eine beliebte Geschichte in alten Zeiten, die sich in verschiedenen Ländern und unter verschiedenen Aspekten immer wiederholte: Des Herzogs Kind ging verloren, wuchs bei einem Schafhirten auf und entwickelte sich doch zu einem feineren und klügeren Menschen, denn es hatte ja nobles Blut in den Adern.«

Dick lachte amüsiert. »Ich weiß nicht, Mr. Kessler, warum Sie diese Geschichte bloß den alten Zeiten zuschreiben. Es gibt auch heute noch Leute, die das glauben.«

»Glaubst du es, Dick?«

»Natürlich nicht. Lincoln ist nicht das einzige Kind kleiner Leute, das große Taten vollbracht hat. Aber Sie wissen ja – das heißt, vielleicht wissen Sie es auch nicht, denn Sie sind ja Ausländer –, es gibt hier auch so Legenden, gerade Lincoln betreffend. Da wird erzählt, er sei eigentlich der Sohn eines Pflanzers in Virginia gewesen. Denn ein so großer Mann muß unbedingt besseres Blut in den Adern haben. Also sehen Sie.«

Kessler lächelte amüsiert. Er kannte die Geschichte wohl. Er sagte: »Auch Shakespeare war der Held solcher Legenden. Wenn nicht Bacon die Dramen geschrieben hat, dann war vielleicht ein anderer Mann vom Hofe neun Monate vor Shakespeares Geburt zufällig in Stratford. Ja ja, wir haben ein großes Talent, zu glauben, was wir glauben wollen. Die Reichen und die Mächtigen wollen nun mal unbedingt an ihr Recht, reich und mächtig zu sein, glauben. Und daher suchen sie nach Gründen, die beweisen sollen, daß sie den Armen und Niedrigen überlegen sind. Und wenn also ein Armer doch einmal reich und mächtig wird, dann muß bewiesen werden, daß er besseres Blut in sich hat. Dann sind sie alle glücklich, ausgenommen die Armen, aber auf die hört man nicht. Wie denkst du darüber, Dick?«

»Ganz einfach. Manche Leute sind dümmer als die anderen. Das steht mal fest. Oder nicht?«

»Zweifellos. Aber sprich weiter.«

»Na ja, sie sind nicht dumm, weil sie arm sind. Das glaube ich nicht. Ich brauche bloß an die Schule zu denken. Wir haben ein paar echte Dussel dabei aus sehr guten und reichen Familien. Und ein paar von unseren hellsten Köpfen . . .« Er zögerte und fuhr fort: ». . . ja, das sind Neger. Mr. Kessler, was denken Sie über Neger?«

»Was denkst du darüber?«

»Och, ich denke, sie sind in Ordnung. Oder?« Es klang ein wenig zögernd.

»So du uns verwundest, bluten wir nicht?« zitierte Kessler.

»Na eben. Das denke ich auch«, sagte Dick erleichtert.

»Aber viele Leute sind anderer Ansicht. Da sagt man so etwas besser nicht.«

»Warum nicht, Dick? Wenn du es nicht aussprichst und danach handelst, wofür also willst du kämpfen?«

»Mal langsam«, rief Dick. »Da komm' ich nicht mit. Vielleicht bin ich ein bißchen zurückgeblieben. Wir wollen noch mal anfangen. Sie sprachen von Babylon und den Leuten, denen die Haut abgezogen wurde. Und dann von Sklaven, die verkauft wurden und von den Pyramiden, und alle fanden das in Ordnung. Und davon, daß Bauern und Aristokraten verschiedene Lebewesen sind. Und zuletzt davon, daß die Weißen denken, sie sind besser als die Neger. Und nun sind wir wieder beim Krieg? Sie meinen, wir sind auch nicht besser als die Babylonier?«

»Das meine ich ganz und gar nicht. Ich bin im Gegenteil der Ansicht, daß wir weitaus besser sind als die Babylonier. Allein daß wir beide hier sitzen und über dies alles sprechen können, beweist, welch weiten Weg die Menschheit gegangen ist.«

Er lächelte. »Du zum Beispiel, Dick, du bist ein sehr glücklicher junger Mann.«

»Ich?« fragte Dick, echt erstaunt.

»Ja, du. Du genießt alle Vorteile, die die Zivilisation, in der du lebst, bieten kann. Die Vereinigten Staaten ermöglichen dir einen Rang, nun – wie beispielsweise ein Prinz von Babylon ihn innehatte.«

»Ach, du liebes bißchen!«

»Sicher. Aber kein Prinz von Babylon erklärte in größter Selbstverständlichkeit, daß die Leute, die in den armen Hütten von Babylon zur Welt kamen, genauso gut wie er selber wären und genau wie er ein Recht auf Leben, Freiheit und Glück hätten. Auf jeden Fall ist davon nichts überliefert. Wir sind einen langen Weg gegangen, Dick. Und jeder Schritt führte durch Blut und Qual und Leid. Und nun sind wir mitten im Krieg, weil der Weg immer noch nicht zu Ende gegangen ist.«

»Weiter. Ich höre. Ich glaube, ich habe noch nie in meinem Leben jemandem so gespannt zugehört.«

»Wenn du dir also den Lauf der Geschichte betrachtest«, fuhr Kessler fort, »so wirst du entdecken, daß es immer wieder Strömungen gibt, die als winziges, unbeachtetes Rinnsal begannen, plötzlich wuchsen, sich verbreiteten und schließlich alles überströmten, was sich ihnen in den Weg stellte. Es begann vielleicht mit einer unbedeutenden Veränderung in gesellschaftlichen Bräuchen und endete mit einer neuen Philosophie, die das Leben von Millionen auf eine ganz neue Basis stellte. Irgend etwas beginnt, wird verlacht, wird beiseite geschoben und wächst dennoch, fordert heraus und siegt am Ende. Oft erst nach einer Revolution oder einem Krieg. Dann plötzlich ist es ganz normal, so zu denken, und jeder sagt: aber natürlich, ganz klar, so muß es sein.«

»Zum Beispiel wie was?« fragte Dick, der jetzt Freude bekam an diesem Gespräch und diesen Gedankengängen.

»Nun, nehmen wir irgendein ganz kleines dummes Beispiel. Daran sieht man es oft am besten. Nehmen wir mal – eh, Badeanzüge.«

Dick lachte überrascht. »Sie denken aber auch an die komischsten Sachen.«

Kessler lachte auch. »Du bist zu jung, um dich daran zu erinnern, wie es früher auf diesem Gebiet aussah. Badeanzüge für Männer hatten Ärmel. Und die Frauen gingen ins Wasser mit einem Korsett und einem Rock darüber. Du wirst doch sicher schon Bilder gesehen haben? Wenn jemand es anders gemacht hätte, wäre er unmöglich gewesen in jener Gesellschaft. Man war überzeugt davon, daß ein Mensch todkrank würde, der sich ungeschützt den Sonnenstrahlen aussetzte. Und was Frauen betraf, so glaubte man, ihre Muskeln seien viel zu schwach, als daß sie sich ohne Hilfe von Fischbeinstäbchen aufrecht halten könnten.«

»Wirklich?« fragte Dick. Dann lachte er lauthals, erleichtert über die kleine heitere Unterbrechung. Kessler lachte mit ihm. Er dachte an Dicks schlanken, sonnengebräunten Körper und die festen jungen Leiber von Cherry und ihren Freundinnen.

»Wirklich«, bestätigte Kessler, »so war es. Nur ein Verrückter hätte darangehen können, das zu ändern. Und als dann wirklich ein paar Verrückte darangingen, sich leichter zu kleiden, gab es einen Aufruhr. Man nannte es unsittlich und unmoralisch, eine Beleidigung der Frauen und eine Bedrohung der Familie.«

»Na, das ist ein Ding«, kommentierte Dick.

Kessler fuhr fort: »Übrigens kannst du sicher sein, daß eine neue Idee Zukunft hat und schließlich den Sieg erringen wird, je mehr Widerspruch sie erregt und je mehr Aufruhr sie verursacht.«

»Ist das so? Warum?«

»Weil die, die sich dagegen wehren, spüren, daß die neue Idee an Boden gewinnt. Daß sie richtig ist. Denk einmal an die Kirche. Man drohte Galilei mit dem Scheiterhaufen, wenn er nicht widerrief. Er durfte nicht mehr sagen, daß sich die Erde um die Sonne drehe. Die Erde mußte der Mittelpunkt des Universums bleiben. Und bald darauf sollte kein Mensch mehr daran glauben.«

»Das hab' ich mich auch schon oft gefragt, warum die Brüder nicht einfach ein Teleskop nahmen und sich die Sache mal selber ansahen, ehe sie sich blamierten.«

»Ja, das ist es eben. Du wirst Hitler kaum dazu bringen, wissenschaftlich untersuchen zu lassen, ob die nordische Rasse wirklich den Juden überlegen ist. Und die Japaner werden sich kaum daranmachen, zu beweisen, daß sie von der Sonnengöttin abstammen. Und schließlich werden sich deine weißen Schulfreunde, die sich überlegen fühlen, kaum einem Intelligenztest unterwerfen, der sie mit den Negern in Wettbewerb bringt. Ein Fanatiker wird niemals nach Gründen suchen, wird niemals fragen, ob das, was er tut, recht ist. Er will es tun, und darum tut er es. Und warum ist er so fanatisch? Weil er spürt, vielleicht instinktiv, daß etwas Neues geboren wird in dieser Welt, etwas, das er nicht anerkennen will, und darum zieht er aus mit Feuer und Schwert, um es zu vernichten, ehe es zum Leben kommt.«

»Aber das Neue setzt sich durch?« fragte Dick eifrig.

»Ja, Dick. Es setzt sich durch. Immer. Wenn eine neue Idee geboren wird, dann kann sie nichts unter dem Himmel aufhalten. Vielleicht schaffen ihre Gegner eine Verzögerung von ein oder zwei Generationen. Jefferson verlor seinen Kampf, als er die Sklaverei in diesem Land abschaffen wollte. Es war seine bitterste Niederlage. Und wir, wenn wir zurückblicken, was sehen wir? Daß selbst damals schon, zu Jeffersons Zeit, die Sklaverei dazu verurteilt war, zu enden. Keine Macht der Erde konnte sie für immer festhalten. Das Unsinnige dabei ist, daß die Befürworter der Sklaverei dafür in den Krieg zogen, als das Zeitalter der Maschine anbrach und die Sklaven nicht nur ein moralisches Unrecht, sondern auch noch ein wirtschaftlicher Unsinn waren. Es wäre ohne Krieg auch gegangen, als die Maschinen und Traktoren kamen. Wenn eine Entwicklung auf dem Wege ist, kann ein Krieg sie manchmal aufhalten, aber nicht zerstören. Ein Krieg allerdings kann die Entwicklung auch beschleunigen, wie es im Falle der amerikanischen Sklaven geschah. Hier besiegte die Partei der Zukunft die Partei der Vergangenheit.«

»Manchmal aber«, meinte Dick nachdenklich, »besiegt auch die Partei der Vergangenheit die Partei der Zukunft, nicht?«

»Ja. Als zum Beispiel die Perser die griechischen Heere bei den Thermopylen schlugen. Trotzdem gelang es ihnen nicht, orientalisches Denken nach Griechenland zu verpflanzen. Denn wenn auch die griechische Demokratie noch weit entfernt war von dem, was wir heute Demokratie nennen, so war es doch die Partei der Zukunft. Und heute schlagen wir wieder solch eine Schlacht.«

Dick nickte, nun ganz in Kesslers Gedankengänge vertieft, überlegte eine Weile und fragte: »Und wie würden Sie die Strömung nennen, die heute in die Zukunft führt?«

»Wir nennen es bei vielen wohlklingenden Namen – die Vier Freiheiten, die Menschenwürde, die Sicherheit. Aber es ist ganz einfach die Idee, daß keiner mit dem Recht geboren ist, mehr zu sein als der andere. Es ist ganz einfach die Idee, daß jeder – nicht nur die Angehörigen deiner Familie, deiner Nation, sondern jeder – das Recht hat, den Verstand zu entwickeln, mit dem er geboren wurde, die Arbeit zu tun, zu der er fähig ist. Das ist die neue Idee, an die du und ich glauben. Unsere

Gegner kämpfen dafür, die Vergangenheit wieder zu errichten.«

»Weiter«, rief Dick eifrig, als Kessler schwieg. »Was meinen Sie damit, die Vergangenheit wieder zu errichten?«

»Nun, was die Nazis in Deutschland wollen und was die Japaner wollen, ist die Wiedererrichtung des Feudalismus. Die Nazis haben immerhin eine Art von modernisiertem Feudalismus. Nicht die großen Landbesitzer, aber die große Industrie soll herrschen. Wer nicht zur Macht geboren ist, soll dienen.«

»Aber das wird heutzutage nicht gut gehen. Es ist doch sinnlos.«

»Es ist jahrhundertelang gut gegangen.«

»Aber eben heute nicht mehr. Die Menschen sind zu klug geworden. Sie werden es nicht hinnehmen.«

»Nein. Sie werden es nicht hinnehmen. Das ist deine Antwort. Und darum haben wir Krieg.«

Dick lehnte sich zurück und meinte: »Auch die Nazis können nicht annehmen, daß sie damit durchkommen.«

»Sie glauben daran. Wenn sie es nicht täten, würden sie nicht dafür kämpfen. Ich weiß, für dich klingt das absurd. Du bist in einem Land aufgewachsen, wo jedes Kind schon lernt, daß ihm jeder Weg offensteht, daß es nur an ihm liegt, etwas zu werden, und nicht an seiner Herkunft.«

Doch Dick hob die Schultern und machte ein zweifelndes Gesicht. »Na ja, sicher, so ist es gemeint. Aber täuschen Sie sich nicht, Mr. Kessler. Sie sind Ausländer. Sie wissen nicht, daß auch bei uns nicht jeder die gleiche Chance hat. Es gibt Leute, die denken auch bei uns noch anders darüber.«

Kessler lächelte. »Ich zweifele nicht daran, Dick. Auch

in diesem Land gibt es Leute, die in der Vergangenheit leben und denken. Genauso wie es in den Achsenländern liberal denkende Menschen gibt. Aber grundsätzlich respektiert man in den Vereinigten Staaten die Freiheit des Individuums. Das ist in Deutschland und in Italien und in Japan nicht der Fall. Nicht alle Ideale werden verwirklicht, auch nicht hier. Aber sie sind vorhanden.«

Dick krauste die Stirn, überlegte und nickte. »Ich verstehe. Sie meinen dasselbe, was der Boß uns Kindern immer schon erklärt hat – wenn einer versucht, das Richtige zu tun, ist nicht immer gesagt, daß es ihm gelingt. Aber besser, er versucht es wenigstens. So ist es mit den Ländern auch.«

»Genauso ist es. Die Vereinigten Staaten haben eine feste Vorstellung, wohin sie streben. Es ist noch nicht alles erreicht, aber sie sind auf dem besten Wege. Und wenn du wieder zurückschaust in die Geschichte: die Idee hat es schwer gehabt, es war ein langer Kampf. Die amerikanische Revolution war ein Teil des Kampfes und ein anderer die Französische Revolution. Immer wurde ein Stück der Freiheit dazugewonnen. Natürlich gab es Rückschläge. Die amerikanische Revolution war ein Freiheitskrieg, aber zunächst wurde nur eine halbe Freiheit daraus. Hast du einmal darüber gelesen, wie es lange nach der Revolution zu großer Empörung im Lande kam, als man freie Schulen für alle Kinder einrichten wollte?«

Dick schüttelte den Kopf. »Nein. Ich denke, Schulen wollten sie hier immer haben.«

»Ja, schon. Aber nicht für jeden. Es gab viele Gegner der Schulpflicht. Einige argumentierten damit, daß das Familienleben darunter leiden würde, wenn man die Erziehung der Kinder nicht nur den Eltern, sondern auch dem Staat überließe. Andere waren der Meinung, daß es die Gesellschaftsordnung zerstören würde, wenn die arbeitenden Klassen zu gescheit würden und dadurch unzufrieden mit ihrer gottgegebenen Position in dieser Gesellschaft. Aber die Schule für alle kam trotzdem. Sie gehörte einfach in den Fluß der Zeit; auf den Weg, an dessen Ende alle Menschen gleich sein werden.«

»Mit einem Wort, es wird immer besser, auch bei uns.«

»Ja. Wenn du jemals wieder daran zweifeln solltest, dann erinnere dich daran: es war im Jahr 1870, also viel weniger als hundert Jahre zurück, als man den Staat Massachusetts als fortschrittlich und beispielgebend pries, weil er als erster ein Gesetz verabschiedete, nach dem es verboten war, daß Kinder unter zwölf Jahren mehr als zehn Stunden am Tag in den Fabriken arbeiten durften.«

»Großer Gott«, sagte Dick. »Ist das wahr, Mr. Kessler?«

»Es ist wahr. Wenn du mal nichts Besseres zu tun hast, solltest du darüber lesen. Auch darüber, mit welchem Entsetzen man sich gegen das allgemeine Wahlrecht wehrte.«

Kessler richtete sich auf und blickte Dick ernst an. »Jeder Versuch, der den Menschen Freiheit, mehr Freiheit bringen sollte, wurde bekämpft und angefeindet. Immer und immer wieder. Aber wir sind dennoch vorangekommen. Ein langer, weiter Weg, und wir sind noch lange nicht angelangt. Viele Menschen, die an die Idee der Freiheit glaubten, sind dafür gestorben. Die Idee nicht.«

Dick nickte langsam. »Ja, ich verstehe es jetzt schon viel besser. Aber nun werde ich Ihnen etwas sagen. Es steht zur Zeit gar nicht so gut mit dieser Idee.«

Kessler nickte. »Auch das ist mir bekannt. Und soll ich dir sagen, woran es liegt?«

»Ja.«

»In jüngst vergangener Zeit war die Menschheit ihrem Freiheitsideal schon viel näher gekommen, und gerade die großen und mächtigen Nationen sahen kaum noch einen Sinn darin, Teile ihrer Bevölkerung zu degradieren. Man hatte eingesehen, daß Talent und Geist auch aus den unteren Volksschichten kommen und so also der Allgemeinheit zum Nutzen werden konnten. Wo es wirklich noch unterdrückte Bevölkerungsteile gab – so wie beispielsweise in diesem Land die Neger –, da schämte man sich dessen und sann auf Abhilfe. Die Freiheit des Menschen marschierte unaufhaltsam voran. Doch dann kam es zu einem gewissen Rückschritt, hervorgerufen von besonders gescheiten und weitblikkenden Leuten. Denn diese sahen, worauf wir zugingen. Was sie sahen, lag noch in weiter Ferne, aber wenn es weiterging wie bisher, würde man, schneller als je gedacht, dort angelangt sein. Der Marsch in die Zukunft mußte aufgehalten werden, denn es wurde gefährlich für uns, für unsere Lebensweise.«

»Und warum? Ich verstehe es nicht.«

»Es ist ganz logisch. Erinnere dich, was ich eben sagte. Talent und Geist, die aus unteren Volksschichten kommen, können der Allgemeinheit zum Nutzen werden. Und warum bloß die Talente unserer Bürger? Kann nicht die Welt verbessert werden durch die Talente aller ihrer Bewohner? Das ist ein schrecklicher Gedanke.«

»Aber warum?« rief Dick, offensichtlich unfähig zu verstehen, worauf Kessler hinauswollte.

»Denk doch einmal weiter, Dick. Diese Idee, unbeirrt durchgeführt, gefährdet die Art von Welt, in der zu leben wir gewöhnt sind und die uns gerade in dieser Weise bequem ist. Es nimmt uns zunächst einmal unsere Kolonien. Es vertreibt uns aus Plätzen, wo wir unser schwerverdientes Geld angelegt haben. Es bedeutet, daß die Kulis nicht länger Respekt vor uns haben und meinen, wir seien etwas Besseres als sie. Es nimmt uns jedes Recht, uns weiterhin als Vertreter Gottes zu fühlen und uns in die Privatangelegenheiten der Heiden einzumischen. Kurz, es kehrt das Unterste zuoberst, es gleicht alles aus, und wir stehen schließlich nicht besser da als jeder andere, der auf dieser Erde atmet.«

Dick dachte eine Weile angestrengt über diese Aussichten nach. Schließlich nickte er. »Ich glaube, ich weiß, was Sie meinen. Es bedeutet: alle Menschen sind frei geboren und sind gleichberechtigt, ausgestattet von ihrem Schöpfer mit unveräußerlichen Rechten. – *Alle* heißt das. Nicht nur wir. Jeder.«

»Jeder«, sagte Kessler. »Du hast mich verstanden. Das sind schöne Worte. Erhebende Worte. Man darf nur nicht zu genau darüber nachdenken. Und gerade dies ist geschehen in der Welt. Es wurde darüber nachgedacht. Gerade als die Freiheit des Menschen, jedes Menschen, als erreichbares und wünschbares Ziel vor uns erschien, erkannten ein paar gerissene Leute, was passieren würde. – Sie fanden, es sei höchste Zeit, den Fortschritt zu stoppen. Und das taten sie denn auch. Man nennt sie Faschisten.«

Dick stieß einen langen Pfiff aus. Er grinste breit. »Ah, so ist das also.«

»So sehe ich es jedenfalls«, meinte Kessler. »Was ich hier verkünde, ist meine ganz persönliche Meinung. Vielleicht hat ein anderer eine andre Meinung.«

»Aber Sie denken, die können nicht siegen.«

»Ich denke gar nichts dieser Art«, sagte Kessler entschieden. »Sie können sehr wohl siegen. Nicht für die nächsten sechstausend Jahre. Aber für unsere Generation. Und in dieser Zeit leben wir nun mal gerade. Wenn *sie* gewinnen, kommen wir ein großes Stück zurück. Und alles muß noch einmal getan werden.«

»Wenn wir den Krieg verlieren, dann muß also wieder um die Freiheit gekämpft werden? Menschen, die später leben, müssen es tun, nicht? Das meinen Sie doch.«

»Das meine ich. Und wenn wir Frieden wollen, auch Frieden für die Zukunft, dann müssen wir nicht gegen, sondern mit dem Strom der Geschichte schwimmen. Vorwärts müssen wir gehen, nicht zurück. Erinnerst du dich daran, wie Chamberlain aus München zurückkam mit den Worten: Frieden für unsere Zeit?«

Dick nickte.

Kessler stand auf und ging durch das Zimmer zu dem niedrigen Bücherregal, das dort stand.

Dick sprang auf. »Lassen Sie mich, Mr. Kessler.«

»Nein, danke, ich kann schon selbst. Ich weiß, wo es steckt.«

Er setzte sich auf den Stuhl, der vor dem Regal stand, dadurch hatte er die Hand frei und konnte ein Buch herausziehen und aufblättern.

»Hör zu«, sagte er und begann zu lesen. »Ich habe einmal ganz deutlich den Zorn empfunden, den jeder Mann gegen die niedrige Gesinnung der Tories empfinden sollte. Einer von diesen, der eine Schenke in Amboy besaß, stand unter der Tür und hielt ein Kind bei der Hand. Ein Kind von acht oder neun Jahren, so hübsch wie ich selten eins gesehen hatte. Dieser Mann gab offen seine Meinung zum besten und schloß mit den Worten: ›Ich wünsche mir Frieden für die Zeit, in der ich lebe.‹ Ein guter Vater jedoch hätte gesagt: ›Wenn Kampf sein muß, dann laßt ihn heute sein, in meiner Zeit, damit mein Kind in Frieden leben kann.‹«

»Wer hat das geschrieben«, fragte Dick.

»Thomas Paine, während der amerikanischen Revolution.«

»Das ist gut. Es ist vernünftig. Es leuchtet mir ein. Alles, was Sie gesagt haben, leuchtet mir ein.« Und wie zu sich selbst, mit leiser Stimme, setzte er hinzu: »Wir kämpfen für die Befreiung aller Menschen.«

Kessler kehrte zu seinem Sessel zurück. Er sagte: »Wir kämpfen für die Anerkennung der einfachen Tatsache, daß keiner weiß, wo das nächste Genie herkommen wird. Die Welt ist nicht so reich an guten Köpfen und großen Charakteren, als daß man es sich leisten könnte, den Großteil der Menschheit unentwickelt im Dunkel zu lassen. Das ist alles.«

»Es klingt doll«, sagte Dick. »Es ist einfach fabelhaft. Und es ist wert, dafür zu kämpfen. Aber warum sehen das die anderen nicht? Die Faschisten, meine ich. Es ist doch ganz klar und ganz einfach.«

»Die meisten wichtigen Dinge im Leben sind klar und einfach. Wenn man sie nur erkennen will, und daran fehlt es oft. Das ist genauso wie die berühmte Sache: Liebe deinen Nächsten wie dich selbst. Auch eine einfache Geschichte, und so schwer durchzuführen. Denn wer glaubt schon, daß der Nächste diese Liebe wert ist. Die beste Meinung haben wir immer von uns selbst. Und der Gedanke, daß die Erde nicht nur uns gehören soll, sondern auch einem chinesischen Kuli, dieser Gedanke ist für die meisten nicht sehr verführerisch.«

Dick lachte plötzlich. »Cherry erzählte neulich, Mr. Wallace hat gesagt, wir führen diesen Krieg für die Kulis. Wir haben alle darüber gelacht. Es hörte sich so blödsinnig an. Aber es ist wohl doch so.«

»Ja, es ist so. Das bedeutet es letzten Endes, wenn wir sagen, wir kämpfen für die Freiheit der Menschen.«

»Es ist ungeheuerlich«, meinte Dick. »Also dafür werde ich in den Kampf ziehen.«

Kessler zögerte einen Moment, dann schüttelte er den Kopf. »Nein. Nicht so. Nicht dafür.«

»Wofür dann?«

»Für dein Land.«

»Aber ich denke, das ist dasselbe?«

»Nicht ganz. Siehst du, Dick, eine der größten Tragödien der Menschheit ist es, daß die Geschichte immer etwas schneller läuft als wir. Wir kommen nicht ganz mit. Unsere Ideale hinken hinter den Tatsachen her. Bis jetzt besteht unser Ideal darin, daß jede Armee für ihr Land kämpft. Du wirst gehen und für deine Fahne kämpfen, das mußt du, denn wenn die Faschisten nicht geschlagen werden, wird auch dein Land den Barbaren zum Opfer fallen. Aber vergiß nicht – oder vergiß es doch, falls es dir dann leichter wird –, du kämpfst auch für die Zeit, wenn es keine Fahne mehr geben wird, für die du kämpfen mußt.«

Dick pfiff wieder. Es war immer ein Zeichen, daß er sich unsicher fühlte. »Es ist schwierig, das zu begreifen, Mr. Kessler. Ich weiß nicht, ob ich . . .«

»Du bist ein Patriot, Dick, nicht wahr?«

»Ja. Ist das verkehrt?«

»Durchaus nicht. Zur Zeit jedenfalls nicht. Aber das stimmt mit dem zusammen, was ich zuvor sagte. Das Ziel zu erreichen, was uns vorschwebt, ist gefährlich. Dann gibt es keinen Patriotismus mehr.«

»Warum?«

»Verstehst du nicht? Wenn du dein Land mehr liebst als andere und die Bürger deines Landes mehr als Ausländer, wenn du denkst, daß sie mehr wert sind als andere, dann hast du das Ziel aus den Augen verloren.«

»Na ja, was die Ausländer betrifft, also was ich bis jetzt davon kennengelernt habe – oh, entschuldigen Sie, Mr. Kessler. Aber Sie kommen mir gar nicht wie ein Ausländer vor.«

Kessler lächelte. »Du sollst sagen, was du denkst. Nicht höflich sein. Aber siehst du, Nationalismus entstand in einer Zeit, als die einzelnen Gruppen oder Völker mehr unter sich blieben. Heute ist das anders. Hast du nicht neulich in der Zeitung gelesen, daß ein Flugzeug in sechs Stunden und zwanzig Minuten den Atlantik überquert hat? Die Welt wird immer kleiner. Wir rücken mehr zusammen. Das ist noch neu. Unser Herz hängt an dem Stück Erde, auf dem wir geboren sind. Das ist bei anderen Völkern genauso. Aber wir rücken so eng zusammen, daß wir den Boden der anderen kennenlernen. Oder auch fürchten müssen, je nachdem.«

»Darüber habe ich noch nie so richtig nachgedacht. Ich glaube, die wenigsten Leute tun das.«

»Ist dir schon mal aufgefallen«, sagte Kessler mit einem grimmigen Lächeln, »daß die meisten Menschen in diesem Land sich nicht ganz klar darüber sind, warum sie diesen Krieg eigentlich führen?«

»Doch. Ich wußte es ja auch nicht. Deswegen wollte ich mit Ihnen sprechen.«

»Die Menschen hier wissen, daß sie auf der richtigen Seite kämpfen. Sie wollen den Sieg. Und sie haben gleichzeitig Angst vor diesem Sieg.«

»Angst vor dem Sieg?« fragte Dick irritiert.

»Denn auch danach wird die Schlacht weitergehen. Der

schwere und blutige Weg zum großen Ziel. Vergiß
nicht, Dick, du kämpfst für die Kulis. Obwohl es dir
ganz und gar egal sein kann, was aus den Kulis wird.
Und keineswegs egal, was aus dir wird. Aber du kannst
es nicht wagen, nicht für die Kulis zu kämpfen. Denn
sie sind dir so nahe gerückt, daß alles, was sie angeht,
auch dich angeht. Und deine Kinder noch viel mehr angehen wird.«

Kessler seufzte. Dann lächelte er. »Aber nun laß es gut
sein. Belaste dich nicht zu sehr mit all den Gedanken.
Ich weiß, es ist erschreckend, allzu klar zu sehen. Geh
hinaus und kämpfe für dein Land. Das ist es, was jetzt
von dir verlangt wird.«

»Ich muß über das alles noch nachdenken«, sagte Dick,
sein junges Gesicht ganz hart und konzentriert im Bemühen, alles zu fassen, was er gehört hatte. »Ich bin
sicher zu dumm, aber ich muß mich erst langsam mit
all diesen Gedanken abfinden. Es ist – es ist so erschrek-
kend, wie Sie sagen.«

»Wenn du sagen würdest, es ließe dich kalt, würde ich
dir nicht glauben«, meinte Kessler.

»Wie sind Sie dazu gekommen, alles zu begreifen?«
fragte Dick.

»Ich wurde im letzten Krieg sehr schwer verwundet«,
antwortete Kessler. »Mein ganzes Leben veränderte sich
dadurch. Ich hatte viel Zeit zum Nachdenken. Und ich
mußte nachdenken, um mit allem fertig zu werden. Zuerst dachte ich nur an mich. Und dann begann ich über
die Menschheit nachzudenken. Das ist es.«

Dick blieb eine Weile still. Er dachte an sich, dann an
die Menschheit, dann wieder an sich. Schließlich kam er
zu folgendem Ergebnis: »Gut. Ich werde also für mein
Land kämpfen. Zunächst jedenfalls. Denn Sie können

sagen, was Sie wollen, ich kann die Amerikaner gut leiden, und ich finde, sie sind besser als andere Leute. Natürlich werden wir die Griechen und die Polen und die Russen und die Norweger und alle anderen befreien. Aber vor allen Dingen möchte ich, daß hier alles in Ordnung geht. Nachher wird's bei uns sicher noch besser werden. Wir werden die Vier Freiheiten kriegen und das alles.«

»Erwarte nicht zuviel, Dick«, warnte Kessler.

»Wieso?«

»Es wird nicht alles nach dem Krieg besser werden. Nicht einmal hier. Mach dir keine Illusionen. Die hatte unsere Generation bereits und wurde enttäuscht. Es ist nicht so leicht.«

»Ich weiß, daß es nicht leicht ist. Es gibt noch viel zu tun.«

»Ja, es gibt noch viel zu tun. Auch nachher. Du wirst eine harte Schule durchmachen müssen, dann wird man dich in eine Wüste oder in einen Dschungel oder auf irgendeine eisige Insel schicken. Du wirst dich wehren müssen gegen Krankheit und Übel, gegen Bomben und Unterseeboote, alles nur, weil du an die Freiheit glaubst. Und dann wirst du nach Hause kommen, in dein eigenes freies herrliches Land. Eines Tages siehst du einen Mann, der dasselbe durchgemacht hat wie du, auch weil er an die Freiheit glaubte, und dennoch wird es ihm nicht möglich sein, in einem Lokal ein Sandwich zu bekommen, weil sie Negern dort nichts servieren. Du wirst erkennen, daß es neun von zehn Leuten vollkommen egal ist, was irgendwo mit irgend jemand geschieht, sofern es nicht ihre eigenen Belange betrifft. Und du wirst dastehen inmitten der Dummheit und Grausamkeit und Gedankenlosigkeit deines eigenen Landes und wirst denken: Wenn dies alles schon hier geschieht, wie wird es woanders sein? Hinter dir liegt all der blutige Schrecken, und du wirst dich fragen: Wofür eigentlich?« Kessler schwieg. Es tat ihm leid, daß er das gesagt hatte. Er durfte das Begriffsvermögen des Jungen nicht überfordern. Nicht ihm den Glauben an die Zukunft nehmen.

Dick hob den Kopf und sagte entschieden: »Nein. Ich werde das nicht fragen.« Er stand auf, schob den Stuhl zurück, wußte nicht recht wohin mit seinen Händen und steckte sie in die Taschen. »Ich verspreche es Ihnen, Mr. Kessler, ich werde es nicht fragen. Ich werde nie glauben, daß es nutzlos war. Vielleicht wird mir manchmal mies sein, ich glaube, das geht jedem so, der aus dem Krieg kommt. Aber wenn wir siegen, werde ich wissen, daß es nicht vergebens war. Ich werde immer daran denken, was Sie mir heute gesagt haben.«

Kessler lehnte sich vor, schwer auf seinen Stock gestützt. »Du wirst daran denken, Dick? Kannst du das versprechen?«

»Ich verspreche es. Ich werde daran denken. An den langen Weg, von dem Sie gesprochen haben, und wie weit wir schon vorangekommen sind. Ich werde an die babylonischen Könige denken und an die Pyramiden und an die Zeit, als Menschen nicht gleich Menschen waren. Und ich werde wissen, daß wir viel geschafft haben, die Menschheit meine ich, und noch mehr schaffen werden, ganz egal, was dazwischenkommt.«

»Ja, denke dran, Dick. Es ist das einzige, was dir helfen wird.«

»Nicht das einzige.« Seine Stirn rötete sich, er blickte hinunter auf seine Schuhe und sprach schnell, um seine Verlegenheit zu verbergen: »Ich hoffe, Sie denken nicht, ich sei sentimental oder kindisch, aber ich weiß eins auch ganz bestimmt, ich – ich meine, ich werde an Sie denken, Mr. Kessler.«

»Ich danke dir, Dick«, sagte Kessler ruhig.

Dick war noch mehr errötet, er sah Kessler nicht an und sprach eilig weiter. »Ich meine – ach, ich weiß, es ist nicht sehr höflich, so etwas zu sagen, aber ich muß es doch sagen, ich meine, wenn einer so wie Sie zusammengeschossen worden ist in einem Krieg, und dann war alles verloren, und was dann alles noch passiert ist in Deutschland, und nun ist wieder Krieg, und wenn dann einer noch so reden kann wie Sie, also das ist einfach groß. Ganz egal, wohin sie mich schicken werden, nach Alaska oder auf eine Insel im Pazifik, ich werde immer an Sie denken.«

Aber nun war seine Verlegenheit so groß geworden, daß er dringend nach einer Ablenkung suchte. Er fand sie bei der Uhr, auf der sein Blick glücklich landete. »Donnerwetter, es ist ja schon so spät«, rief er, noch ehe Kessler etwas sagen konnte. »Die werden sich wundern zu Hause, wo ich eigentlich stecke. Ich muß jetzt gehen.«

Kessler versuchte nicht, ihn zu halten. Sie wechselten noch ein paar höfliche Worte, während Kessler ihn zur Tür begleitete. Dick stürzte ohne Aufenthalt zu seinem Rad, schwang sich hinauf und strampelte in höchster Eile davon.

Kessler sah ihm nach. Ob er wiederkommen würde? Ob er Gelegenheit haben würde, nach dem Krieg, sich an das zu erinnern, was sie heute gesprochen hatten? Würde er gar nicht zurückkommen? Oder so wie er, den jungen starken Körper zerrissen und zerschlagen?

Er könnte mein Sohn sein, dachte Kessler. Großer Gott, warum habe ich ihm das alles gesagt. Aber wenn er mein Sohn wäre, ich hätte ihm auch nichts anderes sagen können. Und er hat mir geglaubt. Das ist viel. Er glaubt mir.

Die Straße vor ihm verschwamm. Mit der Schulter schloß er die Tür und lehnte sich dagegen. Es brauchte keiner zu sehen, daß er weinte.

XI

Dick verkündete seinen Eltern, daß er sein Studium unterbrechen würde, um gleich Soldat zu werden. Er sähe keinen Grund, zu warten, bis er achtzehn sei. Er würde zur Marine gehen, falls sie ihn haben wollten.

Spratt sagte: »Dies ist eine Sache, die du selbst entscheiden mußt. Ich werde dir nicht hineinreden.«

Zu ihrer eigenen Überraschung gelang es Elizabeth, mit ruhiger Stimme zu sprechen. Wenn es denn also geschehen mußte, dann mußte es geschehen. Sie sagte: »Gut, Dick. Ich bin einverstanden.«

»Danke«, sagte Dick kurz. Er stand vor ihnen, man sah ihm an, daß er noch etwas sagen wollte. Schließlich zog er sich mit dem Fuß einen Stuhl heran und setzte sich. »Ich hab' neulich mit Kessler gesprochen«, sagte er. »Er hat mir viel vom Krieg erzählt und von dem allen. Er meinte, ich sollte euch sagen ...«, er stockte.

»Was solltest du uns sagen, Dick?« fragte Spratt.

»Na ja, ich sollte euch klarmachen, daß ich nicht zur Marine gehe, weil ich das interessant oder aufregend finde, nur so zum Spaß. Sondern daß ich weiß, worum es geht. Und daß das alles nötig ist. Das wißt ihr doch, daß dies alles nötig ist?«

»Ja, das wissen wir«, antwortete Spratt. »Ich gebe zu, es wäre mir lieber, du hättest dabei nichts zu tun, Dick. Aber wenn es denn sein muß, wenn es nötig ist, wie du sagst, dann bin ich froh, daß du es freiwillig tust.«

»Und dieser Krieg muß einfach anders ausgehen als der letzte«, sagte Dick mit Nachdruck. »Diesmal müssen wir es zu Ende führen und nicht einfach in der Luft hängen lassen. Ihr versteht das doch auch, nicht wahr?«

Er blickte seine Mutter an, und Elizabeth sagte nicht weniger nachdrücklich: »Ja, ja, Dick. Ich bete für gewöhnlich nicht. Aber jetzt ist es mir, als müßte ich täglich mehrmals auf die Knie sinken und bitten: Lieber Gott, laß es diesmal anders enden!«

»Das ist das Gebet eines Feiglings«, sagte Dick schonungslos.

»Aber – was meinst du damit?«

»Ich kann's nicht so gut ausdrücken, aber ich bin mir über vieles klargeworden. Kessler hat mir vieles gesagt, was ich vielleicht nicht gleich verstanden habe. Aber wenn ich jetzt so darüber nachdenke . . . Also das hat er nicht direkt gesagt, aber das ist meine Meinung: Beten hilft gar nichts. Den lieben Gott darum zu bitten, daß er diesen Krieg anders ausgehen läßt, was soll das denn? Das ist genauso, als wenn eine mittelalterliche Dame sich den Hals voll Schokolade steckt und dabei betet, lieber Gott, laß mich nicht fett werden! Es ist überflüssig, zu beten. Gott hat ihr ja bereits den Verstand gegeben, um zu erkennen, *daß* Schokolade dick macht. Danach zu handeln ist ihre Sache. Genauso ist es mit dem Krieg. *Wir* müssen dafür sorgen, daß es anders ausgeht. Versteht ihr das nicht? Bedingungslose Kapitulation, und von da an werden wir die Geschichte neu aufbauen.«

Er sprach mit so viel Ernst und Nachdruck, daß seine Eltern ihm mit Erstaunen lauschten. So hatten sie Dick noch nicht kennengelernt. Als er nun daranging, ihnen einiges von dem zu berichten, was er bei Kessler gehört hatte, erkannte Elizabeth mit gemischten Gefühlen, daß ihr Sohn auf einmal erwachsen geworden war. Das mußte wohl eines Tages geschehen, ob nun Krieg war oder nicht. Spratt hatte zweifellos mehr Verständnis dafür als sie. Darum wohl fiel es ihm auch nicht so schwer, den Jungen gehen zu lassen. Auch ohne Krieg hätten sie ihn nicht immer für sich behalten können. Und wenn der Junge nun im vollen Bewußtsein der Tragweite und mit freiem Willen tat, was getan werden mußte, so konnten sie nur damit zufrieden sein. Wieviel schlimmer wäre es gewesen, wenn er der Forderung, die seiner Generation gestellt wurde, blind oder widerstrebend gegenübergestanden hätte.

Voll Eifer versuchte er seinen Standpunkt klarzumachen. Das, was Kessler ihn gelehrt hatte.

Und er hatte recht – der Kampf der Zukunft gegen die Vergangenheit.

»Es ist logisch«, sagte Dick. »Ihr versteht das, nicht wahr?«

»Ja, es ist logisch«, antwortete Spratt. »Ich bin stolz auf dich, daß du es so klar erkennst.«

»Allein hätte ich das vielleicht nicht herausgekriegt, ich bin nicht so gescheit. Na ja, aber jedenfalls jetzt weiß ich es.«

Er stand auf, halb erleichtert und halb verlegen, und gab seinem Stuhl einen Stoß mit dem Fuß.

Elizabeth ging zu ihm, nahm sein Gesicht in ihre Hände und küßte ihn. »Ich verstehe dich, Dick. Und ich werde mit meinem Herzen immer bei dir sein.« Es war das erstemal seit langer Zeit, daß sie ihn küßte, und erstaunlicherweise küßte er sie wieder.

»Jetzt muß ich Pudge anrufen«, sagte er dann.

Damit ging er, die Tür mit Vehemenz hinter sich zuwerfend.

Elizabeth setzte sich zu Spratt auf die Sessellehne, sie lehnte sich an ihn, und er legte den Arm um sie.

»Du bist ein guter Kamerad, Elizabeth«, sagte er.

»Nein, das bin ich nicht. Wenn du wüßtest, wie es in mir aussieht. Aber er braucht es nicht zu wissen.«

Lange Zeit saßen sie schweigend beieinander. Es gab nichts mehr zu sagen.

Anfang März wurden Dick und Pudge für die Marine gemustert. Elizabeth war in ihrem Zimmer und schrieb die Schecks für ihre Monatsrechnungen aus, als er anrief.

»Mutter!«

»Ja, Dick? Wie war es?«

»Sie haben mich genommen.«

»Oh, wirklich, Dick? Ich habe nicht daran gezweifelt.«

»Uns alle beide, Pudge auch. Er ruft auch gerade zu Hause an. Sie haben uns beide genommen, Mutter.«

»Wie konnten sie auch anders. Sie können stolz sein, dich zu bekommen, nicht?«

»Na ja, ich habe ja auch gedacht, daß es klappen würde, aber man weiß ja nie bestimmt. Jedenfalls ist mit mir alles in Ordnung. Das ist vielleicht eine Untersuchung, so was hast du noch nie erlebt. Aber mit Ihrem Sohn, Mrs. Herlong, ist alles in bester Ordnung.«

»Ich bin sehr stolz auf dich, Dick.«

»Nächster Tage kommen wir dann also an die Küste zur Schulung. Nach San Diego. Hör mal, ich muß hier aus der Zelle 'raus, da will einer telefonieren. Sagst du dem Boß Bescheid?«

»Ja. Gleich. Wann kommst du nach Hause?«

»Bald. Wir müssen nur noch über alles reden.«

»Okay.«

Elizabeth hörte, wie aufgehängt wurde, saß eine Weile reglos, den Hörer in der Hand. Dann wählte sie die Nummer des Studios. »Lydia? Hier ist Elizabeth Herlong. Kann ich meinen Mann sprechen? – Spratt? Dick hat gerade angerufen. Sie haben ihn genommen.«

»Wirklich? Na, ich habe nicht daran gezweifelt. Dick ist gesund.« Er zögerte einen Moment. »Und du?«

»Danke. Mir geht's gut.«

»Ernsthaft? Hört sich nicht so an.«

»Bestimmt, Spratt. Alles okay.«

Er lachte leise. »Gut. Bleib dabei.«

Mir geht's gut. Sie saß still vor dem Telefon und hörte die Worte nachklingen. Ging es wirklich gut? Ach, sie mußte stark sein. Nichts, was wir aufgeben müssen, um diesen Krieg zu gewinnen, kann mit dem verglichen werden, was wir aufgeben müssen, wenn wir ihn verlieren. Wir haben den letzten verloren. O Gott, gib uns die Kraft, damit wir es diesmal besser machen. Laß nicht wieder die anderen gewinnen. Sie ging zum Schreibtisch und zählte die Fleischmarken. Würde es reichen heute abend für Koteletts? Irgendwie mußte man doch ein wenig feiern.

Am Abend saßen sie alle zusammen. Spratt war stolz, Brian erfüllt von Neid und Neugier, Cherry ein wenig verstört, aber auch sehr aufgeregt. »Es wird das erstemal sein, daß einer von uns fortgeht«, sagte sie ein wenig betrübt. Doch die Hälfte des Abends verbrachte sie damit, ihre Freundinnen anzurufen, um ihnen mitzuteilen, daß sie einen Bruder bei der Marine habe.

Dick war mit sich selbst sehr zufrieden. »Wenn sie mich wieder nach Hause geschickt hätten – verflixt, es muß bitter sein für die Burschen, die sie nicht genommen haben.«

Nach dem Dinner ging er, um seinen Freund Pudge zu besuchen. Elizabeth lobte sich selbst im stillen. Seltsam, sie hatte so viel Angst gehabt, wie sie es ertragen würde.

Aber wenn es soweit war, ertrug man es eben. So war es wohl immer.

In dieser Nacht kam Spratt in ihr Zimmer. »Ich dachte, ich sollte heute lieber bei dir schlafen. Hast du was dagegen?«

»Dagegen? Ich habe gerade überlegt, ob ich nicht zu dir hinüberkommen soll. Spratt – Spratt, ich habe mich doch gut gehalten, nicht?«

»Du warst sehr tapfer.«

Er legte sich neben sie und zog sie fest in seine Arme.

»Jetzt kannst du sagen, wie dir wirklich ums Herz ist. Und wenn du weinen willst, dann weine ruhig.«

»Du weißt, daß ich nicht so leicht weine. Aber es ist gut, daß du da bist.« Sie legte ihren Kopf auf seine Schulter. »Du hast dich auch gut gehalten, Spratt. Wenn man dir heute so zugehört hat, dann könnte man denken, du hättest dir für deinen Sohn nie etwas anderes gewünscht, als daß er in den Krieg zieht.«

Spratt seufzte. »Ich möchte wissen, ob es für alle Eltern so schwer ist?«

Und nun also, trotz ihrer Worte zuvor, stiegen ihr die Tränen in die Kehle. Sie preßte ihr Gesicht an Spratts Hals und schluchzte leise. »Es tut mir leid«, flüsterte sie. »Warum denn?« sagte Spratt. »Darum bin ich doch hier.«

Die nächsten Tage waren so voller Geschäftigkeit, daß Elizabeth sich ihrem Gram nicht hingeben konnte. Dick sauste von einer Party zur anderen. Nicht er allein, auch die meisten seiner Freunde wurden jetzt eingezogen. Und Cherry, sehr stolz auf ihren Bruder, begleitete ihn und hatte ständig Kleidersorgen. Brian vollends erzählte jedem, der es hören wollte oder nicht: »Mein Bruder, wissen Sie, der von der Marine, der geht nächste Woche ins Camp.«

Sehr früh am Morgen eines hellen Tages kam dann wirklich der Abschied. Elizabeth wußte nicht, was sie ihrem Sohn noch sagen sollte. Alles so dumme Sätze wie: »Gott sei Dank, daß du in San Diego bist, das ist ja nicht weit. Da wirst du sonntags manchmal nach Hause kommen können.«

Und Dick: »Warte nur, wenn du mich erst mit militärischem Haarschnitt siehst, wirst du mich sowieso nicht wiedererkennen.«

Spratt schüttelte seinem Sohn gewaltig die Hand und grinste über das ganze Gesicht, obwohl seine Augen voll Tränen standen.

Elizabeth küßte Dick, und er sagte leise: »Ihr seid beide ganz großartig. Wenn ich denke, wie manche Mütter sich benehmen – man muß sich schämen.«

Und dann war alles wie jeden Tag. Brian und Cherry gingen zur Schule, Spratt fuhr zum Studio. Bevor er das Haus verließ, sagte er: »Wir wollen heute abend ausgehen. Zu Hause wird uns nur unnötig mies sein. Ich werde bei Chasen einen Tisch bestellen.«

»O ja«, sagte sie eifrig, »laß uns ausgehen. Mit ein paar Leuten, ja?«

»Gut. Die Sterns? Kessler?«

»Ja.«

»Ich werde sie anrufen«, sagte Spratt, stieg in den Wagen und fuhr fort.

Glücklicherweise gab es im Hause allerhand zu tun. Der Wäschemann kam an diesem Tage, dann die Putzfrau und der Gärtner. Das Rote Kreuz rief an und fragte, ob sie wieder Blut spenden könne, und dann rief noch jemand an, ein flüchtiger Bekannter, der sie fragte, ob sie Interesse daran habe, eine leichte Beschäftigung am Flugplatz zu übernehmen.

Dann kamen Brian und Cherry nach Hause. Brian mußte sofort seinen Freund Peter aufsuchen, ein wichtiges Pfadfindertreffen stand vor der Tür und mußte besprochen werden.

Cherry sagte: »Es ist komisch so ohne Dick, nicht? Hast du was dagegen, wenn ich zu Julia gehe? Es wird vielleicht später, aber Julias Mutter fährt mich nach Hause.«

Spratt kam zeitig an diesem Abend. »Wir treffen die Sterns und Kessler bei Chasen. Wie geht's dir, Liebling?«

»Danke, gut. Aber ich bin froh, daß wir heute ausgehen. Was soll ich anziehen? Das enge Schwarze? Und die Perlenkette?«

Als sie umgezogen war und vor dem Spiegel stand, kam Spratt herein. »Du siehst hübsch aus. Ich bin dem lieben Gott schon sehr dankbar für eine Frau, die ihre gute Figur behalten hat.«

»Ich habe zuviel zu tun, um dick zu werden. Das Kleid steht mir gut, nicht?«

»Du siehst großartig aus.« Er nahm ihren Nerzmantel vom Bett, um ihr hineinzuhelfen. Dabei lächelte er ihr aufmunternd zu.

Elizabeth sagte: »Erinnerst du dich noch, als dein Gehalt auf hundert Dollar pro Woche erhöht wurde?«

»Und ob. Ich habe nie gewußt, daß es so viel Geld gibt.«

»Ich auch nicht«, sagte sie. »Du kamst nach Hause wie ein Sieger nach einem Wettbewerb, stürztest in unser kleines Apartment und riefst...«, sie unterbrach sich. Er hatte gesagt: »Und gerade zur rechten Zeit! Jetzt können wir uns eine Kinderschwester leisten, wenn das Baby kommt.«

Spratt wußte es auch noch. Sein Gesicht wurde ernst. »Es ist nun nicht zu ändern, Elizabeth.«

»Nein. Es war so viel Schönes, was wir zusammen hatten. Und was wir noch haben. Ich bin schon vernünftig, Spratt.«

»Ich weiß. Du bist vernünftig, Elizabeth.«

Er legte den Mantel um ihre Schultern, sie lächelte, als ihre Blicke sich im Spiegel trafen. »Er ist ja nur in San Diego«, sagte sie.

Mr. und Mrs. Stern erwarteten sie schon bei Chasen, Kessler erschien einige Minuten danach. Er machte Elizabeth ein Kompliment, wie gut sie aussähe, und sie dachte: Er weiß, wie mir zumute ist. Er weiß, was auf mich zukommt. Spratt weiß es nicht. Die anderen auch nicht. Aber Kessler weiß. Er war im Krieg.

»Zunächst mal einen Drink?« fragte Spratt.

»Ja, gern«, antwortete Irene Stern. »Für mich einen Manhattan, und am liebsten doppelt.«

»Für mich dasselbe«, sagte Elizabeth.

Spratt nickte. Irene legte ihre Hand auf Elizabeths Hand. Während die Männer über irgend etwas sprachen, flüsterte sie: »Oh, ich verstehe dich gut, Elizabeth. Jimmy hat gestern Geburtstag gehabt, er ist siebzehn geworden. Und er hat schon gesagt, er will nicht warten, bis er einberufen wird. Meinst du nicht, es wird bald vorüber sein?«

»Ich weiß es nicht, komm, laß uns was trinken.«

Sie merkte, wie Kessler sie ansah. Sein Blick war weich, fast zärtlich. Und auf einmal, trotz ihrer Sorgen, kam es wieder. Das, woran sie seit Monaten nicht mehr gedacht hatte. Ich kenne ihn. Ich weiß gewiß, daß ich ihn kenne. Sie saß rechts von ihm. Sie senkte den Blick und sah auf seine Hand, die um den Stiel des Glases lag. Eine starke, breite Hand – manchmal verrieten Hände mehr als ein Gesicht. Sie hob den Blick und sah ihn verstohlen an.

Was war es nur? Seine Augen? Die Art, wie sein Haar wuchs? Es war grau, aber noch dicht. Nur an den Schläfen zurückgewichen. Wenn sie ihn gekannt hatte, mußte es lange her sein. Sein Haar würde anders ausgesehen haben. Also nicht das Haar. Was dann? Irgend etwas ... Er hatte bemerkt, daß sie ihn ansah und sagte mit einem kleinen Lächeln: »Mal ehrlich, Mrs. Herlong, welches Thema ziehen Sie vor? Den Krieg oder unseren neuen Film?«

»Den Film«, sagte Elizabeth.

Er nickte. Die anderen plauderten miteinander, er sagte leise zu ihr: »Sie halten sich gut, Mrs. Herlong. Denken Sie daran, was wir gesprochen haben. Vergessen Sie es nicht.«

Sie lächelte dankbar, nahm ihr Glas und trank ihm zu. Auch Kessler hob sein Glas. Zu ihrem Erstaunen merkte sie, daß seine Hand zitterte, so sehr, daß der Cocktail im Glas fast über den Rand schwappte. Das hatte sie noch nie bei ihm gesehen. Er hatte ihren Blick bemerkt und sagte leise: »Nicht heute, aber irgendwann in den nächsten Tagen, wenn Sie einmal Zeit haben, hätte ich gern mit Ihnen gesprochen. Wenn es Ihnen paßt.«

»Natürlich, gern. Über mich?« fragte sie.

»Nein. Diesmal über mich. Ich möchte Sie um einen großen Gefallen bitten.«

»Sie wissen, daß ich alles für Sie tun werde, was in meiner Macht steht, Mr. Kessler. Ich hoffe jedenfalls, Sie wissen das.«

»Ja. Ich weiß es, Sie sind sehr großzügig. Und darum kann ich Sie auch um etwas bitten.«

»Morgen? Oder haben Sie morgen im Studio zu tun?«

»Ich werde morgen zu Hause sein. Rufen Sie mich an?«

Sie nickte, nahm wieder ihr Glas und trank. Der Cocktail tat ihr heute gut. Und sie war froh, daß Kessler hier war. Wenigstens einer, der verstand, wie ihr ums Herz war. Sie würde sich zusammennehmen, keiner würde etwas merken. Sie würde trinken heute abend, mehr als sonst. Aber keiner würde wissen, was sie fühlte. Nur Kessler, er wußte es.

Spratt bestellte eine neue Runde Cocktails und verhandelte dann mit dem Oberkellner über das Menü.

Irene sagte zu Elizabeth: »Schau dir all die Jungs in der Uniform an. Die meisten sind noch Kinder. Sie sollten zu Hause sein und ihre Schularbeiten machen. Verdammter Hitler. Verdammter Tojo. Ich bin nicht so tapfer wie du, Elizabeth. Wenn Jimmy gehen muß, werde ich ein Nervenbündel sein.«

»Nein, das wirst du nicht. Das denkst du vorher, aber dann kannst du ihm das nicht antun.«

Irene hob die Schultern, wandte sich dann zu Spratt.

»Spratt, ich habe in der Zeitung gelesen, daß dein vorletzter Film ein großer Erfolg in New York ist. Ich bin stolz darauf, mit dir hier zu sitzen.«

Spratt lachte. »Der Erfolg ist besser, als wir erwartet haben. Aber New York ist kein Maßstab. Man muß abwarten, wie das Geschäft in der Provinz wird.«

»Der einzige bescheidene Mann in Hollywood«, lobte Irene.

»Bilde dir das bloß nicht ein«, sagte ihr Mann mit einem Grinsen, »er ist nur vorsichtig. Und wenn es schiefgeht, hat er es dann schon immer gesagt.«

Alle lachten, bemüht, ein wenig Stimmung in die Party zu bringen. Sie waren gute Freunde, sie spielten sich heute ein wenig Theater vor, und jeder wußte es. Aber darum waren sie schließlich ausgegangen.

»Übrigens, Elizabeth«, sagte Irene, »falls du noch deine

Schuhcoupons hast, kann ich dir einen Tip geben. Bei Bullock's-Wilshire habe ich ganz entzückende Straßenschuhe gesehen.«

»Hübsch und bequem dazu?« fragte Elizabeth. »Das brauche ich nämlich jetzt, wo man so viel laufen muß.«

»Wenn ich an früher denke, da nahm man den Wagen aus der Garage, nur, um zum nächsten Häuserblock zu fahren.«

»Und wie gut uns das tut, ein bißchen laufen und radfahren. Und dazu noch das selbstgezogene Gemüse aus dem Garten.«

»Ja, wir werden für ewig jung und schön bleiben. Übrigens sollen die Engländer jetzt auch viel gesünder leben. Sie essen mehr Gemüse als vor dem Krieg. Nun waren sie ja nie so vitaminverrückt wie wir.«

Spratt sagte: »Aber ihr könnt Blakeney nicht als jugendlichen Liebhaber herausbringen, Stern. Mit diesen Säcken unter den Augen.«

»Die werden weggeschminkt. Was sollen wir machen? Die Jungen sind alle beim Militär. Morgen machen wir Probeaufnahmen von ihm. Wir brauchen mal einen hübschen jungen Liebhaber, der einen kleinen Herzfehler hat.«

»Nützt auch nichts«, meinte Spratt, »der wird zum Schreibstubendienst verwendet. Warum schreibt ihr nicht das Skript um und macht einen romantischen Liebhaber so um die Vierzig daraus?«

»Ob diese Männer es wohl nicht einmal satt kriegen, von ihren Filmen zu reden?« sagte Irene.

»Niemals. Das solltest du langsam wissen. Das ist wie beim Essen. Eine Mahlzeit ist kaum vorbei, da muß man die nächste vorbereiten. Aber ich habe eine gute Idee, die Liebhaber betreffend. Es hört mir nur keiner zu.«

»Was für eine Idee?« fragte Kessler.

»Zu Shakespeares Zeiten gab es keine Frauen auf der Bühne. Da spielten nur Männer. Ich finde, ob ein Mann die Julia spielt oder ein Mädchen den Romeo, das bleibt sich schließlich gleich. Wenn der Krieg noch zwei Jahre dauert, kommt es sowieso dahin.«

Darüber lachten sie alle sehr herzlich, froh, daß es etwas zu lachen gab. Zwei ältere Ober, die am Tisch bedienten, spitzten die Ohren, ob sie etwas von dem Spaß mitbekamen. Im nächsten Raum speiste ein Klatschjournalist, der zahlte immer gut für kleine Neuigkeiten und Witze aus prominentem Mund.

Sie waren bei Kaffee und Kognak angelangt. »Sogar echter französischer Kognak«, meinte Mr. Stern anerkennend, »den bekommt man heute selten.«

»Ist auch nicht so schlimm«, sagte Spratt. »Ich finde, der kalifornische Brandy ist sehr gut.«

»Auf jeden Fall hoffe ich, die Japaner haben eine recht strenge Rationierung«, sagte Irene.

»Da dürfte sich nicht viel ändern«, sagte Spratt. »Sie haben nie viel mehr gegessen als Reis und getrockneten Fisch.«

»Geschieht ihnen recht«, sagte Mr. Stern. »Ich für meine Person bin gegen Fleischrationierung. Aus Fisch habe ich mir noch nie was gemacht. Bei uns zu Hause wurde immer viel Fleisch gegessen. Allerdings stamme ich auch aus einer berühmten Fleischhandelsstadt.«

»Wo kommen Sie her, Mr. Stern?« fragte Kessler.

»Aus Kansas City. Ach, diese Steaks in Kansas City!« seufzte er sehnsüchtig. »Solche Dinger! Haben Sie jemals in Kansas City ein Steak gegessen, Mr. Kessler?«

»Leider nein. Das ist ein Vergnügen, das ich mir für nach dem Krieg aufheben muß.«

»Sie müßten eigentlich eins im Zug bekommen haben«, meinte Mr. Stern. »Wenn Sie von New York kamen, sind Sie entweder in Kansas City oder in Chicago umgestiegen. Wissen Sie noch, wo?«

»Chicago«, sagte Kessler und nippte an seinem Kognak. Irgend etwas löste sich in Elizabeths Kopf. Er hatte es Chicawgo ausgesprochen. Ein Sommertag in Tulsa. Sie saß am Rand des Schwimmbassins, neben ihr ein lebhafter junger Mann. »Chicawgo. Ich kann es offenbar nicht anders aussprechen. Ist so eine Art Geburtsmerkmal, wie?« – Mein Gott, dachte sie, bin ich betrunken? Oder ist es so, wenn man in Ohnmacht fällt?

Die anderen sprachen noch über die Lebensmittelrationierung. Ihre Worte waren nichts als ein dumpfes Geräusch. Auch Kessler beteiligte sich am Gespräch, er achtete im Moment nicht auf sie, doch Elizabeths Augen hingen starr an ihm, ihre Lippen hatten sich leicht geöffnet, ihr Körper war gespannt. Alle Einzelheiten seiner Erscheinung fügten sich auf einmal zu einem vertrauten Ganzen, so klar und deutlich, so offensichtlich, daß es war, als riefe, nein, als schrie eine Stimme laut in ihr: Arthur!

Sie sah ihn an, als hätte sie ihn nie gesehen. Die Art, wie seine Augenbrauen wuchsen, die kleine vertikale Linie über dem Nasenrücken, damals ganz schwach im Ansatz vorhanden, heute ausgeprägt. Sie sah, wie seine Finger am Henkel der Kaffeetasse spielten, während er sprach. Sie hörte seine Stimme, tiefer und voller als damals, mit einem leichten deutschen Akzent, aber Arthurs Stimme.

Arthur war in einem deutschen Lazarett gestorben. Aber dennoch war er hier. So dicht neben ihr, daß sie ihn berühren konnte. Aber sie berührte ihn nicht. Denn in diesem ersten Moment des Wiedererkennens war sie wie gelähmt. War sie denn verrückt gewesen? Sechs Monate lang hatte sie ihn gesehen und hatte mit ihm gesprochen und hatte ihn dennoch nicht gesehen und gehört. Aber hier war er, Arthur, dicht neben ihr, Arthur, der seit vierundzwanzig Jahren tot war. Chicawgo – was für ein winziger Schlüssel, um solch eine gewaltige Tür zu öffnen! Dick fiel ihr ein. Seine Schwierigkeiten damals bei der Physikaufgabe: »Du zerbrichst dir den Kopf, du probierst es von dieser und jener Seite, aber es haut nicht hin. Und dann irgendeine Kleinigkeit, und du hast die Lösung.«

Hatte Kessler schon einmal den Namen von Arthurs Vaterstadt ausgesprochen? Am ersten Abend, als er von seiner Reise nach Kalifornien sprach, hatte er da Chicago erwähnt? Sie konnte sich nicht erinnern. Aber heute – heute hatte er es ausgesprochen, dieses Wort, das zum Schlüssel für alles wurde. Alles paßte genau zusammen, das, was sie immer gequält hatte in seiner Gegenwart, jetzt war es klar und deutlich geworden.

Kessler sprach jetzt mit Spratt über ihr Drehbuch.

Er weiß nicht, daß ich es weiß, dachte Elizabeth. Er hat gelogen und gelogen. Ich habe ihn gefragt, ob wir uns früher begegnet sind, und er hat nein gesagt. Gott im Himmel – wäre es möglich, daß *er* mich nicht kennt? Ich habe ihn auch nicht erkannt. Aber ich habe mich doch nicht so verändert. Ich bin nicht verkrüppelt. Ich habe keinen Bart. Natürlich kennt er mich. Er hat mich belogen. Und wieso lebt er eigentlich? Wo war er? Warum kam er nicht nach Hause? Mein Gott, wie lange muß ich noch hier sitzen? Ich kann hier nicht länger bleiben. Ich halte es nicht mehr aus. Und, mein Gott – und Spratt! Soll ich es Spratt erzählen?

Der Gedanke an Spratt ermöglichte es ihr, sich wieder zu bewegen. Sie riß ihre Blicke von Kessler los und blickte über den Tisch zu ihrem Mann. Spratt lauschte scheinbar aufmerksam auf etwas, was Mr. Stern erzählte. Doch er sah sie an, warnend und prüfend. Seine Augen sagten: Paß auf, du hast zuviel getrunken.

Beinahe hätte sie laut gelacht. Zuviel getrunken – natürlich, der Gedanke war naheliegend für ihn. Vermutlich hatte er sogar recht. Erst die Cocktails und dann alles andere. Sie mußte sich zusammennehmen. Sie mußte irgend etwas sagen.

Und dann müssen wir doch endlich gehen, dachte sie weiter. Wir können hier doch nicht die ganze Nacht sitzen. Aber jetzt muß ich mich normal benehmen. Die anderen haben auch viel getrunken, sie werden es nicht merken, wenn ich mich komisch benehme. Allerdings Kessler – Arthur – er hat bloß einen Cocktail getrunken. Er wird vielleicht etwas merken. Mit steifen Fingern nahm sie ihre Tasse und trank den kalt gewordenen Kaffee. Vielleicht würde das helfen. Und dabei bemühte sie sich, den Sinn des Gesprächs zu erfassen.

»Also, wenn es heute ist in Amerika, ist es dann gestern oder morgen in Japan?«

»Gestern.«

»Morgen.«

»Es ist morgen«, sagte Elizabeth. »Denn wenn man Tokio hört auf Kurzwelle und sie sprechen von Pearl Harbour, dann sagen sie, es geschah am 8. Dezember.«

Sehr gut, ich habe gesprochen. Ich habe ganz vernünftig geantwortet, als wenn nichts wäre.

»Ich habe noch nie Tokio gehört«, sagte Kessler. »Was sagen sie denn, wenn sie von Pearl Harbour sprechen?«

Spratt antwortete, offensichtlich beruhigt, daß die

Drinks Elizabeth nicht geschadet hatten. »Sie nennen es einen glorreichen Sieg. Und natürlich war es reine Verteidigung, denn die Amerikaner waren drauf und dran, die Japaner anzugreifen.«

»Diese Bastarde!« sagte Stern.

Spratt fuhr fort: »General MacArthur nennen sie den Hanswurst des ganzen Orients, und Roosevelt ist ein geistesgestörter Krakeeler, der sein dußliges Land ins Unheil führt. Sie fragen, warum wir nicht kapitulieren und Frieden machen, da wir sowieso nicht gewinnen können – das alles meist von einer sehr melodiösen, wirklich wohlklingenden Frauenstimme vorgetragen. Sie spricht perfekt Englisch, sicher ging sie in ein College in Seattle. Und zur Garnierung spielen sie Old Black Joe.«

»Warum gerade Old Black Joe?« wollte Kessler wissen.

»Fragen Sie mich nicht, warum die Japaner irgend etwas tun, Kessler, ich weiß es nämlich nicht«, sagte Spratt mit einem kleinen ironischen Lachen. »Aber kommen Sie doch mal abends zu uns und hören Sie sich das an. Meist so um zehn herum bekommen wir den Sender recht gut.«

»Apropos zehn«, sagte Irene, »wie spät ist es eigentlich? Müssen wir denn nicht nach Hause gehen?«

Zu Elizabeths Erleichterung war damit das Ende des Abends näher gerückt. Nach einer Weile ließ sich Spratt die Rechnung geben. Kessler bat den Ober, ihm ein Taxi zu rufen.

Elizabeth stand auf mit den anderen. Sie hörte die Sterns sprechen, was für ein hübscher Abend das gewesen sei, sie gab Antwort, ohne zu wissen, was sie sagte. Ihre Handtasche hielt sie so fest, daß der Bügel sich in ihre Hand preßte. Steif, ohne rechts und links zu blicken,

ging sie mit den anderen hinaus zur Garderobe. Spratt
hielt ihr den Mantel. Er beugte sich nahe zu ihr und
sagte leise: »Wie geht's dir, Elizabeth?«

»Danke, alles in Ordnung.« Sie bemühte sich um ein
kleines Lächeln und hoffte, er würde das Schlagen ihres
Herzens nicht hören.

»Der Kognak war ein bißchen viel, wie? Aber jetzt ist es
besser?« Sie nickte. Lieber Spratt.

Aber wie konnte sie mit Arthur sprechen?

Der Ober kam ihnen nach. »Mr. Kessler, es ist im Moment kein Taxi zu bekommen, vielleicht ein wenig später?« Doch Spratt widersprach sofort. Er mußte nur
schnell bei den Sterns vorbeifahren, um ein Skript zu
holen. Kessler könne solange bei Elizabeth auf ihn warten, und dann werde er ihn selbstverständlich nach
Hause fahren.

Kessler blieb nichts anderes übrig, als zuzustimmen, so
ungern er sich auch von seinen Freunden fahren ließ.

Elizabeth dachte, daß sie nun ein paar Minuten mit ihm
allein sein würde. Aber sie war nicht fähig, mit ihm zu
sprechen. Nicht heute abend.

Als sie nach Hause kamen, sagte Kessler: »Bleiben Sie
bitte meinetwegen nicht auf, Mrs. Herlong. Ich werde
im Garten auf Ihren Mann warten.«

Elizabeth sagte gute Nacht und ging die Treppe hinauf.
In ihrem Zimmer blickte sie in den Spiegel. Ihr Gesicht
sah aus wie immer. Sie mußte gleich mit ihm sprechen.
Sicher wäre es vernünftiger, bis morgen zu warten, über
alles noch einmal nachzudenken. Sie konnte ins Bett
gehen und wenn Spratt käme so tun, als ob sie schliefe.
Er würde zu ihr hineinschauen und auf den Fußspitzen
wieder verschwinden. So war es besser. Bis morgen warten. Aber sie konnte nicht warten. Der Mann im Garten

war Arthur, und sie mußte ihm sagen, daß sie es wußte.

Kessler saß beim Swimming-pool in einem Gartenstuhl, mit dem Rücken zu ihr. Es war still, doch er hörte ihre Schritte nicht im Gras. Das erste Viertel des Mondes gab ein schwaches Licht, der Garten war erfüllt vom Duft der Frühlingsblüten.

Ein paar Schritte hinter ihm blieb sie stehen.

»Arthur!« rief sie laut. »Arthur!«

War er zusammengefahren? Es war zu dunkel, als daß sie es hätte sehen können. Und da war auch die Lehne des Sessels zwischen ihm und ihr. Aber er hatte sie gehört und drehte sich um. Seine Hand tastete nach dem Stock, und dann stand er langsam auf.

Es kam ihr vor, als dauere es sehr lange, bis er sprach. Später wußte sie nicht mehr zu sagen, wie lange. Ihr selbst war jedes Zeitgefühl abhanden gekommen.

Er sagte: »Suchen Sie jemand, Mrs. Herlong?«

Einen Moment lang konnte sie nicht antworten. Seine Stimme – sie hatte sie so oft gehört und nicht erkannt!

Als sie nicht antwortete, sagte er: »Außer mir ist niemand hier.«

Elizabeth ging rasch auf ihn zu, so daß sie sein Gesicht sehen konnte.

»Laß diesen Unsinn!« sagte sie scharf. »Ich suche dich, und du weißt, daß ich *dich* suche, Arthur! Warum hast du mich belogen? Warum bist du nicht früher zurückgekommen?«

Jetzt sah sie sein Gesicht. Doch es war ohne Ausdruck, aber wieder kam es ihr vor, als dauere es lange, sehr lange, bis er sprach.

»Mrs. Herlong«, sagte er, »ich bin etwas verwirrt – ich weiß nicht, wovon Sie sprechen.«

»Du weißt nicht!« wiederholte sie. »Du weißt sehr gut. Und nun hör auf damit!«

»Womit soll ich aufhören?«

Sie war so erregt, daß sie ihn kaum verstand. »Ich weiß nicht, wo ich bisher meinen Kopf hatte«, rief sie heftig. »Aber heute abend, heute abend habe ich dich erkannt. Arthur, bitte, *bitte*! Hör auf, mich zu täuschen!«

Wie ein großer dunkler Schatten, schwer auf seinen Stock gestützt, stand er vor ihr. Jetzt glich er Arthur wieder nicht, der so aufrecht wie ein Baum gewesen war. Ein vager Zweifel kam für einen Moment, doch dann war sie ihrer Sache wieder sicher. Dieser Mann war Arthur.

»Setz dich, bitte«, sagte sie, »versuche jetzt nicht, höflich zu sein. Ich setze mich auch.« Sie zog einen anderen Stuhl heran, sie fiel hinein und krampfte die Hände im Schoß zusammen. Langsam setzte er sich. Wenn sie nur sein Gesicht richtig sehen könnte...

»Mrs. Herlong«, begann er, aber sie unterbrach ihn.

»Warum nennst du mich nicht Elizabeth? Du kennst mich gut genug.« Sie lachte nervös auf. »Und versuche nicht, mir zu erzählen, ich sei wegen Dicks Abreise verwirrt oder ich hätte zuviel getrunken. Beides stimmt, aber ich weiß trotzdem, was ich sage. Vielleicht hat beides dazu geholfen, daß ich heute abend plötzlich klarsah. Ich weiß jetzt, wer du bist. Und nun hör auf, mir etwas vorzumachen.«

Ihre Erregung gab ihm Zeit, sich zu sammeln. Fast schien es ihm, als hätte er das, was hier geschah, erwartet. Und er war fest entschlossen, ihr entgegenzutreten.

Seine Stimme war leise, aber fest, als er sagte: »Mrs. Herlong, ich wiederhole in allem Ernst, daß ich nicht weiß, wovon Sie sprechen. Sie verwechseln mich mit irgend jemand. Mein Name ist Erich Kessler.«

»Dein Name ist sowenig Erich Kessler wie meiner. Bitte, bitte – ich kann das nicht länger ertragen! Sag mir die Wahrheit!«

»Ich kann Ihnen nichts anderes sagen, als was ich schon gesagt habe.«

Elizabeth befeuchtete nervös ihre Lippen. »War es ein Schock?« fragte sie ungläubig. »Hast du dein Gedächtnis verloren? Du weißt wirklich nicht, wovon ich spreche?«

»Nein. Und ich habe weder einen Schock erlitten, noch ist mit meinem Gedächtnis etwas nicht in Ordnung.«

Es war so dunkel, sie konnte sein Gesicht nicht sehen. Nur sein Stock pochte rastlos ins Gras.

»Hör zu«, sagte sie eindringlich. »Du bist Arthur Kittredge, geboren in Chicago. Du kamst nach Tulsa in Oklahoma als Chemiker und arbeitetest bei der Lerith Oil Company. 1916 hast du ein Mädchen namens Elizabeth McPherson geheiratet, und 1917 bist du Soldat geworden – erzähl mir nicht, du hättest das vergessen.«

Kesslers Antwort kam ruhig und unbewegt wie zuvor. »Ich habe nichts vergessen.«

Sie sprang auf. »Du gibst es also zu?«

»Nein«, erwiderte er rasch. »Setzen Sie sich wieder, Mrs. Herlong, Sie ließen mich nicht ausreden. Ich wollte sagen, ich habe nichts von dem vergessen, was vor dem Kriege geschah. Mein Name ist Erich Kessler, ich bin in Berlin geboren. Ich bin vor vielen Jahren in Amerika gewesen, aber niemals in Tulsa in Oklahoma. Und ich habe Sie das erstemal gesehen, als Ihr Mann mich im Oktober zum Dinner in Ihr Haus brachte. Glauben Sie mir.« Er sprach so ernst und voll Überzeugung, daß Elizabeth schwankend wurde.

»Sie sagten mir«, fuhr er fort, »daß ich Sie an irgend jemanden erinnere. Sie wußten nur nicht, an wen. Und nun glauben Sie, sich besonnen zu haben. Irgend etwas an mir erinnert Sie an Ihren ersten Mann. Und da Sie sich heute abend in einem hochgradigen Erregungszustand befinden, durchaus verständlich, sind Sie auf einmal überzeugt davon, ich hätte nicht nur Ähnlichkeit mit diesem Mann, sondern ich sei es selbst.«

Er schwieg einen Moment, und als sie nichts sagte, fügte er hinzu: »Sprechen Sie davon, wenn es Sie erleichtert. Aber ich bitte um einen Gefallen.«

»Welchen?« fragte sie tonlos.

»Sagen Sie Ihrem Mann nichts davon.«

»Großer Gott, Sie reden mit mir ...«, sie begann hysterisch zu lachen und hatte Mühe, sich zu beherrschen. »Sie sprechen mit mir, als sei ich eine empfindliche Dame der Biedermeierzeit. Glauben Sie vielleicht, ich sitze hier und mache mir Sorgen, daß meine zweite Ehe nicht legal sei? Daß meine Kinder – Seien Sie beruhigt, das ist mir völlig egal. Arthur!«

Sie stockte, seufzte und sprach hastig weiter: »Das ist völlig nebensächlich. Meine Ehe ist in Ordnung. Legal bist du tot. Die Regierung der Vereinigten Staaten selbst hat mir das mitgeteilt. Sie wollten mir sogar eine Rente zahlen. Aber das ist jetzt ganz egal. Aber du bist du.«

»Ja, ich bin ich«, wiederholte er mit dem Versuch, das Gespräch aufzulockern. »Und darum kann ich auch nicht dieser andere Mann sein.«

»Aber du hast seine Augen, seine Stimme, seine Art! Ich kenne dich doch, Arthur. Mein Gott, Arthur, ich habe dich so geliebt, ich war mit dir verheiratet ...«

»Nichts von dem ist wahr«, unterbrach er sie kurz. »Und wenn Sie sich nicht diese Einbildung möglichst bald aus dem Kopf räumen, werden Sie sich unnötige Sorgen machen, Mrs. Herlong. Ich kann nicht viel anderes tun, als Ihnen sagen, daß Sie sich irren. Nein, ich kann doch noch etwas anderes tun, und ich werde es tun.«

»Was?«

»Ich werde fortgehen. Sie werden nie mehr von mir belästigt werden. Wenn ich gewußt hätte, was ich hier anrichte, wäre ich nie gekommen. Aber das konnte ich doch nicht ahnen. Aber Sie werden mich nie wiedersehen.«

»Nein!« rief sie. »Nein! Das nützt nichts mehr.«

»Werden Sie mir trotzdem etwas versprechen?«

»Was denn?«

»Daß Sie Ihren Mann damit verschonen. Er wird in wenigen Minuten hier sein. Und in dem Zustand, in dem Sie sich jetzt befinden, werden Sie ihm alles erzählen, und morgen wird es Ihnen leid tun. Versprechen Sie mir das?« Sie antwortete nicht, und er fuhr fort: »Wenn Sie mir dies eine nicht versprechen, werde ich noch heute nacht aus Beverly Hills verschwinden. Ich will nichts auf der Welt weniger als Ihren oder seinen Frieden stören.«

»Meinen Frieden haben Sie bereits zerstört«, sagte sie zwischen den Zähnen.

»Im Moment ja, das sehe ich. Mrs. Herlong, Sie sagten vorhin im Restaurant, Sie würden morgen kommen, um mich zu besuchen. Wollen wir dann nicht morgen über dies alles sprechen? Und wollen Sie mir nun wenigstens versprechen, daß Sie bis dahin Ihrem Mann nichts davon sagen?«

»Gut«, sagte sie schwach, »ich verspreche es. Aber du hast mich nicht überzeugt. Alles, was du gesagt hast – ich kenne dich.«

Sie hörten den Wagen kommen, er bog in die Einfahrt ein, stoppte, und dann kam Spratts Stimme: »Kessler! Sind Sie hier?«

»Ja. Ich habe auf Sie gewartet, Mr. Herlong.«

Kessler stand auf und ging auf den Wagen zu. Ohne zu wissen, was sie tat, folgte Elizabeth ihm dicht auf den Fersen.

»Ich hoffe, es hat nicht zu lange gedauert«, sagte Spratt. »Nanu, Elizabeth, was machst du denn noch hier? Ich dachte, du schläfst schon.«

»Mrs. Herlong wollte gerade nach oben gehen«, antwortete Kessler für sie, »sie ist müde, sagt sie. Ich glaube, sie wird schon schlafen, bis Sie zurückkommen.«

»Hoffentlich.« Spratt lehnte sich zur Tür hinaus und küßte sie leicht auf die Wange. »Gute Nacht, Elizabeth.«

Es war ihr, als habe ein Fremder sie geküßt. Und gleich darauf schämte sie sich dieses Gefühls. Lieber Spratt. Er war ihr Mann. Und dieser andere Mann – aber es *war* Arthur. Oder doch nicht?

»Ziemlich kalt heute nacht, nicht?« hörte sie Spratt sagen, während er den Wagen wendete. »Tagsüber ist es jetzt schon sehr warm, aber sobald die Sonne untergeht...«

Seine Stimme verlor sich. Langsam wandte sie sich um und ging ins Haus. Sie würde Spratt nichts sagen. Nicht heute nacht. Sie hatte es versprochen. Später – sie konnte jetzt nicht darüber nachdenken.

Oben in ihrem Zimmer begann sie mechanisch sich auszuziehen. Er konnte sagen, was er wollte – er war Arthur – er war Arthur. Sie stand still, ließ die Bürste sinken, die sie in der Hand hielt. »Großer Gott«, sagte sie laut, »soll ich vielleicht meinen eigenen Mann nicht kennen?«

Wie erwachend sah sie sich in ihrem Schlafzimmer um. Ein lichter, luxuriöser Raum, jedes Ding an seinem

Platz. Und alles, was sich darin befand, hatte sie von Spratt. Er war ihr Mann, der Vater ihrer Kinder, sie liebte ihn, aber auf einmal kam es ihr vor, als höre sie ihre eigenen Worte, die sie ihm vor zwanzig Jahren gesagt hatte. »Was ich für dich fühle, es kommt mir merkwürdig vor, es Liebe zu nennen. Es ist ganz anders. Ich kann dir nicht geben, was ich Arthur gegeben habe. Denn ich habe es nicht mehr. Es ist einfach nicht mehr da.«

Voll Entsetzen schlug sie die Hände vors Gesicht. »Was habe ich getan?« rief sie laut. »Was wird Spratt sagen? Ich muß es ihm erzählen. Oder nicht? Kann ich weiter mit ihm leben, ohne es ihm zu sagen?«

Sie setzte sich auf ihr Bett und auf einmal war sie müde wie noch nie in ihrem Leben. Ihr Körper schmerzte, als sei er mißhandelt worden; alle Gefühle, alle Gedanken waren wie ausgeströmt. Sie war am Ende.

Es kostete Mühe, das Licht auszulöschen und ins Bett zu kriechen. Sie lag reglos im Dunkel, nicht mehr fähig, zu denken, aber auch nicht fähig, Schlaf zu finden. Im Badezimmer mußten noch Schlaftabletten sein. Aber sie war zu erledigt, um aufzustehen und sie zu holen. Und dann begannen ihre Gedanken wieder ihr wildes Spiel. Was konnte sie tun? Einfach Spratt alles sagen, und er sollte entscheiden, was zu geschehen hatte. Kessler, Arthur, Spratt...

Dann hörte sie Spratt nach Hause kommen.

Sie drehte sich auf die Seite, schloß die Augen und atmete tief. Sie konnte nicht mit ihm sprechen.

Spratt öffnete leise die Tür. »Schläfst du?« flüsterte er. Als sie sich nicht rührte, kam er auf Zehenspitzen an ihr Bett, blickte einen Augenblick still auf sie, zog dann sorglich die Decke über ihre Schultern. Dann beugte er sich herab und küßte sie sanft aufs Haar, und leise ging er aus dem Zimmer.

Elizabeth drehte sich wieder um, legte die Hände über die Augen, es war ihr, als wenn sie weinen müßte. Aber sie konnte nicht. Ich muß die Tabletten holen, dachte sie, ich muß ins Badezimmer gehen und die Tabletten holen. Ich muß schlafen, sonst werde ich verrückt.

Und dann war sie auf einmal eingeschlafen.

Im Nebenzimmer ging Spratt leise ins Bett. Er lächelte vor sich hin. Elizabeth hatte zweifellos ein wenig zuviel getrunken an diesem Abend. Und sicher war das ganz gut gewesen, sie hatte auf diese Art den Abschied von Dick besser überstanden, als er erwartet hatte.

Es war schwer für sie gewesen, daß der Junge fortging. Es war immer schwer, wenn die Kinder gingen. Und wenn sie aus diesem Grunde gingen, so war es bitter. Aber nun war nichts mehr zu ändern, man konnte nur hoffen, daß alles gut gehen würde. Ein flüchtiger Gedanke ging zu Kessler. Er war froh, daß er ihn kannte. Sie alle mochten ihn gern leiden. Und in wenigen Minuten war auch Spratt eingeschlafen.

Allein in seinem Apartment, saß Kessler auf dem Sofa, noch lange nicht bereit, zu Bett zu gehen. Er saß reglos und starrte vor sich hin. Und immer und immer wieder die verzweifelte Frage: Lieber Gott, was habe ich ihr angetan? Wie sehr wünschte er jetzt, er wäre nie hierhergekommen. Hätte nie danach gestrebt, sie zu sehen, mit ihr zu sprechen. Aber nun war der Schaden angerichtet. Und es war seine Aufgabe, alles wiedergutzumachen. Er mußte sie davon überzeugen, daß er nicht Arthur war. Und dann mußte er aus ihrem Leben wieder verschwinden. Seine Gedanken arbeiteten intensiv. Wie konnte er sie überzeugen? Er fühlte sich selbst so müde, so am Ende aller Kräfte. Wie lange sollte er dieses Leben noch ertragen? Es konnte nicht mehr lange gehen, er wußte es. Es war, als rinne das Leben langsam aus ihm heraus. Aber keine Ruhe, kein Schlaf. Er mußte hier sitzen, die ganze Nacht, und darüber nachdenken, wie er sie davon überzeugte, daß sie sich täuschte.

Die Wahrheit? Nein, die Wahrheit durfte sie nie erfahren. Was also konnte er ihr sagen?

Als das Tageslicht durch die Vorhänge kroch, saß er immer noch da, stumm und starr, das Gesicht zerfurcht und voller Gram. Und dann, das Gesicht gegen ein Sofakissen gelehnt, fiel er in einen kurzen, nervösen Schlaf.

XII

Als Elizabeth erwachte, sah sie an der Sonne, daß es spät sein mußte. Ihr erster Gedanke: mein Gott, Dick muß um halb neun in der Vorlesung sein. Dann fiel ihr ein, daß Dick nicht mehr da war, er war in San Diego.

Sie setzte sich auf. Cherry und Brian würden auch schon fort sein, auch Spratt. Sie läutete.

Das Mädchen kam und brachte Orangensaft und die Morgenzeitung.

»Warum hat mich keiner geweckt?« fragte Elizabeth.

»Mr. Herlong sagte, wir sollten Sie nicht wecken.«

Spratt hatte eine Nachricht für sie dagelassen. »Elizabeth, gut, daß du ordentlich geschlafen hast. Cherry und Brian sind gut weggekommen, und ich gehe jetzt auch. Wenn was ist, rufe ich dich an. Sonst bis heute abend. Kopf hoch, alles ist nicht so schlimm. Die Meldungen in der Zeitung klingen heute ganz gut. Auch dieser Krieg wird vorübergehen. Übrigens, ich liebe dich. Daran wollte ich dich auch noch erinnern. Spratt.«

Das Mädchen brachte Frühstück, und Elizabeth aß mit gutem Appetit. Sie fühlte sich frisch und ausgeruht. Der Morgen war kühl und klar, und die Verwirrung der Nacht lag wie ein Traum hinter ihr. Natürlich, sie würde den Dingen auf den Grund gehen. Bei Tage und klarem Verstand, und sie würde das Rätsel lösen. Sie mußte mit Kessler sprechen, so bald wie möglich. In der Nacht hatte sie sich wie eine Närrin benommen. Dabei war sie sich ihrer Sache so sicher gewesen. Jetzt am Morgen sah es anders aus. Jetzt kam es ihr vor, als hätten ihre Nerven ihr einen Streich gespielt. Die Aufregungen der vergangenen Tage, Dicks Abreise, der Alkohol, das verzweifelte Bemühen, sich zu beherrschen – irgendwie war es möglich, daß man aus all der Anstrengung zu Wahnvorstellungen kam. So etwas gab es.

Aber er sah aus wie Arthur. Das war keine Einbildung. Sie wußte nun bestimmt, daß es Arthur war, woran sie an jenem ersten Abend erinnert worden war. Und die ganzen vergangenen Monate, immer wenn sie dachte: ich kenne ihn – das war Arthur gewesen. Und nun am hellen Tageslicht mußte die Frage gestellt werden: war er Arthur oder nicht?

Wenn er es nicht war, dann mußte er glauben, sie sei verrückt geworden. Aber wenn er es war – warum dann alles, was geschehen war?

»Ich muß es wissen«, sagte sie laut. »Heute. Gleich.« Sie stand auf und ging zum Telefon. Offensichtlich hatte er ihren Anruf erwartet, denn er war selbst am Apparat.

»Ja, Mrs. Herlong?« fragte er.

»Zunächst möchte ich mich entschuldigen für mein komisches Benehmen gestern abend«, sagte Elizabeth.

»Dann wissen Sie also inzwischen, daß Sie sich getäuscht haben?« fragte er.

»Nein. Dessen bin ich nicht so sicher. Aber ich verspreche Ihnen, daß ich mich heute als vernünftiger, erwachsener Mensch aufführen werde. Sie sagten, ich könnte sie heute besuchen. Würde es Ihnen passen?«

»Natürlich.«

»Gleich?«

»Wann Sie wollen.«

»Danke.«

Während sie sich anzog, fiel ihr ein, daß Kessler sie gestern gebeten hatte, ihm einen Gefallen zu tun. Hoffentlich hatte sie ihn nicht so weit irritiert – falls er nicht

Arthur war –, daß er nun nicht mehr davon sprechen würde. Wenn sie sich also getäuscht hatte – wie fröstelnd zog sie die Schultern zusammen, und erneut überfiel sie Ratlosigkeit.

Kessler erwartete sie in seinem Arbeitszimmer. Die Haushälterin brachte sie zur Tür. Elizabeth ging hinein.

Kessler saß vor der Schreibmaschine. Hatte er wirklich gearbeitet? Sie zweifelte daran. Vielleicht wollte er bloß so tun, als sei nichts Besonderes geschehen.

Er stützte sich auf seinen Stock und stand auf. Ihre Augen trafen sich, und Elizabeth sagte: »Ich bin hergekommen, um zu sehen, ob ich recht oder unrecht hatte mit dem, was ich letzte Nacht sagte. Ich hatte recht.«

Er wandte den Blick ab und antwortete nicht. Sie setzte sich rasch, umklammerte ihre Handtasche und sah ihn an. »Ich bin jetzt nicht betrunken. Ich bin auch nicht hysterisch. Ich habe neun Stunden geschlafen, und als ich vorhin aufwachte, war ich bereit zu glauben, daß ich heute nacht einer Einbildung zum Opfer gefallen bin. Aber es war keine Einbildung.« Sie lächelte bittend. »Arthur, laß uns ehrlich miteinander sein. Laß uns in Ruhe darüber sprechen.«

»Ich will so viel und so lange mit Ihnen sprechen, wie Sie wünschen«, sagte er und lächelte auch. »Aber ich kann nichts anderes sagen als zuvor. Sie täuschen sich, Mrs. Herlong.«

Unbeirrt fuhr Elizabeth fort: »Du hast eine Narbe am Arm, wo du dich verbrannt hast, als ich die kochende Schokolade umgoß. Und du hast eine andere Narbe am rechten Knie, wo du dich aufgeschlagen hast, als du beim Springen den Rand des Schwimmbassins gestreift hast.«

Kessler setzte sich langsam. »Ich habe so viele Narben«, sagte er, »und ohne Zweifel könnten Sie die beiden finden, die Sie suchen. Demnach also«, er lehnte sich auf seinen Stock und sah sie an, »würde es schwer sein zu beweisen, daß ich jener Mann bin, den Sie suchen, Mrs. Herlong. Ich habe mir zum Beispiel diesen Bart nicht wachsen lassen, weil ich es interessant finde, sondern um die Narben an meinem Kinn zu verdecken. Sie bestehen also immer noch darauf, daß ich Ihrem ersten Mann ähnle?«

»Ich sage gar nicht, daß Sie ihm ähnlich sehen. Es ist etwas anderes. Es ist – Sie sprechen wie er, Sie denken wie er. Sie sind an allem interessiert. Daß Sie Margaret lehrten, durch das Mikroskop zu blicken, daß Sie sie ermutigen, Fragen zu stellen – genauso wäre Arthur mit einem Kind umgegangen. Ihre Großzügigkeit, Ihre Toleranz, Ihre mitfühlende Liebe für die Menschen – das ist nicht nur wie Arthur, das *ist* Arthur.«

»Aber ich habe Ihnen gesagt, ich bin nicht dieser Arthur. Ich bin Erich Kessler, und Sie müssen mir das glauben.«

»Das kann ich nicht.«

»Muß er denn der einzige Mann gewesen sein, der am Leben, der an den Menschen interessiert ist?«

»Sie können mich nicht überzeugen. Ich *weiß* es.«

Kessler schüttelte den Kopf.

Elizabeth begann die mühsam aufrechterhaltene Ruhe zu verlieren. »Wie kannst du mir das antun?« rief sie. »Weißt du nicht mehr, wie sehr ich dich geliebt habe?«

Sie senkte den Kopf und legte die Hände über die Augen, alle Fassung drohte sie zu verlassen.

Doch das gab ihm Zeit, seine Haltung zu festigen. Auch er schloß die Augen einen Moment, seine Lippen wurden schmal, und es schien ihm, als sei sein Herz am Ende angelangt. Sie zog nervös ein Taschentuch aus ihrer Handtasche, zerknüllte es zwischen den Fingern, glättete es wieder und versuchte sich zu beherrschen.

Langsam und ruhig fing er an zu sprechen. »Mrs. Herlong, es ist nicht lange her, da saß Ihr Sohn da, wo Sie jetzt sitzen. Er war voller Fragen und voller Unsicherheit. Ich versuchte, ihm zu helfen. Und ich glaube, am Ende verstand er mich. Ich versuchte, ihm klarzumachen, daß er in einer Epoche lebt, in der feindliche Mächte den Fortschritt unserer Zivilisation aufhalten wollen. Und er begriff, daß er auf der Seite der Zukunft kämpfen würde. Auf der Seite des Rechts. Und daß jene, die an der Vergangenheit festhalten wollen, besiegt werden und sich selbst zerstören.«

Elizabeth schüttelte verwirrt den Kopf. »Ja, das verstehe ich. Aber was hat das mit mir zu tun? Mit uns?«

»Es hat mit uns zu tun. Die Schlacht zwischen dem Gestern und dem Morgen wird immer und überall ausgetragen. Auch in unseren Herzen, in unserem eigenen Leben. Es gibt immer Menschen, die sich an das Vergangene klammern, an den Staub und an das Tote von gestern. Aber wir müssen vorwärtsschauen.«

Elizabeth antwortete nicht. Aber sie hörte ihm zu, denn er sprach mit so ernstem Nachdruck, daß sie ihm zuhören mußte.

»Sie wissen, daß es Männer und Frauen gibt, die sich von ihrer Vergangenheit nicht lösen können. Nicht von dem, was einmal war. Sie sind intelligent genug, um zu erkennen, wie töricht das ist. Sie selbst haben ein reiches und erfülltes Leben hinter sich, das Sie zu dem gemacht hat, was Sie heute sind. Sie könnten beispielsweise nicht in Dicks und Cherrys Welt leben, können Sie nicht um ihre Freunde und Vergnügungen beneiden. Aber Sie

haben zweifellos Leute kennengelernt, die das täten.«
Er unterbrach sich, überlegte, und Elizabeth sah ihn
stumm an, nicht begreifend, was er ihr sagen wollte.

»Es gibt kahlköpfige Großväter, die sich mit jungen
Mädchen amüsieren wollen. Und fünfzigjährige Frauen,
die sich mit jungen Liebhabern umgeben. Das sind Menschen, die nie erwachsen geworden sind. Sie sind einfach
von einem gewissen Zeitpunkt ab in ihrer Entwicklung
stehengeblieben. Halbfertige Menschen, die sich nicht
mit den Gegebenheiten des Lebens abfinden können.
Sie machen sich lächerlich, wollen mit den Jungen tanzen, lassen sich das Gesicht operieren, und was weiß ich
noch. Sie kennen diese Typen. Und Sie haben darüber
gelacht.«

»Was soll das?« fragte Elizabeth ärgerlich. »Ich kann
mich davon nicht betroffen fühlen. Ich bin keine von
den Frauen, die sich das Gesicht liften läßt und mit Gi-
golos umherzieht.« Sie lachte kurz auf. »Ich verstehe
nicht, warum Sie davon reden. Selbst wenn ich so wäre,
was hätte das mit uns zu tun?«

»Es hat eine ganze Menge mit uns zu tun, Mrs. Herlong.
Sie sind eine sehr reizvolle Frau. Eben gerade weil Sie
nicht mehr sechzehn sind. Der Charme der Jugend ist
etwas sehr Hübsches. Aber der Charme einer reifen
Frau ist weitaus anziehender. Diese anderen, von denen
ich sprach, sie haben weder den Reiz der Jugend noch
den der Reife. Sie, Mrs. Herlong, gehören nicht dazu –
darum versuchen Sie jetzt nicht, ihnen gleich zu werden.
Schauen Sie nicht zurück!«

»Ich verstehe Sie einfach nicht!« rief Elizabeth ungedul-
dig. »Alles, was Sie da reden, ist vollkommen unwichtig.
Ich will wissen, ob Sie Arthur Kittredge sind oder nicht.
Was wollen Sie mir eigentlich einreden?«

»Ich will Ihnen nichts einreden, aber ich will Ihnen klarmachen, daß Sie sich selbst etwas einreden können. Wenn Sie partout daran glauben wollen, daß ich dieser Arthur Kittredge bin, dann wird Ihnen das gelingen. Sie wollen mich zu einem lebenden Denkmal machen, im Gedenken an eine Periode Ihres Lebens, die möglicherweise sehr glücklich war. Vermutlich in der Erinnerung glücklicher, als sie wirklich war.«

»Ich bin nicht hergekommen«, sagte Elizabeth scharf, »um mich darüber belehren zu lassen, was ich mir einreden kann und was nicht. Ich bin gekommen, um die Wahrheit zu erfahren.«

»Ich habe Ihnen die Wahrheit gesagt. Und ich sage Ihnen noch mehr: Sie werden nicht zurückbekommen, was Sie verloren haben. Aber Sie können zerstören, was Sie heute besitzen.«

»Aber wenn Sie...«, sie unterbrach sich und betrachtete ihn mit forschenden Blicken. Wider ihren Willen hatte sie verstanden, was er ihr sagen wollte. Und auch das, was er gesagt hatte, war ganz Arthur. Oder doch nicht? In mancher Weise glich er ihm wieder nicht. Im ersten Moment, als sie heute ins Zimmer gekommen war, war sie ihrer Sache sicher gewesen. Jetzt fühlte sie Zweifel.

»Wenn Sie mir erlauben«, sagte Kessler, »kann ich Ihnen auseinandersetzen, warum Sie auf einmal wollen, ich sei Arthur Kittredge.«

»Also bitte«, sagte Elizabeth ungnädig.

»Gerade in den vergangenen Monaten kam Ihnen das Leben sehr schwierig vor. Und Sie dachten daher zurück an die Zeit, als das Leben leichter war, als Sie noch nicht wußten, welche Ansprüche es eines Tages an Sie stellen würde. Damals, in Ihrer Jugend, war jede Minute Freude und Entzücken. Sie hatten alles, was Sie sich wünschten. Und Sie wußten noch nicht, daß man dafür eines Tages bezahlen muß. Das Glück jener Zeit aber, das Teil Ihrer Jugend war, identifizierten Sie unwillkürlich mit dem Mann, mit dem Sie diese Zeit verbrachten. Und darum wünschen Sie sich die Vergangenheit zurück – nicht Arthur, aber die glückliche Zeit der Jugend, der Freiheit.«

Elizabeth war beeindruckt. Sie empfand einen tiefen Schreck und noch etwas anderes, was sie nicht gleich verstehen konnte. War es Scham? Schämte sie sich, weil sie sich vielleicht wirklich gewünscht hatte, vor der Verantwortung, vor der Last, die das Leben ihr auflud, davonzulaufen. Hatte sie sich darum nach Arthur gesehnt?

»Mein Gott«, sagte sie leise, »ist das so? Sehen Sie es so?«

»Ja«, sagte er, »so ist es.«

Sie schwieg. Es kam ihr vor, als hätte man sie eines Vergehens angeklagt, und fast erschien es ihr, als träfe sie wirklich eine Schuld, die sie unbewußt auf sich genommen hatte.

»Sie können nicht zurückbekommen, was einmal war, Mrs. Herlong«, sagte Kessler weich. »Aber wenn Sie immer wieder danach suchen, werden Sie auch noch das verlieren, was Sie besitzen. Und Sie haben sehr viel zu verlieren. Viel mehr als vor fünfundzwanzig Jahren.«

Elizabeth schob ungeduldig die Schultern zusammen. Sie fühlte sich nun wirklich schuldig.

»Wie alt waren Sie, als Sie das erstemal geheiratet haben?«

»Achtzehn.« Sie hatte rasch geantwortet, und erst hinterher fiel ihr auf, sie hatte gar nicht mehr daran gedacht, daß er es eigentlich wissen müßte.

»Achtzehn!« wiederholte Kessler. »Was haben Sie damals von der Liebe gewußt?«

»Oh, ich glaubte, eine ganze Menge davon zu wissen.«

»Natürlich, Sie glaubten das. Sie konnten es schließlich nur von Ihrem damaligen Standard aus beurteilen. Aber wenn Sie heute zurückblicken? Heute, da Sie wirklich etwas von Liebe wissen? Was also waren Ihre Gefühle damals? Das süße Entzücken eines sehr jungen Mädchens. Etwas Zauberhaftes, zweifellos. Aber nicht viel mehr.«

»Aber was sollte denn die Liebe eines jungen Mädchens anderes sein?«

»Nichts anderes. Natürlich nicht. Das wollte ich Ihnen ja gerade klarmachen. Was haben Sie verloren, als Sie Arthur verloren? Einen Liebhaber und einen Spielgefährten. Es war nicht allzuviel zu verlieren.«

Elizabeth sah ihn ärgerlich an. Was wußte er schließlich von ihrer Liebe zu Arthur? Und doch – das erstemal, daß sie ihre junge Liebe und ihr Ende in diesem Licht sah. Und fast schien es ihr, als hätte er recht.

Er hatte eine Weile gewartet, sehr scharf ihre Miene beobachtet, und fuhr nun fort: »Wenn wir älter werden und mehr Erfahrungen gesammelt haben, gute und schlechte, erscheint es uns oft sehr verführerisch, uns an die Leichtigkeit der Jugend zu erinnern. Die Unbeschwertheit, mit der wir auf der Oberfläche der Dinge und des Lebens entlangtanzten.«

Elizabeth schwieg noch immer. Sie brachte es nicht fertig, ihm zuzustimmen, obwohl sie wußte, daß er nicht unrecht hatte. Aber sollte sie zugeben, ein törichtes junges Ding gewesen zu sein, da sie sich doch für weise und erwachsen gehalten hatte, eine liebende junge Frau?

»Wir schauen immer dann zurück auf unsere Jugendzeit«, sagte er, »wenn wir vor unserem Erwachsensein besonders Angst haben. Wenn wir Dingen und Situationen gegenüberstehen, die wir meistern müssen, eben deswegen, weil wir erwachsen sind.«

»Ich habe Angst gehabt in letzter Zeit«, sagte sie leise, schon fast überzeugt von dem, was er ihr sagte. »Sie wissen es.«

»In diesen Momenten vergessen wir dann«, fuhr er fort, »daß die wirklich echten Freuden genauso wie die echte Bewährung nur von einem erfahrenen, erwachsenen Menschen empfunden und gefordert werden können. Das Glück der Jugend ist nicht viel mehr als Vergnügen am Dasein. Aber das Glück des reifen Menschen, sei es seelisch oder körperlich empfunden, ist tief und stark, eben weil der reif gewordene Mensch nur Glück empfinden kann, das wert ist, so genannt zu werden. Weil er die echten und wahren Werte erkannt hat. Und dasselbe gilt natürlich auch für das Leid und den Schmerz des reifen Menschen. Cherry bricht das Herz, wenn sie zu einer Party geht und die anderen haben hübschere Kleider an als sie. Übrigens gibt es auch Frauen Ihres Alters, denen es so gehen würde, ganz einfach, weil sie innerlich nicht über Cherrys Alter hinausgekommen sind. Ihnen würde das Herz nicht brechen wegen Dinge, die unwichtig sind, Mrs. Herlong. Ich kann Ihnen nur das eine sagen: Sie haben so viel erreicht. Schauen Sie nicht zurück.«

»Das habe ich getan«, gab sie zu. »Ich wußte es nur nicht.«

»Ja, Sie haben zurückgeschaut auf die unbeschwerten Tage der Jugend. Als kein Krieg, keine Gefahr Ihr Glück störte, als kein Sohn Sie verließ, um in den Krieg zu ziehen, und als Sie nicht in die Lage kamen, an sich selber, an Ihrem eigenen Mut zu zweifeln. Und in jene Zeit gehört Arthur. Wenn ich Ihr erster Mann wäre, Mrs.

Herlong, könnte ich Ihnen nichts anderes sagen, als was ich Ihnen jetzt sage. In Wahrheit wollen Sie ihn gar nicht zurückhaben.«

Elizabeth strich sich das Haar aus der Stirn, ihr war, als würde ihr Blick, ihr Sinn, klarer. »Sie sind also nicht Arthur?«

»Nein. Ihr erster Mann ist tot. Sie können ihn nicht wiederhaben, und, ich wiederhole, Sie *wollen* ihn nicht zurückhaben.«

Er machte eine Pause, und als sie schweigend nickte, sprach er weiter. »Sie wollen ihn nicht wiederhaben«, sagte er noch einmal mit Nachdruck. »Wir denken oft, wir wollen die Toten zurückhaben, aber das ist nicht wahr. Das Leben ist ohne sie weitergegangen. Und wenn sie wiederkehrten, kämen sie in eine Welt, die sich verändert hat seit der Zeit, als sie gingen. Wenn Arthur Kittredge heute wirklich zurückkäme, wäre es für Sie eine unerträgliche Störung, eine Belästigung. Nicht nur, weil Sie verheiratet sind und Kinder haben, sondern weil Sie nicht mehr die Frau sind, die ihn einmal geliebt hat. Sie haben sich verändert – wer ändert sich nicht in fünfundzwanzig Jahren? Wäre er am Leben geblieben, so hätten Sie diese Wandlung gemeinsam vollzogen. Aber dies ist nun nicht geschehen. Sie haben mit Spratt Herlong gelebt. Mit ihm teilen Sie eine lange Zeit. Gute und schlechte Tage, ganz persönliche Erfahrungen und Erlebnisse, die keinen anderen etwas angehen. Und daraus ist das Haus Ihrer Ehe gebaut. Jeder andere wäre ein Störenfried darin. Ist es nicht so?«

Ja. So war es. Was hatten sie alles zusammen erlebt, Spratt und sie! Damals, als Cherry so krank war und sie um ihr Leben fürchten mußten. Oder als Spratt seinen Job verlor durch die Intrige eines Mannes, den er für seinen Freund gehalten hatte. Oder jetzt erst vor zwei Tagen, als sie an seiner Schulter geweint hatte, weil Dick gegangen war. Und er hatte gesagt: »Dafür bin ich doch da.«

»Ja«, sagte sie. »Ja, Sie haben recht.«

»Ich kann ein Freund von Ihnen beiden sein«, sagte Kessler, »ein guter und vertrauter Freund, aber ich werde immer außerhalb Ihrer Gemeinschaft bleiben. Denn ich habe diese Gemeinschaft nicht mit erbaut. Ihre Aufgabe, Mrs. Herlong, ist es, diese Gemeinschaft zu erhalten. Kein Außenstehender kann eine Ehe zerstören. Das können nur die beiden, die sie bilden. Eine Ehe ist eines der wenigen menschlichen Gebilde, das unzerstörbar ist von außen, nur verletzlich und zerstörbar von innen. Und Sie müssen es erhalten. Es ist Ihre Aufgabe. Sie können es.«

Elizabeth lächelte, ohne es zu wissen. »Ja«, sagte sie, »ich kann es.«

»Ich werde glücklich sein, wenn ich Ihr Freund sein darf. Und wo ich kann, will ich Ihnen helfen.«

»Sie haben mir geholfen.«

»Dann also nehmen Sie, was ich Ihnen geben kann. Aber machen Sie kein zerstörendes und störendes Element aus mir.«

»Als ich hierherkam«, sagte sie, »war ich meiner Sache so sicher. Und jetzt – Sie sehen aus wie er und auch wieder nicht. Sie – vielleicht haben Sie recht, Mr. Kessler, vielleicht ist es wirklich nur eine Ähnlichkeit. Aber warum war ich so überzeugt davon?«

»Ich könnte Ihnen diese Frage auch beantworten. Nur fürchte ich, daß Ihnen die Antwort nicht gefallen wird.«

»Bitte. Sie haben mir schon mehrere unangenehme Wahrheiten gesagt.«

»Sie haben niemals Ihre erste Ehe völlig abgeschlossen. Wie ein langer Schatten lag sie über Ihrem Leben. Sie haben oft an Arthur gedacht, nicht wahr? Und Sie haben es Ihrem Mann nicht gesagt.«

Elizabeth richtete sich erstaunt auf. »Woher wissen Sie das?«

»Ich habe also recht?«

»Ja. Ich habe immer an Arthur gedacht. Nicht täglich natürlich – manchmal lange Zeit nicht. Aber auf einmal war alles wieder da. Und es war immer wieder furchtbar für mich. Das habe ich noch niemandem gesagt. Nur Ihnen.«

Kessler lächelte. »Und wann haben Sie an ihn gedacht? Wenn alles gut ging? Wenn Sie glücklich waren? Oder wenn das Leben etwas schwierig wurde?«

Sie versuchte, sich zu erinnern. Alle Gelegenheiten fielen ihr nicht mehr ein. Aber das letztemal im vergangenen August, das wußte sie noch, sie hatte mit Spratt über Dicks Fortgang gesprochen, und dann hatte sie den Jungen mit seinen Freunden am Swimming-Pool beobachtet, und kurz darauf, angeregt durch das Datum in ihrem Kalender, war ihr ganzer Schmerz um Arthur wieder aufgeflammt.

Sie sagte: »Ich weiß nicht, ob Sie recht haben. Vielleicht. Ich habe nie auf diese Weise darüber nachgedacht. Aber Sie haben mich jetzt dazu gebracht, darüber nachzudenken.«

»Wie Sie wissen, Mrs. Herlong«, sagte Kessler, »habe ich viel Schreckliches mitgemacht. Doch das hat mich eins gelehrt: Der Blick nach rückwärts ist ein sicherer Weg zur Selbstzerstörung. Schauen Sie, dieses weltweite Unheil, das über uns gekommen ist und das wir zur Zeit durchstehen müssen, kommt nicht zuletzt daher, daß ein Teil der Welt an der Vergangenheit klebt und den Weg in die Zukunft scheut. Ob Völker oder der einzelne Mensch, man muß nach vorwärts blicken. Nach vorwärts gehen. Die Vergangenheit ist vorbei. Wir leben in der Gegenwart. Vor uns liegt die Zukunft. Wir müssen diesen Weg mitgehen, sonst sind wir verloren.«

Aber die Weltgeschichte interessierte Elizabeth in diesem Moment nicht, sie bezog alles nur auf sich selbst.

»Ich verstehe, was Sie meinen«, sagte sie. »Meine erste Ehe überschattete mein Leben. Das ist wahr. Und Sie denken, um der Gegenwart manchmal zu entfliehen, habe ich mich nach der Vergangenheit zurückgesehnt. Ich wußte, daß es so sein würde. Und ich habe Spratt gewarnt, als er mich heiraten wollte. Aber es ist mir nie bewußt geworden, daß es bis heute so geblieben ist.«

Er nickte. »Sie haben von Zeit zu Zeit um das gelitten, was Sie verloren haben, ohne zu erkennen, daß das, was Sie erhalten haben, viel wertvoller war.«

»Ja«, sagte sie, »Sie haben recht. Es ist viel wertvoller.« Sie schwieg, blickte ihn prüfend an und fragte dann, wie um ganz beruhigt zu sein: »Mr. Kessler! Sie sind nicht Arthur?«

»Sie wünschen es also nicht, daß ich es bin. Sie wollen die Gegenwart und die Zukunft.«

Ein Gefühl der Befreiung kam über sie, wie sie es nie empfunden hatte. Ein kurzes glückliches Jahr mit Arthur. Aber ein langes glückliches, erfülltes Leben mit Spratt. Zwei Perioden ihres Lebens. So unterschiedlich in der Länge wie unterschiedlich in der Bedeutung. Nie hatte sie einen Vergleich gewagt. Aber Kessler hatte sie heute dazu gezwungen. Und nun wußte sie: Was sie mit Spratt verband, war viel mehr als das, was sie je mit Arthur verbunden hatte.

»Ich danke Ihnen, Mr. Kessler«, sagte sie leise. »Sie wissen nicht, was Sie für mich getan haben.«

Kessler lächelte, sagte aber nichts. Es blieb nichts mehr zu sagen.

Elizabeth lehnte sich in ihren Stuhl zurück. Sie fühlte sich leicht und frei. Kessler hatte eine Last von ihr genommen, die sie so lange mit sich herumgeschleppt hatte. Wie sehr hatte sie Arthur geliebt, wie hatte sie gelitten unter seinem Tod. Aber nun konnte sie ohne Schmerz an ihn denken. Warum war es ihr nicht längst gelungen, diesen Schatten aus ihrem Leben zu vertreiben? Kessler hatte es vermocht. Niemals wieder würde die Qual der Vergangenheit zurückkehren. Und niemals wieder der Wunsch, Arthur wiederzuhaben. Sie war frei.

Genau wie sie hatte Kessler sich zurückgelehnt, sein Körper entspannte sich, die Intensität, mit der er gesprochen hatte, erlosch. Er war müde und abgekämpft, müßig zog er mit seinem Stock das Muster des Teppichs nach.

Als es Elizabeth bewußt wurde, hob sie rasch den Kopf. Wie oft hatte Arthur so dagesessen, ermüdet nach des Tages Arbeit, entspannt, die Augen gesenkt.

Sie richtete sich auf. Sie war nahe daran, wieder da zu beginnen, wo sie vor einer Stunde begonnen hatte. Sie öffnete den Mund, um zu sprechen, aber dann fiel ihr ein, was er gesagt hatte. »Wenn ich Ihr erster Mann wäre, Mrs. Herlong, könnte ich Ihnen nichts anderes sagen, als was ich Ihnen jetzt sage.«

Er dachte, er habe sie überzeugt. Und einige Minuten lang war es ihr auch so vorgekommen. Aber nun kehrten ihre Zweifel zurück.

Doch er würde ihr nie die Wahrheit sagen. Wenn er

nicht Arthur war, dann war es sinnlos, noch länger darüber zu reden. Und wenn er Arthur war, würde es genauso sinnlos sein. Er würde es nicht zugeben. Niemals würde sie es genau wissen. Was er getan hatte, das hatte er für sie getan. Wenn er Arthur war, dann hatte er sich mit seinem Leid zurückgezogen und ihr den Weg frei gemacht. Ein Opfer, das sie vor fünfundzwanzig Jahren nicht angenommen hätte. Aber nun, fünfundzwanzig Jahre danach, war es zu spät. Und das einzige, was sie für ihn tun konnte, war, ihn glauben zu lassen, daß sie davon überzeugt war, er sei nicht Arthur. Den Blick starr auf ihn gerichtet, dachte sie verwirrt: Ich werde es nie, nie wissen. Niemals.

In der Nacht und noch an diesem Morgen war sie fest entschlossen gewesen, sich Klarheit und Gewißheit zu verschaffen. Nun schien es nicht mehr so wichtig zu sein. Alles Glück, das Arthur ihr hätte geben können, wenn er aus dem Krieg zurückgekommen wäre, war verloren. Ihr Glück hatte sie von Spratt empfangen. Das hatte Kessler ihr klargemacht, und dafür mußte sie ihm dankbar sein.

Ihr fiel ein, daß Kessler sie in der vergangenen Nacht um einen Gefallen gebeten hatte. Wenn sie etwas für ihn tun konnte, so wollte sie es gern tun.

Es fiel ihr schwer, zu sprechen. Es gab so viel anderes, worüber sie nachdenken mußte. Aber sie sagte: »Mr. Kessler, gestern abend sagten Sie, ich könnte Ihnen einen Gefallen tun. Ich hoffe, daran hat sich nichts geändert.«

Kessler blickte auf, fast ein wenig erschrocken, als hätte ihre Stimme ihn aus weiter Ferne zurückgeholt. Er sagte: »Nein. Daran hat sich nichts geändert.«

»Ich sagte Ihnen gestern abend, daß ich gern alles für

Sie tun würde, was in meiner Macht steht. Nach allem, was Sie heute für mich getan haben, möchte ich das dick unterstreichen.«

Er lächelte. »Danke, Mrs. Herlong. Ich möchte, um es einmal so auszudrücken, ein Stück Zukunft in Ihre Hand legen. Margaret.«

Sie war erstaunt. »Sie wollen damit doch nicht sagen, ich soll Margaret zu mir nehmen?«

Er nickte. »Doch.«

»Aber ... soll sie denn nicht bei Ihnen bleiben? Ich dachte, Sie lieben das Kind.«

»Ich liebe Margaret. Aber ich werde nicht immer dasein.«

Elizabeth umklammerte fest die Sessellehnen. »Was wollen Sie damit sagen?«

»Sehen Sie mich an, Mrs. Herlong«, sagte er ruhig. »Haben Sie sich noch nie gewundert, daß ich noch lebe?«

Ja. Er sah müde aus. Es hatte ihn offenbar viel Kraft gekostet, mit ihr zu sprechen. Sein Gesicht war eingesunken, voll Linien der Erschöpfung.

»Nein«, sagte sie. »Man hatte nie den Eindruck, daß Sie ... nun ja, ich meine, daß Sie aus Reserven leben. Mr. Kessler, verzeihen Sie uns! Wir haben Sie alle beansprucht. Jeder ist mit seinen Sorgen zu Ihnen gekommen. Dick und ich. Sogar Brian. Wir haben nie daran gedacht, daß Sie krank sein könnten.«

»Das macht doch nichts«, sagte er. »Und wenn Sie sich jetzt Vorwürfe machen, dann sage ich gar nichts mehr davon.«

»Mr. Kessler, natürlich nehme ich Margaret. Wenn Sie wollen, gleich. Aber meinen Sie nicht, Sie sollten mitkommen? Ich könnte mich doch so schön um Sie kümmern, und Sie wären bestimmt besser versorgt als hier mit Ihrer Haushälterin. Wenn Sie nur wüßten, wie gern ich das täte.«

»Nein, nein, das kommt nicht in Frage. Was ich Ihnen sagen wollte, ist nur dies: ich werde keineswegs so lange leben, wie Margaret noch Fürsorge braucht. Wenn also der Tag kommt, wo ich nicht mehr ihr Vater sein kann, wollen Sie dann ihre Mutter sein?«

»Natürlich, das will ich gern. Nein, bitte, danken Sie mir nicht. Spratt und ich, wir lieben Kinder. Und jetzt, seit unsere größer sind, haben wir schon oft gesagt, wir hätten gern noch ein jüngeres Kind im Haus. Also, das ist ganz selbstverständlich, darüber brauchen wir nicht zu reden.«

»Es könnte sein, daß Sie dafür belohnt werden«, sagte Kessler. »Ich habe Ihnen ja schon erzählt, was für kluge Menschen ihre Eltern waren.«

»Ach, das ist nicht so wichtig. Es wäre schön, wenn Sie recht haben, aber das spielt keine Rolle. Sie ist ein liebes Kind. Ich wünsche von Herzen, daß es nicht dazu kommt, daß sie mich braucht. Aber wenn es sein sollte, dann können Sie sich auf mich verlassen. Sie brauchen sich keine Sorgen um Margaret zu machen.«

»Nein«, sagte er lächelnd, »das brauche ich wirklich nicht, wenn sie bei Ihnen ist.«

»Und jetzt gehe ich, Sie sind müde.«

Elizabeth stand auf. Margarets Zukunft war im Augenblick nicht so wichtig. Kessler machte ihr mehr Sorgen. Wenn sie noch länger blieb, würde es ihn noch mehr anstrengen.

Sie sagte: »Mr. Kessler, ich hoffe, Sie werden mir verzeihen, daß ich Sie mit meinen Sorgen behelligt habe. Und ich danke Ihnen für alles, was Sie für mich getan haben.«

»Und Sie sind nun überzeugt, daß Sie sich geirrt haben?«

»Ja. Ganz überzeugt.« Es gelang ihr, diese Worte glaubwürdig klingen zu lassen. Und um ihn weiter zu beruhigen, fügte sie hinzu: »Sie sehen ihm wirklich ähnlich. Besonders um die Augen ist da eine ganz erstaunliche Ähnlichkeit. Aber jetzt sehe ich, daß ich mich getäuscht habe. Wenn ich gestern abend nicht so durchgedreht gewesen wäre, dann hätte ich mich vernünftiger benommen. Ich hätte dann gewußt, an wen Sie mich immer erinnert haben. Und ich hätte mich nicht dazu verstiegen, daß Sie selbst Arthur sind.«

Das klang sehr echt. Und das war das einzige, was sie für ihn tun konnte. Ihn glauben machen, daß er sie überzeugt hatte. Langsam fuhr sie fort: »Mr. Kessler, ich sagte Ihnen vorhin, daß Sie mich sehr glücklich gemacht haben. Das ist die Wahrheit. Ich habe früher nie gewußt, daß man, um glücklich zu sein, nicht etwas Neues bekommen muß, sondern daß es größeres Glück bedeutet, das zu erkennen, was man besitzt. Sie haben schon viel für mich getan, seit ich Sie kenne. Aber heute haben Sie mir Dinge zu Bewußtsein gebracht, die ich nie in meinem Leben mehr vergessen werde. Und auch Sie, Mr. Kessler, werde ich nie vergessen.«

Mit einem seltsam versunkenen Ausdruck in seinem hageren Gesicht hörte er ihr zu. »Ich glaube, daß Sie wirklich meinen, was Sie sagen, Mrs. Herlong«, erwiderte er mit leiser Stimme. »Gott segne Sie, daß Sie es mir gesagt haben.«

Wie müde er war. Wenn sie doch nur etwas für ihn tun könnte! Sie hatte Arthur niemals auch nur während einer harmlosen Krankheit betreut, denn er war nie krank gewesen, solange er bei ihr war. Und jetzt ...

Er blickte sie an, so viel Zärtlichkeit im Blick, wie sie sie nie zuvor in Menschenaugen gesehen hatte. »Wenn ich wirklich etwas für Sie tun konnte«, sagte er, »dann danke ich Ihnen, ich danke dem Himmel, daß ich Gelegenheit dazu hatte.«

Er würde es nicht zulassen, daß sie ihn pflegte. Das wußte sie. Nur etwas konnte sie noch für ihn tun, etwas ihm sagen. Wenn er Arthur war, würde es ihm wohltun. Wenn er nicht Arthur war, auch dann würde er es verstehen.

Sie sagte: »Mr. Kessler, darf ich Ihnen noch etwas über Arthur sagen?«

War er zusammengezuckt? Sie war nicht sicher.

»Was Sie wünschen, können Sie mir sagen, Mrs. Herlong«, sagte er.

»Ich habe Ihnen gesagt, daß ich ihn sehr geliebt habe«, sagte Elizabeth. »Ihn zu verlieren war über alle Maßen furchtbar für mich. Aber heute, nachdem ich mit Ihnen gesprochen habe, ist mir etwas klargeworden. Nämlich, daß gerade dieses furchtbare Erlebnis dazu beigetragen hat, mein Leben reich und erfüllt zu machen. Sie hatten recht mit dem, was Sie vorhin sagten. Als ich heiratete, war ich ein ahnungsloses junges Mädchen. Ich hatte nicht die leiseste Vorstellung von dem, was das Leben mir bringen könnte. Wahrscheinlich geht es allen jungen Menschen so. Man sieht zwar, man erlebt es sogar mit, daß andere Menschen ins Unglück geraten, daß ihnen Schlimmes widerfährt, aber man hält es nicht für möglich, daß es einem selber auch so gehen könnte. Auf diese Weise bleibt man weich und verletzlich, man hat keine Kraft in sich, um einem Unglück, das einen überfällt, einen gewissen seelischen Widerstand entgegenzusetzen, damit man nicht daran zerbricht. Ich habe

Arthur so sehr geliebt, daß ich dachte, nun sei das Ende
aller Dinge gekommen, als ich ihn verlor. Daß ich wei-
terlebte, daß ich mich selbst und mein Leben wieder in
die Hand bekam, das war nicht meine eigene Kraft. Es
war Arthurs Kraft und Willen. Als ich eines Tages daran dachte, daß es ihm gewiß nicht recht wäre, wenn ich
mich so fallenließe, da war es nicht mehr weit bis zu
dem Entschluß, mein Leben nun selbst in die Hand zu
nehmen. Wenn Arthur mich sehen könnte, so dachte
ich, dann würde er sagen: Nimm dich zusammen, ver-
laß dich auf dich selbst und auf das, was du kannst und
bist. Sein Einfluß war es, obwohl er nicht mehr da war,
daß ich lernte, ohne ihn zu leben. Manchmal habe ich
mir gewünscht, ich könnte ihm das sagen. Und da ich
das nicht kann, sage ich es Ihnen.«
Sie machte eine kleine Pause und fuhr dann fort: »Und
noch etwas muß ich Ihnen sagen. Sie haben mich heute
erkennen lassen, daß das größte Geschenk, das Arthur
mir gemacht hat, meine glückliche Ehe mit Spratt Herlong ist. Es kommt Ihnen vielleicht komisch vor, daß
ich das sage. Aber so, wie ich es jetzt verstehe, ist es nicht
komisch, sondern ganz gut erklärlich. Sehen Sie, erstens
hat Arthur mir gezeigt, wie glücklich man in einer Ehe
sein kann. Wenn eine erste Ehe unglücklich war, kann
man wohl das Glück in einer zweiten Ehe finden. Aber
ich kann mir denken, daß solche Leute nur sehr widerstrebend noch einmal heiraten. Ich hatte keine Angst,
zu heiraten. Dazu kam zweitens, daß Arthur zu lieben
und Arthur zu verlieren mir Verständnis für die wirklichen Werte des Lebens gegeben hatte. Ich wußte, was
echtes Glück war. Und ich wußte auch, was wirkliches
Leid war. Ich wußte es so gut, daß ich niemals mehr Gefühle an Nichtigkeiten verschwenden konnte. In all den

vielen Jahren, die vergangen sind, konnte mich nie etwas so sehr erstaunen als Menschen, die sich über Bagatellen aufregen. Nicht, daß ich so gescheit und weise wäre, nein, ich wußte ganz einfach, was wichtig ist und was nicht. Und solange ich meinen Mann und meine Kinder hatte, konnte mir beispielsweise über ein Dienstbotenproblem das Herz nicht brechen. Was mir widerfuhr, als ich jung war, das war schrecklich. Aber ich glaube, ich bin eine bessere Ehefrau und eine bessere Mutter dadurch geworden. Das ist mir heute erst richtig zu Bewußtsein gekommen. Und das ist Ihr Werk. Ja, Sie haben recht, Mr. Kessler. Ich wünsche nicht, daß Arthur zurückkommt. Jetzt nicht mehr. Aber ich bin ihm dankbar. Und ich bin Ihnen dankbar.«

Kessler, der aufgestanden war, als sie sich erhoben hatte, war längst wieder in seinen Sessel gesunken, offensichtlich zu müde, um sich aufrecht zu halten. Er saß in sich zusammengesunken und blickte sie nicht an, während sie sprach. Aber er hatte ihr zugehört, ein schwaches Lächeln lag um seinen Mund, ein Lächeln der Dankbarkeit, denn das, was sie sagte, brachte ihm Frieden.

Nun, ohne den Blick zu heben, sagte er leise: »Ich danke Ihnen, Mrs. Herlong. Ich hoffe, Sie werden niemals so einsam sein, daß das, was irgend jemand sagt, Ihnen so viel bedeuten kann, was mir Ihre Worte bedeuten.« Er schwieg, und dann, ohne weiteren Übergang, sagte er: »Leben Sie wohl.«

»Auf Wiedersehen«, sagte Elizabeth. Sie ging rasch zu ihm, beugte sich herab und küßte ihn auf die Stirn. Bevor er noch etwas sagen konnte, war sie hinausgegangen.

Kessler legte seinen Arm auf den Tisch, sein Kopf sank

müde darauf. Sie war fort, und es schien, als habe sie den letzten Rest seiner Kraft mit sich genommen. Elizabeth... jung und stark noch immer, für viele Jahre eines erfüllten Lebens, die vor ihr lagen.

Er dagegen, er war so müde, daß er sich ein weiteres Leben gar nicht vorstellen konnte.

Er hatte ihr auch diese Jahre geschenkt, die sie noch zu leben hatte, in denen sie glücklich sein konnte. Ob sie wußte, wieviel ihm das bedeutete, was sie gesagt hatte? Er war überzeugt davon, daß sie nicht wußte, wer er wirklich war. Er wußte es, und das war genug. Aber sie hatte ihm klar gesagt, was Arthur für sie getan hatte. Sie hatte es begriffen. Und damit war das, was er einst in dem deutschen Lazarett begonnen hatte, vollendet.

Er erinnerte sich daran, was er zu Jacoby gesagt hatte. »Sie haben niemals eine Frau so geliebt, daß Sie hätten für sie sterben können.«

Es war schwer genug gewesen, einmal für sie zu sterben. Aber verglichen mit dem, was es ihn heute gekostet hatte, sein Bild endgültig in ihrem Herzen zu töten, war es sehr wenig gewesen.

Aber nun war es vollbracht. Und das war gut. Wäre er nicht zurückgekommen, hätte Arthurs Schatten für immer über ihrem Leben gelastet. Aber er war gekommen und hatte diesen Schatten ausgelöscht. Er hatte sein Werk vollendet. Weder um Elizabeths noch um Margarets Zukunft brauchte er sich Sorgen zu machen. Zu keiner Anstrengung mehr mußte er sich zwingen. Er fühlte sich wie ein Mann, der eines schweren Tages Arbeit hinter sich gebracht hatte und nun schlafen gehen konnte.

XIII

Als Elizabeth nach Hause fuhr, erfüllte sie ein Gefühl der Freiheit und gleichzeitig einer vitalen Kraft. Sie blickte hinüber zu den fernen Bergen, auf denen noch der Winterschnee in der Sonne leuchtete. Sie wünschte, es gäbe keine Benzinrationierung, die sie zu Hause hielt. Aber die gab es nun mal. Es war Krieg. Aber dennoch mußte dieser Überschuß an Energie, den sie empfand, irgendwie verwendet werden. Zu Hause angekommen, lief sie in ihr Zimmer und sogleich ans Telefon.

»Doktor Myers? Hier ist Elizabeth Herlong. Kann ich diese Woche mal vorbeikommen, damit Sie mein Blut prüfen, ob ich dem Roten Kreuz wieder etwas spenden kann? ... Ja, aber es ist schon sechs Monate her, und sie haben mich gestern angerufen und gefragt, ob ich wieder ... Gut, Freitag vormittag dann, um zehn, ich notiere es mir ... Ja, zur Marine. Er ist im Camp in San Diego ... Oh, danke, aber mir dürfen Sie nicht gratulieren. Besser ihm ... Also gut, dann bis Freitag.«

Noch einmal drehte sie die Wählerscheibe. »Ich wollte Ihnen nur sagen, daß ich sehr gern bei der Flugbeobachtung mitarbeiten möchte ... Das ist egal, wann Sie mich brauchen können, ob vormittags oder nachmittags, das spielt keine Rolle ... Oh, die Pfadfinder, ich wußte es nicht. Ich denke, daß Brian Samstag nachmittag gern kommen wird. Ich werd's ihm sagen, sobald er aus der Schule kommt. Sie rufen mich wieder an?«

Sie legte den Hörer nieder und stand eine Weile unbeweglich, mit den Gedanken bei Kessler.

Kessler, Arthur – die Herausforderung war geblieben.

Arthur, wie er damals gewesen war, jung, stark, fröhlich, und dagegen Kessler, verkrüppelt und verbraucht, und dennoch von so viel innerer Kraft erfüllt. »Ich weiß es nicht«, sagte sie laut vor sich hin. »Bei Gott, ich weiß es nicht. Und ich werde es nie wissen.«

Aber als der Tag voranschritt – Cherry und Brian kamen aus der Schule und wollten Sandwiches und Milch, sie ging in die Küche, um zu sehen, was die Köchin vorhatte, sie setzte sich zu Brian, um ihm bei einer schwierigen Arithmetikaufgabe zu helfen – als sie immer mehr von ihren täglichen Pflichten in Anspruch genommen wurde, verblaßte der Vormittag, trat in den Hintergrund vor dem gewohnten Alltag und seinen Aufgaben. Es blieb die Befriedigung darüber, daß sie Kessler alles gesagt hatte, was zu sagen war. Es war die Wahrheit gewesen. Und abgesehen von dem Problem, das sie seit gestern beschäftigt hatte, so war es für sie und ihre Familie ein Glück, diesen Mann kennengelernt zu haben. Ihr ganz persönliches Problem war wohl nicht zu lösen. Aber er hatte ihr ja gesagt, worin ihre Aufgabe bestand. Sie hatte Mann und Kinder, hier lag ihre Verantwortung. Wenn sie ihnen gegenüber versagte, dann war alles verloren.

Vielleicht würde sie Spratt eines Tages von den Geschehnissen der vergangenen Nacht und des heutigen Morgens erzählen. Aber jetzt noch nicht.

Als Spratt am Abend nach Hause kam, erzählte sie ihm, daß Kessler offenbar krank sei und sie gebeten hatte, sich um Margaret zu kümmern, falls es nötig sein sollte.

Spratt sagte ohne Zögern: »Natürlich würden wir das arme Kind zu uns nehmen. Wenn es dir nicht zuviel Mühe macht.«

»Natürlich nicht«, sagte Elizabeth. Beinahe hätte sie hinzugefügt: »Und wenn es noch soviel Mühe wäre, für ihn täte ich alles, was nur möglich wäre.« Sie hätte dann Spratt auch erklären müssen, warum sie das sagte. Und dazu war sie noch nicht imstande.

Spratt dachte inzwischen über Kessler nach. »Weißt du, Elizabeth, vielleicht ist der Mann überhaupt zu krank, um zu arbeiten. Aber vermutlich denkt er, er kann es sich nicht leisten, damit aufzuhören. Meinst du nicht, wir sollten ihm zureden, daß er wenigstens mal eine Zeitlang Urlaub macht?«

»O ja, Spratt, tu das! Und du mußt es so einrichten, daß wir es zahlen. Oder die Firma. Und bitte ...«

»Ja, was?«

»Du mußt ihm sagen, es ist deine Idee. Nicht, daß er denkt, es kommt von mir.«

»Mein kleines Seelchen«, sagte Spratt mit einem Lächeln. »Voller Takt und Einfühlungsvermögen, wie immer. Na schön, ich werde ihn morgen früh gleich anrufen. Heute ist es schon ein bißchen spät.«

Am nächsten Morgen, während sie frühstückte, kam Spratt ins Zimmer.

»Ich denke, ich rufe Kessler gleich an«, sagte er. »Vielleicht ist es gut, ich rede persönlich mit ihm, und da könnte ich auf dem Weg zum Studio bei ihm vorbeifahren.« Er warf ihr einen prüfenden Blick zu. »Du hast jetzt darüber geschlafen. Willst du immer noch Margaret zu dir nehmen?«

»Ich will, wenn du auch willst.«

»Von mir aus bestehen keinerlei Einwände.«

»Du bist ein Schatz, Spratt.«

Er lachte vor sich hin. »Mir gebührt kein Lob. Du bist diejenige, die alle Arbeit haben wird. Du wirst dich um ihre Kleider und um ihre Schularbeiten, um ihre Zähne und den Gesundheitszustand kümmern müssen. Es wird nicht so leicht sein wie bei deinen eigenen Kindern.«

»Wer sagt dir, daß es immer so leicht war?«

»Du bist also entschlossen?«

Sie nickte.

»Okay«, meinte Spratt. Er setzte sich auf die Couch und hob den Telefonhörer ab.

»Hier ist Spratt Herlong. Kann ich Mr. Kessler sprechen?... Wie?... Ja... Ja... Ich verstehe... ich bin... gleich dort.«

Er legte langsam den Hörer auf und wandte sich zu Elizabeth, die ihm mit steigender Unruhe zugehört hatte.

»Was ist, Spratt?«

Spratt befeuchtete seine Lippen und schüttelte langsam den Kopf, als könnte er nicht begreifen, was er gehört hatte.

Er antwortete: »Kessler ist heute morgen um sechs Uhr gestorben.« Einen Moment lang starrten sich Elizabeth und Spratt wortlos an. Spratt sprach als erster. Er sagte irgend etwas davon, daß er im Studio anrufen müsse. Dann stand er auf. »Großer Gott, das ist furchtbar«, sagte er. »Mir ist, als hätte man mich auf den Kopf geschlagen. Er hat nie davon gesprochen, daß es ihm so schlecht geht. Ich werde gleich hinfahren.«

»Ja«, sagte Elizabeth. Es war so viel, was sie hätte sagen müssen. Aber jetzt konnte sie nicht. Sie fragte: »Warum hat er uns nicht gesagt, wie krank er ist?«

»Vielleicht wußte er es nicht.«

»Doch. Ich glaube, er wußte es.«

»Aber ich dachte, wir wären seine besten Freunde«, sagte Spratt, fast schuldbewußt. Dann ging er.

Elizabeth blieb reglos sitzen und starrte die Wand an. Dann ging ihr Blick zum Fenster. In einer Ecke hing der Vorhang herunter. Ihr Blick wanderte hinauf zur Gardinenstange, und sie sah, daß ein Ring herausgerutscht war. Man mußte das befestigen. Kessler war tot. Kessler, der vielleicht Arthur gewesen war, war tot.

Die Vorhänge hatte sie neu gekauft, kurz vor dem Krieg. Heute war es schwierig, anständige Ware zu bekommen. Sie mußte das heute noch festmachen lassen, ehe der Ring verlorenging. Kesslers letzte Anstrengung hatte darin bestanden, ihrem Leben Ruhe und Sicherheit wiederzugeben. Und nachdem er das getan hatte, war er leise gegangen. Für immer. Aber wenn er sich so elend fühlte, warum hatte er sich dann gestern so um sie bemüht? Nur aus Freundschaft? Er hatte nicht erwartet, sehr lange zu leben – das hatte er gesagt. Aber sicher hatte er nicht gedacht, daß ihm nur so wenig Zeit blieb. Und Margarets Zukunft wollte er nur auf alle Fälle sicherstellen. Wenn er aber vielleicht doch vermutet hatte, daß er bald am Ende sein würde, warum hatte er ihr dann nicht die Wahrheit gesagt? Oder hatte er die Wahrheit gesagt? Sie würde es niemals wissen. –

Er war tot. Kessler – oder Arthur, wer er auch immer gewesen war, nun war er tot. Und sie saß hier, unfähig, irgend etwas zu empfinden. Die letzten Tage schienen alle Gefühlsregungen erstickt zu haben.

Trotzdem war es gut, daß sie ihm gestern gesagt hatte, was gesagt werden mußte. Wenn er Arthur gewesen war, dann hatte er erfahren, wie reich er ihr Leben gemacht hatte.

Wir wünschen uns die Toten nicht zurück, hatte er gesagt. In gewissem Sinne hat er recht gehabt, dachte sie. Wenn viele Jahre vergangen sind, dann sind wir gewohnt, ohne sie zu leben. Aber in anderem Sinne wünschen wir sie doch zurück, um ihnen das zu sagen, was wir ihnen nicht sagen konnten oder sagen wollten, solange sie bei uns waren.

Wenn ich gestern mit Arthur gesprochen habe, dann wußte er nun, wieviel Gutes er mir getan hat. Mehr konnte ich nicht für ihn tun. Aber ich bin froh, daß ich es getan habe. Und nun war gar nichts mehr zu tun. Nicht, als hier zu sitzen und den herabgerutschten Vorhang anzusehen. Nein! Das stimmte nicht. Da war sehr wohl etwas zu tun, sehr eilig und sehr wichtig sogar. Margaret.

Elizabeth sprang auf. Der Gedanke an Margaret, wieder allein gelassen in ihrer kleinen, schon einmal zerstörten Welt, weckte ihre Lebensgeister. Sie mußte das Kind sofort holen, ehe es sich ganz verlassen vorkam.

Eilig begann Elizabeth sich anzukleiden.

Als sie in Kesslers Apartment kam, war Spratt schon wieder gegangen, um die notwendigen Dinge zu erledigen. Die Haushälterin war sehr beschäftigt, die verschiedenen Aufträge und Telefongespräche zu erledigen, mit denen Spratt sie betraut hatte.

Margaret saß zusammengekauert in einem tiefen Sessel, der in der Ecke stand, wo sie Weihnachten den Baum geschmückt hatten. Sie war nicht wie sonst ordentlich angezogen und gekämmt; das Kleid von gestern war zerdrückt, ein Schuh war auf, die Zöpfe nicht sorgfältig geflochten. Als Elizabeth sich ihr näherte, blickte das Kind auf, das kleine blasse Gesicht noch naß von Tränen.

Elizabeth sagte nichts. Sie setzte sich mit in den großen Sessel, der für sie beide Platz genug bot, legte den Arm um das Kind und zog es fest an sich. Einen Moment klammerte sich Margaret verzweifelt an ihr fest, dann brach ein trockenes verzweifeltes Schluchzen aus ihr heraus.

»Er ist tot«, stieß sie hervor. »Jeder, der zu mir gehört, stirbt.«

Elizabeth war nahe daran, auch zu weinen. Und noch ein anderes Gefühl war da, nicht nur Schmerz um den Toten und Mitleid mit dem Kind – Haß war es, was sie erfüllte. Haß gegen die Faschisten und alles, was sie je getan hatten.

Sie zwang sich zur Ruhe. Jetzt war das Kind die Hauptsache. »Nicht jeder, Margaret«, sagte sie liebevoll. »Wir gehören doch auch zu dir.«

Margaret blickte zu ihr auf, dann schüttelte sie traurig den Kopf.

»Nein. Du gehörst nicht zu mir.«

»Möchtest du denn nicht, daß ich zu dir gehöre?«

»Du?« fragte Margaret erstaunt.

»Ja, ich. Und mein Mann. Und meine ganze Familie. Wir möchten gern, daß du zu uns gehörst. Und wir lassen dich nicht allein. Du wirst immer bei uns bleiben.«

»Bei euch?« Margaret verstand das nicht. »Du möchtest, daß ich bei euch bleibe?«

»Wir möchten, daß du zu uns kommst. Noch heute. Jetzt gleich. Möchtest du nicht, daß ich deine Mutter bin?«

»Du bist nicht meine Mutter«, sagte Margaret mit so trostloser Stimme, daß es Elizabeth ins Herz schnitt. »Meine Mutter ist tot.«

»Ich bin nicht deine Mutter, aber ich könnte es werden. Ich hab' dich lieb, das weißt du doch. Und ich wollte immer noch gern ein kleines Mädchen haben. Siehst du, Cherry ist schon so groß, sie ist bald erwachsen. Und ich wünschte mir schon lange ein kleines Mädchen, mit dem ich spielen könnte. Also möchtest du nicht doch mitkommen?«

Margaret rieb sich die Augen mit dem Handrücken. »Du meinst«, fragte sie ungläubig, »daß ich mit dir kommen soll und bei dir wohnen soll?«

»Ja. Das meine ich.«

»Wie lange denn?«

»Für immer.«

»So, als wenn ich zu dir gehöre? So, wie andere Mädchen und ihre Mütter?«

»Genauso.«

»Was wird dann Mr. Herlong sagen?«

»Er möchte gern dein Vater sein.«

Ein schüchternes Lächeln kam in das kleine verweinte Gesichtchen. »Kann er denn kleine Mädchen leiden?«

»Aber sicher. Und dich mag er besonders gern.«

»Und ich soll bei euch wohnen – in dem großen Haus mit dem Swimming-pool?«

Elizabeth nickte.

»Wird Brian mich dann auch schwimmen lassen?«

»Natürlich. Warum denn nicht? Sooft du willst.«

»Und wird er mir seine Schmetterlinge zeigen und alles?«

»Das glaube ich bestimmt.«

Margaret lächelte wieder, schon ein wenig heller. »Das wäre fein. In deinem Haus, Mrs. Herlong.«

»Du mußt mich nicht mehr Mrs. Herlong nennen, wenn ich doch deine Mutter sein werde.«

»Wie soll ich dich denn nennen?«

»Nun, du könntest mich Mutter nennen.«

Aber Margaret, mit erschrockenen Augen, schüttelte nachdrücklich den Kopf. »O nein, das geht nicht. Meine Mutter ist gestorben, und mein Vater ist gestorben, und

Mr. Kessler habe ich Vater genannt, und er ist auch gestorben. Und wenn ich dich Mutter nenne, dann ...«

Sie schwieg, zu entsetzt von dem, was sie dachte.

Elizabeth lenkte rasch ab. »Na schön, dann nennst du mich eben Elizabeth. So heiße ich. Meinst du, das geht?«

»Elizabeth«, wiederholte Margaret leise. »Das ist seltsam.« Sie dachte angestrengt nach und fragte dann: »Wann soll ich denn bei dir wohnen?«

»Ab heute. Ich fahre dich jetzt nach Hause, und dann komme ich zurück und hole deine Sachen. Oder du zeigst mir, wo sie sind, und wir nehmen sie gleich mit.«

»Ich werd's dir zeigen.« Margaret krabbelte eifrig aus dem Sessel, aber dann blieb sie scheu stehen. Die neue Veränderung in ihrem Leben verwirrte sie zu sehr. »Es ist komisch«, sagte sie. »Alles ist komisch. Gestern war er hier, und jetzt ist er tot. Und nun soll ich bei dir wohnen. Kann ich das Mikroskop mitnehmen?«

»Du kannst alles mitnehmen, was du willst.« Elizabeth nahm sie an der Hand. »Jetzt gehen wir in dein Zimmer und packen, nicht? Ich freue mich sehr, daß du bei mir bleiben wirst.«

»Ich freue mich auch«, sagte Margaret. Sie blieb stehen und blickte ernsthaft zu Elizabeth auf. »Mrs. Herlong – Elizabeth, ich werde ganz artig sein.«

»Sicher wirst du das, Liebling. Darum mache ich mir gar keine Sorgen.«

Aber Margaret wollte sichergehen. »Ich bin ein Flüchtling«, sagte sie warnend.

Elizabeth umfaßte die Kinderhand fester. »Na und?« fragte sie.

»Viele Leute mögen Flüchtlinge nicht.«

»Das müssen sehr dumme Leute sein.«

»Auch manche Mädchen in der Schule können die Flüchtlinge nicht leiden. Ein Mädchen hat gesagt, ihre Mutter sagt, es gibt schon viel zuviel Flüchtlinge in diesem Land und sie wünschte, man würde sie alle auf ein Schiff verfrachten und dahin zurückschicken, wo sie hergekommen sind.«

»Wie heißt denn das Mädchen?«

»Lilian Farnsworth.«

Elizabeth erinnerte sich gut genug an Mrs. Farnsworths Geplapper. ›Aber wollen Sie denn nichts, *gar* nichts für den Krieg tun?‹ Sie sagte: »Margaret, Lilian Farnsworths Mutter ist eine dicke dumme Närrin. Wenn Lilian wieder so etwas sagt, dann kannst du ihr das antworten und gleich dazu, daß ich das gesagt habe.«

»Sie meint...«, Margaret unterbrach sich und umklammerte Elizabeths Hand in jähem Schreck: »Du wirst mich nicht zurückschicken, nicht wahr?«

»Jetzt hör mal zu, Margaret«, sagte Elizabeth energisch, schob das Kind zurück zu dem Sessel, setzte sich und nahm es auf den Schoß. »Ich habe dir gesagt, ich möchte, daß du mein kleines Mädchen bist. Ganz egal, wie du mich nennst, ich werde deine Mutter sein und mein Mann dein Vater. Wir sind Amerikaner. Und wir werden mit dir vor ein amerikanisches Gericht gehen, und da werden wir ein paar Formulare ausfüllen und werden aus dir auch eine Amerikanerin machen. Genau wie wir es auch sind. Und dann bist du unsere Tochter geradeso wie Cherry. Dann kann dich niemals jemand nach Deutschland zurückschicken.«

»Das kannst du machen?« fragte Margaret.

»Das kann ich machen. Flüchtlinge können richtige Amerikaner werden. Sieh mal, Margaret, meine Leute waren auch mal Flüchtlinge.«

»Wirklich?« Margaret war fassungslos und erleichtert gleichzeitig.

»Wo sind sie denn hergekommen?«

»Oh, aus Schottland, aus Frankreich, aus Holland, ganz verschieden, und meine Ururgroßmutter kam aus Deutschland, genau wie du. Sie kamen alle aus demselben Grunde wie du. Weil sie nicht glücklich waren, da, wo sie lebten, und weil sie gern in einem neuen freien Land leben wollten, wo alle Menschen Freunde sein konnten. Lilian Farnsworths Vorfahren waren auch mal Flüchtlinge.«

»Die auch!? Warum sagt sie dann so was?«

»Vielleicht, weil sie's vergessen haben oder weil sie's nicht wissen. Alle Amerikaner waren einmal Flüchtlinge, Margaret, nur die Indianer nicht. Sie kamen von überallher in der Welt. Manche schon vor langer Zeit, manche vor ein paar Jahren. Und wir sind doch alle ganz nette Leute, nicht? Wir machen manchmal etwas verkehrt, aber wir geben uns Mühe, nette Leute zu sein.«

»Ihr seid nette Leute«, sagte Margaret mit Nachdruck.

»Überall in der Welt«, fuhr Elizabeth fort, »auch in diesem Land, gibt es Leute, die nicht besonders nett sind. Man muß sehen, wie man mit ihnen auskommt. Und die meisten Mädchen in der Schule sind doch nett zu dir, nicht?«

»O ja. Und Lilian Farnsworth können sie alle nicht leiden. In der Frühstückspause gehen wir nie mit ihr zusammen.«

»Das ist auch richtig so. Und wenn sie wieder einmal so etwas Dummes zu dir sagt, dann sagst du einfach, Mr. Spratt Herlong kann dich so gut leiden, daß du jetzt seine Tochter bist, und nur die Mädchen, die sich nett zu dir benehmen, werden von dir eingeladen, um in deinem Pool zu schwimmen.«

»In *meinem* Pool?«

»Natürlich, wenn du unsere Tochter bist, ist unser Swimming-pool auch dein Swimming-pool.«

»Oh-h-h!« Margaret seufzte überwältigt. »Kann ich heute schon schwimmen?«

»Es wird noch ein bißchen kühl sein. Wir werden's mal probieren. Nun komm aber und laß uns einpacken.«

Elizabeth richtete für Margaret das kleine Zimmer her, das neben Cherrys Zimmer lag. Bisher hatte es Cherry mitbenutzt, sie saß dort mit ihren Freundinnen, wenn sie gemeinsam Schularbeiten machten oder die wichtigen Ereignisse ihres jungen Lebens besprachen. Nun kam ein Bett hinein, ein paar helle Kissen, Cherry spendete großmütig einige Einrichtungsgegenstände, die für ein kleines Mädchen geeignet waren. Binnen kurzem hatte Elizabeth ein freundliches Zimmer für den Neuzuwachs des Haushalts geschaffen. Sie war froh, daß diese Beschäftigung sie davon abhielt, ununterbrochen an Kessler zu denken. Spratt kümmerte sich derweil um die notwendigen Formalitäten. Von Kessler war ein Testament vorhanden, in dem er Margaret seine wenigen Besitztümer vermachte. Auch der Wunsch, daß er verbrannt werden sollte, war schriftlich niedergelegt.

Brian und Cherry, auch Dick, als man ihm nach San Diego die traurige Nachricht übermittelte, waren sehr betrübt, ihren Freund verloren zu haben. Sie hatten bisher noch keine Begegnung mit dem Tod gehabt, und es ging ihnen allen dreien sehr nahe.

»Aber er war doch so ein guter Mann!« sagte Cherry vorwurfsvoll, als sei die Güte eines Menschen die Garantie für ewiges Leben.

Brian sagte: »Es ist gar nicht möglich. Er war... na ja, er war richtig ein Freund von mir. Genauso wie Peter!«

Und Dick schrieb: »Ich kann es nicht verstehen. So ein großartiger Mann, und Hitler und Tojo leben immer lustig weiter. Ich weiß wirklich nicht, was ich dazu sagen soll.«

In einem späteren Brief schrieb er: »Ich finde es einfach prima von euch, daß ihr die Kleine zu euch genommen habt. Wo schläft sie denn eigentlich? In meinem Zimmer? Nicht daß ich was dagegen habe, nur, wo bleibe ich, wenn ich mal Sonntag auf Urlaub komme? Ich würde dann gern in meinem alten Zimmer sein. Vermutlich bin ich sentimental, und natürlich könnt ihr das machen, wie ihr wollt.«

Elizabeth antwortete postwendend, er könne ganz beruhigt sein, sein Zimmer stehe ihm immer zur Verfügung, sie würden doch keinen anderen darin wohnen lassen.

Für Cherry und Brian war es in der ersten Zeit etwas schwierig, sich mit der neuen Hausgenossin abzufinden. Sicher, Margaret war ein liebes Kind, das gaben sie zu. Aber eben doch eine Fremde. Sie gehörte nicht zu ihnen. Und dies war ihr Heim. Mußte eigentlich noch jemand darin wohnen?

Spratt und Elizabeth übergingen zunächst derartige Anspielungen. Spratt wartete auf einen günstigen Moment, um seinen Sprößlingen eine Lehre zu erteilen.

Die günstige Gelegenheit kam an einem Morgen, als in der Zeitung zu lesen war, daß die Japaner eine Invasion in Amerika planten. Cherry und Brian fragten ihren Vater, ob er das im Ernst für möglich halte. Spratt lachte nicht, wie sie erwartet hatten. Er sprach über die Verteidigungsanlagen an der Küste, die ihm sicher genug erschienen, und fügte hinzu: »Wir sind recht glücklich dran in diesem Land, nicht? Obwohl wir Krieg haben, brauchen wir uns nicht ernstlich darum zu sorgen, daß unsere Häuser abbrennen und daß wir eines Tages auf die Mildtätigkeit von Fremden angewiesen sind. Sind wir nicht gut dran?«

»Doch, ich denke schon«, stimmte Brian zu.

Im Konversationston fuhr Spratt fort: »Wißt ihr, als ich ein Kind war und in die Sonntagsschule ging, interessierte es mich immer sehr, was der Pfarrer aus der Bibel vorlas. Besonders manche Stellen. Zum Beispiel die: Geben ist seliger denn nehmen. Ich dachte damals, es drehte sich hauptsächlich um den Groschen, den man am Sonntag in die Sammelbüchse stecken sollte. Aber die Bibel ist ein viel klügeres Buch, als man auf den ersten Blick denkt. Man muß einige Zeitlang darüber nachdenken, bis man begreift, was wirklich gemeint ist.«

Erstaunt fragte Cherry: »Was hat denn das mit den Japanern zu tun, Boß?«

»Na ja, denke mal darüber nach«, sagte Spratt. »Was wäre wohl passiert, wenn nicht die Deutschen, sondern die Japaner zuerst mit dem Krieg angefangen hätten. Wir waren 1939 überhaupt nicht auf einen Krieg vorbereitet. Wenn die Japaner damals überraschend angegriffen hätten, wäre es ihnen vermutlich gelungen, in Kalifornien einzudringen. Und wir? Wir wären dann heute Flüchtlinge irgendwo im Mittelwesten oder gar in einem ganz fremden Land. Das heißt, wenn es uns gelungen wäre, rechtzeitig wegzukommen. Komische Vorstellung, nicht?«

Brian pfiff überrascht, und Cherry rief: »Um Himmels willen, Boß!«

»Was wäre uns anderes übriggeblieben?« sagte Spratt. »Aber da der Krieg auf der anderen Seite losging, sind wir in der glücklichen Lage, daß wir alles behalten konnten, was uns gehört, daß wir leben können, wie wir es gewohnt sind, und daß wir außerdem noch die kleine Margaret bei uns aufnehmen können, anstatt daß wir bei Fremden vor der Tür stehen müssen und bitten, daß sie uns aufnehmen.«

Beide Kinder machten verlegene Gesichter. Spratt fuhr fort: »Seht ihr, auf diese Weise verstehe ich immer besser, was der Pfarrer damals in der Sonntagsschule eigentlich meinte. Geben ist seliger denn nehmen. Das stimmt aufs Wort. Und praktischer Mann, der ich bin, erweitere ich das Wort noch und sage: Geben können ist seliger als nehmen müssen.«

Cherry hatte große Augen bekommen, dann lachte sie und nickte ihrem Vater zu.

Er lachte auch und fragte: »Hast du's verstanden, Cherry?«

»Ja«, sagte Cherry auf einmal ganz ernst, »ich denke doch, Boß, ich hab's verstanden.«

Brian mußte das erst noch verdauen. Er wiederholte mit gerunzelter Stirn: »Geben können ist seliger als nehmen müssen. Mensch, Boß, du bist ulkig.«

»Na ja, wenn du meinst«, sagte Spratt. »Auf jeden Fall ist es nicht ulkig, derjenige sein zu müssen, der nehmen muß. Ich hoffe, du kommst nie in die Lage.«

Brian blickte finster auf die Zeitung, die vor ihm lag.

»Überall ist so ein Durcheinander«, murmelte er, und da sich dem nicht widersprechen ließ, schwieg Spratt und wartete, was noch kam. Nach einer Weile sagte Brian entschlossen: »Ich denke, es ist ganz richtig, daß Margaret bei uns ist. Ihr muß es halt komisch vorkommen, daß sie jetzt bei uns lebt und nicht bei ihrem Vater. Mir tut es so leid, daß Mr. Kessler nicht mehr da ist. Er fehlt mir richtig.«

»Ja, mir auch«, sagte Cherry.

Seit diesem Gespräch war Margaret auch von den Kindern als gleichberechtigtes Mitglied der Familie aufgenommen.

Mit Margaret war es in gewisser Weise doch schwierig. Sie war schon einmal entwurzelt worden, aus ihrer gewohnten Umgebung herausgerissen, nun war es wieder geschehen, und sie war durchaus darauf gefaßt, es könne auch ein drittes Mal passieren. Sie hatte Kessler mehr geliebt als die Herlong-Kinder, schließlich hatte sie lange genug bei ihm gelebt und war von ihm umsorgt worden. Sein Tod hatte sie traurig gemacht. Aber er hatte sie nicht überrascht. Margaret wußte, daß es den Tod gab. Und sie fürchtete ihn, jetzt noch mehr als früher.

Ja, Margaret fürchtete sich. Furcht und Angst erfüllten ihre ganze kleine Person und stellte ihre Pflegeeltern vor ein ganz neues Problem. Elizabeth und Spratt wußten, wie man den Fehlern und Ungezogenheiten der Kinder begegnete, aber keines ihrer Kinder hatte je in Angst gelebt oder auch nur das Gefühl der Unsicherheit kennengelernt. Margaret jedoch kannte nichts besser als gerade diese Gefühle.

Sie machte kaum Arbeit und gar keinen Ärger. Sie war ein folgsames und freundliches Kind, räumte ihre Spielsachen auf, machte pünktlich ihre Schulaufgaben und fragte um Erlaubnis bei allem, was sie tun wollte – sie war so artig, daß keine zwei Wochen vergangen waren seit ihrem Einzug in das Haus Herlong, daß Spratt und Elizabeth sich ratlos fragten, was man gegen so viel Artigkeit tun könne. Ein Kind, das sich so ängstlich bemühte, es jedem recht zu machen, das war einfach unnormal.

Aber Margaret hatte ja bereits ausgesprochen, was sie befürchtete. Jeder, der zu mir gehört, stirbt. Und soviel sich Elizabeth auch Mühe gab, das Kind heimisch werden zu lassen und die schlimmen Dinge, die es erlebt hatte, vergessen zu lassen, die Angst blieb.

Jeder, der zu mir gehört, stirbt. Sicher, Margaret fühlte sich wohl bei ihnen, aber es war ein Paradies mit Bewährung. Sie schien einen Pakt mit dem Schicksal geschlossen zu haben. Wenn sie ganz artig, ganz leise, ganz folgsam war, vielleicht würde dann diesmal alles gut gehen.

Cherry und Brian fanden die artige Margaret sehr erfreulich. Es gab weder Streit noch Ärger mit ihr. Brian zeigte der Kleinen seine Insektensammlungen, und Cherry führte ihr den Inhalt ihres Kleiderschrankes vor. Es war sehr angenehm, wenn alle Besitztümer, die einem wertvoll waren, so rückhaltlos bewundert wurden und dennoch kein Anspruch auf Teilhaberschaft erhoben wurde.

Elizabeth und Spratt jedoch fanden Margarets Benehmen weniger erfreulich.

»Ich weiß nicht, was ich mit ihr anfangen soll«, sagte Elizabeth. »Ungezogenheit oder Trotz, damit kann ich umgehen. Aber so etwas ist neu für mich. Unsere Kinder kannten keine Furcht.«

Spratt sagte mit leiser, ärgerlicher Stimme: »Da siehst du, Elizabeth, was diese Bestien aus den Menschen machen! Das ist wirklich ›seelische Grausamkeit‹, nicht der Unsinn, der unter diesem Namen vor unseren Scheidungsrichtern ausgebreitet wird. Margaret ist körperlich heil und gesund aus dem ganzen Elend herausgekommen. Aber ihre Seele hat Schaden genommen, so viel steht fest.«

»Und sie ist es nicht allein. Es geht Millionen so wie ihr«, sagte Elizabeth zornig. »Ich werde ganz krank, wenn ich nur daran denke.«

»Unsere Aufgabe ist es jedenfalls, Margaret zu helfen«, meinte Spratt entschieden. »Du mußt ihr zeigen, daß du sie liebhast und daß wir froh sind, sie bei uns zu haben. Ich würde sie ganz normal behandeln, also nicht verhätscheln und verwöhnen, aber sie fühlen lassen, daß sie zu uns gehört. Und frage sie nichts über Deutschland und nichts über Kessler. Wenn sie von selbst davon redet, nun gut, sie soll es nicht in sich verschließen. Ich hoffe, mit der Zeit wird sie es vergessen.«

»Sie fühlen lassen, daß sie zu uns gehört«, wiederholte Elizabeth nachdenklich, »ja, das ist richtig. Und dann müßte ich ihr irgend etwas zu tun geben, damit sie sieht, sie wird gebraucht. Ich muß mal überlegen.«

Am nächsten Tag sagte sie: »Ach, Margaret, ich habe wirklich Sorgen. Könntest du mir nicht helfen?«

»Ich? Dir helfen?« fragte Margaret erstaunt. »Du hast Sorgen, Elizabeth?«

Sie nannte ihre neue Pflegemutter immer noch Elizabeth, und zu Spratt sagte sie nun Boß, genau wie die anderen Kinder. Elizabeth beließ es dabei. Vater und Mutter würden vielleicht später von selbst über die Lippen des Kindes kommen. Und wenn nicht, machte es auch nichts.

»Na ja, nicht direkt Sorgen«, antwortete sie jetzt, »das wäre übertrieben ausgedrückt. Es ist nur – weißt du, ich habe Dick ein Paar Socken gestrickt, und die zieht er so gern an. Er sagt, diejenigen, die er bei der Marine bekommt, kratzen so, und er mag sie nicht. Ich müßte ihm unbedingt noch welche stricken, aber ich habe einfach keine Zeit. Ich muß mich um den Haushalt kümmern, und dann gehe ich ja nun auch auf den Flugplatz, du weißt ja, also ich komme einfach nicht zu den Socken. Du könntest wohl nicht für Dick ein Paar Socken strikken? Wenn ich es dir zeige?«

»O ja!« rief Margaret stürmisch, um jedoch gleich zaghaft hinzuzufügen: »Meinst du, ich kann es lernen? Meinst du, ich kann Socken stricken, die gut genug sind, daß Dick sie tragen kann?«

»Natürlich kannst du das. Am Anfang wird es dir vielleicht noch etwas schwierig vorkommen, aber nach einer Weile kannst du stricken, ohne hinzusehen.«

»Oh!« seufzte Margaret überwältigt. »Du denkst, er wird sie anziehen?«

»Aber bestimmt. Er braucht sie dringend. Würdest du das wirklich für mich tun? Ich wäre dir so dankbar. Und Dick auch.«

»O ja, ja! Wann kann ich es lernen?«

»Jetzt gleich, wenn du willst. Ich habe Nadeln und Garn da.«

Der Gedanke, etwas unbedingt Wichtiges zu tun, war für Margarets verwundete kleine Seele ein wunderbares Heilmittel. Sie machte sich mit Feuereifer daran, strikken zu lernen. Die Zeit, die Elizabeth darauf verwendete, um ihr das Entstehen der Ferse beizubringen, hätte ausgereicht, daß sie selbst ein Dutzend Socken hätte stricken können. Aber das war nicht so wichtig. Wichtig war es, daß Margaret auf dieser Welt einen Platz erhielt, an dem sie gebraucht wurde. Das war noch viel wichtiger als Dicks Socken.

In ihrem nächsten Brief an Dick forderte Elizabeth diesen auf, ein paar Worte der Ermutigung an seine neue kleine Schwester zu schreiben. Dick war zwar kein großer Schriftgelehrter, aber er verstand, worauf es ankam.

Er schrieb: »Liebe Margaret, ich höre, daß Du Socken für mich strickst. Das ist prima von Dir. Ich brauche sie nämlich ganz dringend. Immer Dein Dick.«

Margaret hatte noch nie einen Brief erhalten, der an sie adressiert war. Sie war entzückt, die Nadeln klapperten nur noch eifriger, und dazwischen studierte sie immer wieder den Brief und den Umschlag, auf dem ihr Name stand. Am Abend, als Elizabeth in ihr Zimmer kam, um gute Nacht zu sagen, begann sie schüchtern: »Ich möchte dich was fragen.«

»Ja, was denn?« sagte Elizabeth und setzte sich aufs Bett.

»Du wirst nicht böse mit mir sein?«

»Bestimmt nicht.«

»Ich hab' nämlich gedacht... es wäre so fein... du hast gesagt, daß ich eine richtige Amerikanerin werde und...« Sie zögerte.

»Das wirst du auch«, sagte Elizabeth ermutigend.

»... und ich bin dein kleines Mädchen, als wenn ich bei dir geboren wäre...«

»Du bist mein kleines Mädchen.«

»Ja... mein Vater... Mr. Kessler, er ist ja tot, und ich gehöre nun zu dir, und ich habe gedacht, wenn ich richtig zu dir gehöre, dann... dann...« Weiter kam sie nicht, aber Elizabeth hatte verstanden.

»Du meinst, dann solltest du auch denselben Namen haben wie wir?«

Margaret nickte eifrig. »Woher weißt du das? Bist du böse?«

»Ich weiß es, weil ich auch schon daran gedacht habe. Ich wollte dich sowieso fragen, welchen Namen du haben willst. Ich habe dir ja schon gesagt, wir müssen ein paar Formulare für dich ausfüllen, damit du Amerikanerin wirst. Und da können wir das auch gleich mit erledigen, dann bist du Margaret Herlong.«

»Kann ich das wirklich sein? Oh, danke, Elizabeth, danke!« Margaret schlang beide Arme um Elizabeths Hals so leidenschaftlich und fest, wie sie es noch nie getan hatte. »Wirst du es auch allen in der Schule sagen, daß ich euren Namen kriege?«

»Ich kann schon morgen mit dir in die Schule gehen und es dem Lehrer sagen.«

»O fein. Das ist wunderbar. Dann ... Elizabeth .. .«

»Ja?«

»Dann kann niemand sagen, daß ich nach Deutschland zurück muß, nicht?«

»Niemand und niemals. Wir könnten dich auch gar nicht zurückgehen lassen, Margaret. Du würdest uns fehlen.«

Margaret seufzte vor lauter Seligkeit. Elizabeth legte sie sanft in das Kissen zurück, deckte sie zu und gab ihr einen Gutenachtkuß.

Dann ging sie hinunter zu Spratt. »Es bleibt noch viel zu tun«, sagte sie, »sie hat immer noch Angst. Aber ein Anfang ist gemacht.«

»Wenn sie nur mal inzwischen weiß, daß sie zu uns gehört, das genügt für den Augenblick«, sagte Spratt. »Alles andere kommt dann von selbst.«

XIV

Der Frühling kam spät in diesem Jahr, es blieb lange kalt. Jede Nacht kam von der See her Nebel und hing noch den halben Tag als dicke graue Wolke über der Stadt. Die Winterblumen, die sonst um diese Zeit längst abgeblüht waren, hielten noch müde und matt ihre Blüten geöffnet, doch keiner sah sie mehr an, man wartete auf die Frühlingsblumen.

Und dann eines Morgens war die Sonne zur rechten Zeit da, und gleichzeitig, als habe es nur darauf gewartet, begann das Land zu blühen. Auf den Bergen lag noch Schnee, aber in den Tälern begannen die Magnolien und die roten Jacarandabäume zu blühen, Rosen rankten an den Zäunen, an den Hängen wiegten sich die Lupinenfelder und entlang der Straße im Canyon schüttelten die Akazien ihre goldenen Locken im Wind. Die Vögel konnten sich nicht lassen vor Entzücken, den ganzen Tag über jubilierten sie aus vollem Herzen; und noch in der Nacht ließ der Frühling keinen vergessen, daß er eingezogen war. Im leichten Wind träumte der Jasmin vor sich hin und hüllte ganz Beverly Hills in einen süßen Duft.

Elizabeth, immer aufgeschlossen für die Schönheiten dieser Erde, erlebte diesen Frühling mit schmerzlich-süßer Eindringlichkeit, sie war sensibel und empfindsam wie ein junges Mädchen. Immer noch dachte sie viel an Kessler. Immer noch quälte sie das ungelöste Rätsel dieses Mannes. Und dann konnte sie sich nicht von einem leichten Schuldgefühl frei machen. Hatte sie zuviel von diesem Mann verlangt? Hatte ihre letzte

Begegnung mit ihm, die Erregung, die sie empfand und die er zweifellos geteilt hatte, und seine Bemühung, ihr zu helfen, hatte dies alles etwa das Ende beschleunigt? Eines Abends konnte sie ihre Zweifel nicht mehr allein tragen, sie sprach endlich mit Spratt.

»Haben wir zuviel von ihm verlangt, Spratt? Sind wir vielleicht schuld...« Sie sprach nicht weiter, blickte ihn nur fragend an.

Spratt setzte sich zu ihr und nahm ihre Hand. »Ich weiß es nicht, Elizabeth. Kann sein.«

»Dich trifft keine Schuld, Spratt. Abgesehen davon, daß du seine Arbeitskraft beansprucht hast und nicht wußtest, wie krank er war. Aber die Kinder, Brian und Dick, haben ihn ewig mit ihren Geschichten behelligt. Und dann vor allem ich.«

Spratt antwortete: »Ich weiß es wirklich nicht. Aber ich glaube, selbst, wenn es wirklich so war, er wollte das. Er war nicht der Mann, nutzlos herumzusitzen und sich selbst zu betrachten.«

»Meinst du das wirklich? Oder willst du mich bloß trösten?«

»Nein, wirklich nicht. Es ist meine Meinung. Sieh mal, er hat die Kinder ja aufgefordert, zu ihm zu kommen. Und wenn du ihm dein Herz ausgeschüttet hast, so hättest du es nicht getan, wenn du nicht gemerkt hättest, daß er bereit und willens war, dir zuzuhören.« Er lächelte. »Du müßtest das eigentlich verstehen. Elizabeth. Du bist genau so ein Mensch.«

»Findest du? Das ist mir noch nicht aufgefallen.«

»Dann denke einmal darüber nach. Für ihn wie für dich wäre es das schlimmste, in die Ecke geworfen zu werden wie ein abgetragener Mantel. Übrigens, für mich auch. Wenn ich die Wahl hätte zwischen fünf Jahren voll Aktivität und tätigen Lebens und zehn Jahren voller Nutzlosigkeit, also ich würde die fünf Jahre wählen. Und du?«

Sie zögerte nicht mit der Antwort. »Ich würde auch die fünf Jahre wählen. Nichts muß so schlimm sein, wie das Gefühl, daß einen keiner braucht.«

»Also, mach' dir keine unnötigen Gedanken wegen Kessler. Er wollte es so haben. Und er konnte mit dem Wissen sterben, ein geliebter und guter Freund zu sein, der seinen Freunden helfen konnte. Kein schlechter Zeitpunkt, um das Leben zu verlassen. Oder?«

Elizabeth antwortete nicht. Sie saß reglos, das Kinn in die Hand gestützt – so lange, bis Spratt sie schließlich aufmunternd anlächelte und sagte: »Also los! Was ist es? Irgend etwas hast du noch auf dem Herzen.«

Elizabeth hob langsam den Kopf. »Ich weiß nicht, ob ich es dir sagen soll oder nicht. Vielleicht sollte ich es besser für mich behalten. Aber ich muß es dir sagen, Spratt. Es läßt mich nicht los. Und es hat auch noch nie ein wirkliches Geheimnis zwischen uns gegeben. Spratt, weißt du noch, daß ich öfter sagte, Kessler erinnere mich an jemanden?«

»Natürlich. Weißt du nun, an wen?«

Sie nickte. »Er erinnerte mich an Arthur.«

»Oh!« machte Spratt überrascht. Und dann: »Das finde ich aber seltsam. Ein verkrüppelter Deutscher – du sagtest immer, Arthur sei groß und stark gewesen.«

»Das war er auch. Das war wohl auch der Grund, warum ich nie an Arthur dachte, wenn ich Kessler sah.«

»Na schön, ich bin froh, daß du es nun weißt, an wen er dich erinnert hat. Es hat dir ja doch keine Ruhe gelassen. Aber warum, um Himmels willen, wolltest du mir das nicht erzählen?«

Spratt schien ein wenig amüsiert zu sein. »Nach so vielen Jahren – du denkst doch nicht etwa, daß ich auf deinen Arthur noch eifersüchtig bin?«

»Nein, nicht deswegen«, sagte Elizabeth. Sie zögerte, die Versuchung war groß, das Gespräch hiermit zu beenden. Aber da sprach sie schon weiter, wie unter einem Zwang.

»Spratt, erinnerst du dich an den Abend, als wir bei Chasen waren? An dem Tag, als Dick nach San Diego gegangen war? Ich habe ein paar Cocktails getrunken und dann den Brandy, sicher, aber trotzdem, ganz plötzlich erkannte ich, an wen Kessler mich erinnert hatte die ganze Zeit. Es war wie ein Schock. Und an jenem Abend glaubte ich nicht nur, daß er Arthur ähnlich sei, sondern selbst Arthur wäre.«

»Mein Gott!« sagte Spratt. »Du mußt einen ganz schönen Schwips gehabt haben.«

»Ich weiß nicht. Auf jeden Fall, das glaubte ich an jenem Abend.«

Spratt betrachtete sie ungläubig. »Hoffentlich hast du das dem armen Kessler nicht gesagt?«

»Doch. Noch in derselben Nacht. Du bist zu den Sterns gefahren, um ein Skript zu holen. Und ich war mit ihm im Garten. Natürlich sagte er, er sei nicht Arthur.«

»Er muß gedacht haben, du bist übergeschnappt. Elizabeth, du bekommst nie mehr einen Manhattan, das ist für dich zu gefährlich.«

»Das ist noch nicht alles. Am nächsten Tag ging ich zu ihm.«

»Um dich zu entschuldigen, nehme ich an.«

»Nein. Ich wollte sehen, ob ich mich geirrt hatte oder nicht. Und wieder sah er aus wie Arthur. Das heißt – aussehen ist das falsche Wort. Er *war* wie Arthur. Die

Art, wie er dachte und sprach und handelte, das alles. Aber er behauptete fest, er sei nicht Arthur. Er sagte mir viel an diesem Vormittag. Und etwas davon muß ich dir auch sagen, Spratt.« Sie war ganz ernst und sah ihn beschwörend an.

»Spratt, er machte mir klar, was für eine unheimliche Tragödie es wäre, wenn Arthur oder irgendein Mensch, der so lange tot ist, durch irgendein Wunder wiederkäme und in das Leben der Menschen, die einst zu ihm gehörten, einbräche. Und er machte mir auch klar, ließ es mich ganz deutlich sehen, was es bedeutete, zwanzig Jahre verheiratet zu sein, so wie du und ich. Was uns miteinander verbindet und was wir einander bedeuten. Durch ihn sah ich das alles so klar und so neu, als hätte ich es noch nie gesehen. Was du mir bist. Und wie sehr ich dich liebe.«

Spratt nahm ihre Hände in die seinen. »Mein Liebes«, sagte er weich, »mußte erst so eine Verwirrung über dich kommen, um dich das verstehen zu lassen?«

»Weißt du denn, wie sehr ich dich liebe, Spratt?«

»Ich weiß es«, sagte er einfach.

Sie sah ihn erwartungsvoll an, denn er wollte noch etwas sagen. Spratt war nicht gerade ein Romantiker. Und große Worte zu machen, war nie seine Sache gewesen. Aber jetzt, ihre Hände immer noch haltend, ein zärtliches Lächeln in den Augen, sagte er leise: »Beweist du es mir denn nicht jeden Tag? Mit allem, was du tust, und mit jedem Wort, das du sagst? Siehst du, Elizabeth, ich fühle es, wenn ich mit dir telefoniere. Du sagst: Ja, Spratt, hier ist Elizabeth. Aber du könntest genausogut sagen: Spratt, hier ist das einzige Wesen auf der Welt, das immer an deiner Seite ist und bleiben wird, was auch geschieht; das an dich glaubt, ganz egal, was für eine Torheit du auch begehst; das dich besser kennt, als dich sonst jemand auf der Erde kennt, und trotzdem der Meinung ist, du seist der Liebe wert. – Das immer höre ich aus dem Telefon heraus. Ist es nötig, extra darüber zu sprechen?«

Elizabeth seufzte tief auf. »Nein, natürlich nicht. Aber manchmal tut es gut, es zu hören.«

»Ich liebe dich auch, Elizabeth«, sagte Spratt. »Oder weißt du es nicht?«

»Doch, natürlich weiß ich es.« Sie lächelte glücklich und drückte seine Hände. Dann sprach sie weiter. »Es war nicht nötig, daß Mr. Kessler mir sagte, wie sehr wir uns lieben. Das wußte ich. Aber er machte mir klar, wieviel mehr wir uns heute lieben als damals, zu Beginn unserer Ehe. Die vielen tausend großen und kleinen Dinge, die uns verbinden, die wir zusammen erlebt haben, die man vielleicht längst vergessen hat, die aber nur uns gehören und keinem anderen sonst, die haben unsere Liebe so stark gemacht. Das erkannte ich, als er mit mir sprach. So ganz dumme Kleinigkeiten sind es manchmal. Aber aus solchen Kleinigkeiten baut sich das Leben auf. Das habe ich zum erstenmal richtig entdeckt. Verstehst du, was ich meine?«

»Ich verstehe es gut«, sagte Spratt. »Das ist nun mal die Ehe, nicht?«

»Ja.« Sie war noch nicht fertig. Zögernd sprach sie weiter: »Spratt, erinnerst du dich, als wir zum erstenmal vom Heiraten sprachen, was ich dir da sagte? Daß ich dir von meiner Liebe zu Arthur erzählte und wie glücklich ich mit ihm gewesen sei? Und daß ich nie mehr so empfinden könne?«

»Ich erinnere mich«, sagte er leise.

»Was ich dir heute sagen will«, fuhr sie fort, »das ist

folgendes: es ist nicht mehr wahr. Als ich mit Mr. Kessler sprach, verstand ich zum erstenmal, wie unwichtig das alles geworden ist. Und wie ich mich gewandelt habe. Ich liebe dich viel mehr, als ich Arthur geliebt habe. Das sollst du wissen. Verstehst du mich?«

Zu ihrer Überraschung lachte Spratt amüsiert. »Ja, mein Herz, ich verstehe es. Außerdem weiß ich es schon lange. Aber ich bin froh, daß du es jetzt auch weißt. Ich glaube, ich habe dir damals schon gesagt, die schwärmerische Anbetung und Verzückung eines jungen Mädchens war es gar nicht, was ich mir wünschte. Ich wollte gerade das, was ich von dir bekam. Und das, was daraus geworden ist. Wir beiden, unsere Kinder, einer für den anderen da und ihn verstehend. Das war es, was ich mir wünschte, und so wie ich dich kenne nun nach all den Jahren, war es auch das, was du dir wünschtest.«

»Ja!« rief sie inbrünstig. »Du hast eine sehr glückliche Frau aus mir gemacht, Spratt... das muß ich dir schon einmal sagen. Und ich liebe dich mehr, als ich jemals in meinem Leben einen anderen Menschen geliebt habe. Das wär's.«

»Eine Jugendliebe ist etwas Schönes«, sagte Spratt sachlich, »aber wenn man erwachsen ist, dann braucht ein ernst zu nehmender Mensch auch eine erwachsene Liebe.«

»Es ist vorbei, was früher war«, sagte Elizabeth, »ganz und gar vorbei.«

»Und es war doch vielleicht noch nicht ganz vorbei, als du glaubtest, in dem armen Kessler deinen Arthur zu entdecken. Sonst hättest du es mir gleich erzählt. Elizabeth, du denkst es doch nicht etwa immer noch? Ich meine, daß er Arthur gewesen wäre?«

»O nein! Sonst hätte ich ja nicht davon gesprochen, du

hast ganz recht. Ich will daran nicht mehr denken. Es ist vorbei und erledigt.«

Spratt lauschte ihrem Tonfall nach. Ihre Verneinung kam gar zu heftig. »Du hättest es feststellen können«, sagte er trocken.

»Wie? Was meinst du?«

»Im letzten Krieg wurden den Soldaten Fingerabdrücke abgenommen. Ich bin sicher, diese Abdrücke werden heute noch in Washington aufbewahrt.«

»Oh?« Elizabeth starrte ihn sprachlos an. Aber dann sprang sie auf, schlang die Arme um ihn und rief: »Aber es interessiert mich nicht mehr. Es ist erledigt. Ich habe mir etwas eingebildet und habe eingesehen, daß es ein Irrtum war. Und wenn es kein Irrtum war – dann ist es nun auch zu spät. Arthur ist nicht mehr hier. Nicht nur im körperlichen Sinne, meine ich. Überhaupt nicht mehr. Verstehst du?«

Spratt zog sie fest an sich. »Mein kleines Schäfchen, natürlich verstehe ich dich. Ich bin nicht umsonst zwanzig Jahre lang mit dir verheiratet gewesen, ich kenne deine lebhafte Einbildungskraft. Ein Glück, daß du so einen nüchternen und praktisch denkenden Mann hast wie mich, der dich immer wieder auf der Erde festhält. Alles kam daher, weil Dick zur Marine ging. Du hast es schon einmal erlebt, daß ein Mann in den Krieg zog und nicht wiederkam. Und darum warst du so verstört.«

»Du hast das gewußt, nicht wahr?«

»Ja. Und ich glaube, Dick weiß es auch. Du wolltest nicht davon sprechen und hast doch immerzu daran gedacht. Warum hast du es nicht ausgesprochen? Meinst du nicht, daß ich dir hätte helfen können? Laß uns doch die Dinge ganz sachlich betrachten. Natürlich, Krieg ist Krieg. Und Männer sterben darin. Keiner kann dir versprechen, ob dein Sohn wiederkommt oder nicht. Andererseits sieht es heute doch etwas besser aus als damals. Wir haben Blutplasma und Sulfonamide und was weiß ich sonst noch alles. Man muß nicht immer nur die schlimmsten Sachen sehen, sondern auch die günstigen, nicht?«

Elizabeth lächelte. Das war echt Spratt. »Du bist wunderbar«, sagte sie leise.

»Ich bin gar nicht wunderbar«, widersprach er rauh und verlegen, »ich bin genauso ein Schaf wie du. Ich wußte genau, was du fühltest, und bildete mir ein, wenn ich nicht davon sprach, würdest du auch nicht mehr daran denken. Aber es ist besser, man spricht die Dinge einmal aus, laut und deutlich. Auch das, was einem angst macht und was man fürchtet. Himmel, ich selber wollte möglichst auch nicht daran denken, um ehrlich zu sein. Aber wie auch immer, du hast jedenfalls in den letzten Monaten, mehr als gut war, an deinen Arthur gedacht. Und bei der ersten Gelegenheit dann, ein paar Cocktails zuviel, und du hast ihn leibhaftig gesehen. Das ist die Erklärung. Und nun hör zu. Elizabeth, wir beide müssen jetzt unseren Kopf klar behalten, wir müssen der Gegenwart ins Gesicht sehen mit allem, was sie bringt. Es ist sinnlos, sich Gedanken und Vorwürfe um Vergangenes zu machen, auch wenn es uns noch so lieb war.«

»Ja. Ich weiß das. Ich weiß das sehr gut. Besser, als du denkst.« Auch das hatte Kessler ihr beigebracht.

»Schön. Wir beide haben allerhand zu tun. Wir müssen für uns und unsere Kinder sorgen, und wir müssen vor allen Dingen dieses arme verschreckte Wesen, das Kessler uns hinterlassen hat, zu einem vernünftigen Menschen machen. Wir müssen das, was Hitler dem Kind angetan hat, wiedergutmachen. Und zwar gerade an diesem Kind. Zweifellos, es gibt Millionen, die in genauso einer Lage sind wie Margaret und schlimmer noch. Sie alle brauchen Hilfe. Aber wir können nicht allen helfen. Hier jedoch in diesem einen Fall können wir es und werden wir es. Du bist die erste, die anfängt, sich um die ganze Menschheit das Herz schwerzumachen. Das hat gar keinen Zweck.«

»Das weiß ich. Ich kann die Welt nicht retten, so gern ich es auch täte.«

»Ich habe schon genug Leute gekannt, die ihre Energien darauf verwendet haben, Riesenpläne auszudenken, anstatt da zu helfen, wo es möglich ist. Wir aber wissen, wo unser Platz ist und was wir zu tun haben.«

»Wir wissen es«, bestätigte sie ernsthaft.

Er zog sie noch einmal fest an sich und küßte sie. »Also alles klar, mein Herz? Ich liebe dich und du liebst mich, viel mehr als wir es sagen können. Und nun geh hinauf und sag den Kindern gute Nacht. Und Cherry kannst du sagen, wenn sie ›Weiße Rose von Flandern‹ fertig lesen will, dann soll sie sich das Buch gefälligst aus der Bibliothek holen. Das, was sie sich aus meinem Zimmer geholt hat, gehört ins Studio und wird von mir wieder mitgenommen.«

Leichten Herzens ging Elizabeth die Treppe hinauf zu ihren mütterlichen Pflichten. Wieviel besser wurde alles, wenn man erst einmal darüber gesprochen hatte! Überhaupt mit einem Mann wie Spratt, der soviel praktischen Sinn besaß und einem zeigte, was notwendig war und was nicht.

Cherrys Protest nicht beachtend, entriß sie ihr den Roman, veranlaßte Brian, ein Buch heraufzuholen, das er unten im feuchten Gras hatte liegenlassen und das er zu seinen naturwissenschaftlichen Studien benötigte. »Das Buch ist ja ganz gut«, maulte Brian, als er wieder heraufkam, »aber so richtig verstehe ich doch nicht alles. Keiner konnte einem das so fein erklären wie Mr. Kessler. Gerade jetzt wollte er uns helfen, ein Terrarium zu bauen. Es ist wirklich eine Gemeinheit, daß er nicht mehr da ist.« Zuletzt kam Elizabeth zu Margaret. Die Kleine war schon ausgezogen und hatte offensichtlich auf sie gewartet. Vor ihr auf dem Tisch stand ein Kästchen.

Margaret fragte: »Kannst du etwas für mich aufheben, Elizabeth?«

Das wolle sie gern tun, antwortete Elizabeth, was es denn sei.

Margaret öffnete das Kästchen und nahm einen silbernen Füllfederhalter heraus. »Er gehörte meinem Vater – Mr. Kessler, meine ich, er hat ihn vom Boß zu Weihnachten bekommen, und er mochte ihn sehr gern. Zuletzt hat er immer nur damit geschrieben. In die Schule möchte ich ihn jetzt nicht mitnehmen, wir schreiben auch meist mit Bleistiften. Ich habe Angst, ich könnte ihn verlieren.«

Elizabeth nahm den Halter und betrachtete ihn. Hell und glänzend lag er in ihrer Hand, das Licht der Nachttischlampe wurde von der silbernen Hülle reflektiert.

»Natürlich, da hast du ganz recht«, sagte sie. »Ich werde ihn für dich aufheben, bis du größer bist, dann kannst du damit schreiben.«

Befriedigt kletterte Margaret in ihr Bett. Elizabeth öffnete das Fenster.

»Es ist wieder kühler«, meinte Margaret.

»Ja, es liegt immer noch Schnee auf den Bergen, das macht sich nachts bemerkbar.«

Sie küßte Margaret und nahm dann wieder den Füllfederhalter zur Hand. Ob noch Tinte darin war? Dann
würde es besser sein, ihn zu reinigen, ehe sie ihn auf-
hob. Sie schraubte die Kapsel ab, um hineinzusehen.
Als sie den Halter drehte, entdeckte sie einen Fleck auf
seiner hellen Oberfläche. Sie hob ihn näher zu den
Augen. Ob sie das einfach mit dem Taschentuch abrei-
ben konnte, oder mußte man das Silber putzen? Sie hielt
den Füllhalter unter die Nachttischlampe, und nun
konnte sie erkennen, daß das, was sie für einen Fleck
angesehen hatte, nichts anderes war als der klare, deutlich sichtbare Abdruck eines Daumens.
Es war, als griff etwas nach ihrer Kehle. Einen Moment
lang stand sie starr, den Blick wie verhext auf das teuf-
lische kleine Ding in ihrer Hand geheftet. Ein Daumenabdruck! Und ihr Gehirn registrierte ganz scharf, wo
er sich befand: ganz unten, direkt über der Feder. Derjenige, der den Füllhalter zuletzt benutzt hatte, mußte
daran gewohnt sein, jeden Bleistift, jeden Federhalter
so tief zu fassen, mit stark gekrümmten Fingern! Und
wie von fern hörte sie eine Stimme. Ihre eigene Stimme,
die irgendwann einmal vor vielen, vielen Jahren gesagt
hatte: »Arthur, kriegst du eigentlich keinen Krampf in
der Hand, wenn du deine Feder so weit unten anfaßt?« –
Ihr Herz klopfte so hart, daß sie sich erst zur Ruhe zwingen mußte, um sprechen zu können.
»Margaret, hat irgend jemand mit diesem Federhalter
geschrieben, seit ... seit du hier bei uns bist?«
Es kam ihr vor, als dehne sich zwischen ihrer Frage und
Margarets Antwort eine Riesenpause. Dabei antwortete
Margaret ohne Zögern. »Nein. Warum? Ist was kaputt
dran?«
»Nein, gar nichts. Ich dachte nur so ...«

»Vater trug ihn immer in der Brusttasche«, sagte Margaret. »Er mochte ihn sehr gern. Es hat überhaupt nie jemand anders damit geschrieben.«

»Ja«, sagte Elizabeth fahrig. »Ja, natürlich.«

Ihre Hand, die den Halter hielt, zitterte. Und ihre linke Hand, in der sie ein Taschentuch zusammenknüllte, zitterte auch. Sie nahm die abgeschraubte Kappe vom Tisch, um sie wieder aufzuschrauben, und ließ sie fallen.

»Gute Nacht, Liebling«, sagte sie, als sie sie wieder aufgehoben hatte. »Schlaf gut. Ich werde den Füllhalter für dich aufheben.«

»Vielen Dank, Elizabeth. Gute Nacht.«

Sie ging hinaus, den Füllhalter sorgfältig an der Spitze zwischen zwei Fingern haltend, ein wenig von sich weggestreckt, als könne er jeden Augenblick explodieren. Sie löschte das Licht, schloß leise die Tür hinter sich und stand dann draußen in der Diele, atemlos, als sei sie weit und schnell gelaufen.

Als ihr Atem wieder ruhiger ging und ihr Herz aufhörte, so wild zu schlagen, hob sie den Halter noch einmal dicht vor die Augen. Und auch jetzt, im Licht der Dielenlampe, war der Abdruck deutlich zu erkennen. Plötzlich, ohne daß sie wußte, was sie tat, hob sie den Halter an die Lippen und küßte leicht den Fingerabdruck. Und dann, ohne weiter zu überlegen, hastig, als sei sie auf der Flucht, nahm sie das Taschentuch und rieb den Federhalter ringsum ab, fest und ausdauernd, als müsse sie ihn polieren. Als sie ihn wieder betrachtete, war kein Fleck, kein Abdruck mehr zu sehen. Makellos strahlte das Silber seinen matten Glanz aus.

Ihre Hände zitterten nicht mehr. Ein leichter Schwindel umwölkte ihre Stirn, doch gleichzeitig empfand sie ein jähes, starkes Gefühl des Triumphes. Sie war stärker gewesen als die Versuchung.

Sie ging in ihr Badezimmer, ließ die Tinte aus dem Halter ins Waschbecken laufen und spülte dreimal mit kaltem Wasser nach, bis das Wasser so klar zurückfloß, wie es hineinging. Sie trocknete den Halter sorgfältig ab, ging dann in ihr Zimmer und verschloß ihn in ihrem Schreibtisch. Wenn Margaret alt genug sein würde, sollte sie ihn wiederbekommen.

Als sie die Schublade zuschob, lachte sie. »Jetzt ist alles wieder gut«, sagte sie laut, wie um sich selbst zu überzeugen.

»Was machst du, Elizabeth?« rief Spratt, der auch schon heraufgekommen war und sich nebenan in seinem Zimmer befand. »Ach, ich habe gerade den Füllfederhalter an einem sicheren Platz deponiert, den du Mr. Kessler zu Weihnachten geschenkt hast. Weißt du noch? Margaret hat ihn mir gegeben, damit ich ihn aufhebe.«

»O ja. Es freut mich, daß Margaret ihn noch hat.«

Elizabeth lächelte vor sich hin. Niemals erzählte man alles. Ein Geheimnis blieb immer. Sie würde Spratt nicht erzählen, daß sie den Daumenabdruck auf dem Halter abgewischt hatte, weil sie glaubte, daß er ihr endgültig die Wahrheit enthüllen würde. Die Wahrheit: daß Kessler Arthur war. Sie wollte diese Wahrheit nicht. Alles, was sie hatte tun können, hatte sie getan. Sie hatte den Beweis vernichtet, der Weg war frei für Spratt und für sie. Der Weg in eine Zukunft, die von keinem Schatten der Vergangenheit verdunkelt werden sollte.

Spratt rief: »Kommst du 'rüber und hörst mit mir die Nachrichten? In fünf Minuten ist es soweit.«

»Ja, ich komme«, antwortete Elizabeth. »Gleich.«

Draußen blies der Wind heftiger um das Haus. Der

Frühling hatte noch schwer zu kämpfen, um sich durchzusetzen. Es würde eine kalte Nacht werden.

»Ich komme gleich«, rief sie, »ich will dir bloß noch eine Decke holen. Ich fürchte, es wird kalt werden diese Nacht.«

Als sie mit der Decke in sein Zimmer kam, lächelte Spratt ihr zu. »Du denkst auch an alles. Aber ich glaube nicht, daß ich friere.«

»Nicht, wenn ich es verhindern kann«, sagte Elizabeth. Sie ging zu ihm, setzte sich auf die Lehne seines Sessels, und als Spratt sich zurückbog, um zu ihr aufzusehen, beugte sie sich impulsiv herab und küßte ihn.

Er legte den Arm um ihre Taille, und gemeinsam lauschten sie der Stimme aus dem Radio und dem Wind, der schneekalt oben aus den Bergen herunter in das blühende Tal kam.

Gwen Bristow

Alles Gold der Erde

Roman. 672 Seiten. Leinen DM 28,–

»Voll abenteuerlicher Spannung ... fesselnd und treffend
... sehr reizvoll ist der Gegensatz zweier Frauenpersön-
lichkeiten herausgearbeitet ... Wer spannende und unter-
haltende Lektüre sucht, sollte sich diesen Roman auf die
Wunschliste setzen.«   *dpa, Hamburg*

»Wieder hat es Gwen Bristow hervorragend verstanden,
den Leser mit packenden Schicksals- und Milieuschil-
derungen pausenlos zu fesseln. Ihre überzeugende Dar-
stellungskunst verspricht auch diesem Roman den Ruhm
eines Bestsellers.«   *Darmstädter Tagblatt*

»Ein faszinierendes Kapitel der amerikanischen Historie,
nicht viel länger als hundert Jahre zurückliegend, und
doch, wie abenteuerlich erscheint heutigen Begriffen das
primitive und entbehrungsreiche Leben der Goldgräber,
die Entwicklung San Franciscos aus einer Siedlung mehr
oder weniger armseliger Holzhäuser zu den Anfängen
einer modernen Großstadt.«   *Bücherschau*

Preisänderung vorbehalten

Bei Schneekluth

Gwen Bristow

Kalifornische Sinfonie

Roman. 640 Seiten. Leinen DM 28,–

»Die Handlung ist voll erregender Spannung, die Sprache klar und oft zynisch. Ein unterhaltsames Buch für reife Leser.« *Stuttgarter Zeitung*

»Wieder überzeugt das Geschick Gwen Bristows, historische Atmosphäre zu verdeutlichen, und die feine psychologische Durchdringung der Gestalten.« *Die Zeit*

Celia Garth

Roman. 548 Seiten. Leinen DM 28,–

»So ist ein gewaltiges Epos der amerikanischen Revolution entstanden, das in Anlage und Ausführung mit ›Vom Winde verweht‹ verglichen werden kann.« *Bücherkommentare, Freiburg*

Die LOUISIANA-TRIOLOGIE mit den Romanen:

Tiefer Süden · Die noble Straße Am Ufer des Ruhms

Jeder Band 395 bis 444 Seiten. Leinen DM 26,–

»Außergewöhnlich gut geschrieben, spannend, mit interessanten kulturgeschichtlichen Details.« *Stuttg. Zeitung*

Preisänderung vorbehalten

Bei Schneekluth